Otros libros de Don Winslow

El cártel

Los reyes de lo cool

La hora de los caballeros

Satori

Salvajes

Corrupción policial

El invierno de Frankie Machine

El poder del perro

Muerte y vida de Bobby Z

En lo más profundo de la meseta

Tras la pista del espejo de Buda

Un soplo de aire fresco

La frontera

ROTOS

ROTOS

SEIS NOVELAS BREVES

DON WINSLOW

HarperCollins *Español*

Los libros de HarperCollins Español pueden ser adquiridos para propósitos educativos, empresariales o promocionales. Para más información, envíe un correo electrónico a SPsales@harpercollins.com.

Título original: *Broken*. HarperCollins 2020

PRIMERA EDICIÓN

Editor: Edward Benítez

Traducción de Victoria Horrillo

Adaptación de Martha López

Este libro ha sido debidamente catalogado en la Biblioteca del Congreso de los Estados Unidos.

ISBN 978-0-06-300593-8

20 21 22 23 24   LSC   10 9 8 7 6 5 4 3 2 1

Al lector.

Sencillamente: gracias.

«Si no tienes tiempo de leer, no tienes tiempo (ni herramientas) para escribir. Así de simple».

—Stephen King

CONTENIDO

———

ROTOS

El mundo nos rompe a todos, y luego muchos se hacen
más fuertes en las partes rotas.

—Ernest Hemingway, *Adiós a las armas*

Nadie tiene que decirle a Eva que el mundo está roto.

Operadora de emergencias del turno de noche en Nueva Orleans, Eva McNabb oye los quebrantos de la humanidad a diario, ocho horas seguidas, cinco días a la semana. Más, si dobla turno. Se entera de los accidentes de tránsito, de los atracos, los tiroteos, las muertes, las mutilaciones, los asesinatos. Oye el miedo, el pánico, la rabia, la ira y el caos y manda a hombres *hacia* ellos a toda velocidad.

O son hombres en su mayoría; cada vez hay más mujeres en el cuerpo. Eva, sin embargo, piensa en todos ellos como sus «chicos», sus «niños». Los manda a toda esa desolación y luego reza para que vuelvan enteros.

Vuelven casi todos, aunque a veces no, y entonces manda a esos lugares de quebranto a más de sus chicos, sus niños.

Literalmente en ocasiones, porque su marido era policía y ahora también lo son sus dos hijos.

Así que Eva conoce esa vida.

Conoce ese mundo.

Sabe que se puede salir de él, pero que siempre se sale roto.

Hasta con luz de luna se ve sucio el río.

Jimmy McNabb no querría que fuera de otro modo: le encanta el río sucio de su sucia ciudad.

Nueva Orleans.

Creció y vive aún en Irish Channel, a pocas calles de donde se encuentra ahora, detrás de un coche sin distintivos policiales en el estacionamiento del muelle de la Primera.

Angelo, él y el resto del equipo se están preparando: chalecos, cascos, pistolas, granadas aturdidoras... Igual que un equipo SWAT, sólo que Jimmy olvidó invitar a la fiesta a los SWAT. Y no sólo a ellos: también a la policía portuaria y a todos los demás, menos a su equipo de la Unidad Especial de Investigación, Brigada de Narcóticos.

Esta es su fiesta privada.

La fiesta de Jimmy.

—Los del puerto se van a encabronar —dice Angelo mientras se pone el chaleco.

—Ya les avisaremos cuando sea hora de limpiar —contesta Jimmy.

—No les gusta ser los conserjes. —Angelo se ajusta el velcro—. Me siento como un imbécil con todo esto encima.

—También te ves como imbécil —responde Jimmy.

Con el condenado chaleco puesto, su compañero parece el Hombre Michelin. Angelo no es muy fornido; cuando se preparaba para las pruebas físicas de ingreso en la policía, hizo una dieta relámpago a base de plátanos y licuados para ganar peso, y no ha engordado ni medio kilo desde entonces. Es tan delgado como su bigote, que cree erróneamente que le da un aire a Billy Dee Williams. De piel color caramelo y facciones afiladas, Angelo Carter creció en el Distrito 9, negro a más no poder.

A Jimmy, en cambio, el chaleco le queda pequeño.

Es un tipo grande: mide un metro noventa y tres y tiene el pecho y los hombros anchos de sus antepasados irlandeses, que llegaron a Nueva Orleans a excavar las esclusas a pico y pala. Cuando era patrullero, rara vez tenía que recurrir a la fuerza, ni siquiera en el Barrio Francés: su estatura y su aspecto bastaban para que hasta los borrachos más agresivos se acobardaran de golpe.

Pero cuando se enzarzaba, hacía falta un pelotón entero de compañeros para contenerlo. Una vez destrozó —sin exagerar— a un montón de palurdos de Baton Rouge que la armaron buena en Parasol, el bar de su barrio. Entraron en vertical y armando bulla, y salieron en horizontal y calladitos.

Jimmy McNabb había sido un agente de a pie de los duros, igual que su padre.

Big John McNabb era toda una leyenda.

A sus hijos no les quedó más remedio que dedicarse a lo mismo, aunque de todos modos ninguno de los dos había querido hacer otra cosa.

Ahora, Jimmy le echa una ojeada al resto de su equipo y llega a la conclusión de que están tensos pero no demasiado, sólo lo necesario.

Es una tensión deseable.

Él también la nota, la adrenalina que empieza a circular por su torrente sanguíneo.

Y le gusta.

Su madre, Eva, dice que a su hijo siempre le ha gustado la bronca. Da igual lo que sea: la cerveza, la adrenalina, el *whisky*, una carrera de caballos en Jefferson Downs o batear al cierre de la novena entrada en un partido de la liga policial: «A Jimmy le gusta la bronca».

Él sabe que tiene razón.

Eva suele acertar.

Y además lo sabe.

Jimmy y su hermano menor tienen una frase al respecto: «la última vez que Eva se equivocó». La última vez que Eva se equivocó, aún había dinosaurios sobre la Tierra. O la última vez que Eva se equivocó, Dios descansó el séptimo día.

O la favorita de Danny: la última vez que Eva se equivocó, Jimmy tenía novia fija.

O sea, más o menos cuando estaba en octavo grado.

«Jimmy es pícher», dijo una vez Eva, «pero le gusta jugar en el campo».

Qué graciosa, Eva, piensa Jimmy.

Eres la onda.

Danny y él siempre llaman Eva a su madre. En tercera persona, claro. A la cara, nunca. Igual que llaman John a su padre. Empezó cuando Jimmy tenía siete años, quizá. A Danny y a él los castigaron con no salir por alguna travesura —algo relacionado con el beisbol y una ventana rota—, Jimmy dijo «oye, qué encabronada se puso Eva», y lo de Eva se les quedó.

Ahora Jimmy mira a Wilmer Suazo para ver cómo está. Tiene los ojos un tanto desencajados, pero eso es normal en él, suele ponerse un poco nervioso.

Jimmy lo llama hondureño, pero creció en Irish Channel como él, en la zona de Barrio Lempira, que ya existía antes de que naciera Jimmy.

Ancho y bajo como un refrigerador, Wilmer es de Nueva Orleans hasta las cachas, habla tan *yat* como los demás y es bueno contar con un hispano en el equipo, sobre todo ahora que hay más mexicanos y hondureños que nunca; llegaron después de Katrina, para la reconstrucción, cuando a nadie se le ocurría pedirles sus documentos de residencia.

Es una suerte tenerlo aquí esta noche.

Porque el objetivo es hondureño.

Jimmy le hace un guiño.

—Tranquilo, mano.

Wilmer asiente con la cabeza.

En cambio, Harold —nada de «Harry»— nunca se altera.

Jimmy se pregunta a veces si al huevón de Gustafson le late el pulso. Una vez se quedó dormido como tronco en el asiento de atrás del coche cuando iban a una redada en la que podían haberlo matado. Para Jimmy, es un «helado de vainilla» insípido, benigno y muy pálido, de pelo rubio y ojos azul claro. Y diácono de parroquia, encima.

Hasta Wilmer se muerde la lengua cuando lo tiene cerca, y eso que su boca es como una letrina tercermundista. Cuando Harold está presente, sólo suelta palabrotas en español, creyendo acertadamente que Gustafson no entiende ni una palabra de lo que dice.

Si McNabb es grande, Gustafson lo es todavía más.

«No hace falta construir un muro en la frontera», dijo una vez Jimmy. «Con que se acueste Harold basta».

Una vez, por una apuesta (no con Harold, porque nunca apuesta), Gustafson levantó a Jimmy en el banco de pesas.

Diez veces.

A Jimmy le tocó aflojar 2500 dólares, pero aquello fue digno de verse.

Tengo un buen equipo, se dice Jimmy.

Son listos y valientes (pero no temerarios, la temeridad es una estupidez), y sus puntos fuertes y flacos se compaginan a la perfección. Jimmy ha conseguido mantenerlos unidos por cinco años, y cada cual conoce las reacciones de sus compañeros tan bien como las suyas propias.

Esta noche van a necesitar todo eso.

Porque nunca antes han tomado por asalto un barco.

Laboratorios de heroína en torres de departamentos, negocios de venta de *crack* en casuchas de mala muerte, locales de motociclistas, tugurios de bandas callejeras... Todo eso lo han hecho mil veces.

Pero ¿un buque de carga?

Es la primera ocasión.

Y es eso, un buque de carga, lo que usará Óscar Díaz para traer su enorme cargamento de metanfetamina. Así que tendrán que asaltarlo.

Llevan meses siguiéndole la pista al hondureño.

A distancia, eso sí.

Han dejado pasar los embarques de poca monta, a la espera de que diera el gran golpe.

Y lo ha dado.

—Bueno, hagámoslo —dice Jimmy.

Mete la mano en el coche y saca su guante Rawlings, viejo y gastado —lo tiene desde sus tiempos de la preparatoria—, con una pelota arañada encajada en la redecilla.

Los demás también sacan guantes, se colocan formando un círculo, a intervalos de un metro, y empiezan a pasarse la pelota como si calentaran para un partido. Casi dan risa, con los chalecos y los cascos puestos, pero es un ritual y McNabb respeta los rituales.

Nunca ha perdido a un hombre cuando se pasan la pelota antes de una misión, y hoy tampoco piensa perder a ninguno.

Además, es un recordatorio tácito de que no pueden cagarla: la bola debe seguir rodando.

Hacen unas cuantas rondas, y luego Jimmy se quita el guante y dice:

—*Laissez les bons temps rouler.*

Que empiece la fiesta.

Eva McNabb escucha la voz del niño por el teléfono.

Es una llamada de violencia doméstica.

El chiquillo está aterrorizado.

Eva, que lleva casi cuarenta años casada con Big John McNabb —ella mide un metro sesenta; él, un metro noventa y tres— sabe lo que es eso porque lo ha vivido en su propia casa. John ya no le pega, pero tiene muy mala índole cuando se emborracha, y desde que se jubiló está casi siempre borracho. Ahora se limita a tirar vasos y botellas y a hacer agujeros con el puño en la pared.

Así que algo sabe Eva sobre violencia doméstica.

Claro que esta llamada es distinta.

Todas son malas, pero ésta es *peor*.

Lo nota en la voz del niño, los gritos de fondo, los alaridos, los golpes sordos que oye a través del teléfono. Ésta empieza mal, y lo único que puede hacer es intentar que no acabe aún peor.

—Tesoro —dice cariñosamente—, ¿me escuchas? ¿Me oyes, cariño?

—Sí.

Al niño le tiembla la voz.

—Bien —dice Eva—. ¿Cómo te llamas?

—Jason.

—Jason, soy Eva. —Decirle su nombre es incumplir el protocolo, pero a la chingada el protocolo, se dice Eva—. Escúchame, Jason, la policía va para allá, van a llegar enseguida, pero hasta que lleguen... ¿Tienen secadora de ropa en la casa, *cher*?

—Sí.

—Muy bien. Jason, cielo, quiero que te metas dentro, ¿de acuerdo? ¿Puedes hacerme ese favor, cariño?

—Sí.

—Bien. Hazlo ahora mismo. Yo sigo aquí.

Oye que el niño se mueve. Oye más gritos, más chillidos, más exabruptos. Luego pregunta:

—¿Estás en la secadora, Jason?

—Sí.

—Buen chico —dice Eva—. Ahora quiero que cierres la puerta. ¿Puedes cerrarla? No tengas miedo, mi amor, yo estoy aquí.

—Ya la cerré.

—Estupendo. Ahora te vas a quedar ahí quietecito y tú y yo vamos a charlar un rato hasta que llegue la policía. ¿De acuerdo?

—De acuerdo.

—Seguro que te gustan los videojuegos. ¿Cuáles te gustan?

Eva se pasa los dedos por el cabello corto y negro —su único signo de nerviosismo— y escucha al niño hablar de Fortnite, Overwatch y Black

Ops III. Al mirar la pantalla que tiene delante, ve que la luz parpadeante que representa a la patrulla avanza hacia Algiers, el barrio donde vive el chico.

Danny está en una patrulla en esa zona, el Distrito 4, pero no es la que va en camino.

Eva se alegra.

Es muy protectora con sus dos hijos, pero Danny es el menor, el más sensible y el más tierno (Jimmy tiene la sensibilidad de unos nudillos de latón), y no quiere que vea lo que es probable que le toque ver al agente que acuda a aquella casa.

La patrulla ya está cerca, a una cuadra, y la siguen otras dos unidades (ninguna de ellas es la de Danny). Ya avisó a las tres de que hay niños de por medio.

Todos los agentes del distrito saben que si Eva McNabb dice que se den prisa, más vale que así sea o tendrán que vérselas con ella, cosa que ninguno quiere.

Eva oye las sirenas por el teléfono.

Luego el disparo.

La bala pasa rozando la cabeza de Jimmy, da en la pared metálica y en su rebote enloquecido hace caer a Angelo de bruces al suelo de la cubierta.

Jimmy piensa por un momento que su compañero está herido, pero Angelo rueda, se pega a la pared y le hace una seña con el pulgar: todo bien.

Aun así, es mala noticia que los hondureños pretendan resolver esto a tiros. Las balas rebotan en el acero con un rechinido espeluznante, saltan como bolas en una esfera de lotería mientras Jimmy y su equipo se agazapan en un pasadizo estrecho.

Quizá *debí* haber traído a los SWAT, se dice Jimmy.

Los disparos proceden de una escotilla abierta a menos de diez metros de ellos, pasadizo abajo. Alguien tiene que ser el primero en cruzar, piensa Jimmy. O más nos valdría dar marcha atrás y largarnos de este barco con el rabo entre las piernas.

Tendré que ser yo quien entre, se dice. Desengancha una de las granadas aturdidoras que lleva sujetas al cinto y la lanza hacia la escotilla. Sin giro ni efecto: una bola rápida y limpia al centro del plato.

Relumbra un fogonazo blanco. Con un poco de suerte, habrá dejado momentáneamente ciegos a los del otro lado.

Jimmy se lanza adelante disparando.

Le devuelven algunos tiros, pero oye pasos que se alejan delante de él por la cubierta de hierro.

—¡Policía de Nueva Orleans! ¡Suelten las armas! —grita para cumplir con el reglamento.

Ahora oye un retumbar de pisadas delante y detrás de él, y no tiene que voltear para saber que Angelo, Wilmer y Harold van pisándole los talones. Ve delante a un tipo y entonces el tipo desaparece sin más y Jimmy se da cuenta de que bajó por una escalerilla.

Llega a lo alto de la escalerilla a tiempo para ver al tipo bajar a toda prisa los peldaños. Él no. Apoya una mano en la barandilla, da un salto y aterriza delante del tipo.

El tipo va a levantar el arma, pero Jimmy se le adelanta y de un gancho con la izquierda lo deja tirado en cubierta, inconsciente. Le da un pisotón en la cara como propina, para que aprenda lo que pasa cuando le sacas un arma a un policía de la Brigada de Narcóticos.

Luego todo se vuelve negro.

Danny McNabb tiene guardia de noche.

No es que le moleste. En el turno de noche hay más acción y un patrullero con dos años de experiencia necesita acción si quiere hacer carrera. Además, le gusta la zona que le fue asignada en el Distrito 34: Algiers, porque Algiers, aunque oficialmente forme parte de Nueva Orleans, es un mundo aparte.

El Salvaje Oeste, lo llaman.

Allí uno no se aburre, y a Danny le gusta estar ocupado, pero lleva muchas horas sentado en el coche y se le están agarrotando las piernas, que tiene muy largas.

Si su hermano Jimmy es un toro, él es un caballo de carreras.

Alto, esbelto, larguirucho.

Todavía se acuerda del día que superó a Jimmy en estatura. Su madre marcó con lápiz hasta dónde llegaban sus cabezas en el marco de la puerta del armario de su cuarto. Jimmy se encabronó, quiso pelear con él. («Puede que seas más alto, pero no eres más fuerte que yo»). No llegaron a pegarse, sin embargo, Eva no los dejó.

Esa noche salieron al campo de beisbol a echar un partidito y de regreso Jimmy le dijo, muy serio:

—Aunque ahora seas más alto, sigues siendo el menor. Lo serás siempre. ¿Entendido?

—Sí, está bien —contestó Danny—. Pero yo soy más guapo.

—Cierto —respondió Jimmy—. Lástima que tengas el pito tan pequeño.

—¿Quieres que los midamos?

—Qué suerte la mía —dijo Jimmy—, que me haya salido un hermano marica.

Cuando Danny le contó esa historia a Roxanne, dijo «gay» en vez de «marica». Así no tenía tanta gracia, pero Roxanne es lesbiana y Danny sabía que lo de «marica» no le gustaría. De todos modos, sabía que su hermano no lo había dicho con mala intención. Jimmy no odia a los homosexuales, odia a *todo mundo*.

Danny se lo preguntó una vez, después de que su hermano armara un alboroto.

—¿Odias a todo mundo?

—Deja que lo piense —dijo Jimmy—. Gays, lesbianas, heteros, negros, hispanos, blancos… Asiáticos, si hubiera alguno por aquí… Sí, creo que odio a todo mundo. Igual que tú cuando lleves unos años más en este oficio.

Sus padres le decían lo mismo. Que lo peor de ser policía es que acabas odiando a todo mundo, menos a tus compañeros. Danny no lo cree, de todos modos. Piensa que los policías tienen malas experiencias con la gente, nada más; que ven muchas cosas jodidas y se olvidan de que hay bien en el mundo.

Eva no quería que fuera policía.

—Tu marido es policía —le contestó Danny—. Y tu otro hijo también.

—Pero tú eres distinto.

—¿Distinto por qué?

—Lo digo en el buen sentido —dijo Eva—. No quiero que acabes como tu padre.

Furioso, amargado, borracho.

Y resentido con su trabajo.

Pero ese es él, pensaba Danny. No soy yo.

Yo nunca seré así.

Ahora tiene una vida estupenda.

Un buen trabajo, un departamento bonito en el Channel y una novia a la que quiere. Jolene es enfermera y trabaja de noche en Touro, así que hasta sus horarios coinciden. Y es un amor, con el pelo largo y negro, los ojos azules y un sentido del humor un poquito retorcido.

La vida le sonríe.

La patrulla está estacionada en Vernet, junto al Parque McDonough, frente a la Iglesia del Sagrado Nombre de María, porque el cura de la parroquia se quejó con el capitán del distrito por los «pervertidos» que rondan de madrugada por el parque.

Vaya cosa, un cura hablando de pervertidos, piensa Danny.

Eva lo obligó a ir a misa hasta que cumplió trece años, aunque ella nunca iba. Jimmy y él estudiaron en escuelas católicas, fueron a la preparatoria Archbishop Rummel, y Jimmy solía decir que había dos tipos de chicos de escuela católica: «los que corren como demonios y los que acaban jodidos».

Ellos eran de los que corrían como demonios.

El caso es que Roxanne y él llevan aquí parados toda la puta semana para tener contento al cura; no han visto un solo «pervertido» y Danny se aburre como una ostra.

Allí sentado, en el coche.

Apagaron las luces.

Ahora Jimmy sólo ve luces rojas que cruzan un fondo negro, como en una de esas ridículas salas de combate láser, sólo que esto es de verdad: las balas son reales; la muerte también.

Un punto aparece en su pecho y él se lanza al suelo.

—¡Abajo! ¡Abajo! ¡Agáchense! —grita.

Oye a sus muchachos echarse al piso.

Los puntos rojos los buscan.

Jimmy saca su linterna, la enciende y rueda hacia su izquierda. Se oyen tiros, apunta hacia el fogonazo de un arma y dispara. Angelo y Wilmer hacen lo mismo y Jimmy oye la detonación del rifle de Harold.

Luego escucha un gruñido y un gemido de dolor.

—¡Esto no les conviene! —grita—. ¡Tiren las armas! ¡Diles, Wilmer!

Wilmer traduce el mensaje al español.

Contestan con más disparos.

Chingado, piensa Jimmy.

Chingada *madre*.

Entonces oye el ruido de un motor al arrancar.

¿Qué…?

Se encienden unas luces.

Unos faros.

Al mirar a su izquierda, ve a Harold trepado en un montacargas cuyas horquillas sostienen dos grandes cajones. Harold los levanta como un escudo y grita:

—¡Suban!

Los demás saltan al montacargas como soldados a un tanque y empiezan a disparar por detrás de los cajones mientras Harold conduce directo hacia los atacantes que, alumbrados por las luces del vehículo, retroceden hacia un muro metálico. No hay otro sitio adonde ir.

Son cuatro, más otros dos heridos que intentan alejarse a rastras para que el montacargas no los embista.

A la mierda con ellos, piensa Jimmy.

Si salen con vida, bien.

Si no… no pasa nada.

De todos modos son cucarachas.

Jimmy se inclina hacia fuera y ve que uno de los tipos retrocede levantando un AK como si no supiera qué hacer.

Harold decide por él. Lo embiste con el montacargas y lo acorrala contra el muro. Los otros tres tiran las armas y levantan las manos.

Jimmy se baja de un salto y le da una bofetada a uno, con fuerza.

—Pudieron haberlo hecho hace veinte minutos y nos habríamos ahorrado bastantes disgustos.

Angelo encuentra un interruptor y enciende la luz.

—Vaya, vaya —dice Jimmy.

Lo que tiene delante es meta.

Paquetes rectangulares apilados del suelo al techo, envueltos en plástico negro.

—Tienen que ser tres toneladas por lo menos —comenta Angelo.

Fácilmente, calcula Jimmy.

Pérdidas de un par de millones de dólares para Óscar Díaz. Con razón la han emprendido a tiros.

Óscar va a darse una buena encabronada.

Wilmer y Angelo están atándoles las manos a los detenidos con cintos de plástico. Harold todavía tiene al del AK acorralado contra la pared, aunque el fusil de asalto ha caído al suelo haciendo ruido.

Jimmy se acerca a él.

—Te metiste en un buen lío, ¿eh?

El hombre del AK se retuerce.

—¿Qué vamos a hacer contigo? —pregunta Jimmy—. ¿Alguna vez has visto cómo estalla una garrapata? Ya sabes, cuando se llenan de sangre, las aprietas y paf, explotan. Si le digo aquí a mi amigo Harold que pise el acelerador... paf.

—No, por favor.

—¿No, por favor? —repite Jimmy—. Ibas a matarme, hombre.

—¿Quieres que avise ya? —pregunta Angelo—. Estos tipos podrían desangrarse.

—Espera un momentito —dice Jimmy.

Harold y él se llevan al del AK arriba, a cubierta.

El río sigue turbio, pero tiene mucha corriente.

—¿Cómo te llamas? —le pregunta Jimmy al del AK.

—Carlos.

—¿Sabes nadar, Carlos?

—Un poco.

—Eso espero. —Levanta a Carlos sobre la barandilla—. Dile a Óscar Díaz que Jimmy McNabb le manda saludos.

Lo lanza por la borda.

—Ya podemos avisar.

Media hora después, el barco parece una sopa de letras.

DPNO, SWAT, DEA, PP, EMR... Hasta la policía estatal de Louisiana está presente. Aquel podría ser el mayor cargamento de droga incautado en la historia de Nueva Orleans y, claro, todo el mundo quiere un trozo del pastel.

El mayor embarque de meta, seguro.

En el muelle está empezando a congregarse la prensa.

Jimmy enciende un cigarro y le da fuego a Angelo.

Angelo da una profunda fumada y pregunta:

—¿Qué dijo el jefe?

—Grandes encabezados, noticia bomba, ninguna baja... —dice Jimmy—. ¿Qué va a decir Landreau? Que felicidades.

—Pero está encabronado.

Sí, Landreau está encabronado, piensa Jimmy. Los SWAT están encabronados, la DEA está encabronada, la policía portuaria también...

Pero a Jimmy lo tiene sin cuidado porque sabe que Óscar Díaz debe estar más que encabronado.

Lo está, y no porque la rata empapada que tiene delante le esté dejando asqueroso el suelo.

El bloque de departamentos está al otro lado del río, en Algiers Point, y desde la terraza de su *penthouse* Óscar alcanza a ver el Misisipi y, más allá, el centro de Nueva Orleans desde el Barrio Francés a Marigny y Bywater. Pero Óscar no se fija en eso, tiene la mirada clavada en Carlos, su muchacho, que acaba de traerle la noticia de que ha perdido más dinero del que le costó el departamento.

Mucho más, de hecho.

Porque no es sólo dinero lo que ha perdido.

Aquella iba a ser su gran oportunidad de ascender desde el rango medio de los traficantes de drogas al escalón superior. Sería el golpe decisivo: mover esa cantidad de mercancía por el río, hasta Saint Louis y Chicago, y demostrar que Nueva Orleans, Louisiana, podía ser un centro de transporte de primer orden. Usar el río y el puerto para traer la mercancía, meterla luego en camiones y distribuirla por carretera. Si lo conseguía, los de Sinaloa le confiarían un cargamento mucho mayor, meta suficiente para intentar introducirse en los mercados de Los Ángeles y Nueva York.

Ahora los sinaloenses pensarán que es una mierda. Y que Nueva Orleans es un sitio peligroso. Tendrá que llamarlos por teléfono y decirles que ha perdido el cargamento, y sabe que es la última vez que querrán contestarle.

Así que ha perdido la droga, el dinero y su oportunidad de ascender. Se pasará por lo menos cinco años más vendiéndoles mierda a esos zopencos de los pantanos.

Vuelve a entrar en la sala y se para delante del acuario, un tanque Red Sea Reefer de 360 litros que contiene a sus grandes amores: su precioso mero Neptuno de color amarillo brillante (le costó seis mil dólares), su pequeña *Jeboehlkia gladifer* roja y plateada (diez mil), su pez ángel clarión dorado con rayas azul eléctrico (este no le costó nada, fue un regalo del cártel) y su más reciente adquisición, de la que está muy orgulloso: un ángel reina de treinta mil dólares, tan caro porque estas bellezas habitan en cuevas en las profundidades marinas.

Óscar ha dedicado mucho tiempo, dinero y cariño al acuario, con sus hermosos y carísimos corales. Abre la tapa, echa unas hojuelas de comida seca y luego abre un recipiente de plástico con trocitos de almejas frescas y también los echa dentro.

—Estás estresando a mis peces —le dice a Carlos—. Son muy sensibles y los pones nerviosos.

—Perdón.

—Relájate —le ordena Óscar—. A ver, ¿quién te dijo que me dieras sus saludos?

—Dijo que se llamaba Jimmy McNabb —contesta Carlos.

—¿De la DEA?

—No, de la policía local. División de Narcóticos.

—Y te echó al río para que me dieras el mensaje.

—Sí.

Óscar se vuelve hacia Rico.

—Llévate a Carlos y mátalo.

Carlos se pone pálido.

—Es broma. —Óscar suelta una carcajada. Luego mira a Rico—. Que se dé un baño caliente y se ponga ropa limpia. El puto río es un asco. *¿Entiendes,* Rico?

Rico ha entendido. Debe llevarse a Carlos y matarlo.

Cuando se van, Óscar sale a la terraza y contempla la ciudad.

Jimmy McNabb.

Bueno, Jimmy McNabb, acabas de lograr que esto sea algo personal.

Tú lo has querido. Me quitaste algo y ahora yo voy a quitarte algo a ti.

Algo que te importe.

El patrullero que acudió al reporte de violencia doméstica va a ver a Eva después.

Ella lo oyó todo por el radio, pero el hombre quiere presentarle sus respetos en persona.

—Lo que pensabas. El tipo le disparó a la mujer y luego se mató.

—¿Y el niño?

—Lo encontramos dentro la secadora —dice el oficial—. Está bien.

Tan bien como puede estar un niño pequeño que acaba de oír cómo su padre mata a su madre a tiros, piensa Eva.

—Menos mal que se mató —dice—. Así nos ahorramos un juicio.

—Pues sí.

—Y el niño, a los servicios sociales —añade Eva.

Le dan ganas de llorar.

Pero no llora.

Por lo menos delante de un policía.

Rico escucha a Óscar con atención y luego menea la cabeza.

—No puedes tocar a un policía.

Óscar se queda pensando un momento. Luego suelta:

—¿Cómo que no? ¿Quién dice?

Danny y Roxanne siguen junto al parque, la tercera noche consecutiva que pasan esperando al pervertido que no aparece.

—Bueno —dice Danny tras pensárselo un buen rato—. Me cojo a Rachel, me caso con Monica y mato a Phoebe.

—Pobre Rachel —responde Roxanne—. Siempre se la cogen y nunca se casa.

—Qué va, se casó con Ross en Las Vegas, ¿recuerdas?

—Sí, pero estaban borrachos.

—Aun así —dice Danny—. ¿Y tú?

—Mato a Monica, me caso con Rachel y me cojo a Phoebe.

—Qué rápido.

—Le he dado muchas vueltas —añade Roxanne—. Siempre he querido hacerlo con Phoebe. Desde la primera temporada.

—Santo Dios, pero si debías de tener, ¿qué, siete años?

—Era una lesbiana precoz. Jugaba con Barbies.

—Todas las niñas de tu edad jugaban con Barbies.

—No, Danny. Yo jugaba de verdad con mis Barbies.

—Ah.

Súbitamente, la sangre y los sesos de Roxanne salpican la cara de Danny.

Todo sucede muy deprisa.

Una mano la agarra del pelo corto y la saca de un tirón.

La ventanilla del lado de Danny se rompe en pedazos.

Danny busca su pistola, pero ya le han tapado la nariz y la boca con un trapo. Patalea tratando de soltarse, pero no puede.

Ya está inconsciente cuando lo sacan del coche.

Las sirenas parecen perros aullando.

Primero una, luego otra, después cuatro, cinco, una docena a medida que las unidades se dirigen al parque McDonough. Llegan de todo Algiers, y de la comisaría del Distrito 4, y del otro lado del río, del Distrito 8.

En respuesta a un código 10-13.

Oficial necesitado de atención médica.

Es un sonido espantoso.

Un coro de alarma que retumba en todo Algiers.

La fiesta es en Parasol, claro.

¿Dónde más? Jimmy empezó a ir allí cuando era un chiquillo, literalmente: tenía once o doce años cuando entró por primera vez en el bar para llevarse a su padre.

O por lo menos para llevarse el cheque de la nómina antes de que se lo bebiera.

Ahora es él quien lo frecuenta y su viejo bebe en casa.

Así que la noche de después del gran golpe, era lógico que se juntaran en Parasol para celebrar.

Está todo el equipo, por supuesto —Angelo, Wilmer y Harold—, además de todos los muchachos y muchachas de la Brigada de Narcóticos, media docena de agentes del Servicio de Inteligencia y unos cuantos oficiales y detectives de las comisarías de los distritos 4, 8 y 6 (la del barrio).

Landreau pasó a tomarse una copa emblemática. Hasta llegaron un par de fiscales municipales y federales y dos tipos de la delegación de la DEA que obsequiaron a los agentes sombreros de vaquero e hicieron un brindis: «Aquí estamos junto a ustedes, firmes, a diferencia del pito de McNabb».

Pero la mayoría de los invitados se fueron temprano y ya sólo queda el equipo, un par de agentes de Narcóticos y unos cuantos que han trabajado con ellos en algún momento de su carrera. Los pocos civiles en el local saben que les conviene mantenerse en lo suyo y escuchar la plática estrepitosa de los policías sin decir ni pío.

—Así que estaba allí tirado, cagándome encima —dice Jimmy— y pensando en lo jodido de todo, cuando aparece Harold trepado en un montacargas...

Comienzan a oírse vítores.

—¡Harold! ¡Harold! ¡Harold!

Harold está en el pequeño escenario con un micrófono en la mano, intentando contar chistes.

—Voy al proctólogo, le echa un vistazo a mi ano y dice: «¿Jimmy McNabb?».

—¡Te quiero, Harold! —exclama Jimmy, un tanto ebrio—. Ojo, con amor cristiano y heterosexual...

—¡Harold, Harold, Harold!

Harold da unos golpecitos al micro.

—¿Esto está encendido?

—...como Jesucristo quería...

—A Judas —concluye Wilmer.

—No, al otro.

—A Pedro.

—Pedro, Pablo o... el que sea —dice Jimmy—. En fin... ¿qué estaba diciendo?

—Mira que eres *picaflor* —dice Wilmer.

—¿Qué es eso? —pregunta Jimmy.

—Todo policía quiere tener un comandante íntegro, valiente y respetable —dice Harold en el escenario—. Nosotros tenemos a Jimmy McNabb, pero como yo digo: «No hay mal que dure cien años».

Angelo se levanta con piernas temblorosas y aporrea la mesa.

—¡Angelo quiere coger! ¿Quién quiere coger con Angelo?

—¡Jimmy quiere! —contesta Wilmer.

Lucy Wilmette, una veterana del Distrito 8 sin uniforme, levanta la mano.

—Yo quiero coger con Angelo.

—Esto se pone interesante —dice él—. ¿Quién más?

—¿Cómo que quien más? —exclama Lucy—. ¡Hombre, Angelo!

Eva ve los puntos de luz intermitente en la pantalla.

Como un enjambre de abejas de regreso a la colmena.

Sigue las comunicaciones por radio.

Una agente herida... Está tendida en la calle... Necesitamos una ambulancia... Confirmado, necesitamos una ambulancia... Patrulla acudiendo al reporte... Copiado, vamos para allá... Ya estamos aquí... Unidad 240 D...

¿Dónde está el otro agente?... ¿Por qué no responde?... Se oyeron disparos... Hay un testigo presencial... Dios, es casi una niña... Dios mío, ¿dónde está esa ambulancia?... Se está desangrando... No le encuentro el pulso... Sean, está muerta... ¿Dónde está su compañero? ¡¿Maldita sea, dónde está su compañero?!

Unidad 240 D.

El coche de Danny.

Con la mano izquierda, Eva marca en el celular el número de Jimmy.

Va al buzón de voz.

Está en la fiesta.

En Parasol.

¡Contesta, Jimmy!

Es tu hermano.

—¿Este es uno de esos polis que dices que son intocables? —pregunta Óscar.

Danny está esposado a una silla de acero atornillada al suelo de cemento, en una nave industrial de los muelles de Algiers Point. Tiene los tobillos esposados también a las patas de la silla.

—Despiértalo —ordena Óscar.

Rico abofetea a Danny hasta que vuelve en sí.

—El hermano menor de Jimmy McNabb —dice Óscar.

Danny parpadea, ve delante de él la cara redonda de un hispano.

—¿Tú quién eres?

—Soy el que va a lastimarte —contesta Óscar.

Enciende el soplete de acetileno.

La llama brilla, azulada.

Jimmy levanta una jarra grande de cerveza.

—¡Un brindis! ¡Por que sigamos dándoles su merecido!

Se vierte la cerveza directamente en la boca.

—¡Jimmy! ¡Jimmy! ¡Jimmy!

Deja la jarra vacía en la mesa, se limpia la boca con la mano y dice:

—No, en serio...

—En serio —repite Wilmer.

—¡Por que sigamos limpiando las calles de drogas y armas, y mandando a los malos al bote! ¡Por el mejor grupo de policías del mundo! Los quiero, gente. A todos. Son mis hermanos y hermanas y los quiero.

Se deja caer en la silla.

—¿Jimmy McNabb está siendo amable? —pregunta Lucy.

—Es el alcohol el que habla —contesta Wilmer.

Gibson, un sargento de la comisaría del Distrito 4, entra en Parasol y ve que la fiesta está en su apogeo. Al mirar entre la gente distingue a Jimmy McNabb en el escenario, haciendo una versión horrible de karaoke de «Thunder Road».

Gibson busca a Angelo Carter y lo encuentra junto a la barra.

—¿Puedo hablar contigo un momento? —pregunta—. ¿Afuera?

—Santo Dios —dice Angelo—. ¿Danny?

La noticia le quita la borrachera de golpe. Conoce a Danny desde que era un chiquillo: el fastidioso hermano menor que andaba siempre por allí, idolatrando a Jimmy, ansioso por entrar en el cuerpo.

¿Y ahora está muerto?

—Es una fregadera —dice Gibson—. Encontramos su cuerpo en los muelles de Algiers Point. Lo torturaron.

Lo quemaron vivo.

Le rompieron todos los huesos del cuerpo.

—Hay que decírselo a Jimmy —dice Gibson.

—Se volverá loco —dice Angelo.

Jimmy McNabb no quiere a nadie en el mundo, salvo a sus compañeros y a su familia. Cuando se entere de que mataron a Danny, se pondrá violento.

Destrozará el lugar.

Lastimará a otros y a sí mismo.

Tienen que andarse con pies de plomo.

—Vamos a hacer una cosa —dice Angelo.

Angelo es el primero en entrar por la puerta.

Lo siguen Wilmer, Harold, Gibson, tres de los oficiales más fornidos que ha encontrado Angelo en la 6ª y Sondra D, una prostituta que saca partido a su notable parecido con Marilyn Monroe cobrando mil dólares cada vez que la llaman. Cuando la localizó Angelo estaba en el hotel Roosevelt, a punto de prestarle sus servicios a un bombero de visita en la ciudad.

En el bar, todo se detiene.

Todo suele detenerse cuando Sondra entra en una habitación.

Vestido plateado de lentejuelas.

Pelo rubio platino.

—¡Jimmy! —grita Angelo—. Alguien vino a verte.

Jimmy mira desde el escenario y sonríe.

Sondra lo mira y dice:

—Soy la sargento Sondra, de... Asuntos Internos.

Todos se echan a reír.

Incluido Jimmy.

—Te has portado muuuy mal —añade Sondra imitando el tono de Marilyn. Se saca unas esposas del escote y las hace oscilar con la mano derecha—. Y ahora estás detenido.

Harold y Wilmer suben al escenario, agarran a Jimmy por los codos y lo acompañan hasta donde está Sondra.

—Date la vuelta —ordena ella—. Pon las manos a la espalda.

—¿Vas a esposarme? —pregunta Jimmy.

—Eso para empezar.

—Haz lo que te dice la dama —dice Angelo.

Jimmy se encoge de hombros.

—Por mí que no quede.

Se da la vuelta, pone las manos a la espalda y Sondra lo esposa.

Angelo comprueba que las esposas están bien cerradas. Luego inclina suavemente a Jimmy sobre la barra, se apoya a su lado y comienza:

—Jimmy, tengo que decirte algo.

La gente que estaba de guardia en la comisaría contó después que los gritos de Eva se oían afuera del edificio.

Puede que fuera cierto, puede que no.

Lo que se sabe de cierto es que, después de aquella noche, cuando hablaba ya sólo le salía un susurro ronco de la garganta.

Jimmy se vuelve loco.

Blandiendo la cabeza como un garrote, aparta a Angelo de un golpe, se echa hacia el otro lado y sacude a Wilmer. Lanza coces como una mula, derriba a un agente de uniforme.

Luego empieza a dar cabezazos contra la barra.

Una, dos veces.

Tres.

Con todas sus fuerzas.

Angelo intenta sujetarlo por los hombros, pero Jimmy, con la cabeza chorreando sangre, se incorpora de golpe, voltea y lo embiste contra una mesa. Vuelan botellas y vasos y Angelo cae al suelo.

Jimmy gira y le da una patada a un policía en el estómago.

Se vuelve y patea hacia atrás a otro en la rodilla.

Un policía corre a agarrarlo, pero Jimmy le da un cabezazo en el puente de la nariz y el policía lo suelta.

Harold lo agarra por la espalda, lo atenaza con los brazos y lo levanta. Jimmy engancha el pie izquierdo en su tobillo y clava el talón derecho en la entrepierna de su compañero. Harold no lo suelta, pero afloja los brazos lo justo para que Jimmy estire el brazo, le encaje la mano bajo la barbilla y empuje. Cualquier otro habría cedido por miedo a que le rompiera el cuello, pero Harold está hecho de otra pasta, tiene el cogote de un toro y aguanta.

—No quiero lastimarte, Jimmy.

Jimmy le da dos rodillazos en los huevos.

Ahí no hay músculos.

Harold lo suelta.

Jimmy vuelca otra mesa, dos sillas más, se lanza contra la pared, la golpea con la cabeza y luego con la rodilla, hace un boquete en el yeso.

Angelo lo golpea en la nuca con una macana prestada.

Un golpe hábil, certero.

Jimmy se desliza pared abajo, inconsciente.

Entre cuatro lo sacan del bar y lo meten en una patrulla.

Lo llevan a la 6ª y lo encierran en una celda.

Aunque al capitán Landreau le caiga mal Jimmy McNabb, no le gusta ver a uno de sus hombres sentado en el suelo de una celda con la espalda pegada a la pared.

—Sáquenlo de ahí —ordena—. Inmediatamente.

Abren la puerta. Jimmy se levanta y sale por su propio pie.

Su equipo lo está esperando, pero Jimmy ve a dos agentes de uniforme mirando con cara de horror un celular. Al ver a Jimmy, paran el video y bajan el teléfono.

—¿Qué pasa? —pregunta—. ¿Qué están mirando?

—Es mejor que no lo veas —dice Angelo.

—¿Qué están mirando? —pregunta Jimmy a uno de los oficiales, un novato asustado.

El novato no contesta.

—Dije que qué chingados están mirando.

El chico se vuelve hacia a Angelo como diciendo «¿Qué hago? Carajo, es Jimmy McNabb».

—¿Por qué lo miras a él? —pregunta Jimmy—. Te estoy hablando. Dame ese puto teléfono.

—Es mejor que no lo veas, Jimmy —insiste Angelo.

—Eso lo decido yo —replica Jimmy—. Dámelo de una puta vez —le dice al novato.

El novato le da el teléfono.

Jimmy ve la imagen congelada del video y pulsa *Play*.

Ve…

A Danny desgañitándose a gritos.

La silla a la que está atado salta como un conejito de cuerda.

—¡Mira cómo brinca! —dice alguien.

—Métele fuego otra vez —dice otra voz.

—A lo mejor se muere —añade otra.

—No dejen que se muera todavía —dice el que habló en segundo lugar.

Un corte en el video. Una pausa y luego…

Danny con la cabeza agachada.

El cuerpo quemado.

Y roto.

Todos los huesos fracturados.

—¿Lo grabaste todo? —pregunta el de antes.

—Se va a hacer viral —dice otra voz, una nueva.

—Graba esto también. Verás qué batazo —dice el segundo.

Un bate de beisbol, un golpe a la cabeza.

Otro corte y luego…

El cuerpo chamuscado de Danny en posición fetal. Tendido entre los hierbajos y la basura de la orilla del río, se acerca las manos, crispadas y negras como garras, a la cara.

Un rótulo recorre la parte inferior de la pantalla:

Saludos de Óscar.

Jimmy McNabb siempre pensó que eso de que se te rompiera el corazón era una metáfora.

Ahora sabe que no.

Su corazón está roto.

Y él también.

Entierran a Danny entre las tumbas del cementerio de Lafayette N° 1, en el distrito de Garden.

Las horas del velorio, con el féretro cerrado, han sido brutales.

No habrá funeral irlandés. Nadie tiene ganas de reír y contar historias. No hay de qué reírse y la vida de Danny ha sido tan corta que hay pocas historias que contar. Además, John McNabb ya está borracho, como siempre, sólo que más furioso, más amargo, más aturdido, más silencioso si cabe.

No es de ningún consuelo para su esposa y su otro hijo.

Claro que nada puede consolarlos.

Policías con uniforme de gala y guantes blancos —Jimmy entre ellos— portan el ataúd hasta la tumba.

Suena la salva de rifles, la gaita toca «Amazing Grace».

Eva no llora.

Vestida de negro y muy pequeña, más pequeña que de costumbre, permanece sentada en la silla con la vista fija adelante.

Acepta la bandera plegada y la posa sobre su regazo.

Jolene sí llora: le tiemblan los hombros, solloza abrazada por sus padres.

La gaita toca «Danny Boy».

La casa —una típica casa de Nueva Orleans, estrecha y larga— no queda lejos de Annunciation y la Segunda Avenida. Delante hay un jardincillo de tierra y hierba rala y una valla de alambre que bordea la acera agrietada.

Jimmy cruza la puerta y entra en la sala.

Su viejo está sentado en una tumbona.

Con el vaso en la mano izquierda, mira por la ventana y no se da por enterado de que Jimmy está allí.

Casi no cruzan palabra desde que, más o menos a los dieciocho años, cuando fue por fin más grande que él, Jimmy empujó al cerdo de su padre contra la pared de la cocina y le dijo:

—Si vuelves a pegarle a mamá, te mato.

Big John se rio y contestó:

—Por eso no te preocupes. Si vuelvo a pegarle, será ella quien me mate.

Resulta que Eva se había comprado una Glock 19 pequeñita y le dijo a su marido:

—Si me levantas la mano otra vez, te mando al otro barrio.

Big John le creyó.

Desde entonces sólo da puñetazos a las paredes y a las puertas.

Jimmy pasa ahora a su lado, cruza la recámara de sus padres y entra en el cuarto que antes compartía con Danny.

Un dolor del carajo, estar en esa habitación.

Se acuerda de cómo le tapaba los oídos a Danny cuando Big John y Eva peleaban. Danny le decía:

—John le está pegando a Eva otra vez, ¿verdad?

—No —contestaba él—. Solo están jugando.

Pero Danny lo sabía.

Jimmy intentaba protegerlo, como hacía siempre, pero contra eso no podía protegerlo.

Y tampoco pudiste protegerlo cuando más te necesitaba, piensa mientras echa un vistazo alrededor: los viejos guantes de beisbol, el póster de Jessica Alba con la esquina caída y la cinta adhesiva amarillenta asomando por detrás, la ventana por la que Danny y él se escapaban por las noches para ir al parque, donde Jimmy había escondido unas cervezas.

Cuando entra en la cocina, Eva está de pie junto a la encimera sirviéndose una taza de café fuerte mezclado con achicoria.

En el fuego borbotea una olla de gumbo con pollo.

Jimmy solía bromear con que, desde que tenía uso de razón, siempre estaba la misma olla de gumbo puesta al fuego y que Eva se limitaba a volver de cuando en cuando para ponerle más agua y más ingredientes.

Su madre se ha cambiado el vestido negro por una blusa azul oscuro y unos *jeans*. Le ofrece la cafetera a Jimmy y él menea la cabeza: no quiere.

—¿Un trago, entonces?

—No.

—Tienes que ir a ver a Jolene —dice Eva—. Está muy mal.

—Lo haré.

Eva lo mira de arriba abajo, una larga evaluación. Luego dice:

—De niño siempre estabas enojado, Jimmy. Y ahora que eres un hombre, sigues enojado.

Él se encoge de hombros.

Ella tiene razón.

—Odias por odiar —añade.

Otra vez lo mismo, piensa Jimmy.

—Intenté quitarte ese odio a fuerza de cariño —dice Eva—, pero te consumía por dentro. Puede que fuera por tu padre, o por mí, o porque es tu naturaleza, pero no hallé la forma de hacerte cambiar.

Jimmy no dice nada.

Conoce a Eva, sabe que no ha terminado.

—Danny no era así —agrega su madre—. De pequeño era un amor y siguió siéndolo cuando se hizo hombre. Era el mejor de todos nosotros.

—Lo sé.

Otra larga mirada, otro escrutinio. Entonces Eva lo agarra por las muñecas.

—Quiero que hagas tuyo todo lo que intenté quitarte a fuerza de cariño. Quiero que reconozcas tu odio. Quiero que vengues a tu hermano.

Mira la cara amoratada y herida de su hijo.

Sus ojos negros, hinchados.

—¿Lo harás por mí? —pregunta—. Hazlo por mí. Piensa en Danny. Piensa en tu hermanito.

Jimmy asiente en silencio.

—Y mátalos a todos —dice Eva—. Mata a todos los que mataron a mi Danny.

—Lo haré.

Eva le suelta las muñecas.

—Y que les duela —añade.

El departamento está en el Barrio Francés, en la primera planta de un edificio viejo de la calle Dauphine.

El dueño es un traficante de hierba sentenciado a ocho años en Avoyelles. Está en Avoyelles y no en Angola porque McNabb habló con el juez, que le debía un favor.

Así que el equipo dispone de una casa de seguridad en el Barrio Francés, cerca de los clubes, los bares y los ríos de mujeres que vienen a Nueva Orleans a hacer turismo. Y lo han aprovechado al máximo.

Pero esos eran otros tiempos, tiempos mejores.

Ahora Jimmy está parado en medio de la sala.

—En el video se oyen cuatro voces —dice—. Una es la de Óscar Díaz, está claro. Las otras tres no las hemos identificado.

—El chico al que echaste al río apareció muerto —dice Angelo—. Un balazo en la nuca. Así que por ahí no vamos a encontrar ayuda.

—¿Y los otros detenidos? —pregunta Jimmy.

—A uno lo picaron en Orleans —dice Wilmer, el hondureño, refiriéndose a la prisión central de Nueva Orleans—. Se desangró antes de que llegaran los custodios. Los otros salieron bajo fianza.

—Tiene que ser una puta broma.

—Se largaron —insiste Wilmer—. Seguramente le tienen más miedo a Óscar que a nosotros.

—¿Y Óscar?

—Ya recorrí todo Barrio Lempira. —dice Wilmer, refiriéndose al mayor vecindario hondureño de la ciudad—. Estuve en Saint Teresa. Nadie sabe dónde se esconde.

—O lo saben y no quieren delatarlo —dice Angelo.

Wilmer menea la cabeza.

—No. Le pregunté a amigos, primos, a la familia. Todo mundo está alterado por lo que le pasó a Danny. Ese pendejo de Óscar es un recién llegado. Ni familia ni nada. Nadie lo conoce.

—Alguien tiene que conocerlo —afirma Jimmy—. Alguien tiene que conocer a alguien que lo conozca. Vuelve al barrio. Apriétales las tuercas.

—Va a ser casi imposible dar con esos cuatro —dice Harold.

—No necesito dar con los cuatro —contesta Jimmy—. Sólo tengo que encontrar al primero.

Jimmy y Angelo van en coche a Metairie, al otro lado de la carretera 61, en Jefferson Parish.

Un barrio residencial, verde y frondoso.

—Antes no dejaban a los negros comprar propiedades aquí —comenta Angelo—. Si venías a Metairie, venías a limpiar baños.

—¿Y qué pasó para que ahora sí? —pregunta Jimmy.

—Katrina. La gente necesitaba casas y el mercado no pudo resistirse.

—¿Tú querrías vivir aquí?

—Ni loco.

—¿Y entonces qué te importa?

—No me importa —contesta Angelo—. Era sólo por hacer conversación.

Toma Northline hacia Nassau Drive, un arco de mansiones con grandes jardines de césped y piscinas, flanqueadas por el club de golf.

La casa de tejado rojo de Charlie Corello queda frente al sexto *tee*. Angelo estaciona en la entrada curva, van a pie hasta la puerta y llaman al timbre. La empleada que les abre los conduce a la piscina, situada en un patio rodeado por un muro.

Corello, con el pecho desnudo, muy moreno y embadurnado de protector solar, está sentado frente a una mesa de hierro forjado bajo una sombrilla, tomando té helado y mirando su laptop. Se levanta y le pone una mano en el hombro a Jimmy.

—Te acompaño en el sentimiento, Jimmy.

—Gracias.

Señala dos sillas.

—Siéntense. Me alegro de verte, Angelo. ¿Quieren tomar algo?

—No, gracias.

Charlie tiene ahora el cabello —una espesa pelambre en cabeza y pecho— blanco como la nieve y ha engordado algunos kilos desde la última vez que se vieron, hará unos cinco años. Su abuelo fue en tiempos el capo de toda Nueva Orleans. De toda Louisiana, mejor dicho. A decir verdad, controlaba gran parte de Estados Unidos.

Hay quien dice que fue el abuelo de Charlie quien mandó matar al presidente.

La familia Corello ya no es lo que era, pero Charlie sigue teniendo mucha influencia en Nueva Orleans. Drogas, prostitución, extorsión, seguridad… Las franquicias típicas de la mafia.

Todos pagan para que Charlie siga sentado bajo una sombrilla junto al club de golf.

—¿Cómo lo está llevando Eva? —pregunta.

—Como era de esperar.

—Dale recuerdos de mi parte.

—Lo haré.

—¿En qué puedo ayudarte?

—¿Haces negocios con algún hondureño? —pregunta Jimmy.

—¿Estamos hablando extraoficialmente? ¿No tengo que cachearte para comprobar que no traes un micro?

—Tú ya me conoces.

Charlie lo conoce, en efecto. Jimmy y él han hecho negocios juntos, en los tiempos en que Jimmy era patrullero y más tarde, cuando trabajaba sin uniforme en la Brigada Antivicio. Jimmy recibía un sobre por Navidad y Charlie procuraba que su gente no maltratara a las chicas ni les vendiera droga a menores.

Los dos cumplían su parte.

Jimmy no ha aceptado ningún sobre desde que está en Narcóticos, y aunque ha detenido a un par de colaboradores de Charlie, no ha querido seguir su pista hasta Metairie.

—Les compro mercancía a unos hondureños —contesta Charlie—, pero nunca a ese soplavergas de Díaz.

—Entonces no sabes cómo encontrarlo.

—Le diré a mi gente que estén atentos. Si averiguan cualquier cosa, serás el primero en saberlo.

—Te lo agradezco —dice Jimmy—. Quería avisarte de una cosa. Pienso apretarles las tuercas a los *dealers* y esta vez voy a llegar hasta el final, aunque el rastro me conduzca hasta Jefferson Parish. *Capisce*, Carlo?

—No me amenaces, Jimmy —replica Charlie—. Hace mucho que nos conocemos, tú y yo. Nuestros padres ya tenían tratos. Acude a mí como amigo.

—Como amigo, te digo que había cuatro hombres en ese lugar. Y que voy por todos.

Charlie bebe un sorbo de té y echa una larga mirada al campo de golf, donde cuatro borrachos van dando tumbos por el sexto *green*.

—Te conseguiré un nombre —dice al fijar de nuevo la mirada en Jimmy.

Wilmer y Harold entran en el tugurio de Barrio Lempira con la insignia policial por delante.

Aunque es pleno día, hay una docena de personas acodadas en la barra o sentadas en las mesas. La mayoría son hombres, todos ellos hondureños. Ninguno se alegra de ver a la policía.

—¡Buenas tardes! —dice Wilmer—. ¡Esto es una visita cordial del Departamento de Policía de Nueva Orleans!

Gruñidos, exabruptos.

Un hombre sale disparado hacia la puerta de atrás, pero Harold, que es muy ágil a pesar de ser tan grande, lo agarra de la camisa y lo arroja contra la pared.

—¡Vacíense los bolsillos! —ordena Wilmer—. ¡Pónganlo todo encima de la barra o de la mesa! Si les encuentro algo en los bolsillos, se los meteré por el gaznate o por el culo, según se me antoje. *¡Háganlo!*

Los parroquianos se hurgan en los bolsillos, sacan billetes arrugados, monedas, llaves, teléfonos, bolsitas de hierba, pastillas, una jeringa, una cucharilla.

Harold cachea al que agarró, le encuentra una navaja automática y una bolsa de marihuana, un rollo de billetes y un poco de cristal.

—Vaya, vaya, ¿qué tenemos aquí?

—Eso no es mío.

—Y a mí es la primera vez que me dicen eso. —Le saca la cartera del bolsillo de atrás y encuentra una licencia de manejo—. Si te busco, Méndez, Mauricio, ¿voy a encontrar una orden de detención pendiente? No me mientas.

—No.

—Dije que no me mientas.

Desde detrás de la barra, el dueño del bar le lanza a Wilmer una mirada torcida. Él se da cuenta.

—Tú, *cabrón*, ¿me estás mirando mal? ¿Tienes algo que decir?

El dueño masculla por lo bajo «tu propia gente», o algo por el estilo.

Wilmer se acerca, lo agarra por el frente de la camisa y lo jala, casi tumbándolo sobre la barra.

—A ver si te queda claro. Ustedes no son mi gente. Mi gente tiene trabajo. Está trabajando, no bebiendo en un tugurio de mierda a media tarde. —Se acerca un poco más al dueño del bar—. ¿Quieres decirme algo más, jefe, o prefieres conservar todos los dientes?

El hombre baja la mirada, la clava en la barra.

Wilmer se inclina y susurra:

—Todos los días, *cabrón*, voy a volver todos los días hasta que estas *cucarachas* dejen de venir. Y el inspector de salubridad y el de prevención contra incendios vendrán también a diario, y con un billete de veinte no vas a conseguir que no te encuentren algo.

—¿Qué quieres? ¿Dinero?

—Tú quieres que te dé un bofetón, ¿no? —replica Wilmer—. No quiero dinero, *cabrón*, quiero nombres. Quiero que me des el nombre de alguien que conozca a Óscar Díaz, o que conozca a alguien que sepa de otro que lo conoce.

Suelta al dueño y se encara con un tipo joven sentado en un taburete.

—Voy a cachearte, *mijo*.

—Yo no soy tu hijo.

—Y tú qué sabes —replica Wilmer—. Yo me muevo mucho. Las manos encima de la barra.

El joven pone las manos sobre la barra. Wilmer lo cachea y le encuentra una bolsa de hierba en el bolsillo de los *jeans*.

—¿Qué dije? ¿Eh? ¿Qué dije?

Saca la hierba de la bolsa y se la acerca a la boca al chico.

—*Bon appétit*.

El joven sacude la cabeza y cierra la boca con fuerza.

—¿Prefieres que te la meta por el *culo* entonces? —pregunta Wilmer—. Porque lo hago. Y luego te llevo a la comisaría. Ahora come.

El chico se mete la hierba en la boca.

Wilmer se dirige al resto de los clientes del bar.

—¡Vuelvan a guardarse las llaves y el dinero! El resto me lo quedo. Todos saben ya lo que le pasó a ese joven policía. Es una vergüenza para mi gente. Será mejor que alguien venga a verme con un nombre, o se quedarán sin sitio donde pasar la tarde. ¡Ahí donde vayan estaré yo!

—¿Qué quieres que hagamos con éste? —pregunta Harold.

—Tráelo.

Sacan al tipo al coche y lo meten a empujones al asiento de atrás. Harold busca su nombre en la base de datos y encuentra órdenes de detención pendientes por violación de libertad condicional y posesión de drogas con intención de venderlas.

—¿No te dije que no me mintieras?

—Sí, de acuerdo, tengo alguna orden de detención —dice Mauricio.

—Esa es la menor de tus preocupaciones en este momento —responde Wilmer—. Vamos a llevarte a ver a Jimmy McNabb.

Los dos coches están parados en un callejón de Algiers.

Jimmy tiene a Mauricio arrinconado contra la defensa frontal.

Angelo está sentado en el capó, mirando el teléfono de Mauricio.

—¿Cuál es tu contraseña?

—No tengo por qué decírselo —contesta Mauricio—. Conozco mis derechos.

—El chico conoce sus derechos, Jimmy.

—Cuéntame más —le dice Jimmy a Mauricio.

—¿Qué?

—Sobre tus derechos. Háblame de ellos.

—Tengo derecho a guardar silencio…

—Y…

—Tengo derecho a un abogado. Si no puedo costeármelo, me asignarán uno de oficio.

—¿Puedes costearte un abogado? —pregunta Jimmy.

—No.

—Entonces voy a asignarte uno: yo. Como tu abogado, te aconsejo que nos des tu contraseña o le diré a Harold que te sujete la mano contra el filo de la puerta y la cerraré de una patada. Te conviene aceptar mi consejo, Mauricio.

—Usted no haría eso.

—¿Con qué mano te la jalas, Mauricio? —pregunta Angelo—. Sea cual sea, dale la otra porque lo hará, puedes estar seguro.

—Uno, dos, tres, cuatro, cinco, seis —dice el joven.

—¿En serio? —pregunta Jimmy.

—Es fácil de recordar.

—Eso es lo que me saca de quicio de los cristaleros —dice Jimmy—. Que sean todos tan tarados.

—Funciona —dice Angelo, y se pone a inspeccionar el contenido del teléfono—. Por lo visto, la palabra en clave que usa esta lumbrera de Mauricio para referirse a la meta es *taquitos*. «Tengo el *dinero*. Paso por un cuarto de *taquitos*».

—Tengo bastante hambre, me vendrían bien unos *taquitos* —dice Jimmy—. Mauricio, no te importará que le mandemos un mensaje a tu *dealer* para quedar con él, ¿verdad? ¿Eso no violaría tus derechos?

Mauricio tuerce el gesto.

—Supongo que no tengo elección.

—El tipo pregunta que si en el lugar de siempre —dice Angelo—. ¿Dónde es?

Mauricio no contesta.

—Abre la puerta del coche —ordena Jimmy.

Mauricio les da una dirección en Slidell, en Algiers.

—¿Y el nombre? —pregunta Jimmy.

Fidel.

Cuando van en camino a Algiers, suena el teléfono de Jimmy.

—McNabb.

—No me conoces —dice un hombre—. Trabajo para Charlie. El tipo al que buscas se llama José Quintero. Estuvo ahí.

—¿Sabes dónde puedo encontrarlo?

—No, perdón.

—Dale las gracias a Charlie de mi parte —dice Jimmy—. Como amigo.

Wilmer llama a la puerta de Fidel.

—¿Quién es?

—Es Mauricio.

Se abre la puerta, pero con la cadena puesta.

Harold termina de abrirla de una patada.

Jimmy entra mientras Fidel trata de levantarse. Jimmy no lo deja; de una patada en la barbilla lo derriba, inconsciente.

Cuando vuelve en sí, Fidel ve a Jimmy y a Wilmer sentados en el sofá, tomándose sus cervezas. Angelo está entre él y la habitación de al lado. Harold bloquea la puerta de entrada.

Sobre la mesa baja hay una pistola, un cacharro viejo calibre .25.

—Es hora de despertar —dice Jimmy—. Aquí hay meta suficiente para que te caigan entre quince y treinta años de prisión. Pero además, Fidel, estás a dos cuadras de una escuela, así que pueden darte cadena perpetua sin posibilidad de libertad condicional. Y te garantizo que cumplirás sentencia en Angola. Me aseguraré de ello personalmente.

—¡Esa droga la pusieron ustedes ahí!

—Sí, ajá, yo probaría a decirle eso al jurado, a ver qué opinan —responde Jimmy—. O bien podemos irnos y fingir que nada de esto pasó.

—¿Qué quieren? —pregunta Fidel.

—José Quintero.

—Prefiero ir a la cárcel.

—Verás, ya había pensado en eso —dice Jimmy—. Que te diera más miedo lo que pueda hacerte Óscar a ti, o a tu familia. La pistola encima de la mesa ya tiene tus huellas. Puedo pegarte un tiro en la cabeza y colocártela en la mano cuando estés muerto.

—Me quiere asustar.

—Soy el hermano de Danny McNabb.

A Fidel se le agrandan los ojos.

—Veo que te suena ese nombre —añade Jimmy—. ¿Sigues pensando que no soy capaz de hacerlo?

—Le juro que yo no toqué a su hermano —dice Fidel—. Yo solamente sostuve la cámara.

—¿Solamente? —pregunta Jimmy—. Puto imbécil, ni siquiera sabía que estabas allí.

—¡Se lo juro!

—Bueno, si no hiciste nada más, dime dónde podemos encontrar a Quintero.

Fidel se lo dice.

Jimmy coge la .25 de la mesa y le pega un tiro en la cabeza.

—Lástima, otro ajuste de cuentas —dice.

Salen de la casa.

Uno menos.

Jolene vive en Constance, en la zona de Irish Channel, a corta distancia del hospital donde trabaja. Sale a abrir en bata, secándose el pelo con una toalla.

Es la típica cajún: pelo largo, negro y lustroso, y unos ojos que Jimmy juraría que son de color violeta.

Está tan guapa como siempre.

—Acabo de salir del baño —dice—. Pasa.

Jimmy entra.

La primera habitación es una cocinita.

—Eva me pidió que venga a ver cómo estás —dice.

Ella se ríe.

—¿Tú cómo crees que estoy? Hecha pedazos. Destruida. ¿Quieres una copa o algo?

—Son las diez de la mañana.

—Sí, tengo reloj, Jimmy. —Abre la alacena de encima del fregadero y saca una botella de Jim Beam—. Salí de trabajar hace dos horas. La noche estuvo activa en urgencias. Dos apuñalados, un tiroteo, una niña de dos años con traumatismo severo gracias al novio de la madre... ¿Quieres una copa o no?

—Sí, está bien.

Jolene sirve dos dedos de *bourbon* en un vaso bajo y otros dos para ella en un frasco viejo de mermelada. Le pasa el suyo a él y se sienta a la mesa de la cocina.

Jimmy se sienta frente a ella.

—¿Crees que Danny llegó a enterarse de lo nuestro? —pregunta Jolene.

—Terminamos mucho antes de que empezaras a salir con él.

—Noviecitos de prepa.

—¿Eso éramos? —pregunta Jimmy.

—No, qué va, lo nuestro era sólo coger —dice Jolene—. Y no se acabó en la prepa, Jimmy.

—No creo que Danny lo supiera. Si no, no habría...

Lo deja ahí.

—¿No habría querido meterla donde ya había estado su hermano mayor? —pregunta ella.

—Carajo, Jolene.

Ella bebe y luego dice:

—Danny quería ser como tú, ¿sabes? Y yo me alegro de que... de que no lo fuera. ¿Habrías ido a nuestra boda, Jimmy?

—Habría sido el padrino.

—¿Habrías esperado al lado de Danny mientras yo iba hacia el altar del brazo de mi padre? —pregunta ella—. ¿Me habrías entregado a tu hermano?

—Sí.

No sería la primera vez. Jimmy aún se acuerda del día en que se conocieron ella y Danny, en un cumpleaños de su hermano en Parasol. Fue de esos amores a primera vista. Jimmy se lo notó en los ojos a Danny, y a ella.

La miró como si le dijera: «*Ole*, cariño, adelante. De todos modos, lo nuestro nunca fue en serio».

—Tú y yo somos escoria —dice Jolene—. Basura blanca de Nueva Orleans. Danny era mejor. Mejor que nosotros.

—Sí.

Ella apura su bebida de un trago. Se levanta de la silla.

—Cógeme, Jimmy.

—¿Qué?

Se monta encima de él y se desata la bata, que se abre.

—Que me cojas. Quiero que me cojas con rabia.

—Para.

Ella baja la mano y le abre la bragueta.

—¿Qué pasa? ¿No puedes? ¿Ahora te sientes culpable?

—Vete a la chingada.

—Ese es mi Jimmy.

La penetra de golpe.

Sin contemplaciones.

La levanta en brazos sin salirse, la apoya contra la pared y se la coge. La mesa se sacude. El frasco de mermelada cae al suelo y se rompe.

Jolene lo agarra con fuerza, le clava las uñas y grita al venirse.

Jimmy la sujeta contra la pared mientras ella solloza con la cara pegada a su cuello.

Cuando por fin la deja en el suelo, dice:

—Ten cuidado. Estás descalza. No te cortes con los cristales rotos.

Cuando llega a la jefatura, Landreau lo llama a su despacho.

—Siéntate —dice.

—Prefiero estar de pie, gracias.

—Como quieras. Homicidios encontró a un vendedor hondureño de meta muerto en Slidell. Parece un suicidio, pero puede que haya participado alguien más.

—Ah.

—Tú no sabrás nada al respecto, ¿verdad? —pregunta Landreau—. ¿Un tal Fidel Mantilla?

—Narcos matándose entre sí —dice Jimmy—. Y si se quitó de en medio él solo, pues mejor. Una alimaña menos.

Una alimaña menos.

Landreau se queda mirando su escritorio unos segundos. Luego pregunta:

—¿Cómo estás, Jimmy?

—Bien.

—Por lo de la muerte de tu hermano, digo.

—Por el asesinato de mi hermano, querrá decir.

—Sí, de acuerdo.

—Estoy bien.

Se queda mirando a Landreau, que lo mira fijamente.

Sabe que Jimmy mató a Mantilla.

Pero también sabe que no puede probarlo.

—Bueno, si te enteras de algo —añade—, avisa a Homicidios.

—Muy bien —dice Jimmy.

Esa noche suena su teléfono.

Es Angelo.

Tienen a Quintero.

Jimmy le dice que enseguida va.

Se reúne con ellos en Barrio Lempira, en la planta de reciclaje de la que es dueño un socio de Charlie Corello, entre las calles Willow y Erato.

Angelo abre la cajuela de su coche.

Quintero está dentro, con las muñecas y los tobillos atados y una mordaza en la boca. Es un tipo flaco, joven, con el pelo largo y negro.

—Sáquenlo —ordena Jimmy.

Harold y Wilmer agarran a Quintero, lo sacan de la cajuela y lo ponen de pie delante de Jimmy.

—Soy el hermano de Danny McNabb —dice Jimmy—. Sólo para que sepas que esto no es broma.

Los ojos de Quintero reflejan el miedo que cabe esperar.

Lo llevan a rastras al fondo del patio, donde hay una compactadora de basura junto a la valla. Jimmy encuentra una caja de latas y las tira dentro de la compactadora, una máquina grande, fea, de color verde.

—Mira esto, José.

Pulsa el botón de la máquina.

La compactadora aplasta las latas, las aplana. Un crujido horripilante, un chirrido metálico que dura diez largos segundos.

—Métanlo —dice Jimmy.

Harold y Wilmer arrojan a Quintero, que se retuerce, gime y forcejea, en la compactadora.

—Sé que estabas presente cuando torturaron a Danny —dice Jimmy—. Sé que estaban también Díaz y otro. Pero sé que tú no diste la orden, así que voy a darte una oportunidad. Quiero un nombre y un lugar.

Le quita la mordaza.

—No sé dónde está Díaz —dice Quintero.

Empieza a llorar.

—Dime cómo se llama el otro —ordena Jimmy—. Es tu última oportunidad.

—Rico —dice José—. Rico Pineda.

—¿Dónde está?

—No lo sé.

—Adiós —dice Jimmy.

—¡Tiene una novia negra! —grita Quintero—. Keisha. Es bailarina en el Golden Door. En la Novena.

—¿Lo conoces? —le pregunta Jimmy a Angelo.

—Sí.

Jimmy menea la cabeza.

—¿Sabes qué? Me parece que estás mintiendo. No creo que estuvieras allí. Creo que te lo estás inventando para salvar el pellejo. *Adiós,* José.

—¡No! —grita Quintero—. ¡Estaba allí! ¡Lo juro!

—Demuéstramelo.

Quintero está hiperventilando, le cuesta respirar.

—Tu hermano llevaba una medalla, ¿cierto? Una medalla de un santo.

—¿De qué santo? —pregunta Jimmy.

—¡San Judas!

—Parece que estás diciendo la verdad, después de todo —dice Jimmy—. Por lo visto sí estabas allí.

Pulsa el botón de la máquina.

Quintero grita.

Jimmy vuelve a subir al coche.

Dos menos, piensa.

...

Sentado junto a la barra, Angelo mira a Keisha contonearse en el escenario.

Es preciosa.

Y joven, diecinueve añitos.

Más joven que Rico, que, según la base de datos, tiene treinta y ocho y antecedentes penales. Llegó después de Katrina a trabajar enyesando paredes y descubrió que era más lucrativo dedicarse al robo y la extorsión. Salió en libertad hace sólo un año, después de cumplir cinco en Angola, y al parecer se puso a trabajar de matón para Díaz.

Jimmy quería ir directo tras él, pero Angelo lo convenció de no hacerlo.

—Tú eres blanco —le dijo.

—No me digas.

—Sí. ¿Un poli blanco en un bar con mujeres de la Novena? No dudarías ni dos segundos. Deja que me encargue yo.

Le sonríe a Keisha, que se acerca a él sin dejar de contonearse y se agacha. Le mete un billete de cinco dólares en la tanga y ella se aleja bailando, pero Angelo no le quita el ojo y tampoco a las otras chicas, y cuando acaba la canción Keisha baja del escenario y se acerca a su taburete.

—¿Quieres que vayamos a la sala VIP, guapo? —pregunta.

—¿Cuánto me costaría?

—Cincuenta más la propina si te hago feliz.

—¿Crees que puedes hacerme feliz? —pregunta Angelo.

—Muchísimo, si vamos a un reservado —contesta Keisha.

—Vamos entonces. —Se saca tres billetes de veinte del bolsillo—. Pago por adelantado.

Ella lo lleva arriba, a la sala VIP, lo hace sentarse y empieza a contonearse encima de él.

—La tienes muy grande —dice.

—Y se va a poner más, cariño —dice Angelo—. Dijiste no sé qué de un reservado.

—Son otros cien.

Le da el dinero. Ella se levanta, lo conduce a un reservado cerrado por una cortina y le hace una seña con el dedo para que se acerque. Angelo la sigue a un cuartito y se sienta en una banca. Keisha se arrodilla delante de él.

Angelo se inclina, le levanta la barbilla y le enseña su placa.

—Mierda —dice ella—. Por favor, no pueden detenerme otra vez.

—No es eso, Keisha.

—¿Cómo sabes mi nombre?

—Sé muchas cosas sobre ti. Sé que te han detenido dos veces, que vives en la calle Egania y que tienes a un tipo escondido en tu casa, un tal Rico Pineda.

Ella intenta apartarse, pero Angelo la agarra de la muñeca.

—Vamos a ir por él. Si no colaboras, entraremos por la brava y acabará muerto. Si nos ayudas, será todo mucho más fácil y tu amigo no morirá.

—No puedo hacer eso. Lo quiero.

—¿Más que a tu hija? Porque tienes a una niña de tres años viviendo con un delincuente. Hay drogas en esa casa. Si me presento allí con los de protección a menores, seguro se llevan a DeAnne y te quitan la custodia.

—Eres un hijo de la chingada.

—Sí, y tenlo muy en cuenta, niña —dice Angelo—. Si me ayudas, te compro un boleto de autobús para que vuelvas con DeAnne a Baton Rouge, a pasar una temporada con la abuela. Pero tienes que decidirte ahora mismo, porque como sea vamos a ir por Rico.

Le suelta la muñeca.

Jimmy voltea para mirar a Keisha, que va en el asiento de atrás. Son las tres de la mañana y están estacionados en la calle, cerca de la casita que ella alquila.

—Dime otra vez qué vas a hacer —dice él.

—Voy a entrar —repite Keisha—. Él seguramente estará en la cama, en el cuarto del fondo. Si no, lo llevo allí.

—Y…

—Dejo la puerta sin cerrar.

—¿Dónde duerme DeAnne? —pregunta Angelo.

—En el sofá de la sala.

—Intentaremos no asustarla —dice Angelo.

—Te damos cinco minutos —añade Jimmy—. Luego entramos.

—Keisha —dice Angelo—, si le avisas y escapa, hay alguien esperando detrás. Le pegará un tiro. Y ya puedes despedirte de tu hija, porque no volverás a verla.

—Ya lo sé.

—¿Dónde guarda el arma? —pregunta Angelo.

—Debajo de la almohada.

—Si intenta agarrarla, es hombre muerto —dice Jimmy.

—No lo dejaré —afirma ella—. Pero…

—¿Qué? —pregunta Jimmy.

—No lo lastimarán, ¿verdad?

—No —responde Angelo—. Sólo queremos hablar con él.

Keisha sale del coche.

—¿Confías en ella? —pregunta Jimmy.

—Cabrón, ni siquiera confío en ti.

—Acuérdate —dice Jimmy—, lo quiero vivo.

Esperan cinco minutos y se acercan.

La puerta está abierta.

Jimmy entra y ve a la niña profundamente dormida en el sofá, abrazada a un elefante de peluche rosa.

Con la pistola en la mano, avanza hacia la habitación del fondo.

Angelo avanza también, pegado a la pared de enfrente.

Wilmer bloquea la puerta de la calle; Harold está afuera, detrás.

La puerta del dormitorio está entreabierta.

Jimmy la abre suavemente.

Rico está tumbado en la cama, desnudo, un tipo grandulón, grueso, con el pecho y los brazos tatuados. Duerme como un presidiario: se despierta al menor ruido y busca la pistola.

Pero Keisha la tiene bien agarrada.

—¡Hija de la gran *puta*!

—Date la vuelta —dice Jimmy—. Las manos a la espalda.

Rico obedece sin quitarle el ojo a Keisha. Mientras Jimmy lo esposa, dice:

—Te voy a matar. Y a esa jodida mocosa también.

—Cállate —ordena Angelo.

Rebusca en los pantalones de Rico, saca el teléfono, le quita de las manos la pistola a Keisha.

Jimmy y él lo levantan agarrándolo por los brazos.

—¿Puedo vestirme, por lo menos? —pregunta Rico.

—No te va a hacer falta —responde Jimmy.

Lo sacan a rastras a la sala.

DeAnne se ha incorporado, se aferra al elefante mientras le corren lágrimas por la cara. Está aterrorizada.

—No pasa nada, cielo —dice Angelo—. Solo es una pesadilla. Vuelve a dormirte.

Entre Jimmy y Wilmer llevan a Rico al coche. Angelo se queda atrás y le da a Keisha dos billetes de cien dólares.

—Hay un autobús que sale dentro de dos horas —dice—. Agarra a la niña y abórdalo.

Que el día no te encuentre en Nueva Orleans.

—¿Dónde me llevan? —pregunta Rico cuando lo meten a empujones en el asiento de atrás.

—Donde llevaste tú a mi hermano —contesta Jimmy.

La vieja nave industrial se ubica a la orilla del río, en Arabi, casi lindando con Chalmette.

Está abandonada desde el huracán.

Rico tiene las manos esposadas a la espalda, en torno a un pilar de acero. Mira a Jimmy y dice:

—Bueno, ¿y ahora qué?

—Reconozco tu voz, del video —dice Jimmy—. Hablabas de mi hermano. «Mira cómo brinca», dijiste. Te parecía gracioso.

—Y lo era —replica Rico—. Me partí el culo de risa. Sé que vas a matarme, así que mátame. ¿Qué esperas?

—Todo a su tiempo. —Jimmy se pone unos nudillos de latón en la mano derecha y dice—: El que quiera irse, que se vaya. Sin resentimientos.

Nadie se mueve.

Harold se sienta encima de un montón de cajones.

Wilmer se apoya contra otro pilar.

Angelo enciende un cigarrillo.

Jimmy se pone otros nudillos en la mano izquierda, respira hondo y empieza a golpear a Rico.

Como si entrenara con un costal de boxeo, sólo que con un ser humano.

Le hunde los puños en las costillas —el derecho, el izquierdo— con fuerza suficiente para rompérselas, luego se aparta y le lanza un derechazo directo al hígado.

Rico aúlla.

Jimmy mueve el hombro izquierdo, le lanza un gancho al pómulo y, acto seguido, un puñetazo a la barbilla. Después le aplasta de un golpe el puente de la nariz.

La sangre le salpica la cara.

Él no lo nota.

Suda a chorros, jadea, se aleja y vuelve a aporrearle las costillas, le da la vuelta y le machaca los riñones, lo hace girar otra vez y le asesta un golpe feroz en las bolas.

Rico clava la barbilla en el pecho.

La sangre le corre por los tatuajes.

—Ya es suficiente —dice Angelo.

—No, no es suficiente —responde Jimmy resollando—. Nada de eso.

—Necesitamos que hable. —Angelo se interpone entre Jimmy y Rico—. Dinos dónde está Óscar.

—No.

Wilmer se aparta del pilar.

—Deja que pruebe yo. —Se acerca a Rico y le dice al oído en español—: Ese tipo que te está pegando es *el Cadejo*.

El Cadejo es una leyenda del folclor hondureño acerca de un perro negro creado por Satanás y un perro blanco creado por Dios.

—El perro negro y el blanco siempre están peleando dentro de él —prosigue Wilmer—. Ahora mismo va ganando el perro negro, lo que no te conviene nada. Si quieres que gane el perro blanco, dinos lo que queremos saber.

—También pelean dentro de mí.

—Lo sé —contesta Wilmer—. Hiciste algo muy malo y vas a morir por ello. Vas a morir y vas a ir al infierno. Pero quizá Dios te perdone si dejas que gane el perro blanco.

—Dios no existe.

—Más te vale que exista, *mano*. Porque la alternativa es el perro negro.

Rico vuelve a agachar la cabeza. Gime de dolor. Luego levanta los ojos y dice:

—Chinguen a su madre todos.

—Ahora lárguense —ordena Jimmy.

El equipo sale.

Jimmy se da una vuelta por la nave y encuentra en el suelo un tubo de hierro de cerca de un metro. Lo toma, lo sopesa y vuelve con Rico.

—Le rompieron todos los huesos a mi hermano antes de quemarlo vivo —dice—. Tengo malas noticias, Rico. Ganó el perro negro.

Lo golpea hasta que no puede seguir sosteniendo el tubo.

Tres menos.

Queda uno.

—¿Habló? —pregunta Angelo.

—No.

Mientras se alejan en el coche, Angelo pregunta:

—¿Alguna vez te planteas si estamos haciendo lo correcto?

—No. —Pasados unos minutos, Jimmy añade—: Se lo tienen merecido.

—No me preocupan ellos —responde Angelo—, sino tú.

—Eres muy amable.

—En lo que te estás convirtiendo —añade Angelo, y espera largo rato antes de preguntar—: Porque, ¿de veras es esto lo que querría Danny?

—Ni idea —responde Jimmy—. No puedo preguntárselo, ¿o sí? —Recorren un par de cuadras más. Después dice—: Se me rompió algo dentro, lo sé. Si quieres bajarte de este tren, Angelo, sólo hazlo. No por eso vamos a dejar de ser amigos.

—Tú no eres mi amigo, eres mi compañero —replica Angelo—. Y voy hasta la última parada.

Puede que esta sea la última parada, se dice Jimmy. Rico no habló y ya no tenemos forma de localizar a Óscar Díaz.

La cagué, perdí los estribos y ahora no puedo vengar a mi hermano.

Se acabó.

Dos agentes de homicidios, Garafalo y Pérez, observan el cadáver sujeto al pilar. El hombre —o lo que queda de él— murió de una paliza.

Por decirlo de algún modo.

Los huesos de los brazos y las piernas le atraviesan la carne. Su cara, a fuerza de golpes, se convirtió en una especie de amasijo de arcilla.

—No es la típica ejecución entre traficantes —comenta Garafalo—. Esto fue algo personal.

Los dos están pensando lo mismo.

Jimmy McNabb.

Jimmy bebe a lo bestia.

Bebe para ahogar un dolor que se resiste a permanecer sumergido. Los recuerdos de Danny afloran a la superficie como esos fragmentos de cosas rotas que corrían por las calles después del huracán.

Danny cantando la canción que se oía entonar al coro de la Iglesia de la Gracia y la Gloria un día que iban por la Tercera.

Los dos tirados en sus respectivas camas, de noche, cuando oían los golpes que daba el viejo contra los muebles al llegar de trabajar, y Danny lo miraba asustado y él le decía: «Tranquilo, no pasa nada, yo estoy aquí».

Yo te protegeré.

O Danny y él discutiendo sobre *po'boys*, que qué bocadillo era mejor, si el de *roast beef* o el de ostras, y Danny diciendo: «Las ostras parecen mocos y seguro saben igual».

—Claro, y tú sabes muy bien a qué saben los mocos porque te los comes, pendejito.

—Yo por lo menos me como sólo los míos.

Y se reían sin parar hasta que se les salía el refresco por la nariz.

Ahora, sentado en un sillón en su departamento del Channel, Jimmy se mira las manos. Las tiene hinchadas y heridas, y morados los nudillos.

El dolor se siente bien.

Desearía que fuera peor.

Quiere sufrir.

Se ha corrido el rumor por el vestidor.

Dicen que McNabb está ajustando cuentas con los que mataron a su hermano.

—Son estupideces —dice un oficial.

—¿Sí? —contesta otro—. Fíjate. En el video había cuatro tipos. Uno de ellos era Díaz. Puede que dos de los otros fueran Mantilla y Pineda.

—La otra noche se recibió un reporte —dice alguien más—. Alguien oyó gritos en la planta de reciclaje que hay en Willow.

—Ese es el barrio hondureño.

Siguen hablando hasta que entra Angelo.

—¿Quieren que platiquemos sobre algo, muchachos? —pregunta.

Se hace el silencio.

—¿No? ¿Nadie quiere decir nada?

No, nada.

—Muy bien —dice Angelo—. Sigan así.

Siguen así hasta que recoge sus cosas y sale.

Jimmy se despierta al oír que llaman a la puerta.

Sigue en el sillón.

Toma la pistola, la oculta a la espalda, se acerca a la puerta y abre.

—Señor McNabb.

Es un tipo de más de cuarenta años, hispano, de complexión recia. Bien vestido, con traje de lino *beige* y camisa azul con el cuello desabrochado.

—¿Qué quiere? —pregunta Jimmy.

—Hablarle de un asunto, de ser posible en privado —contesta el desconocido—. ¿Puedo pasar?

Jimmy lo deja entrar, se cerciora de que vea la pistola.

—Le aseguro que eso no será necesario.

—¿Quién es usted?

—No necesita saber mi nombre.

—¿Y usted qué sabe de lo que necesito? —replica Jimmy.

—Sé que necesita localizar a Óscar Díaz —contesta el hombre—. Vine desde Culiacán, Sinaloa, para darle esa información.

—¿Y por qué iba a hacer eso el cártel?

—Díaz se pasó de la raya al asesinar a un oficial de policía americano en Estados Unidos. Y de una manera tan sádica, además. Queremos hacer negocios aquí, en una relación normal de opuestos con la policía, pero sin enconos ni rencillas innecesarias.

—Si tuvieran tantas ganas de quitar de en medio a Díaz —responde Jimmy—, lo harían por su cuenta.

—Lo haremos, si lo prefiere, pero pensamos que usted querría hacerlo personalmente. Nosotros entendemos lo que es la *sangre*, la familia. Y confiamos en sus capacidades. Díaz es el último de la lista, ¿no? Mantilla, Quintero, Pineda...

—¿Qué quieren a cambio?

—Como le decía, una relación normal —contesta el mexicano.

—La de costumbre.

—La de costumbre.

—¿Dónde está?

El mexicano le entrega una hoja de papel con la dirección de una torre de departamentos de Algiers Point.

—Díaz está en el *penthouse*, con su ejército. Está asustado y desesperado.

—Aun así, si lo pesco a usted con droga, lo detendré —asegura Jimmy.

—No esperaba menos, pero yo me dedico a lo administrativo, nunca toco la mercancía. Buena cacería, *señor* McNabb. Confío en que tenga éxito. Díaz es una mierda.

Cierra la puerta al salir.

Landreau mira a Hendricks, el jefe de Homicidios, desde su lado de la mesa.

—Tenemos un problema —dice Hendricks.

—¿Y cuándo no?

—Uno de tus hombres es sospechoso de tres homicidios.

—McNabb.

—Nadie tiene más ganas que yo de detener a los asesinos de Roxanne Pulaski y Daniel McNabb —asegura Hendricks—, pero un policía de narcóticos no puede ir por ahí ejecutando gente.

—¿Tienes pruebas?

—Si las tuviera, McNabb ya estaría encerrado. Junto con el resto de su equipo.

—Si puedes demostrarlo, detenlos —dice Landreau—. Mientras tanto…

Hendricks se levanta.

—Somos amigos, Adam. Siempre hemos trabajado a gusto juntos. Sólo quería avisarte. El jefe se jubila el año que viene. Dicen por ahí que estás entre los candidatos para sustituirlo, y no me gustaría que algo así te…

—Te agradezco el interés, Chris.

Hendricks se va.

Landreau contacta a otro de sus equipos y les ordena que vigilen a McNabb, que no lo pierdan de vista.

La torre de departamentos en Algiers Point tiene diez niveles y mira al río.

Angelo ha conseguido los planos en Desarrollo Urbano y el equipo está en la casa de seguridad echándoles un vistazo.

Vestíbulo en la planta baja, sin portero, pero con cámaras de seguridad.

—Díaz tendrá monitores en el departamento —dice Jimmy—, así que nos verá entrar.

Hay dos elevadores, pero sólo el de la derecha sube hasta el *penthouse*. Para utilizarlo hace falta una tarjeta llave.

—¿Podrás arreglártelas? —le pregunta a Harold.

—Claro, con un taladro.

El elevador abre directamente al departamento.

—Está bien cuando llevas la compra —comenta Angelo.

El otro elevador sólo sube hasta el noveno piso.

—Tiene que haber escaleras interiores —dice Jimmy—, es obligatorio.

—Aquí están. —Wilmer señala la escalera.

Los planos muestran dos escaleras que van desde la azotea al sótano, una en el lado oeste del edificio y otra en el lado este. Hay también sendas escaleras de emergencia exteriores, de modo que tienen que elegir entre subir por dentro o por fuera.

—Por fuera sería más fácil —afirma Angelo—. Podemos subir hasta el *penthouse*. Hay una terraza.

En efecto, en los planos aparece una terraza que rodea el *penthouse* por tres de sus lados, con vista panorámica a Algiers y la ciudad, más allá del río.

—¿No tenías tú una terraza en el Nueve? —le pregunta Jimmy a Angelo.

—Un «porche», lo llamábamos nosotros. Después de Katrina, también tenía vista al río. Vista subacuática.

—Díaz tendrá vigilancia en la azotea —dice Wilmer—. Si subimos por la escalera contra incendios, nos verá enseguida.

Nos verá todo el mundo, carajo, piensa Jimmy. Los helicópteros de la policía aparecerán con sus cámaras antes de que lleguemos al sexto, o habrá algún amable vecino con un celular. Y no quiere ver esos videos en el juicio. Si sobreviven a la incursión, es muy probable que los procesen por asesinato.

—Habrá que ir por dentro —dice.

Lo cual plantea otros problemas. El edificio tiene una tasa de ocupación del noventa por ciento, así que habrá civiles en el vestíbulo, el elevador y en los pasillos. No sólo serán testigos de lo que suceda sino que pueden correr peligro, y Jimmy no quiere «víctimas colaterales».

Lo óptimo sería presentarse allí con una fuerza avasallante de efectivos de la DEA, los *marshals*, los SWAT y la policía local, acordonar el edificio, desalojarlo de civiles y que los helicópteros depositen hombres en la azotea y se queden sobrevolando la zona para prestarles apoyo.

Es lo que deberíamos hacer, se dice Jimmy.

Landreau no pondría ninguna objeción y los otros cuerpos policiales se darían de golpes por participar en la operación. Sería un notición en la emisión de las diez, y el jefe y el alcalde quedarían contentísimos.

El problema es que Landreau se empeñaría en pedir una orden judicial, lo que plantearía ciertas cuestiones incómodas sobre cómo supieron dónde está Díaz y cómo consiguieron «indicios» de que fue él quien ordenó asesinar a los dos agentes.

«Pues verá, señor juez, recurrí a unos contactos míos en la mafia, metí a un tipo en una compactadora de basura y...».

Y aunque consigan que les autoricen la redada, el objetivo sería detener a Díaz y sacarlo del edificio delante de las cámaras con los brazos en alto: otro éxito de las fuerzas policiales. Lo que Jimmy quiere es que Díaz salga cadáver del edificio, y quiere ser él quien lo mate. Y aunque seguramente Landreau los dejaría entrar primero, no quiere arriesgarse a que un francotirador de los SWAT liquide limpiamente a Díaz de un disparo a la cabeza.

No va a ser limpio ni rápido, ni va a matarlo nadie más que Jimmy McNabb.

La cuestión es cómo conseguirlo.

—Tiene que haber un elevador de servicio —dice Angelo—. Los ricos siempre necesitan que les lleven cosas y no quieren que los repartidores les ensucien el principal. Pongamos que Díaz necesita, qué sé yo, que le lleven un sofá de diseño de cincuenta mil dólares...

Encuentran el elevador de carga en el lado norte del edificio. Sube hasta la azotea y la entrada queda fuera del *penthouse*.

—También necesitará tarjeta —dice Wilmer.

—Eso no es problema —afirma Harold—. Pero nos dejará fuera del *penthouse*. Da a la puerta de la cocina, que de seguro estará cerrada.

—¿Una carga de explosivo? —pregunta Jimmy.

—Mejor reventar la cerradura con un tiro de escopeta —responde Harold.

—Podemos hacernos pasar por operarios de mantenimiento del aire acondicionado —dice Jimmy.

Tienen los uniformes de otras labores de vigilancia, y en Nueva Orleans nadie le niega la entrada a un encargado del aire acondicionado.

—Con los overoles no se verán las armas y podemos llevar los chalecos debajo.

Deciden que Jimmy y Harold subirán en el elevador de servicio, Harold reventará la puerta y Jimmy entrará primero. Wilmer subirá por la escalera interior por si acaso Díaz intenta escapar por ahí, y Angelo se encargará de cubrir la salida de emergencia.

—Te verán —dice Jimmy.

—¿Un solo tipo en un edificio de ese tamaño? —responde Angelo—. Puede que no.

—Díaz tendrá guardias apostados en otros departamentos, por todo el edificio —advierte Wilmer—. Hay que esquivarlos. Si hay disparos abajo, Díaz estará esperándonos.

—Si alguno no quiere venir, lo entiendo perfectamente —dice Jimmy—. Si entramos ahí, no hay ninguna garantía de salir. Y aunque lo hagamos, lo tendremos muy jodido para seguir trabajando en la policía.

Todos lo saben.

Saben que nunca hay garantía.

Saben que perderán su trabajo, la insignia policial, que quizá vayan a la cárcel.

Que pueden acabar en Angola o en un cajón de pino.

—¿Angelo?

—Tú ya sabes lo que opino, Jimmy.

—¿Wilmer?

—Es cuestión de honor —responde el hondureño.

—¿Harold?

De todos ellos, Harold es el más respetuoso de la ley, el que más probabilidades tiene de querer zafarse del asunto. Se pone en pie, retira un panel del techo y saca un arsenal: un HK MP5K, una ametralladora Steyr, una Glock de 9 mm, una escopeta semiautomática Benelli M-4 Super 90, un lanzagranadas portátil GS-777 y una mina antipersona M16.

Armas todas ellas decomisadas a los narcos a lo largo de los años y que ellos no entregaron. Las guardaban en la casa de seguridad por si algún día tenían que resolver un asunto a tiros sin dejar rastros. Por si necesitaban un arsenal que el departamento de policía no podía proporcionarles.

¿Díaz tiene un ejército?, piensa Jimmy mientras observa a Harold.

Muy bien.

Nosotros somos un ejército.

Se ponen los uniformes de técnicos de aire acondicionado, meten las armas en maletas deportivas y salen a los coches.

Landreau recibe el aviso.

—Están saliendo del Barrio Francés.

—Manténganme informado.

Vaya noche, hombre.

Una de esas noches de bochorno en Nueva Orleans, calientes como una olla de presión, cuando la tapa a duras penas resiste.

Puede estallar en cualquier momento.

Salir volando con un bombazo.

Sólo hace falta una mirada atravesada, una palabra mal dicha.

Alguien saca una navaja o una pistola.

Es una de esas noches en las que te conviene mantener los ojos fijos en el suelo, los oídos bien abiertos y la boca cerrada.

Y aun así puedes acabar muy mal.

El equipo de Jimmy va por St. Philip hasta Decatur.

Por Decatur hasta Canal.

Por Canal hasta Tchoupitoulas.

Y luego hasta el puente, al otro lado del río.

—Van hacia Algiers.

Se detienen en Patterson, a una cuadra de la torre de departamentos, y esperan a que vuelva Harold.

Tarda veinte minutos. Cuando regresa al coche, les dice que no tuvo problemas para llegar al sótano y desconectar el aire acondicionado.

—¿Te vio alguien? —pregunta Jimmy.

—Las cámaras.

—Gustafson entró en un edificio y volvió a salir.

—¿Entró y salió, nada más? —pregunta Landreau.

—Estuvo dentro unos quince minutos.

¿Qué chingados…?, piensa Landreau.

—No los pierdan de vista.

Se pasan la pelota.

Por tradición o por superstición, qué más da: el caso es que es lo que hacen.

Pasarse la pelota como estrellas del beisbol en el cuadro interior del campo.

—Están jugando beisbol.

—¿Qué? —pregunta Landreau.

—Que se están lanzando pases.

Landreau sabe que eso significa que van a entrar.

A Jimmy se le cae la puta pelota.

Todo se para. Se quedan inmóviles.

Jimmy recoge la pelota, la hunde en el guante y se lo mete bajo el brazo.

—A la mierda. *Laissez les bons temps rouler.*

Echan a andar hacia el edificio.

Óscar Díaz suda como un cerdo.

—¡¿Qué le pasó al *pinche* aire?! —grita.

—Ya avisé —contesta Jorge.

Jorge es el sustituto de Rico. No es tan duro como él, pero sabe mucho más de tecnología, y eso es una gran ventaja para Óscar.

—¡Pues llama otra vez!

No es sólo que haga un calor incómodo, es que la temperatura puede estresar a sus peces, que son muy sensibles a cualquier cambio en el entorno.

—No, ya están aquí —dice Jorge al mirar los monitores—. Tres pendejos con overoles.

—McNabb, Suazo y Gustafson entraron. Carter se quedó afuera. Van vestidos como técnicos de aire acondicionado.

Landreau se queda pensando.

—Jefe, ¿quiere que los detengamos?

Landreau no contesta enseguida. Jimmy McNabb está a punto de suicidarse, literal o profesionalmente —piensa—, y va a arrastrarme con él. Si dejo que haga lo que se propone, acabaré trabajando de vigilante en el centro comercial de algún pueblucho de Alabama, si tengo suerte.

—Esperen.

Llama al comandante de división de la 4ª, en Algiers.

—Quiero que acordonen el edificio —dice—. Que no entre ni salga nadie. Y nada de sirenas.

—¿Qué...?

—McNabb va por el asesino de su hermano.

Eva ve avanzar los puntos de luz intermitente hacia Algiers Point.

Parecen todas las patrullas de la 4ª.

Escucha las comunicaciones por radio. «Acordonar el edificio... Que no entre ni salga nadie... El tipo que mató a Danny... Roxanne...».

Siente una opresión en el pecho, siente que no puede respirar.

«Jimmy McNabb...».

Hendricks irrumpe en el despacho de Landreau.

—¡¿Qué carajo estás haciendo?!

—No te metas en esto.

—¡Te estás convirtiendo en cómplice de asesinato!

—Detenme entonces.

—Voy a mandar a mi gente —le advierte Hendricks.

—Los de la Cuarta no los dejarán pasar —replica Landreau.

—¡Te volviste loco! Voy a avisarle al jefe.

No es necesario.

El jefe aparece en la puerta.

—¿Se puede saber qué pasa aquí?

Hendricks se lo explica.

El jefe escucha, asiente con la cabeza. Luego dice:

—El sujeto en ese edificio mató a sangre fría a una de mis agentes y torturó a otro compañero hasta matarlo. Así que esto es lo que vamos a hacer: el cordón se queda donde está, las radios se nos estropean y tú te vas a casa, a tomar una cerveza y ver un partido.

—¡¿Piensas lavarte las manos?!

—No me hagas lavarte también las tuyas —replica el jefe—. Porque si lo hago, voy a usar un jabón muy fuerte. Confío en que nos hayamos entendido.

El jefe sale del despacho.

El vigía en la azotea no da crédito a lo que ven sus ojos.

Es como si todas las patrullas de la ciudad se dirigieran hacia allí. Luego, el torrente de coches se bifurca como el agua al chocar contra una roca y se arremolina en torno al edificio.

Estamos rodeados, piensa el vigía.

Toma el teléfono y llama abajo.

—¿Qué chingado quieres decir con que no podemos salir? —grita Óscar.

Jorge está hasta la madre, no puede más.

—¡¿Qué es lo que no entiendes?! ¡Que estamos rodeados! ¡¡¡Dentro de cinco minutos va a estar aquí toda la puta policía de Nueva Orleans!!!

La *Jeboehlkia gladifer*, muy sensible al ruido, empieza a moverse como una flecha por el acuario. El ángel reina se refugia en su cuevita.

—No pienso ir a prisión —dice Óscar. Ya ha estado en la cárcel, en Honduras, y no fue agradable—. Avisa a los muchachos. Vamos a tirarles. ¿Viste *Caracortada*?

Sí, vi esa mierda de película, piensa Jorge.

—Carajo, Óscar, ¡es una película!

—¡Que llames, te digo! ¡Que tiren a matar!

Jorge hace la llamada. O las llamadas, en plural, porque tienen gente en el cuarto piso, en el sexto y un escuadrón entero en el noveno.

Óscar arranca los cojines del sofá Henredon gris y saca un AK-47. No piensa tirar la toalla sin más.

Entonces vuelve a llamar el guardia de arriba.

—¡¿Qué?! —grita Jorge.

—No entran —contesta el vigía.

—¿Qué carajo quieres decir?

—Que no entran —repite el guardia—. Se quedaron alrededor de los coches, mirando para el otro lado.

Óscar sale a la terraza.

Ve el collar de patrullas alrededor del edificio.

¿Qué putas están haciendo?, se pregunta.

¿Por qué se quedan ahí?

Jimmy entra en el elevador de servicio.

Harold saca un taladro de pilas de su caja de herramientas y con él abre el panel. Echa un vistazo al interior, corta un cable y toca otro como si puenteara un coche.

Jimmy pulsa el botón del *penthouse* y el elevador arranca.

Jorge se acuerda entonces de los pendejos encargados del aire acondicionado. Se acerca al monitor, selecciona la cámara del elevador de servicio y ve a los dos hombres y el panel desmantelado.

—Óscar, ven a ver esto.

Díaz se acerca y mira.

Ve a un tipo que se parece mucho al poli al que hicieron brincar como conejo.

Jimmy McNabb.

Ahora lo entiende.

Jorge ya está en el teléfono.

La puerta del elevador se abre suavemente en el cuarto piso.

Harold tiene la escopeta apoyada en la cadera.

De un disparo, empotra al pistolero contra la pared.

La puerta se cierra.

—Sube —dice Jimmy.

Wilmer empieza a subir por la escalera.

Con la Steyr en alto.

En los tres primeros tramos todo está en calma, pero oye abrirse una puerta más arriba, en el cuarto piso.

Pisadas en el descanso.

Da un par de pasos más. Luego pregunta:

—¿Está bien Óscar?

Un tipo sale al descanso con una Glock de 9 mm en la mano.

Wilmer es el primero en disparar.

Y el último.

...

Angelo está en la escalera de incendios.

Cuando oye los disparos de la Steyr dentro del edificio, comprende que la función ha empezado.

La escena que se desarrolla afuera es alucinante. Al ver el cordón de patrullas pensó que iban a aguarles la fiesta, pero luego los oficiales se quedaron donde estaban, sentados dentro de los coches o de pie, afuera. Algunos vecinos del edificio, temiendo que se prepare algo gordo, han empezado a salir y los policías los acompañan fuera del cordón.

Pero no entra nadie.

Van a dejar que Jimmy haga lo que fue a hacer.

Angelo sigue subiendo.

Está en el sexto piso cuando le disparan.

El elevador vuelve a abrirse en el sexto.

El guardia de Óscar no ve a nadie dentro, así que mete la cabeza.

Jimmy se la vuela de un disparo.

La puerta choca contra el cadáver al cerrarse.

Jimmy lo saca a puntapiés y la puerta se cierra.

El ruido es atronador.

Los disparos retumban en la escalera, desde el sexto. Wilmer está en el suelo, bocabajo. Se arrastra como una oruga.

No tiene dónde ir, sólo hacia arriba.

Dispara, repta, dispara. Apunta a las paredes para que las balas reboten y doblen la esquina.

Parece buena idea, porque los tiros cesan.

Angelo yace en posición fetal, acurrucado contra la barandilla de la escalera de incendios.

El narco sale por la ventana para darle el tiro de gracia.

Angelo dispara por debajo del brazo y lo deja seco.

Luego se levanta y sigue subiendo, dando gracias a Dios y a Jimmy por haber hecho que se pusiera el chaleco.

...

En el séptimo, el elevador no se abre.

Jimmy y Harold bajan en el octavo.

Concluyeron que el elevador era un ataúd vertical en movimiento para dos personas.

De modo que, cuando al llegar al noveno empieza a abrirse la puerta y los chicos de Óscar lo acribillan a balazos con sus AK y sus Mac, no ven dentro ningún cuerpo humano.

Lo que ven es una mina M16 de fragmentación que estalla en ese instante, arrojando sobre ellos miles de fragmentos de metralla.

Wilmer está atrapado entre el octavo y el noveno.

Le han dado dos veces en el chaleco antibalas y una en la mano izquierda, y sólo es cuestión de tiempo —y no mucho— que le den en la cabeza. Los desgraciados lo provocan, además, le gritan:

—¡Vamos, sube, cabrón! ¡¿Por qué no subes?!

Entonces oye otra voz. La de Jimmy.

—¡Wilmer! ¡¿Estás ahí?! ¡Baja un piso! ¡Vamos!

Rueda escalera abajo, dejando un rastro de sangre. Oye gritar a Jimmy:

—¡Cúbrete!

Se tapa la cabeza con los brazos.

De pie en la entrada del noveno piso, Harold se apoya el lanzagranadas en el hombro. Apunta escalera abajo y aprieta el gatillo.

La explosión es horrenda.

Pero cesan los disparos.

Se oyen gemidos, ningún grito.

—¡Wilmer! ¡¿Estás bien?! —grita Jimmy.

Wilmer no oye nada.

Sólo un pitido ensordecedor.

Se levanta y pasa por encima de un montón de cadáveres hacia el octavo piso. Las escaleras están resbaladizas, cubiertas de sangre y otras cosas.

Jimmy y Harold lo jalan, lo hacen cruzar la puerta.

—Estás herido —dice Jimmy.

—¿Escaleras o elevador? —pregunta Wilmer.

—No creo que el elevador vuelva a funcionar. Quédate en las escaleras, y si baja alguien, cárgatelo.

—Quiero…

—Ya lo sé —dice Jimmy—. Quédate en la escalera.

Harold y él empiezan a subir hacia el *penthouse*.

Los radios guardan silencio, pero el conmutador de Eva parpadea como un árbol de Navidad atiborrado de *crack*. Ciudadanos que llaman preocupados. Disparos… una explosión… gritos… ¿qué ocurre?… otra explosión.

Y Eva desea con toda su alma no haber mandado a Jimmy a esta misión, a esta cruzada.

Acabas de perder a un hijo, se dice. ¿Tenías que mandar al otro a morir? Su madre, que era jugadora, le enseñó desde niña que una mala racha no se remedia subiendo la apuesta. Lo perdido, perdido está, nunca se recupera.

Deja de atender las llamadas y se pone a rezar.

Por favor, Dios mío, por favor, Virgen santísima, por favor, san Judas, patrón de las causas perdidas, por favor, devuélvanme a mi hijo a salvo.

Las explosiones han zarandeado a Óscar.

Literalmente.

Las paredes temblaron, una marejada en miniatura sacudió el acuario y el mero Neptuno, aterrorizado, da vueltas como loco.

Jorge no va muy atrás.

Ve las imágenes del monitor —los restos de sus hombres desperdigados por las paredes, trozos de carne que se desprenden del techo, como repuestos sueltos de cuerpos humanos— y dice:

—Yo me entrego.

—Y una chingada —responde Óscar.

—Una chingada si sigo aquí.

Se dirige a la puerta.

Óscar lo acribilla por la espalda, medio cargador de una tirada. Luego mira a los otros ocho reunidos en el *penthouse* para el último asalto.

—¿Alguien más quiere entregarse?

No, nadie.

—Nosotros somos nueve y ellos cuatro —dice—. Sólo hay tres formas de entrar aquí. Nos ocupamos de esos *pendejos* aquí arriba, bajamos al sótano y nos vamos echando madres. Todavía nos queda una oportunidad. Divídanse, cubran la puerta de entrada, la de atrás y la terraza.

Él se sitúa en el centro de la sala.

Si Jimmy McNabb viene por mí, tendrá que vérselas primero con ellos.

Con dos de ellos no.

Los dos narcos que cubren la terraza deciden bajar por la escalera de incendios, esperar a que Óscar no los vea, levantar las manos y arriesgarse a entregarse a la policía.

Se topan con Angelo en el octavo.

Disparan todos a la vez.

Harold se pone a un lado de la puerta trasera y apunta con la escopeta a la cerradura, en ángulo de cuarenta y cinco grados.

Jimmy se pega a la pared, del lado de la cerradura, listo para entrar.

Siempre el primero en entrar, ¿no?

Harold revienta la cerradura de un disparo y salta hacia atrás.

La puerta se abre.

Les lanzan desde dentro una andanada de disparos.

Esta vez Jimmy no es el primero en entrar.

Manda por delante unas granadas.

Dos lanzamientos certeros a través del umbral.

Primero, una granada aturdidora para dejarlos ciegos.

Después, una de fragmentación para acabar con ellos.

Entonces entra.

Eva solía decir, cuando los chicos dejaban la cocina hecha un asco, que parecía que había pasado un huracán.

A esta cocina el huracán le ha dado de lleno.

Los azulejos están salpicados de sangre.

El refrigerador de acero, hendido.

La puerta del horno cuelga torcida de una bisagra, como una mandíbula rota.

Tres muertos, o casi. Dos en el piso, uno sobre la barra. Un sobreviviente se parapeta detrás de una mesa de madera maciza en medio del suelo. Se levanta para dispararle a Jimmy, falla y le da a Harold.

En plena frente.

Al hombrón se le doblan las rodillas, cae de bruces sobre la mesa y resbala, muriéndose en el camino.

La venganza siempre tiene un precio.

Jimmy gira, le aplasta el cráneo al pistolero con la culata del HK y cruza la cocina. Harold ha muerto y ya no puede hacer nada por él, salvo llorarlo después.

Ahora no hay tiempo para la pena ni el arrepentimiento.

Será después, después.

Se apoya el HK en el hombro y dispara hasta vaciar el cargador.

El fuego del infierno brota a fogonazos del cañón.

Angelo se limpia la sangre de los ojos.

Las heridas de la cabeza sangran una barbaridad.

El rozón de una bala le ha abierto un surco profundo en la frente. Va a quedarle una cicatriz muy fea pero está vivo, no como el tipo que le disparó y su amigo, que ahora cuelgan de la barandilla de la escalera de incendios como ropa tendida en una barriada.

Mareado, aturdido por el impacto en la cabeza, Angelo sigue subiendo.

¿Quedarse en la escalera?

Ni hablar, Wilmer no se quedará en la puta escalera.

Qué carajo.

Diga lo que diga Jimmy.

Blanco o negro, no deja de ser un perro.

Con la pistola en la mano buena (la diestra), sube hasta la entrada al *penthouse*.

Ve la puerta abierta.

Oye los disparos y entra.

Jimmy voltea.

No debería haber nadie a su espalda.

Dispara.

No le da a Wilmer en la cabeza por un par de centímetros.

Wilmer sonríe aliviado.

Entonces una bala le da en la garganta, otra en la boca, una tercera entre los ojos y así, sin más, Wilmer abandona este mundo.

Jimmy voltea y dispara.

El tirador se sacude y cae.

No hay tiempo para el arrepentimiento ni para la pena.

Después, después, después.

Jimmy entra en la sala.

Dispara desde la altura de la cadera, en un barrido de derecha a izquierda, acribillando la habitación: sillas, sofás, mesas, ventanas, el acuario… Trescientos sesenta litros de agua se derraman, los peces se retuercen sobre la alfombra.

Suelta el HK, saca su Glock de 9 mm y escudriña la habitación.

¿Dónde está Óscar?

Tendido detrás del sofá, Óscar ve boquear a su precioso ángel reina, cuyas hermosas escamas azules centellean.

Está rabioso.

Quiere levantarse y fulminar al hombre que mató a sus peces y le ha destrozado la vida. Eso es lo que quiere, pero Óscar Díaz es un cobarde, de modo que lo que hace es arrastrarse bocabajo hacia la terraza.

Jimmy lo ve en el instante en que cruza la puerta corrediza hecha añicos.

Se acerca y le pone un pie en los riñones.

—¿Adónde vas, Óscar? —Jimmy McNabb es un gigante; su pie pesa. Lo levanta y le pisa la columna a Óscar una y otra vez, como si quisiera rompérsela—. No, hombre, tú y yo tenemos una cita. Y ya estoy aquí.

Le pisotea la espalda, las piernas, los tobillos, los pies.

—Esto es por Danny. Por mi hermano. Por mi madre. Por mi viejo.

La voz de Eva…

«Quiero que hagas tuyo todo lo que intenté quitarte a fuerza de cariño. Quiero que reconozcas tu odio. Quiero que vengues a tu hermano».

Óscar gime de dolor. Aún sujeta el AK, pero Jimmy le pisotea los dedos rompiéndole algunos, torciéndole, magullándole otros. Mientras le pisa la mano, con la otra pierna le lanza una patada a la cara.

«¿Lo harás por mí? Hazlo por mí. Piensa en Danny. Piensa en tu hermanito».

Jimmy le patea la boca, le rompe los dientes.

«Y mátalos a todos. Mata a todos los que mataron a mi Danny».

Le pisa el cráneo.

«Lo haré».

Le da una patada en la sien.

«Y que les duela».

Deja de propinarle patadas.

—Esto no se ha acabado, Óscar. Vas a estar consciente, vas a permanecer despierto. Te voy a prender fuego y a tirarte al arroyo como lo que eres: basura. Te voy a quemar como tú quemaste…

Un golpe directo a la nuca lo empuja hacia delante, alejándolo de Óscar. Luego, un brazo le rodea el cuello, otro lo sujeta por detrás y entre los dos le oprimen la garganta como una tenaza.

El tipo que estaba tirado sobre la barra de la cocina.

Jimmy no puede respirar.

Está a punto de desmayarse.

Suelta la pistola, lanza un golpe hacia atrás y clava los dedos en los ojos de su oponente. El hombre afloja los brazos lo justo para que Jimmy respire y meta una mano dentro de la tenaza. Consigue aliviar la presión sobre su carótida mientras se precipita tambaleándose hacia el borde de la terraza.

El tipo se echa hacia atrás con todas sus fuerzas, tratando de romperle el cuello, pero Jimmy le agarra un dedo con la mano izquierda y se lo quiebra. El hombre grita, Jimmy se vuelve, atenazado todavía, se pone de frente a él y lo levanta. Lo arroja por encima del muro y el hombre patalea, agita los brazos, chilla en el aire mientras cae desde lo alto del edificio.

Jimmy jadea, intentando recuperar la respiración.

Con los ojos empañados, ve a Óscar en pie avanzando a trompicones hacia la escalera de incendios, pero se interpone en su camino…

Angelo, que aparece de pronto en lo alto de la escalera con la cara ensangrentada, las piernas temblorosas.

Óscar dispara.

La bala alcanza a Angelo por debajo del chaleco, en el muslo, y la arteria femoral se abre como una manguera. Óscar pasa por encima de él y alcanza la escalera, y ahora Jimmy tiene que elegir.

Matar a Óscar o salvar a Angelo.

—¡Ve por él! —grita Angelo.

Jimmy se agacha a su lado.

—Ve por él —repite Angelo con voz más débil.

—No. Me quedo contigo.

Presiona con fuerza sobre la herida para detener la hemorragia. Con la otra mano, se hurga entre la ropa en busca del celular y llama a la comisaría.

Eva oye: «Agente herido. Morgan Avenue, 2203, Algiers, en el *penthouse*. Manden una ambulancia».

Manda una ambulancia y luego da gracias a Dios.

—Tranquilo, ya te tengo —dice Jimmy—. Aguanta, saldrás de esta.

—Se escapa.

—A la mierda con eso.

Porque a veces estás roto, tan roto que no te conoces y luego, de pronto, vuelves en ti y eres más fuerte que nunca, tan fuerte que tomas toda esa ira y ese odio y esa rabia y taponas la hemorragia.

Te has hecho más fuerte en las partes rotas.

Óscar consigue bajar por la escalera de incendios.

Con los pies magullados y rotos, avanza a saltos hacia el río.

La noche de Nueva Orleans se ilumina al abrir fuego cincuenta y ocho policías.

Jimmy McNabb se queda en la terraza mientras el personal de emergencias sube a Angelo en la camilla.

Dicen que seguramente saldrá de esta.

No como Harold, o Wilmer.

Ellos están muertos, como Danny, y Jimmy no sabe si ha valido la pena. Se vuelve y contempla la ciudad.

Incluso a la luz de la luna el río se ve sucio.

A Eva no hace falta que nadie le diga que el mundo está roto.

Conoce la vida, conoce el mundo.

Sabe que, vengas a él como vengas, sales roto.

PARA MÍSTER STEVE MCQUEEN

CÓDIGO 101

ódigo 101: Ante todo, sencillez.

...

La carretera 101.
La Pacific Coast Highway.
La PCH, para abreviar.
Pegada a la costa de California como un collar de gemas a un cuello elegante.
Davis ama esta carretera como un hombre ama a una mujer.
Podría recorrerla día y noche, a todas horas.

...

Va sentado al volante de un Mustang Shelby GT500 de color negro y capota dura con alerón trasero, *flap* Gurney, 558 caballos de potencia y par motor de 691 N m.
Ya lo dice el Código 101, el reglamento básico del delito: si hay que escapar, que sea rápido.
Se dirige hacia el norte por una franja costera mientras el sol se pone sobre el océano como una naranja roja cautiva entre las nubes.
A su izquierda, las olas rompen en la playa de Torrey Pines. A su derecha, las vías del tren cruzan el arroyo de Los Peñasquitos, y la carretera de Carmel Valley recorre el promontorio que flanquea la orilla norte de la laguna, donde hay un viejo taller mecánico con las mejores vistas del litoral y una pizzería que está ahí desde que Davis tiene uso de razón.

La carretera 101, como una mujer voluble, cambia de nombre con frecuencia. Ahora es North Torrey Pines Road y unos metros más allá es South Camino del Mar.

Para Davis, siempre es la 101.

Siguiendo al Mercedes 500 SL blanco ladera arriba, entra en el pueblo de Del Mar, con sus casas Tudor de pacotilla (como si Shakespeare hubiera dormido allí o se esperara su llegada en cualquier momento).

Vio salir a Ben Haddad de la tienda de La Jolla con un maletín en la mano.

Lo había visto salir decenas de veces de la tienda de Sam Kassem, y aun así miró el iPad que tenía apoyado en el regazo: las fotografías de Haddad tomadas en la exposición anual de joyería de Las Vegas. Davis tiene fotografías de Haddad en la exposición de Las Vegas, en la de Tucson y en la «Feria de las Gemas» de Del Mar.

En la última, Haddad aparece sentado en un sillón del restaurante Red Tracton's con Kassem y las esposas de ambos. Sonríen a la cámara levantando sus martinis.

La foto se publicó en el sitio web de la Feria.

Davis sabe que Haddad tiene sesenta y cuatro años, está casado y tiene tres hijas, la menor de las cuales cursa el primer año de carrera en la Universidad de California-Santa Bárbara. Sabe que a él le gusta el beisbol, que juega al golf principalmente por hacer vida social y que no ha dejado de fumar pese a las advertencias de su médico y su mujer. Sabe que está asegurado por los cuatro costados y que nunca lleva armas.

Ahora Davis deja que un par de coches se interpongan entre el Mercedes y él, por si acaso Haddad lleva «coche de seguimiento». Sería la primera vez, pero nunca se sabe. Además, no hace falta que vaya pegado al Mercedes: sabe adónde se dirige.

Vio el correo electrónico que intercambiaron Kassem y John Houghton, el dueño de una joyería de Del Mar:

Ben va para allá.

El Mercedes dobla a la derecha, hacia la joyería de Houghton.

Luego, Haddad hace lo que suele hacer, lo que cree que debe hacer siempre, por prudencia, un mensajero que transporta joyas: en vez de detenerse delante, en la calle, se mete en el pequeño estacionamiento de atrás.

Davis se conoce la rutina porque entre los mensajeros y comerciantes de alta joyería es cosa revelada que las bandas de asaltantes vigilan la fachada de los establecimientos.

Por eso Haddad para detrás y llama a Houghton para decirle que va a entrar, de modo que Houghton le abra la puerta delantera.

He ahí la anomalía, los intereses contrapuestos de mensajeros y joyeros: el mensajero quiere proteger su mercancía, y el joyero su tienda. El joyero guarda la mercancía más valiosa en la trastienda, separada de la parte delantera del establecimiento y guardada a buen recaudo. En la trastienda está también la caja fuerte.

Por si acaso una banda de asaltantes ha seguido al mensajero (o a un vendedor que esté haciendo su ronda de visitas), el dueño de la joyería no quiere dejarlo entrar por la puerta trasera, por donde los ladrones podrían entrar aprovechando la coyuntura y llevarse los artículos más costosos u obligarlo a abrir la caja fuerte.

De ahí que el mensajero estacione detrás y vaya luego a pie hasta la entrada delantera.

Ese es el filón.

La grieta.

La carambola que siempre busca Davis.

Y si no hay tal, no lo hace.

Eso es de cajón.

Eso, y el cigarro.

Davis oye lo que Hassad le dice a Houghton por teléfono. «Me fumo un cigarro y entro».

Porque ese es el auto familiar, y no quiere que Diana note olor a tabaco y le haga un desmadre. Y, a no ser que Diana se haya ido a alguna reunión del club o algo así, este es el último que va a fumarse hoy, porque esta es la última parada de su recorrido.

Así que lo que hace Haddad…

…lo que hace siempre…

….es llamar a Houghton para avisarle de que ya está allí y va a echarse un cigarrito.

Pero sólo le dará unas fumadas, no va a acabárselo, así que Davis sólo dispondrá, cuando mucho, de un minuto antes de que Houghton empiece a preguntarse por qué tarda tanto el mensajero y salga a ver qué pasa. Houghton también está asegurado por los cuatro costados, pero, a diferencia de Haddad, él sí lleva un arma: una EAA Witness de 10 milímetros.

Un minuto, sin embargo, es tiempo de sobra.

Lo dice el Código 101: si no puedes hacerlo rápido, no lo hagas.

Haddad sale del coche, enciende el cigarro, da unas cuantas fumadas deliciosas y pisa la colilla.

Davis pisa el acelerador.

Toma la pistola Sig Sauer modelo 239 que lleva en la consola central y la sostiene con la mano derecha mientras maneja el volante con la izquierda.

Va contando los segundos en su cabeza mientras entra en el estacionamiento y sale del coche. Viste todo de negro: suéter ligero negro, *jeans* negros, zapatos negros, guantes negros y gorra negra de beisbol sin emblemas ni logotipos.

Sujeta la pistola por debajo de la cintura y se acerca a Haddad por la espalda mientras está aplastando la colilla en la acera. Lo encañona detrás de la oreja y dice:

—No mires atrás.

Sin volverse, Haddad le pasa el maletín de muestras.

—Tómalo y vete —dice.

Asegurado por los cuatro costados.

No vale la pena.

Agarra el maletín y ve con Dios.

Sólo que Davis dice:

—Las baratijas del maletín no me interesan, Ben. Me interesa la «merca buena» que llevas en los tobillos. Los papeles.

Haddad titubea. Aquí es donde puede ponerse feo. Donde la broma puede pasar de ocho años de prisión, a cadena perpetua sin posibilidad de libertad condicional.

Pero Davis no va a permitir que las cosas salgan mal.

—Quiero que vuelvas a casa con Diana —dice—. Y quiero que lleves a Leah al altar dentro de... ¿cuánto? ¿Tres semanas?

Haddad también quiere acompañar a su hija al altar. Se agacha, jala el velcro de las fundas que lleva sujetas a los tobillos y se las pasa a Davis por encima del hombro.

—El teléfono —ordena Davis.

Sólo conseguirá ganar unos segundos, pero esos segundos pueden ser cruciales.

Haddad le pasa el celular. Davis extrae la batería, la tira entre los arbustos de detrás del estacionamiento y le devuelve el teléfono. No va a dejarlo sin sus contactos y sus fotos familiares; no hay por qué ser tan ojete.

—Si te das vuelta —le advierte—, te meto una bala en los sesos. No sé tú, pero yo no me la jugaría por una aseguradora.

Haddad no se da vuelta.

David vuelve a su coche y arranca.

Tiempo transcurrido: 47 segundos.

Recorre sólo tres cuadras en sentido norte y luego se mete en el estacionamiento subterráneo de un complejo de departamentos vacacionales. Su lugar es el 182; lo ha alquilado por un mes y tiene dos espacios.

En el otro hay un Camaro ZL1 gris plata.

Motor V8 de 6,2 litros.

Con compresor Eaton de cuatro lóbulos.

Suspensión electromagnética.

El estacionamiento está medio lleno.

Como de costumbre, Davis ve coches, pero no personas.

Sale, retira rápidamente las placas robadas del Mustang y las sustituye por las auténticas. Saca los documentos de las fundas, los guarda en el bolsillo de su saco y tira las fundas al contenedor de basura. Luego saca la Sig del Mustang, sube al Camaro y sale a la 101.

Si están buscando el coche del asalto, buscarán un Mustang negro que ahora está literalmente bajo tierra.

Y vacío, sin nada que lo vincule con él.

Aunque encontraran el coche, no descubrirían nada.

Lo pagó en efectivo y lo registró con nombre falso. Lo único que encontrarían sería un apartado postal en San Luis Obispo al que no piensa volver.

Perdería el coche, claro, pero aun así saldría ganando.

De todos modos, en la cárcel no se puede conducir.

Enfila por la 101 en dirección norte.

Atraviesa Del Mar, deja atrás el hipódromo.

Deja atrás el letrero de neón rosa que proclama SOLANA BEACH junto a Fletcher Cove, el bar Tidewater, la pizzería Port, la tienda de surf de Mitch y la concesionaria de motos Moreland. Baja la ladera hasta el largo trecho de playa de Cardiff y luego sube, cruza Swami's y Encinitas, pasa junto a Moonlight Beach, deja atrás el viejo teatro La Paloma, pasa bajo la señal que cruza en arco la 101 y que anuncia ENCINITAS.

Avanza luego en paralelo a las vías del tren y los eucaliptos de la bulliciosa Leucadia, llega a la anticuada Carlsbad, pasa junto a la planta eléctrica cuya vetusta chimenea evoca ecos de Springsteen y William Blake.

Sigue la 101 tan lejos como puede y luego gira hacia el este en Oceanside Boulevard y toma la 5 Norte para cruzar Camp Pendleton, la base del Cuerpo de Marines que obstruye como un tapón la arteria principal. Deja la 5 en cuanto puede, a la altura de Los Cristianitos, en San Clemente, atraviesa zigzagueando el viejo pueblo surfero, baja por Capistrano Beach y vuelve a subir cruzando Dana Point, Laguna Niguel y South Laguna hasta entrar por fin en Laguna Beach.

Nunca se cansa de este recorrido, del océano constante y siempre cambiante, de los hitos del paisaje, de los pequeños dioses del lugar.

Tuerce hacia el estacionamiento de otro complejo de departamentos, en la margen derecha de la 101, con vistas a Main Beach y al Museo de Arte de Laguna.

Pulsa el botón pegado a la visera del coche, se abre la puerta metálica y Davis cruza el estacionamiento subterráneo hasta los dos lugares que tiene asignados, señalados en la pared con el número 4.

A su lado hay un Dodge Challenger SRT8 de 2011, negro.

Motor Hemi V8.

Con alerón delantero y sistema de distribución variable.

A Davis le gustan los coches del país, rápidos y potentes.

Sale del Camaro, camina hasta el estrecho elevador, lo toma hasta el tercer piso y entra en el departamento 4.

Es el típico condominio: un espacio diáfano con cocina integral y barra de desayuno a un lado, y sala con puertas de cristal corredizas que dan a una terracita con una mesa, sillas y un asador de gas. Por el lado sur, siguiendo el pasillo, hay una habitación de invitados, dos cuartos de baño y recámara principal con vista al océano.

Si lo comprara, le costaría más de un millón de dólares.

Pero Davis no compra, no es propietario.

De ninguna de sus casas.

Él alquila.

Departamentos vacacionales amueblados, listos para usar. Tienen de todo: televisión, equipo de música, cacerolas y sartenes, platos, vasos, tazas, cafetera, tostador, cubiertos, toallas, trapos de cocina, hasta jabón.

Davis los alquila con nombres distintos y siempre paga en efectivo.

Y por adelantado.

Es uno de los preceptos del Código 101: la gente, si cobra lo suyo, no suele hacer preguntas.

Así funciona.

Hay complejos a todo lo largo de la 101.

La gente compra los departamentos, pero generalmente no vive en ellos todo el año. Muchos sirven como punto de reunión de la familia en verano, o para que la gente de estados más fríos venga a pasar el invierno. El resto del tiempo están vacíos, y muchos propietarios los alquilan y con el alquiler tratan de pagar la hipoteca.

Como es un auténtico fastidio ocuparse de ese asunto en persona, la mayoría utiliza los servicios de agencias inmobiliarias que ofrecen los departamentos como alquileres vacacionales y se embolsan un porcentaje.

Los alquilan por meses, semanas y hasta por días si están sobre la playa, y lo único que tienes que hacer para poder cambiar de departamento con la frecuencia que quieras es conseguir que una de esas agencias inmobiliarias tenga la confianza de que vas a pagarles.

La población de estos complejos suele ser transitoria y anónima. Algunos vienen aquí a refugiarse de los inviernos gélidos de Minnesota o Wisconsin, y otros a esperar a que se completen los trámites de compraventa de una casa. Unos son divorciados «en transición». Y a otros simplemente les gusta vivir en la playa. Vienen y van. Puedes pasarte años sin conocer a un vecino o, como mucho, decirle hola a alguno en el estacionamiento o en la piscina.

Davis lo prefiere así. Trata con cinco agencias distintas, usando nombres distintos. Nunca se queda en un sitio más allá de un par de meses y pocas veces vuelve al mismo lugar.

Ha aprendido una cosa:

Si vives en todas partes, no vives en ninguna.

Tu dirección es la 101.

Se acerca al refrigerador y toma una botella de Pellegrino. Luego se sienta en el sofá, se saca los papeles del bolsillo y los abre.

Cinco paquetitos de papel blanco y fino, doblados con esmero. Dentro de cada papel blanco hay una lámina de fino papel azul.

Y dentro de cada papel azul:

Un diamante de corte esmeralda.

Valor total:

Un millón y medio de dólares.

Davis se levanta, sale a la terraza y contempla el océano y la 101.

• • •

En el estacionamiento trasero de la joyería Houghton, el teniente Ronald —Lou— Lubesnick mira a Ben Haddad.

—Lo que intento decir —repite—, es que hace el trayecto desde la tienda de Sammy en La Jolla docenas de veces al mes. Casi siempre, con artículos por valor de unos miles de dólares. ¿Y lo asaltan justo la noche que lleva encima un millón y medio en piedras preciosas?

Lou se encoge de hombros.

McGuire, su compañero, sonríe. Lou es famoso por su forma de encogerse de hombros. En la Unidad de Robos y Asaltos dicen que Lou es capaz de revelar más cosas con los hombros que con la boca. Y eso que habla por los codos.

Como ahora, que afirma:

—Lo digo porque se nota de lejos que esto fue un soplo. ¿O me va a decir que ese tipo tuvo suerte y ya?

—Por mí no supo nada —repite Haddad tercamente.

Repasan lo sucedido otra vez.

Houghton tenía un cliente que quería echar un vistazo a unas piedras que el joyero no tenía en la tienda, pero Sammy Kassem sí. Sammy eligió un muestrario de cinco gemas de su tienda en La Jolla para enseñárselas al cliente. Haddad las llevó hasta allí y un individuo lo asaltó en el estacionamiento. El ladrón sabía, al parecer, que el maletín era para despistar y que Haddad llevaba los diamantes en unas fundas especiales sujetas a los tobillos.

Haddad no puede describirles al asaltante, ni decirles el número de placa del coche, ni el modelo ni el color, ni siquiera la marca.

—Apareció de pronto —dice—. Y me dijo que no volteara.

—Hizo usted lo correcto —lo tranquiliza Lou, que prefiere (por mucho) investigar un robo a un asesinato.

Trabajó cinco años en la Brigada de Homicidios de San Diego, hasta que pidió el traslado. Lo que peor manejaba era informar a las familias.

—¿Le dio la impresión de que era más o menos de su estatura? —pregunta.

—Puede que más alto.

—¿Y el acento?

—No tenía ningún acento.

—Todo el mundo tiene acento —insiste Lou—. ¿Quiere decir que no era negro ni hispano?

—Sí, eso.

McGuire sabe adónde quiere ir a parar su compañero. Casi todos los robos a mensajeros de joyería del país los cometen bandas de colombianos vinculadas con los cárteles de la droga. Hace cosa de un año hacían de las suyas por la Costa Este, como niños de diez años jugando a pegarle al topo en una sala de atracciones. Si se han trasladado a la Costa Oeste, eso es malo.

Lou Lubesnick y Bill McGuire forman una extraña pareja. Lou mide un metro setenta y siete, tiene el pelo negro azabache entreverado de canas y una barriga que empieza a rebosarle por encima del cinturón. McGuire mide un metro noventa y tres y es flaco, pelirrojo y pecoso, con el porte de un perchero de alambrón.

Juntos parecen más un dueto cómico que un par de policías, pero en el bote hay mucha gente a la que el equipo Lubesnick y McGuire no les hace ninguna gracia, sobre todo desde que Lou dirige la Unidad de Robos y Asaltos con otros cinco investigadores veteranos a sus órdenes.

En esos momentos, parte del equipo está peinando el barrio para ver si algún vecino observó algo, mientras los demás inspeccionan el estacionamiento en busca de pisadas o huellas de llantas.

Lou fija su atención en Houghton.

—¿Notó si había alguien rondando por aquí, vigilando la tienda?

—Creo que se lo habría mencionado —responde el joyero.

Lou es inmune al sarcasmo: se le resbala.

—¿Algún cliente que haya entrado, echado un vistazo y se haya ido sin comprar nada?

—Eso a diario —dice Houghton—. En estos tiempos, la mayoría son mirones.

Dice «mirones» con desprecio.

—¿Pero nadie en particular? —dice Lou.

Houghton sacude la cabeza, lo que no es poca cosa, porque la tiene grande y abultada. Su piel es blanca como la leche; otra hazaña, teniendo en cuenta que su tienda está a escasos doscientos metros de la playa.

—Quiero ver las cintas de la cámara de seguridad —dice Lou.

Entran y echan un vistazo a las cintas, que ya no son «cintas» sino un archivo digital, como todo en estos tiempos. Houghton tiene cámaras que vigilan la puerta delantera y la trasera y el interior de la tienda, pero no el estacionamiento de atrás.

—¿Y eso por qué? —pregunta Lou.

—Porque ahí nunca pasa nada.

Lou se encoge de hombros.

Hoy ha pasado algo allí.

Lou mira hacia abajo y ve la colilla. Mira a Haddad.

—¿Es suya?

—¿Tiene que ponerlo en el informe? —pregunta Haddad.

El policía menea la cabeza.

Él también está casado.

McGuire se sienta en el asiento del copiloto del coche de Lou.

—Van veinte billetes a que Sammy coloca esas piedras en Brasil en menos de dos meses.

—¿Pensaríamos eso si no fuera árabe? —Puede que Lou no sea el único policía de San Diego que contribuye con la Unión Estadounidense por las Libertades Civiles, pero es el único que lo reconoce—. No me dirás que no les ponemos más atención.

—¿Quién sabía lo de la entrega? —dice McGuire—. Sammy, Haddad y Houghton. Podría haber sido Houghton. Él mismo lo dijo: el negocio va mal. Puede que les haya dado el soplo a los ladrones y se lleve una tajada.

—¿Los ladrones, en plural?

Las bandas de asaltantes no trabajan así, se dice Lou. Esos no se andan con miramientos: rompen el vidrio del coche, meten la mano y agarran la mercancía. La mitad de las veces le dan una paliza al mensajero, lo apuñalan o le pegan un tiro.

Son violentas.

Este tipo le devolvió el celular a Haddad.

—No empieces —dice McGuire.

—¿Que no empiece con qué? —pregunta Lou, aunque ya lo sabe.

—Con tu teoría del Llanero Solitario.

Lou es el único que cree que un solo individuo ha perpetrado una serie de atracos de alto nivel a joyerías.

Once golpes en cuatro años.

Su método es consistente: asalta siempre a mensajeros o vendedores que portan artículos de gran valor.

Es eficaz: actúa tan deprisa que, aunque haya testigos, nunca saben *qué* demonios han visto.

Y paciente: la mercancía tarda meses en aparecer en el mercado negro, si es que aparece. De modo que el muchacho no tiene prisa en cobrar.

Es, además, discreto: los compradores habituales no saben nada de él.

Y pulcro: se derrama más sangre en un solo partido de fúbol infantil que en todos sus robos juntos.

Al principio, nadie creía que los atracos estuvieran relacionados. No los vincularon porque estaban dispersos por distintas jurisdicciones: San Diego, Los Ángeles, el condado de Orange, el de Mendocino... Y la información no se compartía.

La creencia generalizada era que se trataba de una banda. (A los fiscales les *encantan* las bandas porque generan encabezados y bonitas fotografías de portada).

Fue Lou quien, al revisar informes de compañías aseguradoras, estableció el vínculo y formuló la hipótesis de que se enfrentaban a un solo sujeto.

—Un lobo solitario —dijo su jefe cuando se lo mencionó por primera vez.

—Si quieres llamarlo así.

—Patrañas.

Si fuera una banda —argumentó Lou—, ya tendrían alguna pista: alguno de sus miembros se habría puesto a fanfarronear en un bar, o habría hecho enojar a su ex, o lo habrían detenido por otra cosa e intentaría hacer un trato con las autoridades.

Pero si era un solo individuo y sabía mantener el pico cerrado y no se metía en líos...

Un tipo así no va a darte ninguna pista que te ayude a atraparlo.

Eso es de cajón.

Lou suele ser objeto de burlas por su teoría del «Pistolero Solitario».

Se burlan de él sus jefes, las aseguradoras y hasta sus propios compañeros de la unidad, que dicen que «se le van los ojos», que está «volado» por John Robie el Gato, el personaje de esa película antigua sobre un ladrón de joyas.

¿Cómo se titulaba?

Para atrapar al ladrón, eso es.

Sí, piensa Lou. *Para atrapar al ladrón*.

No a varios.

A uno, en singular.

—Aunque esto sea de verdad un atraco —dice ahora McGuire—, y no estoy diciendo que lo sea, seguramente habrán sido los colombianos. Lo digo porque casi siempre son ellos.

—¿Y cómo lo sabemos? —replica Lou.

McGuire detesta que a su compañero le salga lo rabino.

—¿Cómo sabemos qué?

—Cómo sabemos que son casi siempre los colombianos —aclara Lou. Y luego, como se temía McGuire, contesta su propia pregunta—. Porque los detenemos.

—¿Y?

Pues que a este tipo no, responde Lou para sus adentros.

...

Davis entra en The Cliffs vestido con traje de Hugo Boss de tres botones, de gabardina de lana negra, camisa blanca (hecha a la medida pero sin sus iniciales bordadas) y mancuernas.

Y zapatos Oxford negros de agujetas.

Tiene poca ropa, pero toda buena.

Clásica.

Versátil.

Y un poco retro.

Como él.

Lleva el pelo castaño bien corto, como en los años sesenta antes de que aparecieran los Beatles, como si acabara de salir del Cuerpo de Paz o de un mitin electoral de Kennedy.

O de una película de Steve McQueen.

Davis ha visto todas las películas de Steve McQueen; la mayoría, muchas veces. Él sería Steve McQueen si no fuera porque Steve McQueen ya era Steve McQueen y nunca habrá otro como él.

Pero, para Davis, McQueen era la personificación de lo *cool* californiano.

Si la 101 fuera un actor, sería Steve McQueen.

La mujer de la melena castaña al hombro es la más atractiva del restaurante.

Que no es poco.

Porque todas las mujeres —unas doce— que beben vino blanco o martinis secos en la barra del lujoso local son preciosas: devotas practicantes del yoga, el *cross-training* y el *spinning*, porque si no, allí no entran.

Davis se acerca a ella y dice:

—Debe de ser muy cansador ser siempre la más guapa en una sala abarrotada de gente.

Ella se vuelve y contesta:

—¿Dónde has estado?

—Reservé mesa aquí —responde Davis—. ¿Te parece bien o prefieres ir a otro sitio?

—¿Cómo sabes que no estoy esperando a alguien? —replica Traci.

—No lo sé. Sólo confío en que no sea así.

—Y en caso contrario, invitarás a alguna de estas zorras esqueléticas —contesta ella sin rastro de rencor.

—Es que odio comer solo.

Unos segundos después se acerca Derry, el gerente.

—Señor Rutherford, su mesa está lista —dice—. Buenas noches, Traci.

Davis le da un apretón de manos con billete de cincuenta dólares incluido y se van a su mesa.

Traci cena a base de entradas: de verduras, pescado, pollo. Nada que pueda añadir ni unos gramos de grasa a ese cuerpo.

—Bueno, ¿dónde te has metido? —pregunta mientras se lleva a la boca una brocheta de pollo *satay*—. ¿Cuánto hace? ¿Dos meses o algo así?

—Algo así —contesta Davis—. He estado fuera, trabajando como consultor.

—¿Y qué tal te ha ido?

—Bien.

Traci sabe que a Kyle no le gusta hablar de trabajo. Le gusta hablar de música, de cine, de deportes, de noticias de actualidad, de coches, de arte, de surf, de yoga, de triatlones, de comida, de bicicletas... pero de trabajo no. Así que Traci cambia de tema y se pone a hablar del triatlón *sprint* para el que está entrenando.

Cuando les traen la cuenta, Davis introduce unos cuantos billetes de veinte en la carpeta.

—¿Por qué pagas siempre en efectivo? —pregunta ella.

—Odio pagar.

—¿Tanto como comer solo?

—Casi.

—¿También odias dormir solo? —replica Traci con una mirada que algunos tipos pagarían mil dólares por ver aunque sólo sea una vez en la vida.

Lou se alegra de que The Daily Grin esté abierto.

Guy no tiene horario fijo.

El camión de *hot dogs*, estacionado en un baldío en la esquina de Lomas Santa Fe con la 101, se llamaba en realidad The Daily Grind, pero algún gracioso le quitó la «d» al rótulo y se quedó en Grin.[1]

Lou detiene su Honda Civic en el estrecho lote.

La gente lo fastidia constantemente por su coche.

—¿Cómo es que no te compras uno nuevo? —le preguntó McGuire una vez (y no la única).

—¿Por qué? —contestó Lou.

—Porque el tuyo tiene doce años.

—Igual que tu hija y no vas a cambiarla por otra, ¿no?

—Lindsay no tiene trescientos veinte mil kilómetros.

—Trescientos ochenta y un mil. Y creo que puedo llegar a los cuatrocientos mil. Porque a estos cacharros, si les pones gasolina, funcionan toda la vida.

Pero es un poco indecoroso —ha sostenido McGuire— que un teniente de la policía de San Diego conduzca un automóvil que ya sólo sirve para llevar encima un anuncio de Domino's Pizza. Y el interior tampoco está impecable, que se diga: los asientos están desgastados y descoloridos, hay

---

1　　*The Daily Grin*, «la sonrisa diaria». *The Daily Grind*, «la joda diaria». (N. de la t.)

migajas incrustadas en las costuras (del sinfín de comidas peripatéticas de Lou: In'N'Out Burger, Rubio's, Jack In The Box…) y el tablero es prehistórico: ni manos libres ni radio Sirius ni navegador.

—Llevo toda la vida viviendo en San Diego —asegura Lou—. Sé llegar adonde tengo que ir.

—Ajá, ¿y si tienes que salir de San Diego? ¿Irte de viaje? —replica McGuire.

—¿En *este* coche?

Angie se niega de plano a subir al Civic. Las pocas veces que salen juntos, van en el Prius de ella.

Ahora Lou se acerca al camión y echa un vistazo a la pregunta de trivia escrita a mano en el pizarrón.

—Nebraska —dice.

—¿Eh?

—La respuesta a la pregunta. «¿Qué estado tiene la mayor superficie de ríos y lagos?». Todo el mundo cree que es Minnesota, pero es Nebraska. ¿Qué gané?

—Mostaza gratis con tu perro.

—Hoy es mi día de suerte. Ponme uno con chili, y angioplastia para acompañar.

—Mira, eso nunca lo había oído.

—Y una Coca —añade Lou—. No, una Coca *light*. No, una normal.

Porque, total, qué más da, ¿no? Está intentando bajar la panza y pensaba cenar en casa, pero Angie lo llamó para decirle que iba a salir con una amiga.

Toma su *hot dog* y se acerca a un extremo del camión, donde están los condimentos. Sepulta todo en cebolla porque, total, qué más da.

En esto está pensando alegremente cuando suena el teléfono y es McGuire.

—¿Quieres tomar una cerveza? —pregunta su compañero.

—Esta noche no.

—¿Lou?

—¿Sí?

—No lo hagas —dice McGuire.

—¿Qué?

—Ya sabes.

Sí, lo sabe.

Igual que sabe que va a hacerlo.

...

No lo hagas, se dice cuando llega a Del Mar.

Por una vez, McGuire tiene razón: no lo hagas.

Pero lo hace de todas formas. Se desvía de la 101 en la Décima y se detiene en la calle, un poco más abajo, desde donde alcanza a ver la puerta delantera. Los putos abogados pueden permitirse una casa en Del Mar. En cambio, los policías con veintitantos años de servicio a cuestas viven en Mission Hills.

Del Mar, reflexiona Lou, es una de esas poblaciones costeras de California que han tratado de darse alcurnia construyendo edificios de estilo Tudor provistos de artesonados, vigas y gabletes y hasta de falsos techos de paja, en ocasiones.

Lou casi tiene la impresión de que en cualquier momento verá una placa asegurando que Shakespeare durmió aquí una vez. La verdad es que siempre le divierte, aunque aquella vez que entró en un restaurante y pidió budín de manteca con pasas y natillas al estilo inglés, al mesero y a Angie no les hizo ni pizca de gracia.

—¿Y unas salchichas con puré de papas? —preguntó.

—¿Y qué tal si te comportas como una persona adulta? —replicó Angie.

Lo cual fue una hipocresía por su parte, porque una de las cosas de las que se queja por costumbre es de que se comporte como un viejo, es decir, como una persona de su edad.

Lou tiene una casa bonita en un barrio agradable, pero al parecer a Angie no le basta con eso. Porque su coche —el puto Prius que se empeñó en comprar— está parado delante de la casa del abogado. Ya ni siquiera se molesta en ser discreta.

Lou fantasea con aporrear la puerta, ponerle la insignia en la cara al abogado y soltarle «¿Se puede saber qué carajo hace mi mujer aquí?», aunque lo de «carajo» lo diría todo. Pero ahora mismo lo último que le hace falta es que lo suspendan y le abran un expediente.

Así que se queda sentado en el coche.

Lo ha hecho mil veces, vigilando a gente.

Aunque nunca pensó que se vería en estas.

Angie sale de casa del abogado a las diez y diez de la noche.

Lou toma nota de ello, como si importara, como si fuera a rendir declaración en un juicio en lenguaje policial: «La sospechosa abandonó el recinto a las 22:10».

Deja que ella se adelante un poco y luego la sigue hacia el este por la 56 y la 163 y después por Friar's Road hasta llegar a casa. Para a unas cuadras de distancia y espera unos minutos a que ella entre a la casa.

Entonces se estaciona y entra.

Cuando cruza la puerta, está sentada en la sala tomando una copa de vino tinto y hojeando una revista. A Lou no le extraña que ese tipo quiera cogérsela: sigue estando buenísima aunque ya haya rebasado los cuarenta: piernas esbeltas, un buen par de tetas, melena rojiza.

Hace ejercicio.

—¿Qué tal la cena? —pregunta Lou al sentarse en el sillón frente a ella.

—Bien.

—¿Con quién saliste?

—Ya te lo dije, con Claire.

—Ajá —contesta él, esforzándose por no saltar del sillón—. ¿Y desde cuándo vive Claire en el 805 de la Décima en Del Mar?

Angie sacude la cabeza.

—Policías.

Eso sí lo hace saltar. Nota que se levanta como si una ola lo impulsara hacia arriba, y entonces le grita a la cara:

—¡¿Qué *chingados*, Angie?!

Ella no se intimida.

Es una de las cosas que le atrajeron de ella hace mil años, en la Universidad Estatal de San Diego.

Se queda allí sentada, tan tranquila, mirándolo a los ojos sin decir nada. Debería haber sido asesina a sueldo, se dice Lou, porque no se le movería una ceja en la sala de interrogatorios. Al ver un video donde ella apareciera cargándose a un tipo, miraría al policía que tuviera enfrente y diría con descaro: «¿Y?».

—Te vi salir de su casa —dice Lou.

—No me sorprende —contesta ella.

Como si fuera culpa *de él*. Como si fuera un idiota que hace el ridículo, agazapado en el coche mientras su mujer le pone los cuernos. Que es justo como se siente.

—¿Lo quieres? —pregunta.

No puede decir el nombre del tipo. Si lo dijera, sería todo demasiado real.

—No te quiero *a ti* —responde ella.

—Quiero el divorcio.

—No, Lou. *Yo* quiero el divorcio.

Porque ella siempre tiene que ganar, ¿no? Ni siquiera puede cederle *ese* momento.

Traci se levanta temprano y se va.

Es entrenadora personal y tiene varios clientes que pasan al gimnasio antes de ir al trabajo, así que su jornada laboral empieza a las cinco de la mañana. Davis le da un beso de despedida y vuelve a dormirse.

Se levanta cerca de las ocho, se pone unos *jeans* y una sudadera Killer Dana con capucha, muele café para la prensa francesa, sale a la terracita y contempla el océano.

Abre el iPad y borra todas las fotografías de Haddad y los correos que intercambiaron Sam Kassem y John Houghton.

Hace meses que hackeó la cuenta de correo de Sam y desde entonces la ha vigilado como un corredor de bolsa sigue los vaivenes del mercado bursátil. Conoce los entresijos del negocio de Sam como si estuviera pensando en comprarlo. Así fue como descubrió que Sam tenía la costumbre de cambiar la mercancía de una tienda a otra utilizando a su cuñado, Ben Haddad, como mensajero.

Normalmente eran entregas de unos cuantos miles de dólares en mercancía: treinta o cuarenta mil como máximo, muy por debajo de la ecuación riesgo/recompensa que maneja Davis.

Ha descartado decenas de golpes potenciales porque la tienda estaba en una calle muy transitada o demasiado cerca de una delegación, o muy lejos de un estacionamiento subterráneo donde guardar el coche. O porque los mensajeros iban armados o llevaban coche de seguimiento y el botín no merecía la pena.

Davis tiene criterios.

Estándares.

Normas que nunca se salta.

Lo dice el Código 101: las leyes están para romperlas con normas que han de cumplirse a rajatabla.

•••

Otra cosa que dice el Código 101: hay que llegar antes que el contrario.

Davis conduce en dirección norte: pasa por El Moro Canyon, Reef Point, Corona del Mar, Newport Beach, hasta llegar a Huntington Beach.

Encuentra sitio para estacionar cerca del muelle y se queda esperando en el coche.

Siempre llega temprano a las citas. No al punto de encuentro, sino a las inmediaciones. A la distancia justa para cerciorarse de que va a encontrarse con quien quiere y no con un comité en pleno. Y siempre espera en un sitio donde haya al menos dos vías de salida.

La vista es bonita: el largo tramo de playa y el muelle que se adentra en el océano. Hoy no hay bulla: el mar está revuelto y sólo hay un puñado de pescadores y turistas en el muelle.

Ve que Money llega al muelle, lo recorre hasta la mitad y se apoya en la barandilla del lado norte. Davis echa un vistazo adelante y atrás, comprueba que nadie sigue a Money ni lo vigila, que los turistas y los ancianos de paseo son lo que parecen ser y no otra cosa. No hay nadie que se acerque la mano a la boca para hablar, o que hable hacia el cuello de la camisa, o que le hable a un libro o a una revista.

Así que Davis sale del coche, avanza por el muelle y se para junto a la barandilla, al lado de Money.

Money es alto, de pelo rubio, con una barbita estrafalaria pero bien recortada. Saco deportivo gris y *jeans*. Camisa azul sin corbata. Lo llaman Money porque a eso se dedica: a transformar en *money* mercancía robada.

—Otro día en el paraíso —dice.

—Por eso vivimos aquí —contesta Davis, y le desliza discretamente los papeles con los diamantes en el bolsillo del saco—. Millón y medio.

No es sólo cuestión de confianza, aunque Davis lleva años trabajando con él. También es cuestión de negocios: Money nunca lo delataría porque Davis lo hace ganarse el nombre.

Sus clientes se cuentan con los dedos de una mano, pero entre ellos están algunos de los mejores ladrones del mundo. Elige con sumo cuidado a los compradores para colocar la mercancía y es impecable con las cuentas.

Descontando la comisión de Money, Davis va a embolsarse un millón limpio.

Además, Money se encarga de todo: de colocar las piedras, de lavar las ganancias y de crear cuentas en paraísos fiscales usando distintos alias. No sabe el verdadero nombre de Davis ni dónde vive ni qué coche tiene.

—Voy a volver a necesitarte dentro de un par de semanas —le dice Davis.

—¿Tienes idea de la cantidad? —pregunta Money.

—Más que esta vez.

Money sonríe.

—Ya estás cerca, entonces —dice.

Cerca de poder retirarse.

Ese es su acuerdo.

Davis tiene una cifra en mente. La cantidad de dinero que necesita para vivir bien, aunque sin muchos lujos.

Luego, se acabó.

Piensa jubilarse joven.

Lo dice el Código 101: el que sabe retirarse a tiempo, acaba en la playa; el que no, en una celda.

Entonces Money dice:

—Ese trabajo que vas a hacer, no será en el sur, ¿o sí?

—¿Por qué lo preguntas?

—No, por una cosa que oí.

Davis espera a que siga.

—Por lo visto hay un poli en San Diego al que se la pones dura —continúa Money—. Tiene una teoría. La teoría del Bandolero de la 101.

Davis siente una descarga eléctrica.

—¿Ya me identificó?

—No, nada de eso —contesta Money—. Es sólo una teoría.

Sí, pero es acertada, se dice Davis.

—¿Cómo se llama ese poli?

—Lubesnick. Teniente Ronald Lubesnick. Un cabrón de peso, imagino.

—¿Cómo te enteraste?

—Enterarme es mi trabajo —responde Money—. El caso es que te conviene no acercarte por San Diego durante un tiempo.

Money disfruta un momento más de la vista y luego se aleja. Siempre es el primero en irse, y Davis siempre espera y da un paseo antes de volver al coche.

...

Código 101: «confiar» es un verbo que los presos usan con frecuencia y casi siempre en pasado; «confiaba en él», por ejemplo.

...

Money sube a su Jaguar, va hasta el Hyatt Regency y espera en el estacionamiento.

Quince minutos después, Ormon abre la puerta del copiloto y se sienta a su lado.

Tiene el pelo amarillo.

Amarillo, no rubio.

Es bajo —un metro sesenta y siete o sesenta y ocho— y delgado.

Poco más de treinta años.

Chamarra de motociclista de cuero negro, *jeans* negros, Doctor Martens negras.

—Conque ese era, ¿eh? —pregunta—. El que estaba contigo en el muelle.

—Ese era.

—¿Dijo algo de otro trabajo?

—Va a dar otro golpe dentro de un par de semanas —contesta Money.

—¿Te dijo dónde?

Money se limita a mirarlo fijamente.

—Pero me avisarás —insiste Ormon.

Money asiente en silencio.

Porque Ormon no es Davis ni mucho menos, pero tampoco está a punto de retirarse.

Money ve mucho futbol americano. Conoce el juego. Y sabe que conviene vender a un astro maduro cuando todavía te dan algo por él.

...

La tienda principal de Sam Kassem está en El Cajón, o *Al* Cajón, como llaman los lugareños a ese barrio del este de San Diego desde que empezó a llegar la inmigración iraquí.

Lou nunca olvidará la vez que entró en una tienda del bulevar a comprar una Coca-Cola y vio una cabra colgando cabeza abajo dentro del refrigerador.

—Tiene una cabra en el refri —le dijo al caldeo propietario de la tienda cuando fue a pagar.

En los barrios periféricos de San Diego, cada vez hay más tiendas de conveniencia, licorerías y otros pequeños comercios cuyos dueños son caldeos, cristianos iraquíes llegados durante la guerra.

—Es para la boda de mi hija —contestó el hombre al darle el cambio—.
Que tenga un día estupendo.

Ahora Lou para en el estacionamiento de Sam.

Kassem tiene joyerías de lujo en los distritos más adinerados de la región:
en La Jolla, en Fashion Valley, en Newport Beach, en Beverly Hills... Pero
su base sigue estando aquí, en este barrio destartalado y viejo que lo acogió
cuando llegó de Irak.

Eso Lou lo respeta.

—¿Por qué dejan que me roben? —le pregunta Sam cuando entra.

Lou se sienta frente a él, al otro lado del escritorio, en el despacho de la
trastienda. De cuando en cuando, Sam mira hacia atrás para echar un vistazo
a la tienda a través de un falso espejo.

—Sí, ¿por qué dejan *ustedes* que les roben? —replica Lou, devolviéndole
la pregunta como suele hacer Angie—. ¿Por qué no utilizan un servicio de
mensajería normal?

—Haddad es mi cuñado.

Lou deja que la pregunta tácita resuene en el aire.

—Los de la aseguradora ya me lo preguntaron —dice Sam.

Lou le tiene cierto aprecio a Sam. Apuesto y distinguido, el iraquí viste
siempre impecablemente y tiene una espesa mata de cabello canoso. Llegó de
Bagdad, abrió una joyería y, veintitantos años después, tiene siete tiendas en
el sur de California.

La suya es la típica historia del inmigrante estadounidense con la que Lou
todavía babea. Los bisabuelos de Lou vinieron de un pueblucho de Polonia y
trabajaron en los barcos atuneros de San Diego. Su abuelo abrió una tienda
de sándwiches y su padre fue profesor de literatura en la Universidad de
California en San Diego.

—Ben estaba aterrorizado, se lo aseguro —añade Sam—. Anoche Diana
tuvo que darle un... ¿cómo se llama? Un Ambien.

—Eso te acaba jodiendo —dice Lou.

Ahora es Sam quien se encoge de hombros.

—Bueno, entonces, ¿cómo...?

—¿Cómo sabía el ladrón lo que llevaba Ben? —pregunta Sam, acabando
la frase por él—. Dígamelo usted, que es el detective.

—¿Quién sabía lo de esa entrega?

—Yo, Ben y Houghton.

—¿Confía en Houghton?

—Llevo veinte años tratando con él.

Y yo llevo casado casi el mismo tiempo, se dice Lou para sus adentros.

—Cuénteme el asunto desde el principio.

Sam suspira, pero empieza a explicarle cómo empezó la cosa.

Houghton se puso en contacto con él…

—¿Cómo? —pregunta Lou.

—Me llamó por teléfono. Dijo que tenía un cliente habitual que estaba buscando un tipo concreto de piedra, con corte de esmeralda, de seis kilates o más. Me preguntó si tenía algo así.

—Y lo tenía.

—Claro que sí —contesta Sam—. Tenía cinco que podían servirle.

—Y entonces…

—Se lo dije a Houghton y me pidió unas fotografías, así que se las mandé.

—¿Cómo?

—Por correo electrónico. Y luego me pidió que se los llevara Ben.

—¿Y usted hace esas cosas? ¿Sólo porque confía en él?

—Son veinte años.

Sí, ajá, piensa Lou.

—Y luego…

—Entonces Ben pasó por aquí, cuando estaba haciendo su ruta de visitas —explica Sam—. Yo ya tenía las piedras envueltas en sus papelitos, Ben se las llevó y yo le avisé a Houghton que iba para allá.

—¿Por teléfono o por correo?

—Por correo. Y entonces me llamó Ben, temblando. Pensé que iba a darle un infarto.

O sea que el asaltante hackeó el correo electrónico de Sam, concluye Lou. Se levanta de la silla.

—Contrate una empresa de mensajería. Una de esas con vehículo blindado.

—¿Usted sabe lo que cuesta eso?

—Menos de un millón y medio de dólares, calculo yo.

El tipo de la aseguradora quiere hablar con Lou.

Cómo no, tratándose de un atraco de siete cifras.

Quedan en una taquería del casco viejo de El Cajón. Lou se asegura de que pague Mercer. Se sientan fuera, en una mesa de pícnic, y Mercer dice:

—Tuvo que ser alguien de adentro.

La estafa más vieja del mundo, piensa Lou. El dueño de la tienda orquesta un atraco a su propio establecimiento, consigue que la aseguradora le pague lo robado, vuelve a comprarle la mercancía al ladrón a precio ventajoso y luego la vende en el mercado negro.

Salen todos ganando, menos la aseguradora, y a las aseguradoras las odia todo el mundo.

—Antes de pensar en un segundo tirador, vamos a considerar la posibilidad de que *no* haya sido un autogol. —Lou sabe que está haciendo un coctel de metáforas, pero no le importa—. Vamos a suponer que se trata de un profesional como Dios manda, que conoce su oficio y se prepara como es debido.

Mercer le quita el envoltorio a su segundo taco, mira a Lou y dice:

—No irás a venirme otra vez con tu teoría del Supermán.

—Es el mismo *modus operandi*.

—Supongamos que tienes razón —contesta Mercer—. Aun así, tu llanero solitario podría haber usado a alguien de dentro, una fuente para obtener información. Creo que deberían investigar un poco más a Sam y a su parentela política.

—¿Sabes qué creo *yo*? —replica Lou—. Creo que quieres zafarte para no pagarle a Kassem y utilizarme a mí como escudo, y por mí puedes irte a la chingada, porque no pienso poner a mi unidad entre tu asegurado y tú.

—Sólo estaba haciendo una observación.

—Pues no la hagas. Si tienes información útil, dámela y la usaré. Si *de verdad* quieres ayudar, consigue que la asociación de aseguradoras ofrezca una recompensa, para ponérsela difícil a ese tipo. Pero no me digas cómo tengo que hacer mi trabajo, Bill.

Mercer arruga el envoltorio y lo lanza al bote de basura.

—¿Eso quiere decir que no va a haber recompensa? —pregunta Lou.

—Sam y Haddad van a tener que pasar por el polígrafo —dice Mercer.

Lou no se sorprende. La empresa aseguradora tiene derecho a exigir lo que se denomina un «examen bajo juramento» y a interrogar al asegurado, que, en caso de mentir, estaría incurriendo en falso testimonio.

Es el paso lógico.

Si Sam y Haddad no pasan la prueba del polígrafo, la aseguradora tendrá fundamentos legales para negarse a pagar la indemnización. A Houghton, Mercer no puede hacerlo pasar por el detector de mentiras porque a él no le han robado ni ha exigido indemnización.

Lou, no obstante, está convencido de que Sam y Haddad pasarán la prueba. Sam es un empresario muy astuto, pero honrado y trabajador, y Lou está convencido de que las aseguradoras tienen prejuicios contra la gente de Oriente Medio porque en la década de los noventa los comerciantes de alfombras iraníes las exprimieron hasta dejarlas secas. Y, descartados los caldeos, todo apuntará a Houghton.

Eso si fue un trabajo desde dentro, piensa Lou.

Que hasta cierto punto tuvo que serlo, si el tipo estaba leyendo el correo de Houghton y Sam.

· · ·

Davis pasa por la pescadería del puerto de Dana Point, pregunta qué hay fresco y compra dos filetes de jurel. Luego pasa por Trader Joe's y compra una botella de aceite de oliva importado aderezado con limón.

Los espárragos los compra en Von's, igual que el chocolate amargo (con 85% de cacao), la crema batida y las frambuesas frescas para el *mousse*.

Esta noche va a hacerle de cenar a Traci.

· · ·

Lou reúne a su equipo en la sala de personal y se sitúa junto al pizarrón blanco, donde ha escrito la lista de todos los atracos a mensajeros de joyas perpetrados en California en los últimos diez años, y acaba de anotar el último.

—Quiero agarrar a este tipo —anuncia.

Sus compañeros, que no creen que haya ningún «tipo», dejan escapar un gruñido de fastidio, aunque sofocado. Saben, además, adónde quiere ir a parar Lou y va a ser una joda, porque de los once robos anotados en el pizarrón sólo tres pertenecen a su jurisdicción.

Lou clava el dedo en el pizarrón.

—Y para agarrarlo, no podemos investigar sólo este atraco. Tenemos que investigar todos estos para encontrar pautas recurrentes.

Otro gruñido de fastidio.

Lou y sus pautas recurrentes.

. . .

Código 101: toda serie de actos crea un patrón.

. . .

Lou sabe que hay dos formas de resolver un caso:

1. Un soplón.

O sea, que alguien suelte la lengua.

Puede uno recurrir a toda la parafernalia forense que quiera —sobre todo para impresionar al jurado—, y sin embargo la mayoría de los delitos se resuelven porque alguien canta.

2. Patrones.

Tratándose de un delincuente en serie y a falta de un soplón, no hay otra forma de llevarse el gato al agua. Un delincuente listo puede dejar pistas ínfimas, pero no puede evitar dejar constancia de sus patrones, igual que es imposible no dejar huellas al pisar por la playa.

Y los patrones siempre significan algo.

Lo malo es que los investigadores también tienen patrones —modos de trabajar, formas de pensar y actuar—, y esos patrones de conducta a veces les impiden *ver* los del delincuente, considerar los hechos desde otra perspectiva y discernir patrones nuevos, diferentes a los que esperan.

Es como mirar un cuadro que lleva veinte años colgado en tu sala: ves lo que has visto siempre; lo que no has visto, no lo ves.

Igual que en el matrimonio, piensa Lou.

Ahora presiona a su equipo para que vuelva a considerar los hechos.

—Hoy sólo quiero que *piensen*, nada más —dice—. Sánchez, echa un vistazo a todos los robos a joyerías sin resolver en California en los últimos cinco años y elimina los que no encajen con la hipótesis del asaltante solitario. Rhodes, deja de poner jeta y echa un vistazo a las víctimas: qué *es* lo que tienen en común. Ng, tú encárgate del *modus operandi*, de las acciones: lo que hace y lo que no. Geary, ocúpate de la geografía: quiero un mapa. McGuire, si Geary se encarga del espacio, tú te encargas del tiempo. Tiene que haber un patrón en el plazo que deja pasar entre un atraco y otro.

—¿Y tú qué vas a hacer, jefe? —pregunta McGuire.

—Yo voy a echarle un vistazo al conjunto —contesta Lou.

Voy a retirarme para ver mejor el cuadro.

Lou es muy de «leer».

Así es, por lo menos, como lo describe Angie y quizá sea ese uno de los principales problemas de su relación. Las pocas veces que tiene un rato libre, prefiere sentarse a leer. A ella, en cambio, le gusta salir. Lou suele ceder y acaban saliendo, pero Angie nota su resentimiento y eso le provoca rencor a su vez.

—Te estás volviendo igual que tu padre —le dijo una noche cuando se fueron temprano de una fiesta porque él estaba de mal humor.

Eso nos pasa a todos, ¿no?, pensó Lou.

Puede que a los abogados de Del Mar no.

En todo caso, cuando se jubile, piensa dedicarse a leer.

Libros de historia, sobre todo.

No sólo porque le gusta la historia, sino porque *cree* en ella: cree que las respuestas del presente pueden hallarse, en su mayoría, en el pasado. Y eso es lo que hace ahora: reúne un montón de expedientes antiguos y se pone a leer.

22 de abril de 2008.

El propietario de una joyería de Newport Beach se dispone a enviar por FedEx un reloj personalizado a un cliente, valuado en 435 000 dólares. Lo asaltan en su propio estacionamiento cuando sube al coche para dirigirse a la oficina de la empresa de mensajería.

14 de septiembre de 2008.

Un vendedor neoyorquino llega al aeropuerto de San Francisco con un maletín lleno de artículos de joyería —diamantes, gemas de distintos colores— para visitar a varios clientes fijos de la zona de la Bahía. Lo asaltan a punta de pistola en el estacionamiento de su hotel. El botín asciende a 762 000 dólares.

11 de enero de 2009.

Un comerciante de diamantes belga vende un inventario valuado en 960 000 dólares a una joyería de Malibú y recibe el pago en efectivo. Antes de regresar al aeropuerto de Los Ángeles, para en un hotel de la 101 para encontrarse con una prostituta y al salir lo despluman. (Por lo menos el ladrón lo dejó coger, piensa Lou).

20 de marzo de 2009.

Un joyero de Mendocino llega a una oficina de FedEx a recoger un paquete de piedras preciosas que le envían desde un establecimiento de Tucson. Lo asaltan al volver a su tienda. Botín: 525 000 dólares.

17 de octubre de 2010.

(Este es el favorito de Lou). Un vendedor local de joyería se presenta en el aeropuerto Lindbergh de San Diego llevando una bolsa de viaje llena de relojes, anillos, piedras preciosas de colores y diamantes. Tiene que depositar la bolsa en la cinta transportadora del escáner, y en la fila lo paran y lo cachean. Cuando llega al otro lado de la cinta, su bolsa ha desaparecido. Botín: 828 000 dólares.

(Lou no sabe, sin embargo, si debe añadir éste a su lista, porque no encaja en el patrón).

14 de enero de 2015.

San Luis Obispo. Un comerciante de diamantes sudafricano entra en la joyería de un cliente y se empeña en que le paguen en *krugerrands*, o sea, en monedas de oro puro. Le pagan, y a las cuatro de la madrugada, cuando sale del hotel para tomar un avión, es asaltado en el estacionamiento. Botín: 943 000 dólares.

Mayo de 2016.

La dueña de una joyería lleva un muestrario de diamantes a una clienta fija en Rancho Santa Fe. Camino del rancho, tiene una ponchadura y la asaltan cuando se dispone a cambiar la llanta. Botín: 654 000 dólares.

Y luego está éste:

27 de septiembre de 2016.

Un corredor de diamantes brasileño llega a Los Ángeles con artículos por valor de 375 000 dólares, según declara ante las autoridades aduaneras estadounidenses. Alquila un coche de Alamo y toma la 101 para ir a ver a un joyero de Marina del Rey, la primera parada de su ruta de visitas. Se encuentra con el joyero en el barco de éste —de quince metros de eslora—, atracado en el puerto, porque… en fin, porque sí. El caso es que el asaltante sube al barco, toma el maletín con las joyas y se larga. Y el brasileño está que trina porque no puede reclamar indemnización al seguro por el robo de la parte de la mercancía que no declaró en la aduana y cuyo valor, según se rumorea, ascendía a más de dos millones de dólares.

3 de febrero de 2017.

Un joyero de Newport Beach recibe una llamada de un cliente habitual de Pelican Bay que le pide que vaya a verlo a su casa con un muestrario de collares de diamantes porque quiere comprarle uno a su esposa con motivo de sus bodas de plata. El joyero llega a la casa y es asaltado cuando está llamando al timbre. Resulta que el cliente y su esposa estaban celebrando su aniversario en París y la llamada era una trampa. Botín: medio millón de dólares, poco más o menos.

18 de mayo de 2017.

San Rafael. El propietario de una joyería de San Francisco traslada ciertos artículos que aún no ha vendido a su establecimiento del condado de Marin. El mensajero que lleva los diamantes es asaltado al llegar a la tienda. Botín: 347 000 dólares.

Y ahora, el 20 de octubre de 2018:

En Del Mar, un millón y medio de dólares en diamantes de Sam Kassem.

Si se trata de un solo asaltante, piensa Lou, ha acumulado unas ganancias de 8,6 millones de dólares en los últimos diez años. Una buena plata, incluso después de descontar los gastos y la comisión del comprador.

Puede que los casos no estén relacionados, se dice Lou.

Esa es, al menos, la idea generalizada.

Pero Lou no lo cree: hay, claramente, un patrón.

El asaltante hace cuidadosos preparativos y es evidente que dispone de información interna porque nunca falla. En cada golpe se embolsa un botín de cientos de miles de dólares; de más de un millón, en el último. Sabe siempre quién va a llevar qué mercancía, el valor de ésta y adónde va destinada.

Ha encontrado su nicho, se dice Lou, un rincón muy concreto del ecosistema delictivo. Ataca a los joyeros en su punto más débil: el traslado de mercancías.

Es muy selectivo: dos o tres golpes al año, siempre muy lucrativos. Nada más.

Conoce bien el terreno. Lo máximo que tienen ellos es una imagen —completamente inservible— tomada por una cámara de video en la que aparece de espaldas: un hombre con capucha negra. Da el golpe y luego desaparece sin más.

Procura diversificar sus actividades: nunca atraca dos veces al mismo joyero, ni siquiera a la misma compañía aseguradora. Y geográficamente se mueve mucho: arriba y abajo por la costa californiana, entre distintas jurisdicciones policiales.

Siempre cerca de una carretera, jamás en pleno centro urbano.

O sea, que se trata de un asaltante de caminos, concluye Lou.

En este caso, de un camino muy concreto.

La carretera 101.

Lou no sabe si optar por un té helado o por un Arnold Palmer, un té con hielo y limonada.

Por un lado, el Arnold Palmer sabe mejor, pero, por otro, la limonada lleva azúcar, que se convierte en grasa, y el puto abogado de Del Mar se pasa la vida pedaleando su bicicleta de siete mil dólares por la 101 y no tiene ni un gramo de grasa.

Así que al final pide un té helado simple.

Y una hamburguesa de pavo.

—¿Papas fritas o ensalada? —pregunta la mesera.

—¿Por qué cree que pedí la hamburguesa de pavo en vez de pedir una de verdad? —responde Lou.

—Ensalada —concluye la mesera—. ¿Qué aderezo quie…?

Lou la mira fijamente.

—Sin aderezo, ¿verdad?

Lou asiente en silencio y la mesera se va con la orden.

La tele de encima de la barra emite con zumbido monótono un partido de *hockey* sobre hielo y Lou se pregunta quién ve *hockey* en octubre.

Ha llegado a la conclusión de que el próximo golpe del asaltante será en la zona norte.

Ése es su patrón.

Entonces entra Angie, se sienta enfrente de él y dice:

—Imagino que ya pediste.

Lou se encoge de hombros.

—Llegas tarde.

—Por lo menos no ordenaste por mí —replica ella mientras echa una ojeada a la carta.

No, no ha ordenado por ella, pero podría haberlo hecho porque sabe perfectamente qué va a pedir: una ensalada César con camarones y sin aderezo. Le entran ganas de decírselo, pero, como no quiere que se encabrone, cierra la boca.

Angie, no obstante, ve su cara de satisfacción cuando pide una ensalada César con camarones y sin aderezo.

—Llevamos demasiado tiempo casados.

—Eso piensas tú, por lo que parece.

—Bueno, ¿quién se va de la casa? —pregunta ella—. ¿Tú o yo?

—Yo.

—Debería ser yo. Soy la adúltera.

—Hester Prynne.

—¿Qué?

—Nada —contesta Lou—. No, me voy yo. Me vendrá bien cambiar de aires. Creo que estoy un poco estancado.

—Sí, ajá, y lo dices *ahora*. ¿Eso era lo que hacía falta, Lou? ¿Que tuviera una aventura? Pues ojalá lo hubiera sabido antes.

—¿Es la primera?

—¿Me creerías si te dijera que sí?

—Claro. A fin de cuentas, ¿qué puedes perder?

—El típico razonamiento de un policía.

Lou se encoge de hombros. Para molestarla esta vez, porque últimamente a Angie le ha dado por decir que esa manera que tiene de encogerse de hombros es al mismo tiempo «muy de poli» y muy «judía». Le gustaría saber si el abogado se encoge de hombros.

—¿Y tú te crees que estoy en la sala de interrogatorios, o qué? —añade Angie—. Tus compañeros siempre dicen que eres muy bueno «en la sala». Imagino que no se refieren a tu lugar preferido para coger.

—Me voy yo de la casa —repite Lou.

—¿Y dónde vas a ir?

—¿Acaso te importa?

—Pues sí, me importa, Lou.

—Estoy pensando en irme a vivir a la playa.

Angie se echa a reír. Al ver la cara que pone él, dice:

—No te imagino en la playa, Lou. Creo que eres la persona menos de playa que conozco.

Precisamente por eso debería irme allí, piensa él para sus adentros.

...

Davis sazona el pescado con pimienta negra recién molida, sale a la terraza y echa un vistazo al fuego del asador.

Tras comprobar que la temperatura es la adecuada, coloca los filetes y vuelve dentro. Cubre el fondo de una sartén con una fina película de aceite de oliva aderezado con limón, parte por la mitad los espárragos, lava las mitades superiores y las echa al aceite caliente.

Traci observa sus evoluciones.

—La que se case contigo tendrá suerte —comenta.

Davis dora los espárragos, los retira del fuego, los echa en un escurridor y los cubre con unos cubitos de hielo para evitar que sigan cociéndose en su propio calor. Luego vuelve a salir a la terraza y da vuelta a los filetes.

Dirige la mirada hacia la 101 y ve a un tipo de pie en el parque, junto a las canchas de basquetbol de Main Beach.

Un individuo bajo, con el pelo de un extraño color amarillo.

Esto lo inquieta, porque ha visto al mismo tipo esta tarde en Huntington Beach. Y cuando Davis ve más de una vez el mismo día a una persona que no conoce —y más aún si es en dos sitios distintos—, quiere saber a qué se debe.

Lo dice el Código 101: hay un nombre para designar al que cree en las coincidencias: el imputado.

Entonces ve que el desconocido mira hacia su terraza.

¿Es Money? ¿Me ha delatado?

¿O cometí algún error?

¿Es posible que sea un policía?, se pregunta Davis. Repasa mentalmente sus movimientos desde el atraco en Del Mar para ver si pudieron seguirlo.

No lo cree, pero ¿quién es este tipo?

No puedes arriesgarte, se dice.

Tienes que irte.

Al volver a entrar, dice:

—La cena está casi lista.

—Me muero de hambre.

Davis toma la botella de Drouhin Chablis que estaba enfriándose en el hielo, la abre y sirve dos copas.

...

Saca los tazones de *mousse* de chocolate del refrigerador, pone una cucharada de crema batida en cada uno y la adorna con unas frambuesas.

—¿*Esto* lo preparaste tú? —pregunta Traci cuando él pone los postres en la mesa—. ¿Desde cero?

—No es tan difícil —contesta Davis.

Con la cucharita en suspenso sobre su tazón, ella dice:

—No debería.

—Es chocolate amargo. Excelente para la salud. Repleto de antioxidantes.

—Bueno, siendo así. —Traci toma un bocado—. ¡Por Dios, Kyle! Un orgasmo en una cuchara.

Más tarde, en la cama, él dice:

—Tengo que volver a irme pronto.

Nota que ella se tensa entre sus brazos.

—¿Cuándo es pronto?

—Mañana.

—Pero si acabas de llegar. Creía que ibas a quedarte más tiempo.

—Yo también lo creía —contesta Davis.

Hasta que vi que me están vigilando.

—¿A dónde va lo nuestro? —pregunta ella entonces.

—No todos los viajes deben tener un destino —responde él.

A veces, uno conduce por conducir.

—Pero está bien tener una idea de hacia dónde vas —añade Traci.

No le está pidiendo un anillo de compromiso ni una fecha de boda, sólo una idea aproximada del rumbo que lleva su relación. Hace ya casi dos años que se ven intermitentemente y quiere saber si puede tomárselo en serio o no.

A Davis le gusta jugar, pero siempre juega limpio. Una de sus reglas es no mentirle nunca a una mujer. Así que dice:

—Estás buscando oro en una playa, Traci.

—¿Oro, yo? ¿Me estás llamando cazafortunas? —pregunta ella con un relampagueo en la mirada.

—No ha sido una analogía muy acertada —reconoce Davis, enojado consigo mismo por haber herido sus sentimientos—. Lo que intento decir es que buscas algo donde no lo hay.

—¿Qué significa eso exactamente?

—Que disfruto mucho de algunas cosas —responde Davis—, pero no soy muy dado al amor.

—Entendido. O sea, el típico «no eres tú, soy yo», pero con un giro.

—Me gustas muchísimo —afirma Davis.

—Ajá. Bueno, dejémoslo así —dice ella. Y más tarde añade—: Creo que la próxima vez que vengas por aquí, es mejor que no me busques, ¿de acuerdo?

De acuerdo.

Es una lástima, pero de acuerdo.

A fin de cuentas, su número es el 101.

No el 102.

...

El complejo se llama «Seaside Chateau», pero cuando la puerta metálica del estacionamiento subterráneo se abre, Lou piensa que, más que a un *château* junto al mar, le recuerda a la prisión federal de Solana Beach.

Es un sitio lúgubre.

De oscuras paredes grises.

Claro que es un estacionamiento subterráneo, se dice Lou al entrar. ¿Qué iba a parecer? ¿Shangri-La?

Encuentra su lugar, el número 18. En realidad, el alquiler incluye dos lugares de estacionamiento, pero sólo va a necesitar uno, porque duda de que Angie vaya a venir a pasar la noche alguna vez.

¿Cómo lo llaman en chirona?

¿«Visita conyugal»?

Estaciona junto a un Dodge Challenger SRT8 negro de 2011 que se ve impecable. Abre la puerta con mucho cuidado para no rayarlo. Saca del coche la maleta y la bolsa de viaje y se encamina a la entrada del complejo: otra puerta metálica de rejilla.

Es deprimente, y Lou se pregunta dónde se ha metido. Ha alquilado el departamento sin visitarlo primero, después de ver unas fotos en el sitio web de la inmobiliaria. En las fotos parecía bastante bonito, pero eso pasa siempre, ¿no?

McGuire soltó una carcajada cuando le dijo que iba a alquilar un departamento en la playa.

—A los divorciados de mediana edad siempre les da por irse a vivir a la playa, a ver si así consiguen tirarse a alguna surfista joven.

—Yo no estoy divorciado ni pienso en eso.

—Seguro que una *parte* de ti sí lo piensa.

—Ajá, pero mi cerebro sabe que no va a pasar.

Lou ha visto a tipos así. Empiezan a ir al gimnasio, se hacen blanquear los dientes, se compran ropa nueva y hasta un coche deportivo, y las chicas los miran como lo que son: personajes patéticos.

Él no se hace ilusiones. Sólo pensó que estaría bien cambiar de aires; darse el gusto —si se quiere— de vivir en la playa una temporada, hasta que vea cómo se resuelven las cosas.

Si es que se resuelven.

Lleva toda su vida en San Diego y nunca ha vivido en la playa, así que, si esta es su crisis de mediana edad, pues muy bien, que lo sea.

Y si conoce a alguna mujer —no a una veinteañera buenísima, sino a una cuarentona atractiva que dé la casualidad de que se encapriche con él—, pues genial también. En Solana Beach hay estudios de yoga a montones, así que la probabilidad de que eso suceda no es tan baja.

—Sí, claro —contestó McGuire—. ¿Por qué crees que las cuarentonas y las cincuentonas buenonas se cuidan tanto? Porque sólo se bajan las mallas para galanes de veintitrés años con el abdomen bien marcado. Son ellos los que disfrutan esos culos tan apretados.

—Bueno, la esperanza es lo último que se pierde —dijo Lou.

No todas pueden ser esposas de adorno que engañan a sus maridos con sementales de veintitantos. Alguna habrá que esté divorciada, que se sienta sola y que busque un tipo simpático para salir a cenar de vez en cuando y echar, quizá, una canita al aire.

«¿Una canita al aire?», se dice Lou al empujar la puerta con la cadera. Dios mío, una *octogenaria* buenona es la que voy a ligarme.

Un tramo de escalones conduce a un área común: la típica piscina y el *jacuzzi* detrás de otra puerta, un asador comunitario y unas cuantas mesas bajo un techo para los (pocos) días que llueve.

Lou pasa junto a la piscina y encuentra el departamento, o *château*, número 18 en el segundo piso, subiendo otro tramo de escaleras. (A un pedante como él, lo del *château* a la orilla de la playa le parece un contrasentido, sobre todo en el sur de California. En su vida ha visto un sitio menos francés).

Busca a tientas la llave y abre la puerta.

Y enseguida lo entiende.

Entiende por qué la gente hace esto, por qué se gasta una fortuna —porque el alquiler va a costarle un ojo de la cara— por tener «vista al mar». Porque los enormes ventanales dan al océano y a la playa, y el cielo, el mar y la espuma blanca de las olas rompiendo en la arena son como un muro azul.

Sólo por la vista merece la pena gastarse ese dinero.

La cocina es pequeña, pero parece recién remodelada, y hay una salita con una tele de pantalla plana y un sofá. Lou entra en la recámara. También es pequeña, pero tiene una cama *king* muy optimista, y un cuarto de baño privado con ducha y... ¿tina de hidromasaje? ¿Será posible?

Deja las maletas en el suelo y de pronto se siente...

Completamente deprimido.

Dos maletas en el suelo y una caja llena de libros en el asiento trasero del coche.

Esa es mi vida ahora, se dice.

Soy ese madurito patético a punto de divorciarse que alquila un departamento en la playa.

· · ·

Ormon se reúne con Money en el muelle de Newport Beach.

—Entiendo que lo hayas perdido —dice Money sin dejar de contemplar el mar azul—. Lo que no entiendo es que creas que es mi problema.

Ormon tiene la respuesta lista.

—Es problema tuyo porque quieres ganar dinero, y ese tipo va a dejar de reportarte ganancias. Por lo menos a largo plazo. Para eso me necesitas a mí. Y yo lo necesito a él.

—Yo no sé dónde está —contesta Money sinceramente.

—Llevas quince años trabajando con él. Algo sabrás.

Money se esfuerza por recordar.

No le agrada Ormon, que es un tipejo violento, impulsivo y codicioso. Prefiere a asaltantes más maduros y serios que no disfruten lastimando gente. Pero de esos ya no se fabrican. Y este tipejo violento, impulsivo y codicioso está en lo cierto: Davis tiene fecha de caducidad inminente.

Así que Money le da un nombre.

...

Sharon Coombs es del sur de California, no puede negarlo.

Pelo rubio con mechones más claros, muy corto.

Treinta y tantos años, esbelta, con el cuerpo tonificado por el yoga, las clases de *barre* y el *spinning*. Alta, de pechos operados, trasero firme y nariz (literalmente) esculpida. Tiene los labios finos, pero está pensando en aumentárselos la próxima vez que le sobre algún dinero.

Lleva una toalla colgada al cuello cuando baja las escaleras después de hacer yoga, entra en el Coffee Company de Solana Beach, pide un *latte* con leche de soya y sale a sentarse a la terraza.

Al ver a Lou sentado solo en una mesa, lo descarta de inmediato como cliente o como amante y pasa de largo. Sharon es eficiente en todos los sentidos: en el trabajo, en el deporte y en su vida sexual. No va a perder ni un segundo con nada ni nadie que no tenga potencial.

Además, está allí por negocios.

Así que se acerca a una mesa ocupada por otro hombre y pregunta:

—¿Está libre esta silla? ¿Le importa si me siento?

—En absoluto —contesta Davis.

Qué pregunta.

Ella se sienta, contempla la 101 y dice:

—Acabo de conseguir una nueva póliza. Cinco millones y medio.

Sharon es agente de seguros, trabaja con empresas que pagan pólizas de responsabilidad civil «en exceso» con alto límite de cobertura.

Si tienes, por ejemplo, una casa de cinco habitaciones en el acantilado de La Jolla Cove, con el garaje lleno de Lamborghinis y Maseratis, y diamantes que cuestan más que todas las casitas de una privada suburbana juntas, no llamas a una agencia de seguros de poca monta de las que se anuncian en la tele, ni a un agente que «ha visto de todo», porque ninguno de ellos va a asumir ese nivel de riesgo.

Llamas a Sharon Coombs y ella se pone en contacto con las compañías de seguros de alto copete, esas que aseguran a la élite y que están dispuestas a firmar pólizas con coberturas millonarias y a cobrar una prima astronómica por ello. Claro que, si puedes permitirte la mansión a la orilla de la playa, el Lamborghini y las piedras, también puedes permitirte asegurarlos.

A veces estas empresas, como corredores de apuestas de la mafia, transfieren parte del riesgo a otras compañías de alto copete, y a eso se dedica Sharon: a actuar como mediadora entre aseguradoras. A veces junta a tres o cuatro para cubrir una póliza.

Para hacerlo, tiene que verificar el valor del bien a asegurar. Tiene que conocer su precio real, su ubicación y su procedencia. Tiene que cerciorarse de que no la estás engañando para pagar un seguro de tres millones de dólares por una gema que vale dos para que luego finjas su robo, la tires al mar y te embolses un millón limpio.

Debe comprobar, además, que tomas las debidas precauciones para proteger el bien. Si no dispones de un sistema de seguridad adecuado en tu mansión (o si tienes la costumbre de asar hamburguesas a la parrilla en la sala), si estacionas el Maserati en la calle (o si te parece divertido participar con él en espectáculos de destrucción de coches), o si guardas los diamantes en un tazón para caramelos en la barra de la cocina (o te los pones para ir a un antro corriente y acabas con una borrachera del carajo), hasta a Sharon le va a costar conseguirte un seguro.

Y Sharon comprueba estas cosas: su negocio depende de ello. Así que sabe lo que tienes, lo que vale y dónde está.

Y cómo lo proteges.

Sharon gana sustanciosas comisiones.

Pero en la 101 a veces no basta con eso.

Hace falta dinero para vivir en esta zona, y más dinero aún para vivir bien, y a Sharon le gusta vivir bien. Y sabe que, según los estándares del sur de California, se le está yendo el tren.

Para tener treinta y ocho años, está de diez. Pero no es lo mismo eso que tener veintiocho años y estar de diez, o incluso de nueve. Y hay por ahí unas cuantas que, con veinticuatro añitos, no le hacen ascos a los hombres maduros, de entre cuarenta y cincuenta cinco años, y también echan ahí el anzuelo.

Además, ese tipo de hombres, si tienen suficiente dinero y no se han echado del todo a perder, pueden elegir a su antojo. Ellos también van al gimnasio, hacen yoga, cuidan su dieta y hasta se ponen bótox. Ahora hay corredores de bolsa de cincuenta y siete años que comparan exfoliantes.

Sharon necesita marcar un buen tanto, un tanto definitivo.

Davis y ella se conocieron hace cinco años en la inauguración de una galería de arte, entre canapés y vino mediocre servido en copas de plástico.

Él estuvo encantador y ella aceptó su invitación a cenar. Davis le abrió la portezuela de su Mustang Shelby y la llevó al Top of the Cove, y después del postre Sharon lo llevó a su casa y pensaba cogérselo, pero él se negó.

—No es que no quiera —le dijo—. Es que nunca mezclo el placer con los negocios, es una norma que tengo.

Lo dice el Código 101: no metas el pito donde no debes.

—¿Perdona? —dijo Sharon.

—Eres agente de seguros, ¿no? —añadió Davis—. Creo que tú y yo podríamos hacer negocios. Sexo puede dártelo cualquiera, pero yo puedo hacerte ganar dinero.

Luego le explicó cómo.

Sharon le había proporcionado tres soplos en aquellos cinco años. Si hubieran sido más, alguien habría descubierto el común denominador y ella se habría visto con el agua al cuello.

Con el primero, se pagó los pechos nuevos. Con el segundo, el anticipo del departamento. Y con el tercero, el Lexus.

Ahora quiere uno más.

El más grande.

Y el último.

Así se lo dice a Davis.

—Uno más y lo dejo.

Él no le dice que piensa hacer lo mismo. Es otra regla del Código 101: nunca le digas a nadie lo que no necesita saber.

—¿De qué se trata? —pregunta Davis.

—Un multimillonario iraní, Anoush Shahbazi, va a venir de Teherán para la boda de su sobrina —explica Sharon—. Está comprando regalos para los novios y para toda la familia. Relojes, collares de diamantes, una sortija para la novia…

—¿Valor asegurado?

—Cinco millones y medio.

Con eso podría retirarme, se dice Davis. Incluso descontando la comisión de Sharon, la de Money y el descuento al comprador, me quedarían dos millones limpios.

Dinero de sobra para desaparecer del mapa.

—El mensajero llegará en avión desde Nueva York —continúa Sharon—, y la entrega se hará en L'Auberge, donde se celebra la boda.

El hotel de lujo en Del Mar, piensa Davis.

Mal asunto.

Si lo hiciera, serían dos trabajos seguidos en San Diego, en la misma jurisdicción, y eso supondría quebrantar una de sus reglas de oro.

Código 101: si pasas dos veces por el bufé, acabas en el comedor de la cárcel.

Sobre todo teniendo en cuenta que ese policía de San Diego... ¿cómo se llama?... Lubesnick, anda detrás de ti.

Pero cinco millones...

—La aseguradora ha exigido que un guardia armado acompañe al mensajero a hacer la entrega —le informa Sharon—. Usarán un servicio local de seguridad, el guardia lo recogerá en el aeropuerto, lo llevará a L'Auberge y se quedará con él hasta que concluya la transacción.

—¿Y después?

—Después las joyas se guardarán en una caja fuerte en la suite de Shahbazi. Habrá guardias armados en la boda y el banquete. Israelíes.

Así que habrá dos ocasiones para dar el golpe, se dice Davis: cuando el mensajero se traslade del aeropuerto al hotel, o en la habitación de Shahbazi, cuando se esté efectuando la transacción.

Lo del guardia armado es un problema, sin embargo. No le gusta la idea de que pueda haber violencia. En toda su carrera, nunca lo han herido ni ha herido a nadie. Es una cuestión de prurito personal, además de una exigencia profesional.

Código 101: si no puedes hacerlo sin apretar el gatillo, no deberías hacerlo.

Así que va a dejar pasar esta oportunidad.

Pero entonces Sharon dice:

—Hay algo más. Shabazi va a pagar en efectivo.

Una sonrisita asoma a sus labios. Sabe lo mismo que Davis: que el vendedor no quiere declarar a Hacienda la transacción.

—Así que el vendedor tendrá su propia seguridad —dice Davis.

Sharon se encoge de hombros.

—Nosotros no aseguramos el efectivo.

De modo que cinco millones y medio acaban de convertirse en once, piensa Davis.

La mitad, en efectivo: sin necesidad de pagar a compradores ni comisiones, aparte de la de Money para que lo lave.

Con eso da para comprarse una casa estupenda en la playa.

Junto a la 101.

...

Pues resulta que en la playa se vive bastante bien, piensa Lou mientras desayuna un burrito.

Al principio le sorprendió, porque a él, que era de desayunar siempre un *bagel* con queso crema («¿Hay algún estereotipo en el que no encajes?», le preguntó una mañana Angie), jamás se le había ocurrido comerse un burrito a primera hora de la mañana, y desde luego no se le había pasado por la imaginación que pudiera gustarle.

Pero como ya no es el de antes, hace un par de semanas entró en el Coffee Company de Solana Beach, apenas a una cuadra de su departamento, en una pequeña zona comercial que hay junto a la 101, echó un vistazo a la carta y se dijo, ¡Qué carajo! ¿No he empezado una nueva vida?, decidió jugársela y pidió un burrito para desayunar.

Y ahora está enganchado.

Tocino crujiente, huevos revueltos, lechuga, tomate y salsa... Está de chuparse los dedos.

¿Quién lo hubiera imaginado?

Además, el entorno es inmejorable.

Ya se ha acostumbrado a pedir café y el burrito y a salir al pequeño patio, flanqueado en tres de sus lados por edificios de dos plantas que albergan, entre otras cosas, un muro de escalada, una escuela de *barre*, otra de yoga y una clínica dermatológica que parece atender sólo a mujeres que, a simple vista, no necesitan tratamiento alguno.

Se sienta en una de las mesas de hierro forjado y deja que le dé el sol en la cara mientras mira a su alrededor —allí todas las vistas son buenas— y las mujeres vienen y van a sus clases y citas. Muchas de ellas se paran en la cafetería a tomar un café o un batido de frutas. Los clientes que no son mujeres atractivas son, en su mayoría, hombres atractivos: surfistas, escaladores o adictos al músculo, aunque también hay una mesa de ciclistas entrados en años que parecen reunirse allí todas las mañanas, jubilados que toman café y un saludable tazón de avena antes de salir a pedalear.

No, la vida en la playa no está nada mal.

Al principio le molestaba el zumbido constante del mar, que ahora se ha convertido en un arrullo que lo acuna hasta que se duerme. Se ha aficionado a levantarse por la mañana, prepararse el primer café y salir a su terracita a mirar el mar.

Luego se viste y pasa por el Coffee Company de Solana Beach antes de irse a trabajar. Hay un expendedor automático en el centro comercial y Lou introduce unas monedas para comprar un periódico de verdad, de papel —su querido *Union Tribune*—, que lee mientras desayuna y observa a la gente.

A veces vuelve del trabajo a tiempo para ver ponerse el sol desde la terraza del departamento y es *alucinante*, como dicen los niños. Si no puedes creer en Dios Padre, se dice Lou —que como judío no practicante no sabe en qué creer—, ver cómo se pone el sol sobre el océano te hace creer en Dios como artista.

Los fines de semana, que temía que fueran angustiosos maratones de soledad, han resultado no ser para tanto. Suele empezarlos yendo algo más tarde a la cafetería y quedándose un buen rato; luego da un paseo por la 101 o se acerca a Cedros District, donde hay algunas tiendas interesantes, más cafés y una buena librería.

O da un paseo por la playa.

Lo que le sorprende tanto como lo del burrito para desayunar.

Él nunca ha sido muy de ir a la playa. No nada ni surfea, y lo de acostarse a tomar el sol le resulta igual que morirse de aburrimiento.

—Los judíos somos más de desierto —le explicó una vez a McGuire, que tampoco es muy de playa porque tiene piel de irlandés y acaba achicharrado como el tocino de un burrito.

—Pero en los dos sitios hay arena, en la playa y en el desierto —respondió su compañero.

A Lou no le pareció un argumento convincente.

Ahora, en cambio, para llegar a la playa sólo tiene que bajar un tramo de escaleras al salir del departamento, y un día bajó y se descubrió caminando por la arena, y olió el aire salobre y notó la brisa del mar en la cara. Y si la gente que frecuenta el Coffee Company le parece hermosa, la que frecuenta la playa no lo es menos y además lleva mucha menos ropa.

Y no se trata sólo de los cuerpos musculados.

También empieza a gustarle la escena en su conjunto: el agua azul, el cielo diáfano, las familias que van a pasarla bien, los surfistas, los lanzadores de disco... El cuadro entero.

—Dentro de poco te veo comprando una tabla de surf —dijo McGuire.

No, piensa Lou ahora. Aunque puede que sí me compre una de *boogie*. Parece divertido.

Así que los fines de semana no están tan mal. Incluso empieza a disfrutarlos. Este tramo de la 101, de Via de la Valle al sur de Cardiff Beach, empieza a ser su territorio. Le gusta volver a casa en coche por las noches, y los fines de semana va al Pizza Port o al bar Chiefs, junto a la estación de tren, a ver un partido en la tele, y además siempre está el camión de los *hot dogs*.

Echa de menos a Angie, pero no tanto como creía, la verdad. Se siente un poco solo, sí, y el Seaside Chateau es un sitio solitario. Desde que se mudó, no deja de asombrarle que haya tantos coches en el estacionamiento y tan poca gente en el complejo.

Tienen que estar ahí, piensa, si están los coches, que vienen y van, pero a la gente que los ocupa nunca la ve. Hasta donde ha podido ver, los vecinos pueden clasificarse en varios grupos: jubilados que viven allí de tiempo completo; propietarios que al parecer sólo vienen en verano; e inquilinos temporales, algunos de ellos turistas y otra gente como él, a la espera de encontrar casa fija o que acaba de divorciarse y ha buscado un departamento a través de una inmobiliaria.

Al margen de quiénes sean, los pocos a los que ve en esta época de temporada baja no parecen tener muchas ganas de conversar. Te saludan con un gesto si te cruzas con ellos en la piscina o el estacionamiento y eso es todo.

A Lou le extraña que así sea, pero en realidad no le molesta. Está disfrutando de este anonimato que le permite explorar su nueva vida. Si lo que querías era perderte, piensa, venir a Seaside Chateau ha sido un acierto.

Lo único que de verdad le aflige es el atraco a Haddad.

Del que no tiene ni una sola pista.

El caso está tan helado como el corazón de una ex.

Ben Haddad y Sam Kassem han superado la prueba del polígrafo, de modo que está descartado que el robo fuera una estafa. Lou, que no quería que estuvieran implicados, se alegró. John Houghton, el dueño de la joyería de Del Mar, se sometió voluntariamente a la prueba porque estaba «harto de los rompehuevos de la aseguradora» y también la superó sin problemas.

O sea, que a la aseguradora no va a quedarle más remedio que apoquinar, y él está en blanco, sin saber por dónde jalar.

Está más convencido que nunca de que se trata de un solo individuo, el «Bandolero de la 101», y de que es un asaltante muy cuidadoso, un as en lo suyo. Solventó lo de Haddad en menos de un minuto y desapareció sin dejar rastro. Como si se lo hubiera tragado la tierra, o hubiera algún subterráneo que...

¿Algún estacionamiento subterráneo?

Se le viene a la cabeza la imagen de su estacionamiento, idéntico al penal federal de Solana Beach.

Si quieres perderte...

¿Es eso lo que está haciendo ese tipo? ¿Dar el golpe, meterse en un estacionamiento subterráneo y cambiar de vehículo?

Lou toma nota de que debe inspeccionar los que estén cerca de la joyería de Houghton. Quizás alguien viera algo.

O puede que todavía haya algo en alguno de ellos.

Está pensando en esto cuando ve que la mujer se levanta de la mesa. Sabe que no tiene ninguna posibilidad —ella se lo ha dejado bien claro con una sola mirada de desdén—, pero también sabe que la conoce de algún lado.

Lou, que es de la vieja escuela, lleva en la cabeza todo un archivo fotográfico y ahora se pone a hojearlo. No es una amiga de Angie (o se habría acercado a saludarlo, por curiosidad o para darse aires), no es alguien a quien haya detenido o...

Interrogado.

Sí, eso es.

La interrogaste hace siete años, por un robo de diamantes. El caso de la mujer que llevaba diamantes valorados en 645 000 dólares a una casa de Rancho Santa Fe y la atracaron cuando se le ponchó una llanta. Esta rubia no era la propietaria de la joyería ni la damnificada, era la...

...la agente de seguros, y la interrogaste para verificar el valor de la mercancía robada y las medidas de seguridad que se habían tomado... pero en realidad no era una empleada de la aseguradora, sino que...

Trabajaba por su cuenta.

Sharon...

Sharon... Carter.

No, Cole.

No, Coombs.

Sharon Coombs.

¿Y el tipo quién es?, se pregunta Lou.

Da la impresión de que acaban de conocerse, platicaron cinco minutos y ella tomó su café con leche hipersaludable y de onda y se largó. No intercambiaron números de teléfono, que él haya visto. Un intento fallido más de ligar en la 101, piensa Lou. Se han calibrado uno a otro, han visto que la cosa no prometía y jaló cada uno por su lado.

Lou tiene, sin embargo, una sensación en el estómago —y no es el burrito—, algo que le dice que lo que acaba de presenciar es otra cosa.

Porque él no cree en las coincidencias.

Es de cajón, lo dice el Código 101, el reglamento básico del delito: hay un nombre para designar al que cree en las coincidencias: el imputado.

Desde el interior del coche, Ormon ve que Coombs se aleja y aborda su Lexus.

Davis conduce.

Es lo que hace siempre.

Cuando necesita pensar.

Código 101: si un trabajo te da mala espina, es que es malo.

Davis lo sabe, *lo sabe*, pero...

No hay peros que valgan —se dice—, sólo la regla de oro, el Código 101, pero aun así...

Ese golpe es una clavada, un golpe excepcional por el que merece la pena hacer una excepción y saltarse las reglas. Es arriesgado, sí, pero ¿no es más arriesgado rechazarlo y hacer tres o cuatro trabajos más para ganar el mismo dinero?

Comprende entonces que va a hacerlo.

Al pasar junto a la enorme chimenea de Carlsbad, sabe que va a saltarse las normas y a dar este último golpe.

Ahora la cuestión es cómo.

Hay dos momentos en que puedo hacerlo, piensa Davis.

El primero, en la *suite* del hotel, cuando el mensajero esté entregando la mercancía. Habrá tres personas en la habitación: Shahbazi, el mensajero y el guardia de seguridad.

Tendrías que entrar en la *suite* (lo que no es problema), enfrentarte a tres hombres y agarrar las joyas y los billetes, y no tienes manos suficientes, literalmente, para poder con las dos cosas y sostener un arma.

Piénsalo bien.

El mensajero entra, hace la transacción y vuelve a salir con el pago. Tú lo asaltas en el pasillo, lo incapacitas y luego entras en la habitación y agarras las piedras. Tanto en el pasillo como en la habitación, serás uno contra dos, dependiendo de lo que haga el guardia de seguridad, escoltar la plata o la mercancía.

Mejor así, aunque no ideal.

Piensa.

¿Dónde está el fallo esencial, qué es lo que estás pasando por alto? Ya está en Oceanside cuando se le ocurre.

No tienes que *neutralizar* al guardia de seguridad, tienes que ser el guardia de seguridad.

En la 101 siempre encuentra la respuesta.

Esa noche, cuando Sharon sale de la ducha envuelta en una toalla, hay un hombre sentado en su cama. En la mano izquierda, apoyada sobre el regazo, tiene la pequeña Sig Sauer 380 que ella guarda en el buró.

—No grites —dice.

Sharon siente una opresión en el pecho. Le falta la respiración. Se lleva la mano a la garganta y consigue decir:

—Tengo herpes.

—No seas tan engreída —replica él—. No me interesa lo que tienes entre las piernas, sino lo que tienes entre las orejas.

Ella tiembla aterrorizada y se da cuenta de que a él le gusta verla temblar.

El hombre se acerca el cañón de la pistola a un lado de la cabeza y se rasca el extraño pelo amarillo.

—Tienes algo de valor ahí dentro. Algo que le contaste a Davis.

—No sé a qué se refiere.

—Pienso contarle a la policía todo lo que sé de ti. Te caerán diez años, mínimo, y las tortilleras allá dentro… Uf, son casi todas mexicanas, y con una *güera* como tú se les va a hacer la boca agua.

No puedo, se dice Sharon.

No puedo ir a la cárcel.

No pienso ir.

Ormon sonríe.

—Sé lo que estás pensando, Sharon. Estás pensando que le pondrás ojitos de borrego al juez y que a una blanca como tú, del condado de Orange, le dará condicional.

Eso es, sí, más o menos lo que estaba pensando.

—Pero si eso sucede, Sharon —continúa él—, si eso llega a suceder, vendré a buscarte y me encargaré de ti en persona. Te destrozaré y ningún hombre volverá a mirarte. Porque les darás asco.

—Por favor…

—No hace falta que supliques. Sólo tienes que optar por lo más inteligente. Te pagaré lo mismo que Davis. No perderás ni un centavo y conservarás tu cara bonita. Así que, dime, ¿qué eliges?

Lou decide probar el yoga.

McGuire se partió de risa cuando se lo dijo.

—¿Yoga? ¿En serio? Pero si tienes la flexibilidad de un bloque de cemento.

—Por eso quiero hacer yoga.

—Además, la panza te cuelga por encima del cinturón —añadió su compañero.

—Pues por eso.

—¿Qué tipo de yoga?

—¿Es que hay varios?

—Claro. Hay uno en el que suben el termostato y sudas como puerco, otro en el que se hacen las posturas rapidísimo…

—¿Qué posturas?

—Otro en el que se hacen en cámara lenta —continuó McGuire—. Está el yoga con meditación, el yoga callejero… Hasta hay uno que se hace con cabras.

—¿Con cabras? ¿Y eso cómo es?

—No lo sé —contestó McGuire—. Ni quiero saberlo. Y tú no quieres hacer yoga. Tú lo que quieres es coger.

—¿También se puede coger haciendo yoga?

—Cualquier tipo heterosexual que va a yoga —dijo McGuire—, va para conocer mujeres, a ver si consigue un acostón. Y los gays, igual: van para conocer hombres con los que acostarse. De hecho, en hindi *yoga* significa «coger».

—Qué va.

—Pues como si lo fuera —contestó McGuire.

—¿Y qué me dices de las mujeres? —preguntó Lou—. ¿También van a yoga a ver si pescan?

—Eso espero, por tu bien.

En realidad, Lou tiene aspiraciones menos ambiciosas.

Si consigue perder un par de kilos, bien.

Y si coincide con Sharon Coombs, mejor que mejor.

Así que ahora pone el culo parado haciendo lo que el instructor llama «el perro bocabajo» y piensa que, si el yoga no tiene que ver con el sexo, no será por el «perro bocabajo», el «perro bocarriba» o cualquier otro perro.

Para colmo, el culo que sube y baja delante de él es el de Sharon.

Arriba, abajo, el guerrero uno, el guerrero dos, el saludo al sol y el beso al trasero de la luna… A Lou se le salen los ojos de las órbitas intentando no mirarle el culo a Coombs.

Para usar esas mallas —concluye—, habría que tener un permiso especial.

Cuando se acaba la clase, está sudoroso, cansado y cachondo. Y Coombs ni lo ha mirado. Pero al salir del vestidor, cuando se está colgando la insignia del cinturón, ella le lanza una mirada.

Y luego otra.

Y además le habla.

—¿Es tu primera clase?

—Se nota, ¿eh?

—No, lo hiciste genial.

—Gracias, aunque sea mentira —contesta él.

Ella lo mira de verdad a los ojos y pregunta:

—¿Quieres tomar un batido?

—Preferiría un bocadillo de pastrami —responde Lou—. Pero puedo acompañarte con un café.

—¿No te gustan los batidos?

—No me gusta ni el nombre.

Coombs se echa a reír.

Mientras bajan las escaleras, Lou sabe ya que no es él quien le interesa.

Es su insignia.

Unos minutos después, están sentados en la terraza del Coffee Company de Solana Beach.

—¿A qué te dedicas, Lou? —pregunta Sharon mientras bebe un brebaje verde que, según Lou, parece vómito pasado por la bolsa de una podadora.

—Soy policía. Imagino que no te acuerdas de mí.

Ella lo mira desconcertada.

—Fue hace unos años —añade él—. Hablamos por el robo de unos diamantes.

—Vaya, lo siento —contesta ella—. ¿Y fui yo?

—¿Sabes?, la verdad es que no llegué a descubrir quién robó esas piedras.

—¿No? Qué raro.

—¿Raro por qué?

—Porque tengo la impresión de que eres uno de esos tipos que todo lo que hacen lo hacen bien.

McGuire tenía razón.

El yoga es puro sexo.

—Lo haces muy bien —dice Sharon un rato después, tendida en la cama de Lou mientras contempla el océano por la ventana.

—También dijiste que hacía bien yoga.

—Eso era mentira. Ahora estoy diciendo la verdad. ¿Cómo es que tu mujer te dejó escapar?

—Le gustaba más un abogado.

—Puaj.

—Eso mismo pienso yo.

Se quedan acostados unos minutos disfrutando del espectacular panorama (aunque en realidad él está admirando el culo de Sharon y pensando que valieron la pena todas las sentadillas, las posturas de yoga y las sesiones de *spinning* que haya hecho para conseguir unos glúteos de ese calibre), y luego Lou dice:

—Oye, Sharon, ¿te gustaría cenar conmigo alguna vez?

—No sé, Lou —contesta ella—. Podemos coger, pero cenar juntos… Eso es muy íntimo.

Lou no sabe si lo dice en broma o no.

Coger es un encuentro entre aparatos genitales; cenar, un encuentro entre dos mentes, y tiene la impresión de que en la 101 es más frecuente lo primero.

Ella se desliza por la cama y empieza a hacerle reanimación oral.

—Te veo muy optimista —comenta él.

—Lo soy.

—Oye, Sharon… ¿Por qué no me dices qué es lo que quieres de verdad?

Ella levanta la mirada.

—¿Por qué me cuentas esto? —pregunta Lou.

Sharon acaba de confesarle su participación en un delito y su complicidad en otro. Podrían caerle entre doce y veinte años de prisión.

—Porque tengo miedo. —Parece de verdad asustada. Puede que el hecho de estar desnuda contribuya a que parezca más temerosa, más vulnerable—. ¿Me vas a proteger?

—Sí, te protegeré.

Para eso no hacía falta que te acostaras conmigo, piensa él. Aunque desde luego tú creías que sí. O puede que lo hayas hecho porque pensabas que así conseguirías un acuerdo.

—Te proporcioné información —la oye decir—. Entonces, ¿no tendré que ir a la cárcel?

—Creo que algo podrá hacerse —contesta Lou—. ¿Qué le dijiste a ese tipo? ¿Al que te amenazó?

—Lo mismo que te dije a ti.

De modo que «Davis», como lo llama Sharon, va a asaltar a Shahbazi en la habitación del hotel, y luego el del pelo amarillo asaltará a Davis cuando salga.

Sólo que Davis no saldrá de esa habitación, se dice Lou.

El guardia de seguridad se llama Nelson.

William David Nelson.

Bill.

Davis, que sabe su nombre por Sharon, se ha informado sobre él: fue policía en Milwaukee y al jubilarse anticipadamente se vino a San Diego por el sol y la buena vida; está casado y tiene dos hijos ya mayores.

No hay una sola mancha en su expediente y es buen tirador.

Lleva tres días vigilando a Nelson. Lo ha visto acompañar a Ben Haddad en un traslado (o sea que el bueno de Sammy ha escarmentado); lo ha visto ir al supermercado con su mujer, Linda; y lo ha visto ir al gimnasio y sudar la gota gorda en la bicicleta estática.

Después, lo ha visto ir a un bar a tomar una cerveza.

Y luego volver a casa.

Así que no parece tener problemas con la bebida.

Ni ninguna amante.

A las nueve y media ya está en la cama.

No es un tipo que tenga intenciones ocultas, o que vaya a hacer algo pre-cipitado o estúpido.

Y eso está bien, Davis lo sabe.

Ya lo dice el Código 101: siempre es mejor enfrentarse a un listo que a un tonto.

Davis se ha esfumado.

Pero a Ormon le da igual.

No sabe dónde está, pero sabe dónde va a estar.

Y cuándo.

Lo que es mucho mejor.

McGuire contesta el teléfono.

—Lou...

—¿Qué?

—Es Sam Kassem. Dice que enfrente de su tienda hay un tipo que le da mala espina.

Salen para allá enseguida.

Sólo la unidad de Lou, en coches sin distintivos.

Si es el Bandolero de la 101, Lou no quiere que las patrullas lo ahuyenten.

Pero no debería ser él, se dice con el estómago revuelto mientras van ha-cia El Cajón durante lo que parecen horas. Él no atraca dos veces al mismo joyero. Y tiene entre manos un golpe mucho más grande; no va a arriesgarse a cagarla por un trabajillo de poca monta.

Lo que pasa es que a Sam le ha entrado el miedo desde que lo asaltaron.

Lou llama por teléfono a su gente.

—Rodeen la manzana, pero no se acerquen demasiado. Entramos McGuire y yo.

McGuire para al final de la cuadra y ve un Camaro último modelo estacionado frente a la tienda de Sam.

—Entró —dice McGuire—. Hay que aprovechar que está dentro.

Vaya, hombre, piensa Lou. ¿Se habrá vuelto loco mi muchacho?

Lou sale del coche, saca su Glock 9 y la oculta detrás de la espalda. No saca la pistola en acto de servicio desde hace… desde hace una eternidad.

En ese momento, un tipo sale corriendo de la tienda.

Con unos cuantos relojes en la mano y una pistola en la otra.

Lou se coloca en posición de disparar, le apunta al pecho y grita:

—¡Policía! ¡Alto! ¡Tire el arma!

Oye gritar a McGuire:

—¡Al suelo! ¡Al suelo!

El asaltante se queda quieto.

Duda.

Toma una decisión.

—¡No lo hagas! —grita Lou—. ¡No lo hagas!

Por favor, no lo hagas.

Pero lo hace.

Les apunta con la pistola.

Lou aprieta el gatillo y sigue apretándolo, una y otra vez.

Igual que McGuire.

El tipo se desploma en la acera.

—Es tu hombre —dice McGuire, de pie junto al cadáver.

—No, no es él —contesta Lou, agotado de pronto ahora que la oleada de adrenalina ha bajado de golpe.

—¿Cómo lo sabes?

—Porque lo sé.

¿Un puñado de relojes frente a diez millones de dólares?

Por favor. Eso no hace falta ni que lo diga el Código 101.

Es aritmética básica.

Mientras mira por el ventanal el Pacífico, que azota las rocas allá abajo, se siente asqueado y enfermo.

Nunca había matado a nadie.

Y es horrible.

No porque vaya a haber una investigación —de la que sabe que saldrá indemne— o porque vaya a estar fuera de servicio hasta que se aclare el asunto, sino porque le ha quitado la vida a un ser humano. Él no se hizo policía para eso. Se hizo policía para ayudar a la gente, y una persona ha muerto por unos relojes de mierda.

Le dan ganas de mandarlo todo al diablo.

Sabe lo que debería hacer.

Sabe lo que le *convendría* hacer.

Lleva toda la vida cumpliendo las normas.

Pero aun así se lo piensa.

Lo de ir a la contra, pasarse al otro lado.

Porque el plan del asaltante tiene un agujero en la trama, un descosido, y él lo encontró.

¿Once millones en efectivo y piedras preciosas?

Es mucha plata.

Tanta como para cambiarte la vida.

Como para dejar el trabajo y vivir para siempre en la playa.

Ahora entiende que la gente elija vivir en sitios así. Bellas vistas, gente guapa.

Atardeceres espléndidos.

Desaforados destellos de rojo, naranja y violeta mientras el mar pasa de azul a gris y luego a negro. Porque —se dice Lou—, si uno va a irse rumbo al atardecer, tendría que ser en un atardecer como este.

Eso es lo que está pensando cuando suena el timbre.

Es Angie.

—Hola —dice.

Está guapísima.

Ha cambiado de peinado. El pelo un poco más corto, algunas luces…
Parece haber perdido un par de kilos.

—Para contestar a la pregunta que te ronda por la cabeza —dice—,
aproveché que alguien abría la puerta de afuera para entrar.

—Yo no he dicho nada.

—¿Puedo pasar?

Lou se aparta y la deja entrar.

Ella mira por el ventanal.

—Vaya… Qué cosas, Lou, tú viviendo junto al mar. Supongo que esto es
lo que llaman «vista al mar».

—Sí, creo que sí.

—¿Y puedes permitírtelo? Porque el alquiler debe de ser…

Ni que fuera asunto tuyo, piensa Lou.

—Por una temporada.

—¿Y luego qué?

Se encoge de hombros.

—Ya veremos.

—Veo que te ha poseído el espíritu playero. ¿No habrás empezado a surfear?

—No, no he empezado a surfear —contesta Lou—. Pero lo estoy pensando.
¿Quieres un batido?

—No, no quiero un batido.

—¿Y qué quieres, Angie? ¿A qué viniste?

Ella lo mira un momento.

—Vine a ver si quieres volver conmigo —dice con los ojos empañados.

Ah.

Eso no me lo esperaba. Es lo que quería, pero no me lo esperaba. Claro
que quiero volver contigo, piensa, pero se oye decir:

—La verdad, Angie, es que creo que no.

Porque hay que ir a la contra, es de cajón.

Lo dice el Código 101: nunca seas predecible.

· · ·

Davis nunca se pone nervioso el día que va a dar un golpe, sólo nota la
imprescindible euforia por la adrenalina. Esta mañana, en cambio, está

inquieto, tiene los nervios a flor de piel. ¿Se debe a que es su último trabajo, o a que intuye que algo saldrá mal?

Todavía estás a tiempo, se dice mientras mira el océano por el ventanal.

Todavía puedes dejarlo.

Tomar la 101 hacia el norte y largarte.

Olvidarte de este asunto.

De pie en su terraza, tomando la primera taza de café del día, Lou está pensando más o menos lo mismo.

No lo hagas.

Se lo dice mientras se pone el traje y se ajusta la funda de la Glock.

Baja al estacionamiento y sube al coche.

Al lado del suyo está estacionado un coche nuevo.

Un Mustang verde oscuro, con un aire un poco retro.

Como el de esa película, se dice Lou. ¿Cómo se llamaba?

Ah, sí, *Bullitt*.

Con Steve McQueen.

Davis sube al Mustang para ir al aeropuerto.

Un Mustang Bullitt de 2019.

Verde oscuro. (Cómo no).

Motor V8 atmosférico de 5 litros y 460 CV.

Diferencial de deslizamiento limitado Torsen 3,73.

Transmisión manual de seis velocidades con regulador de revoluciones.

Y tubo de escape con doble salida.

Lou ve bajar al mensajero de joyas por la escalera mecánica.

Se acerca a él.

—¿Señor Foster?

Foster asiente.

Lleva en la mano derecha un maletín Halliburton.

—El coche está afuera —dice Lou, y acompaña a Foster a la calle.

El mensajero da un respingo al ver el Civic destartalado. Aquí pasa algo raro. Voltea a mirar a Lou, que le enseña su insignia policial.

—Le conviene subir al coche, puede creerme —dice.

Foster se sienta en el lado del copiloto y Lou ocupa el asiento del conductor.

—Hay dos maneras de resolver esto, señor Foster. Puedo detenerlo ahora mismo por transporte interestatal de bienes sin declarar...

—Yo sólo soy un mensajero —replica Foster—. Desconozco la procedencia de estos...

—Eso cuénteselo a cualquier fiscal joven y ambicioso, a ver si le cree —lo interrumpe Lou—. O podemos resolver esto a mi manera —añade.

Foster opta por la opción número dos.

El agujero en la trama.

Davis espera en el estacionamiento para recoger pasajeros.

Ve llegar a Nelson, el guardia de seguridad.

Llega temprano, como suelen hacer siempre los escoltas, mucho antes de la hora a la que está previsto que aterrice el avión del mensajero. No quiere, claro está, que alguien que lleva dos maletines con joyas valoradas en cinco millones de dólares espere en la acera, frente a la terminal.

Davis también tiene los datos del vuelo.

Se los dio Sharon.

La información del vuelo, el nombre y hasta una foto del mensajero, un tal Foster.

Se ha vestido para el papel. Traje negro, camisa blanca, corbata roja y zapatos negros de cuero. Los escoltas van siempre impecablemente vestidos, con el traje bien ajustado, para dar al cliente una impresión de profesionalidad.

A fin de cuentas, nadie quiere que el tipo que va a proteger su vida y su dinero parezca un payaso o un jipi, sino un chofer de un servicio de coches de alquiler.

Davis lo sabe: el que es flojo, viste flojo.

Por eso McQueen siempre iba elegante, echando tiros.

Porque sabía lo que sabe Davis, otra regla de oro: uno tiene que vestir de acuerdo con su negocio.

El mensajero no traerá equipaje. Irá directamente del avión a la calle.

Unos seis minutos, a buen paso.

Davis echa un vistazo a la aplicación de seguimiento de vuelos en el celular. El avión ha aterrizado. Sale del coche, se acerca al de Nelson —un Lincoln—, sonríe y toca en la ventanilla del conductor.

Nelson la baja.

Davis se ladea para que Nelson vea la Sig con la que le apunta a la cara.

—Pon las manos sobre el volante, Bill.

Nelson obedece.

Sosteniendo el celular con la mano izquierda, Davis le enseña una imagen en vivo de su casa: Linda está recortando el arbusto de la entrada.

—Voy a explicarte lo que vamos a hacer —dice—. Vas a darme tu teléfono muy despacio. Luego te vas a quedar aquí sentado dos horas, con la boca bien cerrada. Y después te vas a ir a casa con Linda. Porque, si te quedas aquí dos horas, Linda seguirá estando en casa. Perderás tu trabajo, claro, pero seguirás teniendo a tu mujer y tu pensión de Milwaukee. ¿Conforme?

—Sí.

Davis le cree. Un tipo decente arriesgaría quizá su propia vida, pero no la de su esposa.

—Muy bien. Dame el teléfono.

Nelson acerca despacio la mano a la consola del coche y le pasa su celular.

—No lastime a mi mujer.

—Eso depende de ti.

Cuando Davis vuelve a subir a su coche, el teléfono de Nelson recibe un mensaje.

YA ATERRICÉ, VOY HACIA LA SALIDA.

ENTENDIDO, LO ESPERO ALLÍ, contesta Davis.

Ormon no está en el aeropuerto.

Prefirió saltarse los preliminares.

Está enfrente de L'Auberge, esperando a que llegue la hora. Lleva una Mac-10 debajo de la chamarra roja de cuero sintético, lista para disparar.

Y le importa muy poco a cuánta gente tenga que cargarse.

¿Por once millones? ¡Por favor! ¿Es broma?

Echa un vistazo al teléfono.

Ya aterrizó el avión.

Davis estará a punto de entrar en escena.

Para su... ¿cómo se dice?... para su acto final.

Davis está esperando cuando el mensajero sale de la terminal.

Sale del coche, le hace una seña y le abre la puerta trasera. El mensajero mira el Mustang de reojo.

—Prefiero un coche rápido, por si tengo que acelerar —comenta Davis.

El mensajero sube al coche.

Davis cierra la puerta, da la vuelta, vuelve a sentarse al volante, revisa el espejo retrovisor y arranca.

—Hay congestionamiento en la Cinco —dice—, así que pensé tomar la Ciento Uno, si le parece bien.

—Soy de Nueva York —contesta el mensajero—. No sé cuál es la Cinco o la Ciento Uno. Aquí todo son números. Vaya por la ruta más rápida.

—Creo que será la Ciento Uno.

Qué idiotez, piensa Lou. Qué friki, este tipo. Está obsesionado con la 101, y eso que es uno de los mejores asaltantes, y de los más listos, que ha conocido. O puede que sea un viaje de despedida, un último trayecto por su carretera adorada.

Claro que también podría ser mi último trayecto —se dice Lou—, si las cosas no salen como he planeado.

—Este es el coche de *Bullitt*, ¿no? —pregunta.

Yo conozco a este tipo, piensa Davis.

No es la primera vez que lo veo.

Y cuando Davis ve más de una vez a una persona que no conoce —sobre todo si es en dos sitios distintos—, quiere saber a qué se debe.

Lo dice el Código 101: hay un nombre para designar al que cree en las coincidencias: el imputado.

Pero no consigue ubicarlo.

Da igual, piensa. Lo que exige el manual es que pare, salga del coche y se largue.

Pero no lo hace.

—¿*Bullitt* o *La huida*? —pregunta Lou.

—¿Disculpe?

—Está claro que es fan de McQueen. ¿Qué película es mejor? ¿*Bullitt* o *La huida*?

Procura que siga hablando, se dice Lou. Porque se está poniendo nervioso. Se le nota. Ha mirado ya dos veces por el retrovisor, furtivamente, y a Lou le preocupa un poco que lo haya reconocido de la cafetería. Si me relaciona con Sharon Coombs, se acabó, se largará.

Es de cajón, puro Código 101.

—Yo prefiero *Bullitt* —dice Davis—. Aunque las dos son magníficas.

Aprovecha la ocasión para mirar por el retrovisor, fijamente esta vez, para ver si descubre de dónde conoce a este tipo.

—La persecución de coches, ¿eh? —dice el mensajero.

—Exacto.

—Yo en cambio prefiero *La huida*. El personaje que hace McQueen.

—Doc McCoy.

—Doc McCoy.

Davis toma Grand Avenue, se dirige hacia el oeste atravesando Pacific Beach y luego dobla hacia el norte en Mission Boulevard, que es el nombre que recibe la 101 en este barrio. En Mission toma la salida a la izquierda hacia La Jolla Boulevard, sube por Bird Rock y entra en el lujoso «Village».

Y entonces se acuerda.

La cafetería.

Estaba sentado en una mesa, enfrente de él y de Sharon.

Me ha descubierto, piensa Lou. Se nota en cómo lo mira Davis por el espejo, en cómo se crispan sus manos sobre el volante.

Decide jugársela porque sabe que es mejor saberlo cuanto antes.

—¿Sabe cuál es mi película favorita de McQueen?

—¿Cuál?

—*El caso de Thomas Crown* —contesta Lou con una sonrisa.

—McQueen hacía de ladrón de guante blanco, ¿no? —pregunta Davis.

—Sí, así es. Y Faye Dunaway de agente de seguros.

Lárgate, piensa Davis.

Para el coche y lárgate.

O date la vuelta y pégale un tiro en la cara.

Lou ve que Davis acerca ligeramente la mano a la consola central.

Así que ahí tiene la pistola, piensa.

Él también desliza la mano bajo su saco para acercarla a la Glock.

Esto puede ponerse feo en cualquier momento.

Puede que sea por los once millones, por ese último golpe, o quizá porque no le gusta que lo tomen por tonto. El caso es que Davis sigue conduciendo y dice:

—Me parece que no era agente de seguros. Creo que era investigadora.

—Sí, exacto —contesta el mensajero.

Siguen por La Jolla Boulevard, dejan atrás la caleta, se desvían hacia Prospect y luego hacia Torrey Pines, cruzan la universidad, pasan por el campo de golf y bajan luego por la larga ladera que desemboca bruscamente en la playa de Torrey Pines. Después suben por la cuesta empinada que lleva a Del Mar.

Saben ya los dos que van a llevar esto hasta el final.

¿Quién se hará a un lado primero? A eso juegan en la 101.

—Ya casi llegamos —dice Davis.

Sí, así es, piensa Lou.

Casi hemos llegado adonde vamos.

Lou pulsa el timbre de la suite 243.

Davis está detrás de él, de espaldas, mirando pasillo abajo.

Shahbazi abre la puerta. Viste traje de lino gris y camisa blanca con el cuello abierto.

—¿El señor Foster?

—Sí.

—Pase, por favor.

Davis entra primero, echa un vistazo a la habitación y le indica a Lou con un gesto que entre.

Lou cierra la puerta.

Davis ya ha sacado su Sig Sauer.

—No tiene por qué haber heridos. La pistola, la que lleva debajo del saco, déjela sobre la cama.

Shahbazi mira a Lou.

—Haga algo.

Lou saca su Glock y la deposita suavemente sobre la cama.

—Abre el maletín, quiero echarle un vistazo —dice Davis.

Lou coloca el maletín encima de la cama, gira las ruedas de la combinación y abre la tapa. Saca la pistola y le apunta a Davis.

Código 101: lleva siempre una de repuesto.

—Tira el arma —ordena Lou—. Soy policía. Llevo mucho tiempo buscándote.

—No voy a ir a prisión —responde Davis—. Estoy dispuesto a disparar.

—Nunca has matado a nadie.

—Para todo hay una primera vez. —Davis lo mira detenidamente—. Tú, en cambio, sí has matado.

—Y lo detesté.

Davis sabe que está jodido. Ha quebrantado sus normas y ya sólo puede hacer una cosa: volver a apegarse a ellas.

Código 101: todo mundo tiene un precio.

—Te propongo una cosa —dice—. Me llevo las joyas y dejo el dinero. Haz lo que quieras con él.

Lou señala a Shahbazi con la cabeza.

—¿Y qué hay de él?

Todo mundo tiene un precio, se dice Davis. Lo dice el Código 101.

—¿Qué va a hacer? ¿Denunciar el robo de un maletín lleno de joyas sin declarar? Con cinco millones, puedes irte donde quieras.

A Lou empieza a pesarle la pistola en las manos. Nota que empiezan a temblarle.

—¿Te acuerdas de cómo acaba *La huida*?

Davis parece desconcertado.

—Sí. Doc escapa.

—Eso es en la película —responde Lou—. En el libro hay un epílogo. Doc desaparece, pero la cosa no acaba bien.

—¿Eso es un no? —pregunta Davis.

Tensa el dedo sobre el gatillo.

La puerta se abre de golpe.

Ormon lleva la Mac-10 en alto, ve primero a Lou y apunta hacia él.

Soy hombre muerto, piensa Lou.

Pero la cabeza de Ormon estalla.

Lou se gira y ve que Davis ha disparado.

Davis vuelve a apuntarle.

Pero no aprieta el gatillo.

—Bueno —dice Lou—, ¿qué vamos a hacer?

—¡Deténgalo! —grita Shahbazi.

—Cállese —ordena Lou—. ¿Tienes suficiente dinero ahorrado para vivir?

—No con muchos lujos.

—Pero sí para vivir. Entonces agarra tu coche y vete. Y no vuelvas por San Diego.

—¡¿Qué?! —grita Shahbazi.

—¿No le dije que se calle? —pregunta Lou, y añade dirigiéndose a Davis—: Permíteme plantearlo de otra manera. ¿Qué haría Steve McQueen?

Davis sonríe.

—Conducir.

—Pues conduce —contesta Lou—. Es de cajón.

De cajón, piensa Davis.

El Código 101: haz siempre lo que haría Steve McQueen.

Lou sigue apuntándole mientras sale por la puerta.

—¿Va a dejar que se escape ese ladrón? —grita Shahbazi.

—El ladrón está en el suelo. El célebre Bandolero de la 101 —dice Lou mirando al muchachito del pelo amarillo chillón. Se acabó su suerte.

—¡Voy a hacer que lo echen de la policía!

—No va a hacer nada de nada —replica Lou, que ya empieza a oír las sirenas. Tiene que darse prisa—. Cuando llegue la policía, va a escuchar atentamente lo que yo les diga, va a asentir con la cabeza y a darme la razón en todo. Luego se irá a la boda de su sobrina y repartirá los regalos dándose aires de gran señor. ¿Entendido?

Entendido.

Davis conduce.

Hacia el norte, por la 101.

Cruza Del Mar, deja atrás el hipódromo.

Deja atrás el letrero de neón rosa que proclama SOLANA BEACH junto a Fletcher Cove, el bar Tidewater, la pizzería Port, la tienda de surf de Mitch y la concesionaria de motos Moreland. Baja la ladera hasta el largo trecho de playa de Cardiff y luego sube, cruza Swami's y Encinitas, pasa junto a Moonlight Beach, deja atrás el viejo teatro La Paloma, pasa bajo la señal que cruza en arco la 101 y que anuncia ENCINITAS.

Avanza luego en paralelo a las vías del tren y los eucaliptos de la bulliciosa Leucadia, llega a la anticuada Carlsbad, pasa junto a la planta eléctrica cuya vetusta chimenea evoca ecos de Springsteen y William Blake.

Un paisaje que sabe que no volverá a ver.

Sigue conduciendo todo el día y toda la noche, parando sólo para poner gasolina. Cruza San Clemente, Laguna Beach, Newport Beach, Huntington Beach, Seal Beach, Long Beach, Redondo y Manhattan. Rodea Marina del Rey, atraviesa Santa Mónica, Malibú, Oxnard y Ventura.

Luego se desvía ligeramente hacia el oeste, pasa Santa Bárbara, se dirige hacia el norte hasta Pismo y Morro Bay. Cuando amanece está ya en Big Sur, y desde allí va a Monterrey y Santa Cruz.

Llega a San Francisco cruzando el puente.

Stinson Beach, Nick's Cove, Bodega Bay.

Jenner, Stewarts Point, Gualala.

Punta Arenas, Elk, Albion.

Little River, Mendocino.

Para al llegar a Fort Bragg.

Una casita de estilo Craftsman justo al este de la carretera y al norte del pueblo. La compró hace años y, aparte de mantenerla limpia y en perfecto estado, no ha vuelto.

Hasta ahora.

Ahora será su hogar.

Código 101: si puedes escapar, escapa.

Lou le da el último bocado a su *hot dog* y se limpia la mostaza de los labios con el dorso de la mano.

A su espalda, el letrero luminoso de Solana Beach reluce, rosa como el atardecer.

Le creyeron su historia. ¿Y por qué no habrían de hacerlo? *Policía legendario frustra atraco a un joyero y mata al Bandolero de la 101.* A los jefazos no les hizo ni pizca de gracia su táctica de lobo solitario y pistolero, pero ¿qué iban a decir? Había resuelto de golpe una docena de asaltos y quitado de en medio a dos delincuentes peligrosos.

Bill Nelson estuvo más que dispuesto a seguirle la corriente y confirmó que el agente Lubesnick ocupó su lugar aquel día con el propósito expreso de tenderle una trampa al ladrón. Sus jefes se lo tragaron a regañadientes, pero no podían despedir a un empleado que había contribuido a frustrar un robo millonario.

En cuanto a Sharon Coombs, lo último que Lou supo de ella es que estaba en Pittsburgh, trabajando como perito para una compañía de seguros de automóviles.

¿Y Angie?

Siguieron adelante con el divorcio y Lou tiene entendido que está saliendo con un asesor financiero.

Él continuó viviendo en Solana Beach, no en el departamento con vista a la playa, que no podía permitirse pagar a la larga, pero sí otro de Seaside Chateau que aunque no tiene muy buena vista, está cerca del mar. Le gusta este estilo de vida, le gusta ir al Coffee Company de Solana Beach a desayunar burritos y hasta va a clase de yoga una vez por semana.

Ahora, Lou sale con su Honda Civic a la 101 y se dirige hacia el norte. Deja atrás el bar Tidewater, la pizzería Port, la tienda de surf de Mitch y la concesionaria de motos Moreland.

Ha llegado a amar esta carretera como un hombre ama a una mujer.

Podría recorrerla día y noche, a todas horas.

Su nueva placa es una de esas californianas negras de estilo retro.

Dice:

CÓDIGO 101.

PARA EL SR. ELMORE LEONARD

EL ZOOLÓGICO DE SAN DIEGO

——

Nadie sabe de dónde sacó el revólver el chimpancé.

Sólo que, en efecto, es un problema.

Chris Hayes no pensó, sin embargo, que fuera problema suyo cuando le avisaron por radio de que se había escapado un chimpancé del famoso zoológico de San Diego.

—Pues llamen a Control Animal —respondió, convencido de que la fuga de un mono no era competencia de la policía.

Pero del servicio de emergencias le dijeron:

—Eh… Es que al parecer va armado.

—¿Armado? ¿Con qué? ¿Con un palo? —preguntó Chris.

Había visto en Animal Planet algo sobre que los chimpancés utilizan palos como herramientas o armas, lo que al parecer era importante, aunque Chris no se enteró del motivo porque justo en ese momento se levantó para ir a hacerse un bocadillo.

¿O en realidad eran los babuinos, y el canal era más bien National Geographic?

—Según las declaraciones de los testigos, el chimpancé porta una pistola —añadió la voz en el radio.

Eso seguro que no lo vio en Animal Planet.

—¿Qué tipo de pistola?

—Un revólver.

Bueno, algo es algo, pensó Chris. Podría ser peor: una Glock o una Sig Sauer.

—¿Dónde está ahora?

La voz, sin desviarse ni un ápice de la jerga policial, contestó:

—El sospechoso fue visto por última vez dirigiéndose hacia el este por El Prado.

Mal asunto. La avenida principal del Parque Balboa cae de lleno en la zona de la División Central que patrulla Chris, así que no le queda más remedio que acudir al reporte. Mal asunto, además, porque en una noche calurosa de julio como esta habrá un montón de gente paseando por el parque, incluidos muchos turistas, y ni el jefe ni el alcalde querrán ver en la CNN que un ciudadano de visita en la «Mejor Ciudad de Estados Unidos» ha sido abatido a tiros por un chimpancé.

—Acudo —dijo Chris, y se adentró en el parque.

Ahora está parado junto a otros cinco policías, viendo como el chimpancé trepa por la fachada del Museo del Hombre. Justo lo que me hacía falta esta noche, se dice Chris: un chimpancé armado y, encima, bromista.

Pero lo peor de todo es que Grosskopf está ahí, gritando por el megáfono:

—¡Suelta el arma y baja!

Grosskopf le cae bien, pone mucho empeño en cumplir con su trabajo, pero no es una lumbrera, que digamos.

—Fred...

—¿Qué?

Grosskopf baja el megáfono, irritado.

—No creo que entienda nuestro idioma —dice Chris.

—¿Y cuál crees que entenderá? ¿Algún idioma africano? ¿No había un compañero somalí en Crimen Organizado?

—No creo que entienda ningún idioma, como no sea el chimpancés —responde Chris. Y no cree que tengan ningún chimpancé en todo el cuerpo de policía. Unos cuantos gorilas, puede. Pero chimpancés, no.

Sigue una breve discusión sobre si deben llamar a Caza y Pesca, pero un chimpancé no encaja en ninguna de esas dos categorías.

Harrison propone que llamen a los bomberos.

—Rescatan gatos que se suben a los árboles, ¿no?

Llama a los bomberos, explica la situación, escucha un segundo y luego cuelga.

—¿Qué te dijeron? —pregunta Chris.

—Que me vaya a la mierda.

—¿Te dijeron eso?

—Bueno, no con esas mismas palabras —contesta Harrison—: dijeron que, si se trata de rescatar a un animal de un árbol o de un edificio, entonces sí es asunto suyo, pero que si el susodicho animal tiene en su poder un arma de fuego, es cosa nuestra. No sé, me costaba entenderle con tantas carcajadas.

Se ha congregado una multitud.

Chris mira a Harrison.

—Habrá que retirar a la gente. Poner unas vallas.

—¿Por qué? —pregunta Harrison.

—¿Y si el mono dispara?

—¿Por qué iba a disparar?

—Yo qué sé, porque es un mono —contesta Chris—. Vamos, a retirar a la gente. Ya.

El gentío ha empezado a corear: «No maten al mono, no maten al mono».

—¡No lo vamos a matar! —grita Chris aunque no lo sabe de cierto. Si se pone a apretar el gatillo, tendrán que disparar.

Una mujer vestida con chamarra de safari se abre paso entre la multitud y se acerca a él.

—Carolyn Voight —dice—. Del Departamento de Primates del zoológico.

—¿De dónde sacó la pistola el chimpancé? —pregunta Chris.

—La culpa la tiene la Asociación Nacional del Rifle —contesta Voight.

Es guapa. Alta, de ojos azules, con el pelo rubio recogido en una cola debajo de la gorra de beisbol del zoológico.

—Ya, en serio… —dice Chris.

—No tengo idea. Y tampoco tengo idea de cómo escapó Champion.

—¿El chimpancé se llama Champion? —pregunta Chris.

Carolyn se encoge de hombros, como si no hubiera sido idea suya.

Grosskopf, que ha oído la conversación, hace otro intento de entenderse con el chimpancé.

—¡Champion, suelta el arma y baja! ¡Nadie tiene por qué salir herido!

De eso Chris tampoco está muy seguro. Champion se ha colgado de una cámara de seguridad con una mano (¿o es una garra?) y con la otra blande la pistola, que puede dispararse fácilmente.

—¿Trajo una pistola de dardos? —le pregunta a Carolyn.

—No.

—Pero ¿no es lo que ustedes hacen? —insiste Chris—. ¿Dispararles un dardo para dejarlos inconscientes?

—Aunque pudiéramos hacerlo —contesta ella—, se lastimaría al caer.

—¿Avisamos a los de rehenes? —pregunta Grosskopf.

—¿Para que negocien? —contesta Chris.

—Sí.

—¿Con un chimpancé?

Aunque, a decir verdad, piensa Chris, han negociado con muchos tipos que tenían menos coeficiente intelectual que el amigo Champion, que por lo menos se las ha ingeniado para escapar de una jaula.

—¿Y qué podríamos ofrecerle?

—¿Plátanos? —propone Grosskopf.

—La verdad es que eso es un mito —dice Carolyn—. Lo de los chimpancés y los plátanos. Un estereotipo.

Chris ya está viendo los titulares. LA POLICÍA DE SAN DIEGO NEGOCIA CON UN PRIMATE. EL JEFE DE POLICÍA SE COMPROMETE A DESLINDAR RESPONSABILIDADES.

—¿Tiene idea de qué motivó la fuga? —le pregunta Grosskopf a Voight, muy serio.

—El motivo podría ser de índole sexual —contesta ella.

—Sexual —repite Grosskopf.

—Alicia rechazó hace unos días sus acercamientos amorosos —explica Voight—, y él se lo tomó muy mal. Tuvimos que separarlos.

Esto mejora a cada momento, piensa Chris. Ahora, además de ir armado, resulta que el mono está cachondo y muy encabronado.

—¿Alicia pidió una orden de restricción? —le pregunta a Carolyn.

—¿Qué? —dice ella, y al darse cuenta de que es una broma añade—: No creo que la violencia de género sea cosa de risa.

—Yo tampoco —responde él, y de pronto le entran unas ganas locas de que el sargento Villa se digne salir de la comisaría y venga a hacerse cargo de la situación.

—A lo mejor podríamos traer a Alicia, a ver si así baja —sugiere Grosskopf.

—O sea que, según tú —dice Chris—, el plan sería traer a otro chimpancé y confiar en que el mono fugado, que va armado, se baje de la torre y se coja a la hembra, que no tiene ni pizca de ganas, delante de decenas de vecinos y turistas.

—Eso no puedo permitirlo —declara Carolyn—. Y, además, Alicia no está en estro ahora mismo.

—¿Qué significa eso? —pregunta Grosskopf.

—Que no está de humor —responde Chris.

No sé, a lo mejor saliendo a cenar y viendo una peli… O puede que exista el «porno de chimpancés», aunque le da miedo preguntar, porque, si existe, prefiere que esa idea no se aloje en su cabeza.

—¿Champion tiene acceso a la televisión? —salta Grosskopf.

—No creo —responde Carolyn—. ¿Por qué?

—Por si ha visto en la tele cómo se maneja un arma y ha aprendido a usarla.

Chris está a punto de contestar con un sarcasmo cuando Carolyn dice:

—La verdad es que hay una tele en la caseta del guardia. Puede que la haya visto.

—¿Tiene programación de cable? —insiste Grosskopf—. Porque en HBO y CineMax ponen a veces cosas muy violentas. Si ha visto, por ejemplo, *Juego de tronos*…

—Tiene un revólver, no una espada de acero valyrio —replica Chris.

—Yo sólo digo que la violencia gratuita…

El sargento Villa acaba de llegar. Sale del coche, evalúa la situación y le dice a Chris:

—Dispárenle al mono.

—Bueno, sargento —dice Harrison—, técnicamente no es un mono, es un chimpancé, o sea que…

Se calla al ver mirada que le lanza Villa.

—Sargento Villa —dice Chris—, esta es Carolyn Voight, del zoológico.

—Por favor, no le disparen —suplica ella.

—Señorita, ese chimpancé tiene en su poder un arma letal —contesta Villa—. No puedo permitir que ponga en peligro a la población.

—¿Y si va usted a buscar una escopeta de dardos y nosotros ponemos una red? —sugiere Chris—. Champion se duerme, cae a la red y nos vamos todos a casa.

—Desde aquí abajo no hay forma de alcanzarlo con un dardo —dice Carolyn.

Chris echa un vistazo al edificio.

—Yo puedo escalar un poco.

Villa lo agarra por el codo y se aleja un poco con él.

—Carajo, Hayes, ¿es una broma o qué? ¿Vas a tomarte tantas molestias por un puto mono?

—Pues sí.

Villa mira a Carolyn.

—¿Por qué tengo la sensación de que no es el mono lo que te interesa?

—Qué malpensado es usted, mi sargento.

Villa vuelve donde está Carolyn.

—Tiene diez minutos para traer la escopeta de dardos y montar la red. Pero si a Chita se le ocurre tocar el gatillo…

—¿Chita? ¿Cómo que Chita? —pregunta ella.

—Sabe quién es Tarzán, ¿no?

Carolyn menea la cabeza.

—Diez minutos —repite Villa.

Carolyn se va a toda prisa.

Llega una camioneta de una cadena de televisión.

—Lo que me faltaba, que vengan estos a joder —refunfuña Villa, y le dice a Chris—. Ve a hablar con ellos.

—¿Yo? ¿Por qué?

—Porque yo no los soporto.

Un reportero se baja de la camioneta y se acerca a ellos seguido por otro que sostiene una cámara sobre el hombro como si fuera un lanzagranadas. Chris reconoce al reportero, del noticiero nocturno.

—Bob Chambers. Nos enteramos de que hay un chimpancé suelto.

Chris señala el Museo del Hombre, donde Champion sigue colgado de una mano mientras gesticula con la otra y lanza chillidos. Como si dijera en simio «¡Váyanse al carajo!», piensa Chris.

—Mierda —dice Chambers—. ¿Eso es una pistola?

—Me temo que sí.

—¿Su nombre? —pregunta Chambers.

—Hayes. Oficial Christopher Hayes.

—Grabando —dice el camarógrafo.

—Me encuentro junto al oficial Christopher Hayes a las afueras del Museo del Hombre del Parque Balboa, en cuya fachada está trepado un chimpancé armado con una pistola. Oficial Hayes, ¿qué está pasando?

—Lo que usted acaba de decir —contesta Chris.

El camarógrafo enfoca al gentío mientras Chambers añade:

—Se han congregado numerosos manifestantes y están coreando una consigna: «No maten al mono».

—Bueno, no son manifestantes, exactamente —puntualiza Chris.

—¿No? ¿Y qué son?

Gente que no tiene nada mejor que hacer que venir a dar un paseo por el parque a estas horas de la noche, piensa Chris, pero contesta:

—Son transeúntes. Quiero decir, que en realidad no se están manifestando.

—Están exigiendo que no le disparen al chimpancé.

—No pensamos dispararle. A no ser que...

—¿Qué?

—Que dispare él primero —dice Chris.

—¿Esa es la política oficial del Departamento de Policía de San Diego? —pregunta Chambers.

—No creo que haya ninguna política oficial sobre primates armados. Porque no es algo que...

—Entonces, ¿no tienen políticas?

Chris la ha cagado y lo sabe.

Entonces oye una voz que dice:

—Bueno, está el Reglamento King Kong, que prevé apoyo aéreo, pero solo en caso de simios gigantes. Y, como pueden ver, en este caso se trata de un simio de tamaño estándar, así que...

El camarógrafo gira hacia la persona que acaba de hablar y Chris ve que es Lou Lubesnick. El teniente Lubesnick —el legendario inspector de la Unidad de Robos y Asaltos al que venera como un héroe— es por lo visto una de esas personas que no tienen nada mejor que hacer a esas horas de la noche que dar un paseo por el Parque Balboa. Además, viste camisa hawaiana de colores chillones, chinos muy anchos y... ¿esos son...? Sí, lo son.

El teniente Lubesnick lleva unos Crocs.

De color naranja.

Con calcetines blancos.

—Vamos, Bob, deja en paz al chico —dice.

—¿Puedes hacer una declaración, Lou?

—Claro, cómo no. —Lubesnick mira a la cámara y dice—: Bob, la política del Departamento de Policía es gestionar cualquier situación empleando sólo la fuerza en la medida en que sea necesario y dando prioridad absoluta a la seguridad de los vecinos de San Diego y de los turistas que visitan nuestra bella ciudad.

—¿Tienen alguna idea de cómo llegó la pistola a manos del chimpancé?

—Aún lo estamos investigando —afirma Lubesnick—, de modo que no puedo dar más detalles. Baste decir que se está haciendo todo lo posible y que tengo plena confianza en que obtendremos la respuesta a esa cuestión en un tiempo razonable.

—Gracias, teniente.

—No hay de qué.

Chambers y su camarógrafo se apartan para buscar un encuadre desde el que se vea mejor a Champion, que sigue chillando improperios desde un costado del edificio.

Lubesnick se acerca a Hayes.

—La clave para hablar con los medios es soltar una pendejada tras otra, cuantas más mejor. ¿Cómo te llamas?

—Hayes, señor.

—Hayes, de aquí en adelante, procura que esa mierda le caiga a tu sargento.

La gente se pone a gritar cuando Champion se lanza del edificio y aterriza en una palmera.

Sin soltar la pistola.

Impresionante, piensa Chris.

—Con permiso...

Se acerca al tronco de la palmera y mira hacia arriba, evaluando si hay forma de subir. Se pasa todos los sábados por la mañana en el muro de escalada del gimnasio, así que cree tener posibilidades de conseguirlo.

Más que trepando por la fachada del edificio, por lo menos. De modo que las cosas van mejorando.

Hasta que, de pronto, vuelven a empeorar.

Llegan los SWAT.

Salen en pelotón de un camión blindado y el oficial al mando, vestido de negro, con chaleco de Kevlar y casco de combate, empieza a desplegar a sus hombres por los edificios cercanos para que busquen posiciones de disparo.

Lo que hasta ahora era una farsa se está convirtiendo en una tragicomedia en potencia.

El comandante de los SWAT se pone a hablar, muy serio, con Villa, que más que serio parece fastidiado.

Llegan más efectivos de la policía y mandan al público retirarse detrás de las vallas. Estupendo, opina Chris. Así el gentío, horrorizado y atónito, estará un poco apartado cuando los disparos de las armas automáticas y los proyectiles de los rifles de precisión dejen al chimpancé hecho trizas.

Delante de las cámaras de televisión.

Advertimos a los espectadores que las imágenes que verán a continuación pueden herir su sensibilidad. Si son ustedes unos padres de mierda que todavía tienen a sus hijos levantados a estas horas, quizá convenga que los aparten del televisor mientras un equipo SWAT acribilla a balazos a Jorge el Curioso.

Chris se acerca a Villa.

—Puedo subirme a esa palmera.

—Ya es un poco tarde para eso —dice el comandante de los SWAT.

—Sargento —le dice Chris a Villa—, ¿de verdad quiere que estos tipos maten a ese animal delante de toda esta gente y de la prensa?

—No te caigas —contesta Villa.

Justo en ese momento Carolyn vuelve con el arma de dardos, que en realidad es una pistola inyectora de uso veterinario muy parecida a una subametralladora Mac-10. Chris se alegra al ver que puede dispararla con una sola mano.

Varios trabajadores del zoológico empiezan a montar la red alrededor del árbol.

—Su elemento va a interponerse en nuestra línea de tiro —se queja el comandante de los SWAT.

De eso se trata precisamente, piensa Chris para sus adentros, pero no lo dice en voz alta porque es listo y sabe lo que le conviene. A fin de cuentas tiene aspiraciones: quiere dejar de ser patrullero y entrar en la Unidad de Robos y Asaltos, donde quizá llegue a inspector.

Le encanta ser policía, incluso policía de a pie, porque es muy gratificante ayudar a los demás. Es una profesión muy física, y activa, y cada noche pasa algo distinto.

(Normalmente no tan distinto como lo de esta noche, claro, pero aun así).

—Si se pone en medio y el animal lo mata —dice el SWAT—, no es responsabilidad mía.

—Debería subir yo —dice Carolyn—. Es responsabilidad *mía*.

—Puedo con esto. —Chris se cuelga a la espalda la pistola veterinaria, se acerca a la palmera y empieza a contonear los hombros y a menearse.

La multitud aplaude.

Chris se abraza al tronco con las piernas y empieza a impulsarse hacia arriba con las manos. El tronco de la palmera es casi vertical y su agarre muy precario, pero ya es demasiado tarde para arrepentirse. El público corea «¡Vamos poli, vamos poli!», las cámaras están grabando y Chris sabe que una de dos: o acaba convertido en un héroe o en un mamarracho.

Al mirar hacia arriba ve que Champion lo mira atentamente con cara de preocupación, o eso quiere creer Chris.

Puede que sea más bien desprecio, pero prefiere pensar que no.

Cuando calcula que ha trepado lo suficiente para disparar, agarra la pistola, respira hondo y apunta al hombro izquierdo de Champion. Entonces se hace evidente que el chimpancé ha visto, en efecto, la televisión, porque hace lo que suelen hacer los delincuentes en las series policiacas:

Suelta el arma.

Tres metros más abajo, le da de lleno en la cara a Chris.

Se desequilibra y cae.

A la red.

El público lo abuchea.

Luego vuelve a lanzar vítores cuando Champion se lanza de un salto a la red con los brazos en alto, según afirmarían más tarde testigos presenciales (Chris no pudo constatarlo porque en esos momentos estaba semiinconsciente).

Villa lo mira con cara de pocos amigos.

—¿Qué es lo que no entendiste cuando te dije que no te cayeras? —pregunta.

—Así que un chimpancé te tiró una pistola a la cara —dice la enfermera de urgencias, entre escéptica y burlona.

—Sí.

—Mientras trepabas a un árbol.

—Exacto.

—Eso tiene gracia. Es material de YouTube.

Espero que no, piensa Chris.

Pero la suya es una esperanza vana: el video ya se ha hecho viral en veinte versiones distintas, algunas con tema musical incluido, como «Welcome to the Jungle».

—¿Tengo rota la nariz? —pregunta.

—Uy, sí.

—¿Y conmoción cerebral?

—Eso no lo sé.

—¿Tengo rota la nariz?

—Y conmoción cerebral, sí —dice la enfermera—. ¿Hay alguien que pueda llevarte a casa?

—¿Cómo llegué aquí?

—En una ambulancia.

—¿Y la ambulancia no puede llevarme a casa?

—Claro —contesta ella—. Llamaremos a una de esas de Uber. ¿Quién es la del traje de safari que parece tan preocupada?

—No me acuerdo de su nombre.

—No te acuerdas ni del tuyo —replica la enfermera, y se acerca a Carolyn—. ¿Puedes llevarlo tú a casa?

—Es lo menos que puedo hacer.

—Sí, bueno, olvídate de lo más que puedes hacer —contesta la enfermera—. Ahora lo que necesita es mucha tranquilidad.

—¿No deberían comprobar que no tiene… no sé… una lesión cerebral? —pregunta Carolyn.

—Es policía. Ya tiene una lesión cerebral. Si se desmaya, empieza a vomitar a lo bestia o se cree que es Jay Z o algo así, llama a emergencias. Si no, dale un paracetamol, ponle una bolsa de hielo y déjalo descansar. Y luego, si eres más lista de lo que pareces, huye.

—Eso suena descortés —contesta Carolyn.

—¿Tú crees? —pregunta la enfermera—. Imagino que trabajas en el zoológico.

—Sí, en la Casa de los Primates.

—Buena experiencia para salir con un poli —replica la enfermera—. La mayoría está un paso por detrás en la escala evolutiva. He salido con varios, incluido mi exmarido. Y es mala idea.

—¿Tengo rota la nariz? —pregunta Chris.

...

Chris tiene un departamento de una sola recámara en una zona de búngalos de la calle Kansas, pasando University Avenue, en North Park. Le parece una suerte tener un departamento aquí, con lo que están subiendo los alquileres en San Diego (como si los inflaran con Viagra) y con lo que ha cambiado el barrio, que antes era casi un gueto de tan ruinoso y ahora, con el aburguesamiento, se ha puesto de moda.

Muchos policías no pueden permitirse vivir en San Diego y tienen que hacer todos los días un trayecto de hora y media desde Escondido, Temecula o incluso Riverside.

Por regla general a los policías no les gusta vivir cerca de la zona que patrullan, pero a Chris, en cambio, le gusta vivir en North Park. Tiene cafeterías, restaurantes monos donde ir a almorzar los fines de semana con su grupo de amigos, buenos bares cuando quiere tomarse una cerveza, y todavía parece un barrio en lugar de una atracción turística, aunque cada vez hay más gente que alquila sus casas por Airbnb.

Casi toda la gente de su calle, y desde luego los vecinos de su edificio, saben que Chris es policía y a la mayoría les gusta que lo sea, aunque no lo quieran admitir. Chris opina que se sienten más seguros teniendo a un policía en el vecindario y, de hecho, más de una vez han llamado a su casa cuando ha habido algún caso de violencia doméstica o un robo en el barrio.

Saben, fundamentalmente, que Chris es un buen chico.

Y es verdad.

Carolyn ha empezado a comprenderlo en cuanto lo ayudó a entrar por la puerta y a sentarse en el sofá de su minúscula sala.

Ya le caía bien, claro, porque salvó a Champion de una ejecución sumaria, pero cuando, después de ayudarlo a ponerse cómodo, entra en la cocina —tan estrecha que es casi un pasillito— para prepararle una bolsa de hielo, le cae todavía mejor.

Primero, por las fotografías enmarcadas de las paredes.

Chris con sus padres.

Chris con una mujer que parece ser su hermana y dos niñas pequeñas que deben de ser sus sobrinas y que lo miran con adoración.

Chris con una gran sonrisa, inclinado junto a una señora mayor en silla de ruedas que seguramente es su abuela.

Así que es un hombre de familia.

Luego está el diploma de honor por haber trabajado como voluntario en una ONG que organiza actividades deportivas para discapacitados; una foto de Chris en silla de ruedas en un torneo de beisbol de playa; otra en la que aparece entre un grupo de amigos, todos ellos con pinta de ser personas normales, felices y asquerosamente sanas, recién salidas de una sesión de *crossfit*; y otra de él en una mesa de jardín, sentado al lado de una mujer muy, muy atractiva (observa Carolyn con una pizca de celos, aunque le dé vergüenza reconocerlo).

Para el carro, se dice.

Chris Hayes es demasiado perfecto.

Seguro que tiene algún defecto grave.

O es un mujeriego (y físico tiene para ello, desde luego) o está divorciado y tiene un par de hijos, o es gay y no ha salido del clóset, o está perdidamente enamorado de una bailarina de *striptease* que además es cocainómana.

La cocina está limpia y ordenada.

No hay platos sucios en el fregadero ni en el escurridor, ni ollas o sartenes grasientas sobre la estufa.

Aunque no hace falta que abra el refrigerador para sacar el hielo, lo abre de todas formas, pero no encuentra ninguna pista. Un cartón de leche, seis latas de Modelo y un contenedor de plástico que parece guardar sobras (Carolyn lo abre; sí, espagueti a la boloñesa).

¿Es que además cocina?

Tampoco en el congelador encuentra indicios del lado oscuro y siniestro de Chris Hayes. (¿Y qué esperabas?, se pregunta. ¿Miembros humanos?). Un par de platos congelados, un bote grande de helado de cereza de Ben and Jerry's y varios contenedores (Santo Dios, están etiqutados con cinta): pasta con atún, salsa marinara y chili.

O sea que, o bien su madre le prepara platos y se los trae —lo que es muy mala señal—, o bien él prepara comida con anticipación y la congela. Y además los etiqueta, porque la letra de la cinta parece de hombre.

Un poco abochornada, Carolyn se acuerda de su congelador, que contiene… hielo.

Y, hablando de hielo, busca un trapo de cocina, lo sostiene debajo del dispensador del refri y hace un bulto para ponérselo a Chris en la nariz. Al volver a la sala, se sienta a su lado y le acerca con mucho cuidado la bolsa de hielo a la cara.

—¿Te duele? —pregunta.

—Sí.

—¿Tienes paracetamol?

—Creo que no —contesta Chris—. No suele dolerme la cabeza.

Faltaría más, se dice Voight, un poco harta de su perfección.

—¿Te importa que eche un vistazo en el baño?

—No, claro.

Carolyn va a ver.

En el cuarto de baño tampoco encuentra pruebas inculpatorias.

Para empezar, está limpio (no como los cuartos de baño de sus exparejas) y el único adorno que hay no es un póster de una modelo de Victoria's Secret, sino de un Mustang antiguo. Y, además, junto a la taza hay un cepillo con su recipiente.

Ahora sí está segura de que es gay.

En el armarito de encima del lavabo, detrás del espejo, tampoco hay nada ofensivo. Ni Vicodin ni Oxycontin ni antibióticos que delaten una infección venérea reciente (ni tampoco una sinusitis; por Dios, mujer, cálmate), ni un paquete de condones.

Pero tampoco hay paracetamol.

Ni siquiera una aspirina.

Un tubo de pasta de dientes (Colgate Ultra Blanco), desodorante y unos botes de vitaminas que abre para comprobar si lo de dentro son de verdad vitaminas.

Lo son.

Vuelve a la sala.

—No hubo suerte con el paracetamol —dice—. Ay, espera. A lo mejor tengo en la bolsa.

Rebusca en su bolsa y encuentra una pastilla enterrada en un pliegue del fondo, debajo de un pañuelo de papel y de algo que en tiempos tuvo que ser una galletita salada. Limpia la pastilla con la manga y se la pasa a Chris.

—Tómate este. No creo que vayas a volverte adicto.

—¿Eres doctora?

—Pues, sí. Bueno, doctora en medicina, no. Pero tengo un doctorado en Zoología.

Él se traga la pastilla y cierra los ojos.

—Ah, no, no —dice Carolyn—. No puedes dormirte. ¿Quieres ver la tele o algo así?

—No veo mucho la tele.

Por supuesto que no, piensa Carolyn mientras busca el control remoto.

Ella, en cambio, ve mucha tele.

Y de la peor, además: un montón de *realities*.

Ve, entre otras cosas, *The Bachelor, The Bachelorette, Bachelors in Paradise* (o sea, cualquier programa de solteros), *Married at First Sight, 90 Day Fiancé* y un popurrí de *Real Housewives* en sus distintas versiones geográficas. Ve todos esos programas y series de televisión porque no tiene vida fuera del trabajo —lo sabe muy bien— y porque observar la vida amorosa de otras personas resulta mucho menos doloroso que reflexionar sobre la suya propia.

O, mejor dicho, sobre la ausencia de una.

No ha vuelto a salir con nadie desde que rompió con Jon.

Que la engañaba.

Y que además estaba con ella por las rozones equivocadas.

Ese falso, ese cretino vanidoso y pagado de sí mismo que escribía su nombre sin hache intercalada, que siempre pedía raciones pequeñas en los restaurantes, que tomaba el café con leche de soya e iba a todas partes en bicicleta. Profesor asociado de Literatura Comparada en la Universidad de California en San Diego, y su pareja ideal. ¿No era eso? Tan culto él, tan intelectual. Sabía de vinos y se veía compartiendo su vida con Carolyn en el futuro. El presente, en cambio, prefería dedicarlo a comparar algo más que literatura con una alumna de doctorado. De doctorado, ojo, graduada ya, argumentó pomposamente en su defensa.

Porque lo contrario habría sido poco ético, ya se sabe.

El caso es que le rompió el corazón a Carolyn, y a ella le da vergüenza que se lo rompiera, porque no valía (ni vale) la pena.

Así que quizá un tonto hípster pretencioso y aspiracional no sea lo que más me conviene, aunque sea muy culto, se dice mientras echa un vistazo a la lista de canales de la tele. A lo mejor —diga lo que diga la enfermera de urgencias— me conviene más un policía que bebe leche de vaca, va al muro de escalada, tiene la casa como tacita y además adora a su abuela.

¡Y vaya historia para contársela a nuestros nietos cuando nos pregunten cómo nos conocimos!

¡Oye, mujer! ¿Dónde vas tan deprisa?

¡Para, para, acaban de conocerse!

Al final, encuentra un episodio de una serie de policías.

...

Chris se despierta en su cama.

Le duele la cara cuando se levanta. Entra en el cuarto de baño arrastrando los pies y se mira al espejo. Tiene los ojos hinchados y amoratados y el hueso de la nariz un poco aplastado.

Se mete en la ducha y deja que el agua caliente le aporree el cuerpo. Se seca, se pone una sudadera y unos *jeans* y entra en la cocina. Hay una nota apoyada contra la cafetera francesa:

Te metí en la cama. Espero que estés mejor. Gracias por salvar a Champion.

Saludos,
Carolyn Voight

PS: ¿Puedo invitarte a comer para agradecértelo? 619-555-1212.

¿Eh?

Se prepara café y enciende la *laptop*.

Craso error.

Ha salido en los titulares del *San Diego Union Tribune*: UN POLICÍA RESULTA HERIDO AL INTENTAR APREHENDER A UN CHIMPANCÉ ARMADO.

Y hay una foto de él cayéndose de la palmera.

Estupendo.

Se mete en Twitter y descubre que prácticamente es Twitter: Champion y él están rompiendo internet.

Se lleva el café a la sala, enciende la tele y ve a una guapa reportera delante del Museo del Hombre describiendo lo que pasó anoche y, luego, un video en el que se ve a Champion blandiendo la pistola frente a la multitud, la llegada de los SWAT y a él escalando la palmera...

...y cayéndose.

Apaga la tele cuando oye decir a la periodista: «Este video está causando sensación en YouTube».

Al llamar a la comisaría, le dicen que tiene que tomarse obligatoriamente una baja de setenta y dos horas. Mejor, así tendrá tiempo para aceptar la invitación de Voight.

¿De verdad quiere darme las gracias?, se pregunta. Porque en realidad no hace falta: lo único que hice fue caerme del árbol, y Champ prácticamente se entregó solito. ¿O me está pidiendo salir?

Además, ¿quiero salir con ella?

Es muy simpática, y muy guapa. Y está claro que es una cerebrito (¿no me dijo anoche que es doctora?), pero a lo mejor es demasiado lista para que le interese un policía que sólo tiene un título en Criminología.

Porque, ¿qué tienen en común un policía y una cuidadora de animales de un zoológico?

Mucho, en realidad, se dice después de pensarlo un rato.

Y decide que la llamará cuando deje de parecer un mapache que acaba de operarse la nariz.

Mientras tanto, empieza a obsesionarle la pregunta clave:

¿De dónde sacó el revólver el chimpancé?

Las posibilidades son finitas y todas ellas han sido debatidas hasta la saciedad en la red.

Algunos optan por una teoría conspirativa y afirman que algún fanático animalista lanzó la pistola al hábitat de los simios. ¿Algún miembro del Frente de Liberación de Primates, quizá?, piensa Chris, escéptico.

Otros dicen que seguro que fue algún loco, o un bromista que quería ver qué pasaba si le das una pistola a un chimpancé. Como era de esperar, la cosa adquiere tintes políticos, como todo en estos tiempos. Los fanáticos de derecha dicen que es cosa de Hillary Clinton, que intentaba hacer campaña a favor del control de armas y al mismo tiempo distraer a la atención pública de sus 33 000 correos perdidos, y los izquierdistas radicales le echan la culpa a la Asociación Nacional del Rifle, que también quería demostrar quién sabe qué sobre el control de armas y al mismo tiempo distraer a la atención pública de... En fin, de todo lo relativo a Trump.

Para Chris, todo eso son bobadas.

Está convencido de que la verdadera explicación tiene que ser más prosaica. Pero habría que averiguar cuál es.

Porque, a ver, ¿a qué descerebrado se le ocurre deshacerse de un revólver tirándolo en un zoológico?

Hollis Bamburger está encantado de la vida.

Al mirar Twitter en el celular, ve que por fin se ha hecho viral. En Twitter, en YouTube, en Facebook... En todas partes. El chimpancé con el revólver está hasta en la sopa.

El revólver, no.

Mi revólver, puntualiza Hollis para sus adentros.

A lo largo de sus veintitrés años de vida, Hollis Bamburger siempre ha querido ser especial por algo. No lo fue en su casa, donde sólo era uno más de los seis hijos que tuvo su madre, adicta al cristal, con tres hombres distintos. Ni tampoco en el colegio ni en la preparatoria, que dejó tras reprobar tres veces el último curso de enseñanza obligatoria. Tampoco era especial en el Centro de Internamiento para Menores Infractores de East Mesa —conocido como Birdland por su ubicación, no por sus pobladores—, donde pasó una temporada por ausentismo escolar y un allanamiento. Ni en la cárcel de Chino, adonde fue a los dieciocho por atracar una licorería.

Si se le preguntara por Hollis Bamburger a alguna persona de esos centros penitenciarios, seguramente pondría cara de no saber de quién se trata, aunque los archivos con el expediente de Hollis revelarían a un chico blanco, flaco y poco crecido cuya única evolución parece ser un catálogo creciente de tatuajes mal hechos que empezaron por los brazos y ahora le suben por el cuello.

Qué caray, incluso si le preguntas a sus familiares por Hollis seguramente pondrán cara de desconocimiento.

Su hermana menor, Lavonne, se lo dijo una vez a un funcionario de la condicional:

—Hollis no tiene nada de especial —explicó. Luego se quedó pensando un momento y añadió—: Bueno, sí, que es muy tonto.

Triste, pero cierto.

Lo único por lo que destacaba Hollis era por su espectacular forma de cagarla. Tanto, que en la Escuela de Enseñanza Media Clark empezó a llamarse «un bamburguer» a cualquier acto de idiotez de proporciones descomunales.

Si taponabas el escusado con un montón de papel higiénico para que se inundara el baño, eso era un bamburguer.

Si copiabas de internet un trabajo final y lo entregabas con todo y el logo de Wikipedia, un bamburguer.

Si le abrías el coche a un profe y te quedabas dormido dentro, un bamburguer.

Pero hasta esa distinción se esfumó con el paso de los años, y Hollis se quedó… sin nada.

Ahora, en cambio…

Ahora, Hollis es por fin especial por algo. Es el responsable de los videos de «Champ, el chimpancé pistolero».

Que se están viendo en todo el mundo.

Gente de África entera, de China, Europa y Francia está viendo su obra de arte; se ríen del chimpancé y se parten cuando el policía se cae a la red. Eso es lo mejor, cuando el mono le da un golpazo al policía.

Hollis odia a los policías.

Aunque a los custodios de las prisiones los odia todavía más. Son unos imbéciles tan bestias, tan burros, que ni para policías sirven. Pero ahora mismo Hollis está tan contento que el odio no lo corroe. El fulgor incandescente de su fama digital recién descubierta se ha llevado toda la oscuridad de golpe.

Le enseña el teléfono a Lee.

—¡Hombre, mira esto!

Lee Caswell, que tiene veinte años y le saca a Hollis una cabeza, trece kilos y dos condenas, mira el video y luego le devuelve el celular.

—Soy famoso —dice Hollis.

—Tú no. El mono —contesta Lee.

—De acuerdo, pero la fusca se la di yo.

—Sí, pero no puedes decírselo a nadie —replica Lee.

Lo cual es una auténtica patada en las gónadas.

Hollis, que no se había dado cuenta, cae en un abismo de desesperación.

Por fin, a sus veintitrés años, ha hecho algo especial y resulta que no puede contarlo. El mundo entero está viendo su hazaña, y nadie sabrá nunca que es obra de Hollis Bamburger.

Está devastado. Su efímera alegría se ha venido abajo.

—Y encima te quedaste sin la pistola —añade Lee.

—Pero si tú me dijiste que me deshiciera de ella —replica Hollis.

O gimotea, mejor dicho.

—¡Pero no así! —grita Lee. Le grita mucho a Hollis, de siempre, desde que empezó a compartir celda con él en Chino—. ¡¿Te crees que es gracioso?! —empieza a gritar otra vez—. ¡Primero, nos quedamos sin cuete! ¡Y encima hiciste quedar mal a un policía! ¡¿Tú te crees que a la policía se le olvidan esas cosas?!

Lee sabe por experiencia que a un policía puedes mentirle y piensa que es lo normal; puedes resistirte y se le olvida; pero, si lo pones en ridículo, te odia para siempre.

—Tienen la pistola —añade—. Estarán siguiendo esa pista.

—Pero por la pistola no van a encontrarnos.

—No van a encontrarte a ti, será —replica Lee.

Es verdad, piensa Hollis. Fue él quien le compró la pistola a un mexicano en un baldío de la Treinta y Dos, no muy lejos del motel de mala muerte en el que viven ahora.

Montalbo le aseguró que la pistola estaba limpia.

—¿Y qué pasa si la policía se entera de que era del mexicano? —pregunta Lee—. ¿Y el mexicano les cuenta que te la vendió a ti?

—Le di un nombre falso —alega Hollis.

—¿Ah, sí? ¿Y también te disfrazaste para que no te reconociera?

Hollis no lo había pensado.

—¿Y el tatuaje en el cuello? —añade Lee.

Hollis lleva en el cuello un tatuaje que dice HOLLIS. Quería que dijera también BAMBURGER, pero no tiene el cuello tan largo.

—¿Cuántos Hollis crees que tienen en los archivos? —pregunta su compañero.

—Seguramente no muchos —reconoce Hollis.

Por desgracia.

—Así que cuando vayas a comprar otra pistola —dice Lee—, tápate el puto cuello.

—¿Y por qué tengo que comprarla yo? —pregunta Hollis (o más bien gimotea), pero encoge el cuello cuando ve que Lee se pone todo rojo y lo mira con expresión amenazadora.

—Porque tú eres quien la tiró —responde—. Y no podemos hacer un atraco con el pito, ¿no? Con el tuyo no, por lo menos.

Ese comentario sobraba, en opinión de Hollis.

Ahora se siente desgraciado.

Éste iba a ser su momento de triunfo, algo muy, muy especial. Y de pronto se ha convertido en...

En un bamburguer.

Cuando Chris vuelve al trabajo, la reacción de sus compañeros es la que cabía esperar.

O sea, brutal.

«¡Hey, hombre mono!», lo saludan; también «¡Hola, Donkey Kong!», y se rascan los sobacos haciendo ruidos simiescos. Chris pierde la cuenta de las veces que le dicen que no quieren «nada de monerías» en su turno.

Cuando baja al vestidor, lo reciben cantando a coro *I shot the sheriff, but I did not shoot the chimpanzee*, con Harrison en la batuta.

—Muy gracioso —dice Chris.

Herrera le enseña en el celular un video en el que aparece cayéndose de la palmera con un letrero que dice: NINGÚN CHIMPANCÉ FUE MALTRATADO EN EL RODAJE DE ESTA PELÍCULA.

Su casillero está engalanado con racimos de plátanos.

Cuando lo abre, encuentra una edición de bolsillo de *Mis amigos los chimpancés* de Jane Goodall, un DVD de *El planeta de los simios*, un póster de *King Kong*, una foto de Michael Jackson con su chimpancé, Bubbles, varias máscaras de mono y un disfraz completo de gorila colgado de un gancho.

En un trozo de cinta pegado al casillero dice: CHRIS HAYES, ALIAS COCO.

—¿«Coco» por qué? —pregunta.

—Porque los cocos se caen de las palmeras —responde Harrison.

El teniente Brown quiere verlo.

—Ahora eres famoso. Una celebridad.

—Yo sólo quiero hacer mi trabajo, señor —dice Chris.

—Nos llamaron de la tele —explica Brown—. Quieren entrevistarte en un programa de máxima audiencia y que salgas con Champion. Relaciones Públicas quiere que vayas.

—No quiero, señor.

—Les he dicho que ni hablar —añade Brown—. Bastante se han reído ya de ti. Un policía cayéndose de una palmera cuando iba tras un mono… Está en todas las redes sociales. Se dice así, ¿no? ¿Redes sociales?

Chris empieza a tener ganas de vomitar.

—Sí, señor.

—Y además, te has ganado unos cuantos enemigos en el cuerpo —afirma Brown.

—¿Qué enemigos? —pregunta Chris, sintiéndose cada vez peor—. ¿Quiénes? ¿Por qué?

—Los SWAT opinan que los hiciste quedar mal.

Bueno, para eso no necesitan mi ayuda, piensa Chris para sus adentros, pero tiene la sensatez de no decirlo en voz alta. Sólo quiere salir del despacho del teniente cuanto antes sin oír ni una palabra más sobre cómo se ha hundido su carrera.

—¿Te sientes con fuerzas para hacer tu turno? —pregunta Brown.

—Claro.

—Bueno, pues vete —dice Brown—. Pero hazme un favor. Si se escapa una orca del acuario, no te tires al agua, ¿está bien?

Está bien, piensa Chris.

Sale del despacho con el ánimo por los suelos. Ya nunca lo aceptarán en Robos.

Lou Lubesnick no querrá saber nada de un hazmerreír como él.

Chris se pone el equipo.

Y hay mucho que ponerse.

Primero, el «blindaje blando» o «chaleco antibalas» (aunque Chris sabe que lo de «antibalas» es un mito: no hay ningún chaleco que repela las balas; como mucho, las resisten), con peto y paneles laterales. Chris prefiere no ponerse los paneles traseros, porque pesan mucho y así tiene más libertad de movimientos. Luego están la linterna un aerosol antiagresiones (básicamente, gas lacrimógeno), la macana PR-24, las esposas y el radio.

El cinturón con la funda de la Glock de 9 milímetros y munición de repuesto.

La insignia policial en el bolsillo izquierdo de la pechera y la placa de identidad, dorada con letras negras, en el bolsillo derecho.

La División Central abarca los distritos de Balboa Park, Barrio Logan, Core-Columbia, Cortez, East Village, Gaslamp, Golden Hill, Grant Hill, Harborview, Horton Plaza, Little Italy, Logan Heights, Marina, Park West, Petco, Sherman Heights, South Park y Stockton.

O sea, que si en San Diego pasa cualquier cosa violenta, macabra, relacionada con las mafias, imprevista o rara sin más, es muy probable que suceda en la División Central.

Por eso a Chris le gusta tanto patrullar esta zona.

Esta noche, mientras circula por la Quinta Avenida al oeste del parque, ve paseando por la acera a un hombre negro de un metro noventa, musculoso como un apoyador de la NFL, que lleva con una correa a un lloroso hombre blanco que no pasará del metro sesenta. El primero viste disfraz de Supermán con capa incluida; el segundo, sólo una tanga de lamé dorado y un collar de perro.

Todo lo cual le parecería de perlas si no fuera porque Supermán va azotando a su acompañante con un látigo plateado de nueve colas. Chris para el coche, sale y les hace señas de que se detengan.

—Pero ¿qué es esto? ¿La Comic-Con gay o qué? —le pregunta Chris al flagelado.

—Vino... a mi casa —balbucea el otro con voz entrecortada—, me obligó a ponerme... esto... Me puso este collar... y me ha estado paseando por la calle, azotándome.

—¿Por qué no pidió auxilio? —pregunta Chris.

—Porque... —El hombre se interrumpe para sollozar y luego sorbe profundamente por la nariz—. Porque... porque es maravilloso.

—Es mi esclavo —dice el negro.

—¿Y usted es Supermán? —pregunta Chris.

—¿Y? ¿Qué, un negro no puede ser Supermán? ¿Quién dijo que Supermán tiene que ser blanco?

—Pero es que era blanco —dice Chris, y enseguida se arrepiente de haber hablado—. En los cómics, digo. Supermán era blanco.

—Y en las películas también —responde el negro, y empieza a contar con los dedos—. Christopher Reeve, Dean Cain, Henry Cavill y ese cabrón de Tyler Hoechlin, el de *El séptimo cielo*. Once Supermanes, todos blancos. Es una conspiración.

—Ajá, de acuerdo.

—¿Qué tenía de malo Jim Brown? —añade el negro—. ¿O Idris Elba? ¿O Denzel Washington?

—Yo los veo en ese papel —responde Chris.

—Y Batman, lo mismo: Adam West, George Clooney, Ben Affleck, ¡hasta Michael Keaton! ¿Por qué no podía ser Jim Brown, Idris Elba...?

—O Denzel Washington —concluye Chris.

—Exacto. —Supermán gira hacia su esclavo y le suelta—: La próxima vez, yo soy Batman y tú Robin.

—¿Por qué no puedo ser Batman y tú Robin?

—Porque sería ridículo.

Vaya pasón que traen estos dos, piensa Chris. No sabe qué se metieron, pero debe de ser lo máximo.

—Sí, bueno —dice—. No pueden hacer estas cosas en la vía pública.

—¿Por qué? —pregunta Supermán.

—Vamos, hombre.

—Tenemos derecho a expresar nuestra sexualidad —declara el eslavo.

—No, en la vía pública no —contesta Chris—. Mire, Espartaco, intento que esto no pase a mayores. Váyanse a casa. Vístanse. Si vuelven a salir a la calle así esta noche, los detengo.

—¿Por qué? —pregunta Supermán.

—Por alterar el orden público —responde Chris—. Por conducta indecente…

—¿Nos está llamando indecentes? —dice el esclavo.

—Actúa así sólo porque soy negro y gay —añade Supermán—. Porque nos odia.

Chris ve que la cosa se le va de las manos. Al otro lado de la calle la gente empieza a pararse a mirar y sólo es cuestión de minutos que pase otra patrulla. Podría ser Harrison o, peor aún, Grosskopf, o incluso Villa, que vaya que odia a los homosexuales y a los negros, y más aún a los homosexuales negros, y seguro que también a los superhéroes, porque Villa odia prácticamente a todo mundo. Y entonces Supermán y Espartaco acabarán en una celda y a él le tocará llenar un montón de papeleo.

Pero si tengo que ponerle las esposas a este tipo, voy a necesitar refuerzos, porque con lo grandulón que es Supermán y lo volado que anda, si se le mete entre ceja y ceja puede darme una paliza.

—Miren —dice, haciendo un último intento—, no me hagan sacar la kriptonita.

Supermán lo mira con precaución.

—¿Tiene kriptonita?

Chris asiente.

—En el coche.

Supermán no parece muy convencido.

—¿Roja o verde?

—De las dos, por supuesto.

—A mí la roja me vuelve loco —contesta Supermán.

Sí, claro, piensa Chris, justo eso es lo que te vuelve loco.

—Pero la verde podría matarlo, ¿verdad?

—A ver, enséñemela —le dice Supermán en tono retador.

Chris menea la cabeza.

—Si se la enseño, tengo que usarla. Lo dice el reglamento de policía.

—¿Todos los policías tienen kriptonita?

—Sólo los buenos —responde Chris, cosa que es verdad, hasta cierto punto—. Así que, ¿qué prefieren? ¿Se van a casa o me tengo que poner en plan Brainiac?

Espartaco, que al parecer no conoce a Jim Croce, jala de la capa a Supermán.

—Vámonos a casa.

Chris lo ve alejarse calle arriba por delante de Supermán.

Es una estampa bastante triste.

Vaya nochecita y vaya turno.

Son siempre peores en verano, cuando el aire acondicionado falla, o no lo hay, y la gente sale a la calle o se va al parque porque no hay quien aguante la cama.

Hay mucha mala leche acumulada y por cualquier cosa se arma un pleito.

Las discusiones derivan rápidamente en peleas a puñetazos, y de los puños se pasa a la navaja y luego a la pistola, así, sin más. En un segundo de ofuscación mental, todo cambia para siempre. La gente muere o queda marcada o mutilada de por vida, o termina pasando los que deberían sus mejores años en el purgatorio del sistema carcelario.

Si al calor del verano se le suman el alcohol y las drogas, se obtiene una sustancia inflamable que estalla a la mínima chispa.

De modo que, después de su inofensivo encuentro con Supermán y Espartaco, Chris tiene que ir corriendo a atender un reporte de violencia de género en Golden Hill, donde un señor borracho de mediana edad le ha dado una paliza a su mujer, también borracha y de mediana edad, que, en respuesta a los golpes, rompió una botella de Heineken en la barra de la cocina y se la clavó en la cara a su marido. Cuando llega Chris, Grosskopf y Harrison ya tienen a la pareja esposada. El marido, lógicamente, aúlla de dolor y la mujer, pese a tener los ojos tan hinchados que apenas puede abrirlos, le grita a Grosskopf:

—¡Déjenlo en paz! ¡No hizo nada!

—Señora, no vuelva a decir eso —le advierte Chris— o no va a poder alegar que fue en defensa propia.

A ella le da igual.

—¡No lo lastimen! ¡Lo amo!

El sentimiento no es recíproco.

—¡La muy puta me sacó un ojo!

—Su ojo sigue en su lugar —responde Chris.

Otra cuestión es cuánto tiempo seguirá ahí.

—Vamos a llevarlos a los dos a la delegación —dice Harrison.

—¡¿Por qué?! —chilla la mujer.

—¿Habla en serio, señora? —pregunta Harrison.

Llegan los del servicio de emergencias. Grosskopf escolta al marido a la calle, lo esposa a la camilla y supervisa la operación mientras lo meten en la ambulancia. Le encabrona tener que ir a urgencias.

Harrison y Chris acompañan a la mujer al coche de Harrison y la hacen subir a la parte de atrás.

—Es la tercera vez que venimos a su casa por cosas así —le dice Chris.

—¿Y de qué sirve? —replica ella.

—Eso es justo lo que quería decir —responde Chris—. Cuando hable con los inspectores, dígales que temía por su vida.

—Yo lo amo.

—Muy bien —dice Chris al cerrar la puerta del coche.

—¿Por qué intentas ayudarla? —le pregunta Harrison.

—¿Tú le viste la cara?

—Está más segura en la cárcel —responde Harrison.

Sí, seguramente, piensa Chris.

El siguiente reporte de la noche es un atraco a una licorería en la esquina de la Veintiocho con la B, en Golden Hill.

Chris llega justo después que Grosskopf.

El encargado ya se conoce la rutina porque en esta zona hay robos cada dos por tres.

—Más o menos un metro setenta y cinco, camisa de mezclilla, pantalones con muchos bolsillos y botas de trabajo. Sonaba blanco.

—¿Cómo que «sonaba» blanco? —pregunta Grosskopf.

—No le vi la cara —contesta el encargado—. Llevaba una máscara. Una de esas de esquí.

El ladrón le puso la pistola en la cara y le dijo que abriera la caja. El encargado hizo lo que debía y dejó que tomara el dinero. El ladrón se llevó unos ciento veinte dólares en efectivo y de paso varias botellitas de vodka y una bebida energizante.

El encargado lo vio doblar a la izquierda —o sea, hacia el norte— al «abandonar el recinto».

Sin esperar a que acabe el interrogatorio, Chris vuelve a subir al coche y se dirige hacia el norte por la Veintiocho, convencido de que el asaltante va hacia el parque. Aunque avisa por radio, confía en dar con él antes de que lleguen otras unidades.

Después de lo del chimpancé, le vendría bien resolver un asalto a mano armada.

Efectivamente, localiza a un hombre blanco que va caminando a buen paso por la acera que bordea el parque por el lado este. Mide más o menos metro setenta y cinco y viste tal como decía el encargado. Chris reduce la velocidad para seguirlo a cierta distancia y entonces ve que el tipo empieza a hacer el «paso de ganso», ese andar con las piernas tiesas que les entra a los delincuentes cuando intuyen que tienen detrás a la policía.

—Deténgase —ordena Chris por el altavoz.

El tipo echa a correr.

Chris para el coche y sale tras él.

Sabe que debería quedarse en el auto y pedir refuerzos, pero, si lo hace, el tipo desaparecerá en el parque, se pasarán el resto de la noche buscándolo y seguramente no darán con él.

Además, es divertido, para qué negarlo.

Ve que el tipo se mete la mano en el bolsillo y tira algo entre los arbustos. Será la pistola y la máscara, se dice Chris, pero no se para a recogerlas. Le gana terreno al tipo —que avanza poco con las botas de trabajo—, estira el brazo y le da un buen empujón.

El asaltante cae de bruces al suelo y Chris se echa encima de él.

—¡Las manos atrás! —grita Chris.

No es la primera vez que a este tipo lo detienen. Echa las manos atrás, Chris lo esposa y lo levanta de un tirón.

—¿Por qué no te paraste cuando te lo dije? ¿Por qué arrancaste a correr?

—Porque tenía miedo.

—¿De que te detuvieran por robo? —Chris ve las luces de una torreta donde dejó el coche: será Grosskopf—. Acabas de asaltar una licorería.

—¿Yo? ¡Qué va!

—Sí, claro. ¿Y qué tiraste ahí atrás?

—¡Nada!

—Te sacaste algo del bolsillo y lo tiraste a los arbustos. ¿De verdad vas a hacer que me ponga a escarbar para encontrarlo? —Chris lo empuja contra un árbol—. ¿Llevas algo con punta en los bolsillos? ¿Algo que puedas clavarme?

—No.

Grosskopf se acerca.

—Parece el que buscábamos.

Chris hurga en un bolsillo del sospechoso y saca un fajo de billetes.

—Conque no robaste la tienda, ¿eh? ¿Y de dónde sacaste esto?

—Es mío.

Chris encuentra también las botellitas de vodka.

—¿También son tuyas? A ver, identificación.

—Dejé mi cartera en casa.

Chris le apunta a la cara con la lámpara. Tiene unos cuarenta años y pinta de haber llevado una vida dura. Chris calcula que ya ha estado preso. Seguro que, si le miran los brazos, encontrarán tatuajes carcelarios hechos de cualquier modo.

—¿Vas a decirme cómo te llamas? —pregunta.

—Fred.

—¿Fred qué más?

—Hagen.

Chris busca a Fred en la base de datos y descubre, sin ninguna sorpresa, que Frederick James Hagen tiene un expediente más largo que una canción de Queen. Robo, asalto a mano armada, drogas... Ha cumplido varias condenas en Victorville y Donovan.

Aunque Chris no lleva mucho tiempo en la policía —sólo tres años—, sabe ya cómo son los Fred de este mundo y conoce el secreto que guardan, un secreto tan profundo que ni siquiera ellos lo sospechan.

Que lo que más desean en el mundo es volver a la cárcel.

El único lugar del mundo donde se sienten a gusto.

Lo único que tiene que hacer Chris es proporcionarle una excusa para que la acepte.

Grosskopf se acerca al coche.

—¿Lo llevas tú o prefieres que lo lleve yo?

—Tengo una idea mejor —responde Chris.

Si se llevan al tipo directamente a la delegación, sólo podrán acusarlo de resistencia a la autoridad y seguramente también de posesión de bienes robados, pero es posible que no puedan imputarle el atraco a mano armada.

—Bueno, Fred Hagen —dice—, vamos a volver a la licorería.

—¿Qué licorería? —responde Fred.

Chris lo lleva a la licorería en la patrulla y lo hace entrar. Se lo enseña al encargado y pregunta:

—¿Esta es la persona que le robó?

—Sí.

—¡No puede identificarme! —contesta Fred, indignado—. ¡Llevaba puesta una máscara!

Estos chicos se hacen querer, piensa Chris. Se hacen querer de verdad. No me extraña que el club de la Asociación Internacional de Superdotados, Mensa, tenga tan poco éxito en las cárceles.

—Qué va, tú no traías máscara —dice.

—¡Que sí! —grita Fred.

Chris mira al encargado.

—¿Traía máscara?

—No, señor.

Fred vuelve a indignarse.

—¡Mentira! Sí la traía.

—Demuéstralo —dice Chris.

—Está bien.

Vuelven al coche, llegan al parque y van hasta donde Fred tiró las cosas. Fred se acerca a una fila de arbustos y señala con la barbilla.

—Ahí está.

Chris se agacha y recoge una máscara de esquí.

—Esto no es tuyo.

—¡Sí lo es!

—Pero si ni siquiera es de tu talla.

—Póngamela, ya verá.

Chris le pone la máscara de esquí sobre la cabeza. Suben al coche y vuelven a la licorería. Chris hace entrar a Fred y pregunta:

—Bueno, ¿es esta la persona que le robó?

—Sí —contesta el encargado.

Fred baja la cabeza.

—De acuerdo, me agarraron.

Chris vuelve al parque otra vez, sale y recorre el camino por el que persiguió a Fred. Alumbra con la linterna entre los arbustos, cerca de donde encontraron la máscara, y ve algo brillante. Se pone los guantes, se agacha y saca una AMT Backup calibre .22 —una pistola pequeña, semiautomática— que guarda en una bolsa de evidencias.

De vuelta en el coche, se la enseña a Fred.

—¿Esta es la pistola que usaste para asaltar la licorería, Fred?

Fred se lo piensa y luego pregunta:

—¿Puedo tomarme una botellita de vodka?

—Sí, está bien. —Chris abre una de las botellitas y vierte su contenido en la boca abierta de Fred como si le diera de comer a un pajarito.

Luego Fred dice:

—Sí, esa es la pistola.

Chris lo lleva a la delegación para que lo fichen. Está acabando los trámites cuando recibe aviso de que el teniente Brown quiere verlo. Entra en el despacho confiando en que su jefe lo va a felicitar por haber retirado de la circulación un arma y a un asaltante reincidente.

Pero no.

Nada de eso.

—¿Tú quieres tocarle los huevos a todo el mundo o qué? —le espeta Brown.

—¿Qué hice ahora?

—Dirás qué no hiciste —contesta el teniente—. No trajiste directamente al sospechoso para entregárselo a la Unidad de Robos y Asaltos. El caso era suyo.

—Pero conseguí una confesión y tengo la pistola…

—Y a mí me llamaron de Robos para preguntarme por qué uno de mis agentes los está poniendo en evidencia —replica Brown—. A partir de ahora, se encargan ellos.

—Sí, claro…

—Ah, ¿así que te parece bien? Cuánto me alegro. Tú haz tu trabajo y no te metas en el de los demás. Y si vuelvo a oír tu nombre esta noche, Hayes, me voy a encabronar de verdad. Anda, vete.

No hace ni media hora que se fue cuando recibe otro reporte. Esta vez, una pelea en un bar de Gaslamp que se ha extendido a la acera.

El barrio de Gaslamp —o Lamp a secas—, situado en el casco viejo, junto al puerto, es el barrio chino original de San Diego. Desde la fundación de la ciudad, ha sido zona de bares, prostíbulos y locales con mujeres. Según se cuenta, los próceres municipales trataron de «limpiarlo» en 1915 expulsando a todas las prostitutas, pero tuvieron que invitarlas a regresar cuando la Marina amenazó con no volver a mandar a sus barcos al puerto, lo que habría arruinado la economía local.

Ahora está bastante limpio y se ha convertido en destino turístico, pero sigue siendo una zona a la que la gente va a agarrarse una buena borrachera.

Cuando llega Chris, la calle es ya un festival de luces, entre las torretas de las patrullas y los celulares que los mirones sostienen en alto, ansiosos por llevarse un recuerdo de su noche loca en el Lamp.

Cena, tragos, un espectáculo en vivo...

En la mismísima acera, en este caso.

La policía ya lo tiene casi todo bajo control: han empujado a los púgiles contra la pared y les están poniendo las esposas, y Villa ha mandado a algunos oficiales a apartar a los mirones, pero el plato fuerte del espectáculo —dos cabrones que ruedan por el suelo de cemento— sigue en marcha.

Es una especie de *jiu-jitsu* pero torpe, piensa Chris cuando se abre paso entre la multitud.

Uno de los contrincantes es, evidentemente, el seguridad del local. Lleva el uniforme cuasi oficial de su gremio: camiseta negra bien ajustada al pecho y los bíceps. El otro es un descerebrado con la cabeza rapada y camiseta de Tapout. O sea, un fan de las artes marciales mixtas que, tras tomarse un par de frías, se cree que porque le gusta ver combates y va al gimnasio un par de veces por semana sabe luchar y puede darse de golpes con alguien que se los devuelva. Que es justo lo que está haciendo el seguridad, dándole codazos en la cara mientras lo sujeta contra el suelo.

—Contrólame a la gente —le ordena Villa a Chris, que se da media vuelta y se pone a vigilar a los mirones.

Y menos mal, porque justo en ese momento un tipo enorme, borrachísimo, aparece por la acera lanzando puñetazos al aire, listo para meterse en la pelea.

Chris le da el alto.

—¡Quieto ahí!

—¡Y una chingada! —grita el tipo—. ¡Ese es mi amigo!

El borracho debe de medir un metro noventa y pesar más de cien kilos, y es puro músculo. Por la facha que tiene, hasta podría ser luchador profesional. En todo caso, Chris no tiene ganas de averiguarlo.

—Usted no se meta —dice.

—¡Es mi cuate! —grita el borracho—. ¡Si me pegan un tiro por defenderlo, no me importa!

—No nos tiente —responde Chris—. Apártese.

—¡Chinga tu madre!

El borracho carga y golpea a Chris en el hombro izquierdo.

Chris gira aprovechando el impulso, estira la pierna y le lanza una patada a la espalda con todas sus fuerzas.

Caen juntos a la acera. Chris aterriza encima del borracho y trata de agarrarle la mano derecha y retorcerle el brazo a la espalda.

Pero no va ser posible: es demasiado fuerte.

De pronto aquello se convierte en un rodeo y lo único que puede hacer Chris es intentar aguantar hasta que algún compañero venga a ayudarlo. Foster aparece de pronto a su lado y jala el brazo izquierdo del borracho hacia atrás como si fuera la pala de una máquina de remar, pero el borracho —que además de ser un animal está anestesiado— se pone de rodillas y se levanta con Chris todavía colgado de su espalda.

Chris lo tiene bien agarrado por la espalda, como en la lucha libre. Le sujeta la cintura con las piernas y trata de hacerle una llave al cuello, lo que provoca las iras del público pero no parece afectar al borracho, que empieza a girar sobre sí mismo mientras Foster saca su Taser y espera el momento de soltarle una descarga sin darle otra a Chris.

—¡Eh, ese es el tipo del mono! —oye Chris que grita alguien—. ¡Es el tipo del mono!

Foster dispara el Taser.

Chris nota que el borracho tiembla.

O que se sacude, más bien.

Pero no se desploma.

Villa también le da una descarga.

Y Herrera.

Al borracho se le desorbitan los ojos y chilla, acribillado como un alfiletero, con cables colgándole por todas partes como un radio antiguo.

Luego, por fin, cae al suelo.

De cara.

Como un árbol talado.

Con Chris todavía encima.

El aterrizaje es duro.

Chris nota que el impacto le sacude el pecho y la columna. Y la cabeza, que le estalla de dolor porque aún le duran los efectos del golpe en la nariz y la conmoción cerebral.

Se queda ciego un segundo, pero no se desmaya.

Suelta al borracho, que sigue temblando, y ve que el espectáculo principal ha terminado: el seguridad está en pie y su oponente esposado. Herrera y Foster se acercan a toda prisa, esposan al borracho a la espalda y lo ponen en pie.

No tienen ninguna prisa en quitarle los dardos de los Taser.

—¿Estás bien? —le pregunta Foster a Chris.

—Sí, estoy bien.

Herrera le está recitando sus derechos al borracho. Si no hubiera tanta gente alrededor, Foster y él seguramente sacarían las macanas y lo molerían a palos, porque no se andan con miramientos y Villa se haría el tonto y se iría a dar una vuelta por la manzana.

Pero no. El sargento mira a Chris con cara de perro y le suelta:

—Peleas tan mal como escalas.

Chris no sabe qué decir, así que no dice nada.

El borracho tiene la cara arañada y manchada de sangre.

—Que se encargue Foster del papeleo —dice Villa—. Tú llévate a este a urgencias. Lo que pase por el camino no es asunto mío.

Chris, Herrera y Foster escoltan al borracho al coche de Chris y lo meten a empujones en la parte de atrás. A Herrera le extraña un poco que Chris le ponga el cinturón de seguridad, porque otra opción es no ponérselo, pisar el acelerador y dar luego un frenazo y que el cabrón se estampe la cara contra el cristal de separación.

Y es tentador, piensa Chris.

Ya lo creo que lo es.

Pero se sienta al volante, conduce hasta el hospital y lleva al borracho a urgencias.

La enfermera que lo atiende es la misma que lo vio a él hace cuatro noches.

—¿Esto es un pretexto para volver a verme? Porque yo no salgo con polis.

—Yo tampoco —contesta Chris.

La enfermera le echa un vistazo al borracho, ve que no es nada grave y luego le pregunta a Chris:

—¿Y tú? ¿Estás bien?

—Bien, sí.

—¿Qué tal la chica del zoológico? ¿Vas a salir con ella?

—No, creo que no.

—Entonces eres aún más tonto de lo que pareces —replica la enfermera.

No sé, piensa Chris. Ya parezco bastante tonto. Primero me deja en ridículo un mono, luego se enojan conmigo los de Robos y encima un borracho me da un revolcón. Mi sargento cree que no hago más que cagarla y a lo mejor tiene razón.

—En fin, qué más da —añade la enfermera—. Mejor para ella, seguramente.

Seguramente, se dice Chris.

Entonces le avisan que vuelva a la comisaría.

El teniente Brown levanta su celular y le enseña el video en el que aparece dando vueltas colgado de la espalda del borracho.

—¿Qué te dije antes?

—Que no quería volver a oír mi nombre esta noche.

—Estás triunfando en YouTube —añade Brown—. ¿Eso es lo que querías? ¿Acumular seguidores?

—No, señor.

—No me gusta ver a mis oficiales en los medios, ni en las redes sociales ni en ningún otro medio.

—Lo entiendo, señor.

—¿Sí? No estoy tan seguro. ¿Crees que mañana podrás venir a trabajar sin armar un espectáculo y sin meterte en líos con nadie?

—Sí, señor.

—Ya veremos.

Arranca el coche para irse a casa y dormir unas horas. Le vendrá bien pasar un rato inconsciente, porque ahora mismo estar consciente se le hace muy penoso.

Mi sargento se encabronó conmigo, piensa. Los de Robos se encabronaron conmigo —justamente ellos, los que menos quería yo que se encabronaran conmigo—, y mis cagadas se han hecho virales. Voy a pasarme la vida en una patrulla, ya verás. O eso, o me obligan a renunciar.

La enfermera tiene razón.

Soy un pendejo.

Llama por teléfono.

—Ya sé que dijiste que si podíamos comer —dice—, pero ¿quieres que nos veamos para desayunar?

Pues sí, resulta que sí quiere.

Quedan en el aptamente nombrado Breakfast Republic, en University Avenue.

Es un local luminoso y alegre, con grandes ventanales que dan a la calle, sillas de madera amarillas y unos sillones modernos en forma de huevos rotos.

Chris ya está allí cuando llega Carolyn. La está esperando educadamente en la puerta. Por supuesto, piensa ella.

—Qué sorpresa tan agradable —dice.

Aunque, con la sorpresa, ha tenido muy poco tiempo para decidir qué ponerse. No quería presentarse vestida de safari, claro, pero tampoco quería arreglarse demasiado, no fuera a notársele que su intención es que esto sea una cita más que un gesto de gratitud.

No va a ser ella quien ponga primero esa carta sobre la mesa, ni hablar.

Así que al final ha optado por una bonita blusa de seda negra, unos *jeans* más ajustados de lo estrictamente necesario y unas sandalias. Y en vez de hacerse una cola como cuando va a trabajar, se dejó el pelo suelto sobre los hombros.

El reglamento interno del zoológico exige que sus empleadas vistan con «la debida formalidad».

Carolyn no quiere tener un aire muy formal esta mañana, pero tampoco quiere verse tan zorrona como si el desayuno fuera una excusa para un acostón después, así que se ha maquillado lo justo.

—Me alegra que hayas podido venir —dice Chris al abrirle la puerta.

Esto es distinto, se dice Carolyn. El Profesor Pendejo jamás le abría la puerta; lo consideraba un gesto condescendiente, pasivo-agresivo y paternalista que contribuía a perpetuar el patriarcado. Él le hacía un cumplido al no abrirle la puerta.

Chris se acerca a la anfitriona y consigue que les den una mesa para dos junto a la ventana.

Retira la silla para que se siente Carolyn.

El Profesor Pendejo jamás le retiraba la silla; lo consideraba un gesto condescendiente, paternalista y...

—Qué amable eres —dice.

Chris la mira con curiosidad.

El pobrecillo no entiende por qué le doy tanta importancia a eso, piensa Carolyn.

Chris se sienta enfrente de ella. Luego se hace un momento de incómodo silencio, hasta que dice:

—Te ves bien. Estás muy guapa.

O sea que a lo mejor esto sí es una cita, se dice Carolyn.

O a lo mejor solo quiere ser... amable.

—Tú ya no pareces un mapache —contesta, y enseguida se siente como una idiota. «¿Tú ya no pareces un mapache?».

—Eso está bien, supongo —dice Chris.

—Bueno, ¿y cómo estás?

—Bien, sí.

Carolyn ya lo conoce lo suficiente como para saber que eso significa que no quiere hablar del tema. No sabe por qué, pero le agrada que así sea. El Profesor Pendejo siempre estaba dispuesto a hablar de sí mismo: de su carrera, de sus ideas, de su ropa, de sus miedos, de sus ansiedades, de su sinusitis, de sus sentimientos...

Santo Dios, estaba saliendo con una mujer sin saberlo, se dice Carolyn.

Este chico se cayó de una palmera, acaba de salir de trabajar y tiene aspecto de haber pasado una noche de perros, y lo único que dice es «bien, sí». Un llorón no es, desde luego, aunque eso puede ser bueno o malo. Porque a lo mejor hay que sacarle las palabras con tirabuzón cuando llegue a casa...

¿Cuando llegue a casa?

Para el carro, linda.

Por suerte llega el mesero con las cartas.

Chris pide unos huevos revueltos con salchicha de pollo y mango, queso cheddar y cebolla, y Carolyn unos *hot cakes* con rodajas de piña natural y crema de piña.

—Bueno, ¿qué tal va el trabajo? —pregunta ella.

¿Se puede saber por qué empiezo cada frase con «bueno»? Y, por favor, no me digas «bien, sí».

Para alivio suyo, Chris contesta:

—Pues la verdad es que me ha pasado una cosa graciosa esta noche.

Y le cuenta la historia muy divertida sobre Supermán y Espartaco.

—¿De verdad les dijiste que tenías kriptonita? —pregunta Carolyn.

Chris se encoge de hombros.

—No sabía qué más hacer.

Les traen la comida.

Carolyn se fija en que él espera con el tenedor en alto a que ella pruebe el primer bocado antes de empezar a comer.

Quiero conocer a su madre, piensa.

Para el carro... para.

—¿Qué tal está eso? —pregunta él.

—Buenísimo —contesta Carolyn—. Pero el bajón de azúcar va a ser brutal.

—Sí, ¿verdad? —Prueba la salchicha, bebe un sorbo de café y añade—: Háblame de ti.

Ella contesta con la respuesta típica:

—¿Qué quieres saber exactamente?

—De dónde eres. Dónde estudiaste, cómo empezaste a trabajar en el zoológico, qué te gusta hacer cuando no estás trabajando...

Carolyn se descubre contándoselo todo de corrido: que es de Madison, Wisconsin; que estudió allí y que luego, harta del frío y de la nieve, decidió hacer una maestría en Stanford y el doctorado en la Universidad de California-San Diego y que así empezó a trabajar en la casa de los primates del zoológico, su trabajo soñado. Que sus padres son profesores de universidad en Wisconsin, su padre de Química y su madre de Literatura Francesa; que tiene una hermana que le saca dos años, casada y con hijos, y un hermano más joven; y que cuando no está trabajando le gusta salir a correr, ir al cine y a la playa, las cosas habituales. Y entonces se da cuenta de que lleva por lo menos diez minutos soltando sin parar y que él está ahí sentado, escuchando, y que seguramente en esos diez minutos se ha enterado de más cosas sobre ella que el Profesor Pendejo en tres años.

Nota que se pone colorada y entonces dice:

—Lo siento. No paro de hablar.

—Yo te lo pedí —responde Chris.

Sí, es verdad, piensa Carolyn. Me lo pediste.

—Bueno, ahora te toca a ti.

—No hay mucho que contar. —Chris vuelve a encogerse de hombros—. Nací y me crie aquí, en Tierra Santa. Mi padre es ingeniero informático y mi madre maestra de tercero de primaria. Buena gente. Tengo dos hermanas mayores. Soy el benjamín de la familia. Fui a la Universidad Estatal de San Diego. Soy policía, que es lo que he querido ser toda mi vida. Y eso es todo.

—¿Qué te gusta de ser policía? —pregunta Carolyn.

—Todo. Que estoy siempre por ahí, que cada turno es distinto… Y supongo que me gusta ayudar a la gente.

Sí, supongo que sí, piensa ella.

—¿Y a ti? ¿Qué te gusta de tu trabajo? —pregunta Chris.

—Me encantan los animales. En cierto modo me necesitan, porque no pueden hablar por sí mismos. Y son tan auténticos… Nunca fingen. ¿Sabes?, a veces creo que me gustan más los simios que las personas.

En realidad, le gustaría saber por qué es así. ¿Se debe a que los simios no te rechazan? ¿A que no te engañan? ¿A que te dan «amor incondicional»? ¿O es porque ella necesita que la necesiten? ¿Va a convertirse en una de esas mujeres maduras y solitarias que sólo sienten apego por los animales?

—Aunque a veces me tiran su caca —añade.

—A mí me la han tirado humanos —responde Chris.

—Vaya mierda.

Se ríen los dos.

Han acabado de comer y, si esto no era más que aceptar por cortesía su invitación para darle las gracias por lo que hizo, se levantarán y cada uno se irá por su lado. Que es casi con toda seguridad lo que él quiere —se dice Carolyn— después de que le haya dicho que soy como la loca de los gatos, pero con simios en vez de gatos.

Ella pide la cuenta, pero cuando se la traen, la toma Chris.

—Esto era para darte las gracias —dice Carolyn.

—Y también iba a ser una comida, no un desayuno —responde él—. Yo te invité.

Otra manifestación pasiva-agresiva del patriarcado, empieza a pensar Carolyn, y entonces se acuerda de que el Profesor Pendejo no está presente para hacer ese comentario y de que en realidad a ella no le molesta que pague él.

—¿Puedo poner yo la propina, por lo menos? —pregunta.

—Bueno.

—¿Cinco?

—Mejor diez, ¿no?

Carolyn deja en la mesa un billete de diez dólares y se levanta.

—Bueno, fue...

—Sí, fue agradable.

«Agradable», piensa ella. El beso de la muerte. «Agradable» es llevar a tu abuela a comer pasta a un cadena de comida italiana o...

—¿Te gustaría ir a la playa? —pregunta Chris.

—¿Perdón?

—Dijiste que te gustaba ir a la playa. Te preguntaba si quieres que vayamos.

—¿Quieres decir, ahora?

—Hace buen día.

Sí, piensa Carolyn.

Hace buen día, sí.

Hollis Bamburger es tonto de remate. Tan tonto que vuelve al mismo parque, a comprarle una pistola nueva al mismo vendedor.

Bueno, no, una pistola usada.

Con un poco de suerte, no la habrán usado para cometer un delito. A Hollis ya le inquietan bastante los que ha cometido él, cuanto más los que han cometido otros. Así que espera que la pistola que le venda Montalbo esté limpia.

Se encuentran en el mismo baldío de la otra vez.

—Necesito un cuete —dice Hollis.

—¿Por qué llevas suéter de cuello alto? —pregunta el mexicano—. Estamos a treinta y nueve grados.

Hollis piensa a toda prisa.

—No me dio tiempo de lavar ropa —contesta.

—¿Llevas un micro escondido ahí debajo?

Hollis vuelve a pensar a toda prisa.

—No —dice—. Necesito una fusca.

—Ya te vendí una —responde Montalbo.

—Pues necesito otra.

—¿Y eso por qué?

Es buena pregunta, porque si el güero usó el arma para cometer un delito y la policía sigue su rastro hasta quien se la vendió, Montalbo podría verse implicado en cualquier pendejada que el otro haya hecho. Que será, seguramente, una pendejada muy estúpida.

—Me deshice de ella —responde Hollis.

—¿Por qué?

—¿Tú qué crees?

Montalbo empieza a ponerse nervioso de veras, porque es posible que al güero lo hayan detenido por algo y haya hecho un trato con la policía, y que el objeto de ese trato sea cierto traficante de armas mexicano. Y Montalbo sabe por experiencia que hay muy pocas cosas que a los policías de San Diego les gusten más que los traficantes de armas mexicanos. Hasta las tiene clasificadas por orden:

Donas Krispy Kreme.
Narcos mexicanos.
Traficantes de armas mexicanos.

—No puedo ayudarte —dice—. Dile a la poli que no hay trato.

—Vamos, hombre.

—Lárgate de aquí o te reviento.

Hollis echa un vistazo alrededor y ve que los cuates del mexicano están empezando a rodearlo como lobos, una conducta que conoce bien de cuando estaba en Chino. Tiene miedo, pero más miedo le da volver con Lee sin un arma.

Lee no maneja bien la frustración.

Pensando a toda prisa, Hollis da con una idea genial.

—Te pago un porcentaje de lo que consiga.

—¿Qué porcentaje? —pregunta Montalbo.

Porque da la casualidad de que tiene intereses contradictorios: por un lado no quiere que lo detengan y, por otro, necesita dinero. Tiene un problema serio con el juego o, mejor dicho, tiene un problema serio porque no sabe jugar y le debe dinero a Víctor Díaz, un prestamista al que se le está agotando la paciencia. Montalbo le debe un par de miles de dólares, pero si le paga parte de la deuda quizá consiga un aplazamiento.

—Un diez por ciento —dice Hollis.

—Quizá pueda conseguir una S&W 39 automática —dice Montalbo.

—Es un trasto viejo.

—¿La quieres o no?

—¿Por cuánto? —pregunta Hollis.

—Quinientos.

La Smith and Wesson cuesta doscientos cincuenta, como mucho.

—Te doy trescientos —dice Hollis.

Si le da quinientos, no les quedará ni un dólar del último golpe que dieron y Lee seguro se va a enojar, y bastante se va a encabronar ya por tener que darle un porcentaje al mexicano.

Lee tiene poca tolerancia a encabronarse.

A Hollis, sin embargo, se le ocurre la solución perfecta: le pagará a Montalbo con la parte que le toque a él.

—Cuatrocientos —dice Montalbo—. Más el diez por ciento. Es mi última oferta.

—¿Está limpio el fierro? —pregunta Hollis.

—Como el chocho de una monja —le asegura Montalbo, aunque no tiene ni idea de si está limpia o no. Que él sepa, podrían haberla usado para matar a Lincoln—. Dame tu número —dice—. Te mando un mensaje cuando la tenga.

—¿Y las balas?

—Querías una pistola —dice Montalbo—. No dijiste nada de balas.

—¿Para qué sirve una pistola sin balas? —replica Hollis.

—Para poca cosa, creo yo.

Hollis suspira.

—¿Cuánto?

—Diez dólares la pieza.

—No te pases.

—Prueba a hacer un trabajo sin balas, a ver qué tal te va —contesta Montalbo.

Hollis se lo piensa. La verdad es que alguna vez ha cometido un atraco sin llevar balas, porque normalmente con enseñar la pistola basta para que la gente abra la caja.

Pero Lee no es partidario de esa filosofía.

Según él, lo de la pistola descargada sólo le funciona a *Harry el Sucio*.

Hollis le da su número a Montalbo.

Chris respira hondo y, de mala gana, entra en la jefatura de policía de Broadway.

Sigue sin saber si es buena idea.

Carolyn creía que lo era.

De hecho, fue ella quien se lo sugirió.

Para sorpresa de Chris, pasaron toda la tarde paseando por Pacific Beach y se descubrió hablándole de sus problemas en el trabajo, lo que le sorprendió más aún.

—¿Por qué habrían de estar molestos contigo los de la división de Asaltos por haber resuelto un robo? —le preguntó.

—Porque es su trabajo —contestó él—. Y supongo que los he hecho quedar mal. Es, no sé, como si tú fueras al Departamento de Reptiles o algo así y resolvieras un problema con una boa constrictor.

—Sí, no les gustaría nada.

—¿Verdad que no? Lo peor de todo es que esa es la unidad en la que de verdad quiero trabajar, y ahora están encabronados conmigo.

—Pues ve a hablar con ellos —propuso Carolyn.

—Las cosas no funcionan así. Sólo hablamos cuando se dirigen a nosotros.

—¿Y qué tal funciona ese método?

Chris tuvo que reconocer que no muy bien. Y también tuvo que reconocer que empezaba a gustarle muchísimo Carolyn Voight. Es lista, guapa y... simpática. Aunque puede que sólo esté siendo simpática conmigo porque intenté rescatar a su chimpancé, porque la chica tiene un doctorado y seguramente es demasiado inteligente para querer salir con un poli. Seguro vino a la playa porque se sentía culpable, por lo de que me hubiera roto la nariz y eso.

Al final de la tarde, se moría de ganas de pedirle que volvieran a salir, pero no quería saber nada con que ella aceptara por pena.

Así que no se lo pidió, pero decidió seguir su consejo sobre lo de ir a hablar con Lubesnick, porque a fin de cuentas Carolyn tenía razón: ¿qué podía perder?

Ahora enseña su placa, entra en la unidad de Robos y Asaltos y le pregunta a la recepcionista si está el teniente Lubesnick.

—¿Quién pregunta por él? —responde la recepcionista.

—El oficial Hayes. Christopher Hayes.

—Muy bien, oficial Christopher Hayes. Voy a ver si puede atenderlo.

Pero justo en ese momento se abre la puerta y sale Lubesnick. Al ver a Chris dice:

—Yo te conozco.

—Sí, señor.

—Pero ¿de dónde?

—Eh… Nos conocimos en Balboa, en el parque.

Lubesnick se queda mirándolo un segundo, luego sonríe de oreja a oreja y exclama:

—¡El hombre mono! ¡Eh, muchachos, tenemos aquí a un famoso!

Unos cuantos inspectores levantan la vista de su trabajo y sonríen con aire sardónico o miran a Chris con el ceño fruncido. Él nota que se pone colorado. Con estas personas espera poder trabajar algún día.

—La verdad —se oye decir—, no es de eso de lo que quería hablarle, teniente.

—Bueno, pues pasa, pasa —dice Lubesnick. Mira a la recepcionista y añade en voz baja—: Dentro de dos minutos, me llamas y me dices que hay una llamada que tengo que atender.

—Claro, Lou.

Lubesnick lleva a Chris a su despacho, le indica que se siente y dice:

—¿Y bien?

—Es por lo del asaltante al que detuve el otro día. Quería disculparme. Estuvo fuera de lugar.

—¿Tú ves el futbol americano, Hayes?

—Lo veía hasta que los Chargers se fueron de San Diego.

—Entonces sabrás lo que pasa cuando un defensa deja su zona y se mete en la de otro, ¿no? —pregunta Lubesnick—. El equipo rival anota. Verás, si tú hicieras nuestro trabajo, ¿qué haríamos nosotros? No tendríamos nada que hacer.

—Lo entiendo, señor.

El teniente se queda mirándolo un momento.

—La verdad es que manejaste muy bien a ese tipo. Te moviste bien. Brown me dijo que te gustaría trabajar en Robos.

—Me encantaría, señor.

—¿Y crees que dejarnos mal parados es forma de conseguirlo?

—Yo no quería dejar mal a nadie.

—¿Como tampoco querías caerte de un árbol? —pregunta Lubesnick—. ¿Ni meterte en un encuentro de lucha libre en el Lamp? Sí, ya me he fijado en ti, Hayes.

Lo cual puede ser bueno o malo, piensa Chris. Bueno si se ha fijado en mí porque puede interesarle tenerme en su unidad, y malo si lo que quiere es tacharme para siempre de su lista de posibles candidatos.

Suena el intercomunicador.

—Lou, tienes una…

Lubesnick le hace un guiño a Chris.

—Ellen, dile a la presunta persona que me llama que fingiré llamarla luego.

—Entendido, jefe —contesta Ellen—. Fingiré anotar su número.

Lubesnick suelta el botón del intercomunicador y le dice a Chris:

—En fin, transmitiré tus sinceras disculpas a la unidad y me aseguraré de que entiendan que no tenías mala intención. Te agradezco que hayas venido. Dice mucho de ti. Ahora vete.

Chris se levanta.

—Gracias, teniente.

—Sabes que todavía queda una cuestión que aclarar, ¿verdad? —añade Lubesnick—. De dónde salió esa pistola.

Al salir de la unidad, Chris nota las miradas divertidas clavadas en su espalda, pero en realidad va pensando en Lubesnick. ¿Qué quiso decirle el teniente? ¿Que siga el rastro del arma? ¿O que no lo siga? Todo es muy ambiguo, porque, claramente, Lubesnick le ha dicho que no se salga de su carril.

Sí, pero el problema es que el carril por el que voy no lleva adonde yo quiero ir, se dice Chris. Y quizá lo que quiso decirme Lou Lubesnick es que me meta en el carril que sí.

...

Carolyn está molesta.

Y encabronada consigo misma por estarlo.

Porque Christopher Hayes la dejó en la puerta de su casa, le dio las gracias por una tarde muy agradable y luego no le pidió que volvieran a verse.

Se pasó toda la noche enojada —y era sábado: otra noche de sábado viendo Netflix sola; sin agobios, sí, pero sola—, se dio una ducha y a las once (¡a las once, por Dios santo!) ya estaba en la cama. Al día siguiente, cuando se despertó, seguía enojada.

Salió a correr, como todos los domingos, y ni así se le pasó el enojo.

Vio *90 Day Fiancé* enojada (quizá ella también debería buscarse un príncipe nigeriano con el que salir).

Y cuando el lunes se levantó para ir a trabajar, había logrado efectuar una transición sutil pero decisiva: ya no estaba enojada con Christopher Hayes, sino consigo misma.

¿A mí qué me importa?, se preguntó.

Si no le intereso, menos me interesa él a mí.

¿Quién se cree que es?

Buen escalador no es, eso sin duda. Y seguro que además besa fatal. Se da cuenta de que vuelve a estar enojada con Hayes y, haciendo un esfuerzo, reconduce otra vez su malestar.

¿Qué hice?, se pregunta. ¿O qué no hice?

Le hablé de mí, dejé que me contara sus penas (y vaya si me las contó), me veía súper paseando por la playa y creí que le había dejado claro que me interesaba.

¿Qué es lo que quiere que yo no tengo?

—¿Qué tengo de malo? —se pregunta en voz alta.

Champ desconoce la respuesta, pero le tiende la mano.

Chris averigua que la pistola estaba registrada a nombre de un ciudadano nada sospechoso al que le fue sustraída cuando entraron a robar en su casa, robo que denunció debidamente a la policía.

Así que por ese lado no va a encontrar ninguna pista.

Cuando visita el laboratorio forense, tiene que aguantar alguna que otra pulla acerca de qué hace un simple patrullero como él interesándose por esas cosas. Por suerte, la agente que está de guardia se da cuenta de que es el hombre mono, se apiada de él y le enseña los resultados de las pruebas.

—La verdad es que eres el primero que pregunta —dice.

El arma en cuestión es un Colt Cobra Special calibre .38, de doble acción, con cacha de goma Hogue.

La cacha tiene huellas de Champ por todas partes, pero ninguna otra.

O sea, que Chris tiene que cambiar de planteamiento y preguntarse qué sucedió en las inmediaciones del zoológico esa noche.

Va a Sistemas y Bases de Datos y pide una copia impresa de todas las llamadas que se recibieron en la División Central justo antes del incidente del chimpancé.

—¿Lo envía un inspector? —pregunta Schneider, el encargado de Datos.

—No.

—Entonces no puedo darle esa información. Sólo puedo dársela si es el inspector que está investigando el caso, y usted es patrullero, ¿no?

—¿Y si me manda Lubesnick? —responde Chris.

—¿Lo manda él?

—¿Quiere llamarlo y preguntárselo?

Se la está jugando y lo sabe. Si Schneider llama a Robos y Lubesnick pregunta que qué chingados está pasando, adiós a su carrera en la policía.

Pero está casi seguro de que Schneider no va a hacerlo, porque, si de verdad lo ha enviado Lubesnick, el teniente lo pondrá verde por llamar.

—¿Las llamadas a la Central? —pregunta Schneider.

—Eso es.

Unos minutos después, Chris tiene ante sí todos los reportes por radio que recibió la División Central antes de que Champ armara su numerito. Un par de broncas familiares, un tarado exhibiéndose en el Parque Balboa y la inevitable pelea en el Lamp, pero nada sobre un atraco a mano armada o un arma de fuego.

Puede que al final sí fuera un animalista, piensa Chris.

Pero luego se lo vuelve a pensar. El parque está en el límite este de la División Central, colindando con la División de Mid City.

O sea que, si pasó algo en North Park, por ejemplo, el sospechoso podría haber entrado en Balboa con sólo correr.

—¿Puede darme también los de Mid City? —le pregunta a Schneider.

Schneider suspira con resignación y le trae los datos de Mid City.

Y ahí está.

O al menos podría estar, piensa Chris. Una licorería situada entre la Treinta y Utah fue asaltada a punta de pistola hora y media antes de que él acudiera al reporte del chimpancé. A sólo ocho cuadras del límite este del parque.

Según los registros, acudieron dos agentes —Herrera y Forsythe—, pero el asaltante ya se había esfumado cuando llegaron.

De modo que el caso sigue abierto.

La Unidad de Robos se habrá hecho cargo de él, pero de momento no han detenido a nadie.

El registro de llamadas no muestra qué se ha hecho desde entonces, esa información sólo obra en poder de Robos, y Chris no se atreve a volver todavía y preguntar. Pero le extraña que nadie parezca haberse interesado por la pistola.

Que no hayan ido a preguntar si había huellas.

Chris cree entender el motivo: el asunto del chimpancé fue un inmenso bochorno para el departamento de policía y seguramente todo mundo está deseando que se diluya cuanto antes.

Pero Lubesnick me animó a investigar, se dice Chris.

¿Por qué a mí y no a sus hombres?

Al día siguiente descansa, así que espera a que llegue el turno de noche y se va a Mid City.

Encuentra a Forsythe junto a su casillero, preparándose para empezar el turno.

—Oficial Forsythe, soy Chris Hayes, de la División Central.

—Sé quién eres —contesta Forsythe—. El tipo del mono. ¿Querías algo?

—Atendiste un reporte de robo en la Treinta la otra noche.

—¿Y?

—¿Puedo preguntar qué pasó?

—Poca cosa —contesta Forsythe—. Acudí al reporte y Herrera llegó un segundo después. El asaltante amenazó al encargado con un cuchillo y éste le dio el dinero. Inspeccionamos la zona, pero no dimos con él. Le pasamos el caso a Robos.

—¿Era un cuchillo? El aviso por radio decía que era una pistola.

—Sí, es verdad —dice Fortsythe—. El tipo de la tienda pensó que nos daríamos más prisa si decía que era una pistola. Ya sabes cómo son estas cosas.

Sí, Chris lo sabe. La gente exagera continuamente cuando llama a la policía, creyendo que así llegarán antes.

—¿Por qué me lo preguntas? —dice Fortsythe—. ¿Tienes una pista sobre ese tipo? ¿Algún caso relacionado?

—No.

—Porque tú estás en una patrulla, ¿no? ¿Es por algún asunto personal?

Parece que di con un hueso duro de roer, se dice Chris.

—No. Vivo en el barrio. Tenía curiosidad.

Es una pendejada y Forsythe lo sabe.

—Pues haznos un favor a todos, incluyéndote a ti, y no seas tan curioso. No creo que te convenga.

—¿Ah, no?

—No —contesta Forsythe—. Regrésate a Central, a perseguir monos o lo que hagan allá, pero no vengas aquí a meterte donde no te llaman. Y lo digo sin ánimo de ofender, ¿eh, Hayes? No te lo tomes a mal.

—No, descuida.

Chris no se lo toma a mal, pero se va a la licorería a hablar con el encargado.

—Pues claro que era una pistola —dice el encargado de la licorería, un tipo rubio, de cincuenta y tantos años—. ¿Cree que no distingo un cuchillo de una pistola?

—No, yo…

—Fíjese lo que le digo —añade el encargado—: era un Colt Cobra Special .38.

Justo la pistola que blandía Champ.

—Automática, ¿no? —pregunta Chris.

El encargado lo mira con desprecio.

—Pero ¿qué clase de policía es usted? Un Colt Cobra Special .38 es un revólver. De doble acción. Con cañón de dos pulgadas y cacha de goma. Yo tengo armas.

—Ya me lo figuraba.

—Tengo una justo aquí, debajo del mostrador. Una Glock 9. Así que ¿cree que voy a dejar que me asalte un tipo con un cuchillo? Si no saqué la pistola fue porque me apuntó él primero.

—¿Podría describirme al sospechoso?

—¿Al sospechoso? No era un sospechoso. Me asaltó.

—¿Podría describírmelo?

—Ya se lo describí a los inspectores. ¿Es que no hablan entre ustedes o qué?

Por lo visto no, piensa Chris.

—Era blanco —dice el encargado—. Bajo, como de un metro sesenta. Pelo castaño muy corto. Llevaba una camisa de esas hawaianas, jeans y unos Keds. ¿Quiere que le diga si tenía alguna marca distintiva?

—Claro.

—Un tatuaje en el cuello. H-O-L.

—¿Hol?

—Es lo que se le veía por encima del cuello de la camisa.

—Y les dijo todo eso a los inspectores.

—Pues claro.

—¿Y lo del arma? —insiste Chris, aunque ya sabe la respuesta.

A este tipo le encanta demostrar lo mucho que sabe de armas.

—Hombre, claro.

—Entonces, los dos agentes que acudieron al reporte le tomaron declaración...

—Cuando volvieron —puntualiza el encargado.

—¿Cómo que cuando volvieron?

—De perseguir al asaltante. Porque cuando llegaron acababa de salir por la puerta. Echó a correr y ellos salieron detrás. Si le digo la verdad, pensé que lo iban a agarrar.

Sí, ellos también, se dice Chris.

O sea, está claro que la pistola que acabó en manos de Champ (¿o en sus garras?) es la misma que se usó en el asalto a la licorería.

La cuestión es cómo Champ se apoderó de ella.

Y por qué le mintió Forsythe, si no era un cuchillo.

En su siguiente turno, Chris está a punto de subir a su patrulla cuando se le acerca el sargento Villa y le pregunta:

—¿Qué carajo hacías tú en Mid City?

—¿Se lo dijo Forsythe?

—Me lo dijo Herrera. Estuvimos juntos en la División Este. Es buena gente. Igual que Forsythe.

—Sargento...

—No sé qué vas a decirme, pero no lo digas —lo corta Villa—. No se lo digas a nadie.

Su sargento acaba de decirle que cierre el pico, y eso hace Chris.

—Eres un tipo derecho —añade Villa—. Y un buen policía. No seas pendejo.

Genial, piensa Chris al subir al coche. Mi sargento me dice que haga una cosa y un teniente me dice que haga lo contrario. Villa puede hacerme la vida imposible aquí y Lubesnick puede impedir que consiga otro puesto.

Pero lo cierto es que no ha conseguido atar cabos y aclarar qué pasó con la pistola, y es poco probable que lo haga. Los inspectores de la Unidad de Robos y Asaltos no van a darle información y, además, no parecen tener ningún interés en el caso. Herrera y Forsythe tampoco van a soltar prenda, el sospechoso se dio a la fuga y Champ no dice nada.

Y el departamento en general parece preferir echar tierra sobre el asunto.

Así que olvídate del tema, se dice Chris.

Lo malo es que, al parecer, no puede.

Lubesnick contesta la octava vez que lo llama.

—¿Se puede saber por qué me fastidias tanto, hombre mono?

—Necesito ver el expediente del atraco a la licorería Billy's.

—¿Por qué?

—¿No tenía interés en una pistola?

Se hace un silencio. Luego el teniente dice:

—Luego te llamo.

Para sorpresa de Chris, lo llama, en efecto, cinco minutos después.

—El caso es del inspector Geary. Es un buen investigador.

—Seguro que sí, señor, pero...

—Cualquier cosa que digas después de «pero» significa que todo lo que has dicho antes era falso —lo interrumpe Lubesnick—. Pero... si quieres venir a echar un vistazo...

—Creo que sería preferible que pudiera ver el archivo sin que el inspector Geary y los demás se enteren.

—O sea, que quieres que se la juegue a mi propio equipo —dice Lubesnick.

—Quiero aclarar la cuestión de la pistola.

Otro silencio. Luego:

—¿Te acuerdas de Ellen, mi recepcionista? Reúnete con ella en el Starbucks de Broadway y Kettner dentro de una hora. No la hagas esperar.

—Gracias, señor.

—No me des las gracias —replica Lubesnick—. Porque, si me embarras con esto, hundiré tu carrera tan hondo que ni James Cameron será capaz de encontrarla.

Chris se va corriendo al Starbucks. Ya está allí cuando entra Ellen, que al verlo le entrega una carpeta manila.

—Siéntate aquí a leerlo —ordena.

—¿Y luego?

—Luego me lo devuelves. Tienes diez minutos.

Se acerca al mostrador y pide un latte. No le pregunta a Chris si quiere algo.

Chris no tarda ni diez minutos. El expediente es muy delgado y dice más o menos lo que esperaba. Cita la declaración de Forsythe, según la cual, al llegar al lugar de los hechos el encargado le dijo que lo habían asaltado a punta de navaja. Que el asaltante ya había huido y que Forsythe y Herrera registraron la zona pero no dieron con él.

El inspector Geary no encontró más pistas y el caso ha quedado archivado.

O sea —se dice Chris al devolverle la carpeta a Ellen— que Geary se conchabó con los dos policías de Mid City para tapar lo que pasó en verdad. Y Lubesnick quiere que yo haga las preguntas que él no puede hacerle a su gente.

—Sabes, por supuesto, que esto no ocurrió —dice Ellen.

—Sí, lo sé —contesta Chris, y añade—: ¿Puedo hacerte una pregunta?

—Puedes probar.

—¿Dónde estaba Geary antes de entrar a Robos?

—En la División Este, creo.

Es decir, que los antiguos compañeros de la División Este se pusieron de acuerdo para tapar lo que Herrera hizo o dejó de hacer esa noche, se dice Chris. Y la única oportunidad que tiene de averiguar qué pasó es encontrar al tipo que lleva una hache, una o y una ele tatuadas en el cuello.

Pero ¿cómo carajos voy a encontrarlo?

Fred Hagen, que se alegra inconscientemente de estar otra vez tras las rejas, se alegra conscientemente de tener visita.

Hasta que se entera de que es un poli.

—¿Qué quieres? —le pregunta a Chris.

—Ayudarte.

—Eso dice siempre la poli. ¿Ayudarme cómo?

—¿Quién te vendió la pistola? La pequeña, la AMT .22.

—Buena pistola —dice Fred.

—Supongo que sí, si vas a atracar a una paloma —dice Chris—. ¿De dónde la sacaste?

Fred niega con la cabeza.

—En boca cerrada no entran moscas.

Chris ha oído cien veces ese dicho y tiene la respuesta lista. Normalmente contestaría que hay que abrir la boca para conseguir una reducción de condena, pero, como Hagen es reincidente, opta por decir:

—A veces hay que abrir la boca para decir dónde se quiere cumplir sentencia.

A Fred esto sí le interesa.

—¿Eso podría ser? —pregunta—. ¿Puedes conseguir que me manden a Donovan?

De modo que Hagen tiene amigos y quizá algún novio en Donovan, así que ir allí sería como volver a casa.

—Lo que puedo hacer —dice Chris— es escribir un informe de cooperación para el juez que vea tu caso, recomendando que cumplas condena en Donovan. O… puedo escribir una carta muy distinta solicitando que un delincuente reincidente como tú vaya a Q.

Es decir, a San Quintín.

Chris ve que un destello de angustia cruza el semblante de Fred.

—Si me consigues Donovan, te digo quién me vendió la pistola.

—No, necesito saberlo ahora.

—¿Y cómo sé yo que eres de fiar?

—Te di el vodka, ¿no? —contesta Chris y, notando que está a punto de cerrar el trato, presiona un poco más—. Mira, los dos sabemos que te van a condenar, porque ya confesaste y tenemos la pistola con tus huellas. Ya que vas a ir a la cárcel, por lo menos te convendría ir a la que tú quieras.

—No sé cómo se llama el tipo.

—Descríbemelo y dime dónde puedo encontrarlo.

En un baldío de la Treinta y Dos, le dice Fred. Un mexicano alto y grueso, de treinta y tantos años, con barbita y tatuajes de una banda de frijoleros en los brazos. Suele usar una gorra de beisbol de los Raiders.

—Los Raiders —añade con un resoplido de desdén.

—Oye, los Chargers se fueron de San Diego.

—Y a mí me rompieron el corazón.

—Igual a mí —responde Chris—. Otra cosa: en tus viajes al bote, ¿no habrás coincidido alguna vez con un tipo blanco, como de un metro sesenta, que tiene unas letras tatuadas en el cuello? H-O-L.

—Hollis, dices.

Chris se encoge de hombros.

—Puede ser.

—Sí, seguro que es él —dice Fred—. Hollis Bamburger. Claro, estuvimos juntos en Chino.

—¿Es Berger o Burger?

—Burger, con u, creo.

—¿Y ese tal Bamburger conoce al tipo de la Treinta y Dos?

—Todo mundo conoce al tipo de la Treinta y Dos.

Okeeey, piensa Chris. Y luego pregunta:

—¿Qué más puedes decirme de Hollis Bamburger?

Fred se ríe.

—Que es un idiota.

Y lo dice nada menos que Fred «yo llevaba máscara» Hagen, piensa Chris. Se hacen querer, estos chicos.

Chris va en su propio coche al baldío de la Treinta y Dos y ve allí a una pandilla de latinos.

Ellos también lo ven a él.

Da igual que vaya de paisano y en su coche privado: enseguida se dan cuenta de que es policía.

Cuestión de práctica.

Lo miran todos con mala cara, sobre todo un tipo alto y gordo con barbita, tatuajes en los brazos y gorra de los Raiders.

Chris sale del coche, levanta las manos a la altura de los hombros para indicarles que viene en son de paz y se acerca al de la barbita.

—Sólo quiero hablar.

—¿Hablar de qué? —pregunta el otro—. ¿Del tiempo? Apesta. ¿De los Padres de San Diego? Una mierda de equipo. ¿O de tu hermana, la que me chupa el pito?

—¿Qué tal de un tipo que tiene las letras H-O-L tatuadas en el cuello?

¡Bingo!

El de la barbita tiene ojos de bobo, aunque se las dé de listo. Lo delatan enseguida.

Y él lo sabe.

—¿Qué pasa con él?

—¿Le vendiste un arma? —pregunta Chris—. ¿Una Colt Special?

—Como si te lo fuera a decir.

—Mira, ya tengo a Bamburger en la mira —dice Chris—. Si lo encuentro sin tu ayuda, conseguiré que te delate y te meteré un bate de beisbol enterito por el culo, empezando por el lado más grueso. Pero si lo pesco con tu ayuda, quizá me olvide de ti.

—Yo no soy ningún dedo —contesta el mexicano.

O sea, que no es un soplón.

Chris nota que lo dice en serio. Amenazarlo no va a servir de nada.

—¿Cómo te llamas? —pregunta. Y al ver que el tipo se crispa, dice—: Vamos, ¿no podemos hacer esto tranquilamente? ¿O tengo que buscar una excusa cualquiera para chingarte? De todas formas, voy a salirme con la mía.

—Putos policías...

—¿Qué me dices?

—Montalbo. Ric.

—Yo soy Chris Hayes. Oficial Christopher Hayes.

—¿No eres inspector? —pregunta Montalbo.

—Todavía no. Bueno, Ric, ¿hay trato o no?

Montalbo se queda mirándolo unos segundos. Luego dice:

—Todos los días, cuando me levanto, me hago la misma pregunta. ¿Sabes cuál es?

—Me muero de ganas de saberlo.

—«¿Qué pueden hacer los demás por mí?» —dice Montalbo—. ¿Qué puedes hacer tú por mí, Christopher?

—¿Se te ocurre alguna idea? Estoy dispuesto a escucharla.

A Montalbo se le ocurre una, de hecho.

Lo asalta como un fogonazo deslumbrante.

La solución a todos sus problemas.

—Hay un tal Díaz —dice—. Si lo agarras en el coche, lleva un montón de yerba en la cajuela.

—¿Le debes dinero? —pregunta Chris—. ¿O se cogió a tu novia?

—Le debo dinero —responde Montalbo—. Mi novia es la mujer más feliz del mundo.

—¿Sabes dónde puedo encontrar a Hollis Bamburger?

—Puedo darte algo mejor todavía.

Chris anota los datos de Díaz. Luego Montalbo lo mira con cara rara.

—Oye, yo te conozco.

—No creo.

El mexicano sonríe.

—Tú eres el del chimpancé.

—No, qué va.

—Sí, eres tú —insiste Montalbo—. Eres el tipo del mono.

Chris puede ser el tipo del mono, pero tonto no es. No va a cometer dos veces el mismo error haciendo una detención que no le toca.

Por eso llama a un amigo de la División de Narcóticos con el que fue a la preparatoria (Chris estaba en primero y él en último año, pero jugaban beisbol juntos).

—¿Te vendría bien hacer una detención? —le pregunta.

—Hombre, claro —contesta su amigo—. Mi jefe me tiene frito.

Chris le da los datos de Rodolfo Díaz: la marca de su coche, la placa, los lugares donde suele parar, su descripción completa. Esta va a ser la quinta vez que detengan a Díaz, así que está claro que el juez no va a fijar una fianza que pueda permitirse, que es sin duda lo que pretende Montalbo.

—Gracias, Chris —dice su amigo—. ¿Puedo ayudarte en algo?

—Sí, llámame cuando lo fiches.

—Eso está hecho.

No, todavía no, se dice Chris, no del todo.

Pero casi.

Hollis recibe un mensaje.

TENGO LO TUYO. NOS VEMOS ESTA NOCHE A LAS DIEZ.

GENAIL, contesta. ¿EL MISMO SITIO?

NO. ESTACIONAMIENTO DEL ZOOLÓGICO.

OK.

...

Montalbo mira a Chris.

—¿Contento?

—Todavía no —contesta Chris.

Chris tiene sentimientos encontrados.

Sabe que debería ir en chinga a la Unidad de Robos y dejar en sus manos la posible detención.

Una operación como ésta, que incluye una venta de armas en la que están implicados delincuentes profesionales armados, suele requerir efectivos importantes: agentes encubiertos, refuerzos, incluso un equipo SWAT. Seguir adelante solo, sin autorización de sus superiores ni plan táctico, va contra el procedimiento en todos los sentidos.

Pero cumplir el procedimiento tiene sus inconvenientes.

Para empezar, tendría que reconocer que ha hecho justo lo que le dijeron que no hiciera: investigar un caso que pertenecía a Robos. Ha visto expedientes que no debía ver, ha interrogado a testigos con los que no debía hablar, le ha hecho —sin autorización— una oferta a un preso con el que ni siquiera debería haber hablado y, por último, ha hecho un trato con un delincuente para orquestar la detención de otro delincuente a cambio de tenderle una trampa a un tercero como parte de una operación que no debería haber montado.

O sea que no hay vuelta de hoja.

Además, tendría que contárselo todo al inspector Geary, que está implicado en un tinglado que Chris está intentando destapar.

Así que la cosa no saldría bien.

La otra opción sería contárselo al teniente Lubesnick, que podría saltarse a Geary y proporcionarle los efectivos que fueran necesarios para tenderle la trampa a Hollis, pero no está seguro de querer que Lubesnick tome parte en esto, al menos hasta que pueda presentarle el caso en bandeja de plata, si es que puede.

Otra posibilidad es intentar que todo quede dentro de la División Central.

Pero en ese caso tendría que recurrir a Villa, al que no le haría ni pizca de gracia.

O podría saltarse a Villa y acudir al teniente Brown, que ya le dijo que se esté quietecito y procure no llamar la atención y al que, además, no le gustaría nada que el bochornoso asunto del chimpancé volviera a ser noticia.

Claro que siempre tienes la posibilidad —se dice Chris— de dejarlo ahora mismo y olvidarte del asunto.

Pero no es eso lo que quiere Lubesnick.

Ni tú tampoco.

Esto lo empezaste tú, y quieres acabarlo.

Eso por no hablar de que también te interesa retirar de la circulación a un asaltante a mano armada. Que es, a fin de cuentas, por lo que te pagan.

Total, que al cuarto para las diez de esa misma noche, Chris para el coche en un rincón del estacionamiento del zoológico.

Lee va conduciendo hacia el zoológico.

—Repítemelo —dice.

—Ya te lo repetí —contesta Hollis.

—Pues repítemelo otra vez.

Hollis suspira.

—Le doy el dinero al mexicano. Él me da la pistola. Yo le apunto con la pistola y le digo que me devuelva el dinero.

Es un plan precioso, opina Lee: usar la pistola que te ha vendido el traficante de armas para robarle lo que le pagaste por la pistola. Porque, aunque desconozca el concepto de simetría (y el de ironía), Lee aprecia inconscientemente su belleza.

Hollis no parece tan entusiasmado.

—Tú sabes que entonces ya no podremos volver a comprarle otra pistola.

—Fue un error comprarle la segunda —contesta Lee.

Y, además, que se joda. Cobrarnos cuatrocientos dólares más un porcentaje por una mierda de trasto, ¡por una S&W 39! Nos está robando, se merece que le robemos a él. Justicia, eso es lo que es.

Porque Lee cree en la justicia.

Y en la Regla de Oro.

Ellos van a hacerle al mexicano lo que el mexicano a ellos, ni más ni menos.

Lee nota, sin embargo, que Hollis tiene miedo. Primero, porque mueve el pie sin parar, como un conejo puesto de coca hasta las orejas. Y, segundo, porque Hollis siempre tiene miedo.

—No te preocupes, yo te cubro las espaldas —le dice.

—Ya lo sé.

Pero no parece muy convencido.

—¿No te las he cubierto siempre? —pregunta Lee, de nuevo sin la menor intención irónica.

Pues la verdad es que sí, piensa Hollis.

En el patio de la cárcel, cuando otro que no era Lee intentaba darme de madrazos, Lee le daba de madrazos a él.

Y si alguien que no era él intentaba que yo fuera su nalga, lo mismo.

Lee siempre me ha cubierto las espaldas.

Ahora Lee empieza a ponerse sensiblero. Tan emotivo que se le saltan las lágrimas.

—Eres mi hermano. Te quiero. Pase lo que pase, siempre puedes contar conmigo. Si ese mexicano hijo de la chingada intenta hacerte algo, aquí estoy yo para defenderte.

¿Defenderme cómo?, se pregunta Hollis. Porque Lee no tiene pistola.

Así lo hace notar a su compañero.

Lee se queda pensando un segundo, frunce el ceño, luego se le ilumina la cara y dice:

—Pero tengo coche, ¿no? Si ese frijolero intenta algo, te haces a un lado y lo atropello. Deja de preocuparte, que no va a pasar nada.

Pero Hollis no deja de preocuparse.

Porque, oye, tonto no es.

Hundido en el asiento, detrás del volante, Chris ve entrar en el estacionamiento la camioneta Toyota blanca que conduce Montalbo.

El mexicano sale y se apoya contra la puerta del conductor.

Un minuto después llega un Nissan Sentra verde con la defensa delantera caída por el lado izquierdo y se detiene a unos cinco metros de Montalbo.

Chris ve que Hollis Bamburger sale por el lado del copiloto y rodea el coche. El que conduce es otro, y de pronto Chris se siente como un imbécil porque no había previsto esta eventualidad y ahora va a tener que agarrar a dos tipos en vez de a uno, y sin refuerzos.

Por lo visto, Hollis y yo somos igual de tontos, se dice.

Aunque todavía puedes dar marcha atrás.

Irte de aquí y dejar todo esto en manos de la Unidad de Robos, u olvidarte del asunto y ya está.

Sabe, no obstante, que Hollis y su cuate van a comprar una pistola porque se traen algo entre manos, seguramente otro atraco, y esta vez alguien podría salir malparado.

Y de eso no puedes olvidarte, piensa Chris.

Tú solito te metiste en esto y ahora tienes que acabarlo.

«Acaba lo que empiezas», era lo único que le decía su padre cuando quería soltarle un sermón.

Así que agarra la pistola con la mano derecha y apoya la izquierda en la manija de la puerta, listo para salir cuando ve que Hollis se acerca a Montalbo.

Hollis entrega el dinero a Montalbo.

El mexicano hurga en la parte de atrás de la camioneta, saca una pistola y se la pasa a Hollis.

Hollis le apunta a Montalbo a la cara y dice algo.

Montalbo le pega un izquierdazo en la mandíbula.

Hollis se desploma como si le hubieran dado un mazazo.

Chris sale del coche y, con la pistola junto al costado, enseña su insignia y grita:

—¡Policía! ¡Alto!

Montalbo, al parecer, está tan resentido con Hollis por haber intentado jugársela que no se entera. Agarra a Hollis por la camisa y empieza a abofetearlo.

—¡Lee! —grita Hollis—. ¡Lee! ¡Ayuda!

Lee pisa el acelerador.

Y sale del estacionamiento a toda marcha.

Chris se acerca.

—¡Policía! ¡Quietos!

Montalbo suelta a Hollis, vuelve a subir a la camioneta y arranca.

Hollis está a cuatro patas.

Mira hacia arriba, ve que Chris se acerca, se levanta tambaleándose…

…y hace un bamburguer.

Levanta la pistola.

Chris se para, le apunta y grita:

—¡No está cargada, Hollis!

A Hollis le sorprende que este cabrón sepa su nombre, pero, si lo sabe, seguro que también sabe otras cosas, como que el ojete del mexicano le ha vendido una pistola sin balas.

La suelta.

Y —maravillas de adrenalina— echa a correr.

O más bien avanza renqueando, baldado, porque Montalbo le ha dado una buena tunda. Así que no llega muy lejos cuando Chris se le echa encima y lo tira al asfalto.

—¡Las manos! —ordena Chris.

Hollis presenta las manos y suelta la típica frase del que siempre la caga:

—¡Yo no hice nada!

—¡Acabas de comprar un arma ilegal! Estás detenido. Tienes derecho a guardar silencio, tienes derecho a...

—Conozco mis derechos —contesta Hollis cuando Chris acaba de esposarlo y lo obliga a levantarse—. Esto fue una trampa.

—También estás detenido por asalto a mano armada.

—Eso tampoco lo hice yo.

Chris lo lleva hacia el coche.

—Y por infringir el artículo 2876 del Código Penal.

—¿Y eso qué es?

—Dejar un arma de fuego donde pueda agarrarla un chimpancé.

Hollis pone unos ojos como platos.

—¡Tú eres el policía ese! ¡El hombre mono!

—Diste en el clavo —contesta Chris. Mete a Hollis en la parte de atrás del coche y pregunta—: ¿Por qué hiciste eso, Hollis?

Hollis no dice nada.

—Ya basta —insiste Chris—. Te tenemos. El encargado de la licorería te identificará, y también identificará la pistola. Y te vi comprar esta porquería. De todos modos, te va a caer una buena. Así que ¿por qué no me cuentas qué pasó esa noche?

—¿Para qué? —pregunta Hollis.

Chris se lo piensa un poco, porque de hecho Hollis no tiene por qué contarle nada. Luego dice:

—Hollis, tú sabes cómo son estas cosas. Conoces el sistema. Así que voy a hacerte una pregunta. ¿Es esta una patrulla? ¿Di aviso por radio? Podría llevarte a dar un paseo por el desfiladero, y aplicarte el tratamiento del asiento de atrás... —Luego añade, llevado por una corazonada—: O podría llevarte a la comisaría de Mid City y decirles a los agentes Herrera y Forsythe que salgan a ver lo que tengo en el coche, por si tienen ganas de hablar contigo. Porque ahora mismo nadie sabe que estás detenido.

Hollis parece asustado.

—¿Serías capaz de hacer eso?

No, no sería capaz.

Chris jamás haría una cosa así, pero confía en que Hollis no lo intuya.

—Otra opción —añade— es que me digas qué pasó esa noche y que yo te lleve a mi comisaría, a la División Central, donde no hay nadie enojado contigo.

Hollis empieza a contar:

—Está bien, yo asalté esa tienda —dice—. Pero la ley llegó tan deprisa que no me dio tiempo a meterme en el coche. Así que salí corriendo y uno de los polis, el hispano, salió del coche y me persiguió. Yo salté la valla del zoológico pensando que no me seguiría, pero me siguió. Y como me quedé sin respiración, le apunté con la pistola.

—¿Y?

—Frenó. —Hollis sonríe, burlón—. Y retrocedió. Así que yo esperé unos segundos y luego eché a correr otra vez. Como no quería tener la pistola encima, la tiré dentro de uno de esos… ¿Cómo se llaman?... De esos cercados.

O sea que eso fue lo que pasó, se dice Chris.

Herrera se acobardó y sus antiguos compañeros de la División Este le echaron la mano tapando el asunto.

—¿Me estás diciendo la verdad, Hollis? —pregunta, aunque ya sabe que sí.

—Te lo juro.

—Necesito saber una cosa más. El que conducía el coche. ¿Quién es y dónde puedo encontrarlo?

—Eso no voy a decírtelo.

—¿Por qué? ¿Por lealtad? ¿Como la que te demostró él largándose y dejándote colgado?

—Lee —dice Hollis—. Lee Caswell.

Le dice, además, el nombre del motel.

Lee seguramente es lo bastante listo como para no volver a asomarse por allí, pero Chris tiene el número de placa de su coche. Y una historia que contarle a Lubesnick. Algún día, aunque tarde un poco, entrará en la Unidad de Robos.

—Esa historia que acabas de contarme —dice—, no se la cuentes a nadie más. Asaltaste la licorería con un cuchillo, ¿entendido?

—Claro —dice Hollis, encantado de aceptar. Por un cuchillo le caerá mucho menos tiempo que por una pistola.

Chris conduce hasta la comisaría de la División Central y acompaña a Hollis dentro.

—¿Qué me traes, Hayes? —pregunta el sargento de guardia—. Pensé que esta noche no estabas de turno.

—No, no estoy de servicio. ¿Puedes echarle un ojo a este tipo? Tengo que hablar con Villa un momentito.

Se va en busca de su sargento.

Al ver de quién se trata, Carolyn piensa en dejar que se vaya al buzón de voz.

Chris Hayes ha dejado pasar más de los tres días reglamentarios sin llamarla, y ella se ha convencido de que no le interesa, ni él a ella.

Pero, si no le interesa, ¿por qué la llama?

Por fin acepta la llamada y dice en tono formal:

—Doctora Voight.

—Oficial Hayes.

—Ah, hola, Chris —dice en un tono que resume: «¿A santo de qué me llamas? Aunque la verdad es que me da igual». Y: «Me extraña un poco, después de cinco días».

Son muchas connotaciones para encajarlas en cuatro sílabas, pero Carolyn lo consigue.

Los buenos policías conocen bien los matices verbales, y Chris está impresionado por su pericia. Ella se lo nota en el tono de voz cuando pregunta:

—¿Te gusta el beisbol?

—Supongo.

Una respuesta perfecta: ambigua y carente de entusiasmo, pero que al mismo tiempo deja una puerta abierta.

—Mi teniente tenía dos lugares estupendos para ver a los Padres mañana por la tarde —dice Chris—. Juegan contra los Diamondbacks. Pensé que a lo mejor querrías ir.

Carolyn no puede resistirse a la tentación.

—¿Con tu teniente?

—No, conmigo —se apresura a contestar él—. Me dio las entradas.

—¿Como una cita, quieres decir?

O sea que va a obligarlo a hacer las cosas como Dios manda. Puede que no haya cerrado del todo la puerta, pero aun así Chris va a tener que llamar al timbre.

—Sí, eso, una cita. Te estoy invitando a salir. ¿Te gustaría que fuéramos a ver un partido de beisbol?

—Mañana por la tarde no trabajo.

—Estupendo —dice Chris—. Entonces, ¿te gustaría?

Sí, le gustaría. De hecho, le sorprende un poco cuánto.

—¿Quedamos allí?

—No —contesta él—. Es una cita. Yo te recojo. Si te parece bien.

Sí, le parece bien.

La tarde siguiente, va a buscar a Carolyn a casa y está guapísimo, aunque va un poco elegante para ir a un partido de beisbol: pantalones chinos, una camisa bonita metida por debajo de la cintura y una gorra de los Padres. Ella también se ha arreglado un poco más de la cuenta: blusa campesina que le descubre los hombros y unos jeans True Religion que sabe que le hacen un trasero bonito.

Chris reservó sitio en el estacionamiento del hotel Omni, a un corto paseo a pie del estadio Petco Park, pero primero pasa por una farmacia.

—Vamos a necesitar protector solar para tus hombros —dice.

—¿Estoy mal vestida? —pregunta ella.

—No, estás preciosa, pero no quiero que te quemes.

Le compra un tubo de factor 50 y van caminando al estadio.

—¿Has venido alguna vez aquí? —pregunta Chris.

—No.

El Profesor Pendejo estaba siempre hablando del beisbol como metáfora, tenía una camiseta falsa de los Dodgers de Brooklyn, de las antiguas, y presumía de haber visitado todos los estadios de beisbol del país, pero nunca fueron juntos a un partido.

El estadio es precioso.

El verde del césped, cuidado con tanto mimo, es como una esmeralda. El edificio de ladrillo expuesto de la Western Metal Supply, un antiguo almacén, está integrado en la pared del jardín izquierdo (hasta ella sabe que esa parte del campo se llama así). Detrás del estadio hay rascacielos de oficinas y torres de departamentos y más allá se extiende el puerto de San Diego.

—¡Vaya! —dice Carolyn.

A Chris le encanta su mirada de embeleso.

—Hay que comprarte una gorra —dice.

—¿Sí?

—¡Claro!

La lleva hasta un puesto y elige una gorra azul con las siglas SD. Ella se hace una cola, se pone la gorra y, aunque no tiene espejo donde mirarse, sabe que le queda de maravilla.

Se lo nota en los ojos a Chris.

Él parece feliz y satisfecho.

—Nuestros asientos están sobre la línea de la primera base —dice con un entusiasmo que a ella le parece casi infantil—. Cerca de la primera fila.

—Genial.

Van a sus asientos, en la sección 109, fila 12.

—¡Vaya! —exclama Carolyn—. ¡Qué buenos asientos!

—Yo suelo sentarme arriba, en las gradas.

—¿Vienes a menudo?

—Bueno, trabajo por las noches —contesta Chris—, y los partidos suelen agarrarme trabajando. Pero vengo siempre que puedo. —Se queda callado un segundo y luego añade—: Puede que este sea mi sitio favorito en el mundo.

Carolyn siente que acaba de confesarle algo importante, algo muy íntimo.

—¿Quieres un *hot dog* y una cerveza? —pregunta Chris.

—Me encantaría —contesta ella, y luego se ríe de sí misma—. Me temo que eso no es muy femenino, que digamos.

—No, es genial. Enseguida vuelvo. ¿Mostaza, kétchup, cebolla y pepinillos?

—Sin kétchup.

Carolyn se sienta y contempla el estadio: las gradas que se van llenando de gente, el ambiente general de... ¿de qué?... de alegría que impregna el lugar. Entonces vuelve Chris con dos vasos de plástico llenos de cerveza espumosa y dos *hot dogs*.

—Gracias.

—No hay de qué.

Ella estuvo informándose anoche y descubrió que los Padres ocupan el último puesto de la clasificación y tienen muy pocas posibilidades de escapar «del sótano», lo que no merma el entusiasmo de Chris por estar en el estadio.

. . .

—Deberíamos ponerte el protector solar —dice cuando acaban de comer. Y añade con timidez repentina—: Quiero decir, que deberías ponértelo... Bueno, tú sabes...

—No —contesta ella, y se vuelve para darle la espalda—. ¿Te importa?

Es tan amable, tan... respetuoso, y al mismo tiempo tan... concienzudo. A Carolyn le encanta sentir cómo se calienta la crema sobre su piel, el tacto de las manos de Chris...

—Date vuelta para que te ponga en la nariz —dice él.

Carolyn se vuelve y levanta la barbilla. Él se echa una gota de crema en el dedo índice y desliza el dedo suavemente por el puente de su nariz. Luego extiende la crema con delicadeza.

—Ya está.

Sí, en efecto, ya está, piensa ella.

Puede que nunca se haya sentido tan sensual.

—Uy —dice Chris de repente.

—¿Qué pasa?

Él señala discretamente a tres hombres que, con sendas cervezas en las manos, avanzan trabajosamente hacia sus asientos dos filas más atrás.

—¿Quiénes son? —pregunta Carolyn.

—El primero es el teniente Lubesnick —contesta Chris—. Ojalá no me vea.

—¿Por qué?

—Porque acaba de llevarse un chasco conmigo.

—Ah.

—Al que está a su lado seguro que lo conoces.

—¿Sí? —Carolyn mira al individuo que acompaña a Lubesnick: un tipo grandulón, maduro, de cara colorada y pelo castaño rizado.

—Claro, está siempre en la tele —dice Chris—. Seguro que hoy aparece en la pantalla del campo en algún momento. Es Duke Kasmajian, el rey de las fianzas. ¿No has oído eso, «Llama al Duque»?

—Ah, sí.

—Al otro no lo conozco.

El otro acompañante de Lubesnick se vuelve.

—Yo sí —dice Carolyn—. Es el profesor Carey. Me dio clase en la universidad. Literatura Inglesa del Siglo XVIII.

—¿Y qué tal te fue?

—Saqué sobresaliente, faltaría más.

Carey la ve, la reconoce y saluda con la mano.

Kasmajian y Lubesnick levantan la vista para ver a quién saluda.

El teniente ve a Chris, tuerce el gesto y le da la espalda.

Carolyn se fija en la cara que pone Chris.

Está devastado.

Chris quiere que se lo trague la tierra cuando va al baño de hombres a desalojar la cerveza que ha bebido y se encuentra allí a Lubesnick haciendo lo mismo.

No sabe qué hacer.

¿Le dice algo?

¿No le dice nada?

¿Lo saluda con un gesto?

¿O no?

Porque no puede fingir que no lo ve, eso está claro.

¿O sí?

Lubesnick rompe el hielo, por decirlo de algún modo.

—Bueno, hombre mono, hablé con tu teniente. De ti.

Mierda, piensa Chris. Está deseando salir de allí, pero no puede: está entre dos aguas (por decirlo así). Así que dice:

—¿Ah, sí?

—Accedió a que te vengas conmigo dos meses, a partir del próximo. —Lubesnick se sacude, se sube la bragueta y va a lavarse las manos—. Considéralo un periodo de prueba. Si lo haces bien, y creo que sí, pasarás a mi unidad de manera permanente. ¿Te parece bien?

Chris está anonadado.

—Sí. Digo, sí, señor.

—Presta atención a lo que tienes entre manos. —Lubesnick arranca un trozo de papel y se seca las manos—. Hiciste lo correcto, muchacho. Podías haber pisado a un compañero para intentar ascender, y lo evitaste. Eso dice mucho de ti. Empiezas la semana que viene. Cómprate un saco de vestir y una corbata.

Tira el papel en el bote y se va.

Era una prueba, se dice Chris.

Lubesnick me estaba poniendo a prueba para ver qué hacía.

Y la pasé.

Al empezar la séptima entrada, los Padres ganan cuatro a dos. Craig Stammen ocupa el montículo.

—Ahora puede pasar algo precioso —dice Chris.

—¿Qué? —pregunta Carolyn.

—Stammen va a lanzarle una recta descendente al bateador, para intentar que batee una bola rasante. Y si lo hace, vas a ver una maravilla.

Efectivamente, al segundo lanzamiento Stammen lanza una recta descendente y Descalso golpea la bola con fuerza hacia el parador en corto, Fernando Tatís Jr., que echa a correr, recoge la pelota y la lanza a primera base para el *out*.

—Nunca he visto a nadie que juegue tan bonito como él —comenta Chris.

Tiene razón, piensa Carolyn.

Ha sido una jugada grácil, incluso elegante.

Preciosa, sin duda.

—Está a punto de pasar otra cosa preciosa —se oye decir ella.

Entonces se inclina y lo besa.

Así pues, a Chris Hayes la vida le sonríe.

Empieza su última semana en la División Central sintiéndose en una nube. El teniente Brown lo ha dejado en paz, lo del mono es agua pasada y, cuando sale de trabajar, lo espera su novia, una chica preciosa.

Hasta los Padres llevan una buena racha.

Falta media hora —sólo media hora— para que acabe su último turno cuando recibe otro reporte.

Un 10-35.

Un individuo armado y peligroso.

En este caso, un hombre con un cuchillo en Cabrillo Bridge, el puente que cruza la carretera 163 y une las dos mitades del Parque Balboa.

Chris es el primero en llegar y ve a un sujeto que lanza tajos al aire no con un cuchillo, sino con un machete. Manda por radio un 10-97 para avisar que llegó y sale del coche. No hay nadie más en el puente. Si había alguien a esas horas de la noche, se habrá largado al ver al tipo del machete.

Parece tener unos cuarenta años. Lleva el pelo sucio y desgreñado y la camisa arrugada, y se sujeta los pantalones, muy anchos, con un trozo de cuerda que hace las veces de cinturón. Blande el machete dibujando un gran ocho e increpa a gritos a un adversario invisible, al menos para Chris.

Porque es evidente que el hombre ve con toda claridad a su enemigo.

Chris envía por radio un 11-99 solicitando ayuda y saca la pistola, pero no la levanta. Sujetándola con la mano derecha, estira el brazo izquierdo con la palma hacia fuera y avanza despacio hacia el hombre.

—¡Suelte el arma!

El del machete vuelve la cabeza y lo mira con ojos desencajados. Chris ha visto esa mirada cien veces. Se ha topado con muchos psicóticos, y se les pone una mirada característica cuando no se toman la medicina.

Y ahora su enemigo soy yo, se dice Chris.

El del machete camina despacio hacia él blandiendo la enorme hoja y gritando:

—¡Te conozco, Demonio!

Chris levanta el arma y le apunta al centro de masas.

Lleva tres años en la policía y es la primera vez que le apunta a alguien con la pistola. Le repugna esa sensación, la posibilidad espantosa e inminente de tener que apretar el gatillo para defenderse.

Los civiles andan siempre preguntando por qué los policías no le disparan a su oponente en la mano o en la pierna cuando se dan situaciones como ésta, pero el público no sabe nada de estas cosas, del nauseabundo acelerón de adrenalina que se apodera de uno, ni de cómo se te apresura el corazón. La gente no entiende lo difícil que es atinarle a alguien en la mano o incluso en la pierna en un momento de confrontación, por más que hayas entrenado. Apuntas al centro de masas —o sea, al pecho— porque, si fallas, puedes acabar muerto.

Chris se para, pero el del machete sigue avanzando.

—¡Alto! —grita—. ¡No siga! ¡Deténgase ahí!

Tensa el dedo sobre el gatillo.

El hombre se detiene.

Menos mal, piensa Chris, pero sigue apuntándole al pecho.

—¡Suelte el machete!

Pero el hombre no lo suelta.

—¡Déjame en paz! —grita, y entonces da media vuelta y echa a correr en dirección contraria, hacia la barandilla norte del puente, blandiendo otra vez el machete e increpando al diablo.

Me encantaría poder dejarte en paz, se dice Chris, pero no puedo, es mi trabajo. Avanza con paso firme pero despacio hacia el hombre, que se vuelve y, al verlo, retrocede hasta la barandilla y pasa una pierna por encima.

—¡Te dije que me dejes en paz!

—Ya lo sé, pero no puedo —contesta Chris—. Deja que te ayude.

El hombre lo mira con tristeza.

—Ya es demasiado tarde.

—No, nunca es demasiado tarde. Vamos, deja que te ayude.

El del machete pasa la otra pierna por encima de la barandilla y queda precariamente sentado sobre ella. Puede saltar en cualquier momento.

O caerse, piensa Chris.

En cualquier caso, caerá desde una altura de treinta y tantos metros a una carretera por la que pasan coches en ambos sentidos.

Chris está a unos tres metros de él, lo bastante cerca como para lanzarse de un salto a agarrarlo, si es necesario. Pero necesitará las dos manos, así que se guarda la pistola. De todos modos, el hombre no puede blandir el machete en esa postura.

Vuelve a mirar a Chris y estira el brazo para indicarle que no se acerque.

—Llevo al diablo dentro —dice—. Tengo que matarlo.

—No —dice Chris mientras se acerca poco a poco—. Conozco a un cura… a un exorcista. Podemos ir a verlo. Él te ayudará.

El hombre del machete se lo piensa. Echa un vistazo abajo, a la carretera, y vuelve a mirar a Chris.

—¿Me estás diciendo la verdad?

—Sí, te digo la verdad —contesta Chris.

El del machete asiente.

Entonces aparece la patrulla de Grosskopf al otro lado del puente, en respuesta al pedido de Chris, y la luz roja de la torreta envuelve al hombre del machete en un resplandor demoniaco.

El hombre se vuelve y mira a Chris con reproche.

Luego salta de la barandilla.

Chris se lanza hacia él.

Consigue agarrarlo de la cuerda de la cintura con la mano derecha, pero el peso del hombre y su impulso lo jalan y lo voltean sobre la barandilla.

Estira el brazo y se agarra a un barrote con la mano izquierda.

Se aferra a él con todas sus fuerzas.

Porque esta vez no caerá desde una altura de cinco metros a una red, sino desde más de treinta metros a una carretera de concreto con tráfico intenso.

Debería soltar al del machete, pero no lo hace y nota que empieza a resbalarle la mano con la que se sujeta a la barandilla, le arden los brazos, se le entumecen los dedos y sabe que va a caer al vacío, que van a caer los dos, el del machete y él, y entonces...

Una mano le agarra la muñeca.

Levanta la vista y ve...

A Batman.

Mide un metro sesenta y está en los huesos, pero es Batman, no hay duda. Entonces Robin, con su metro noventa y sus músculos, agarra con firmeza a Chris del brazo y el Dúo Dinámico los jalan a él y al tipo del machete y los pasan por encima de la barandilla hasta depositarlos otra vez en el puente.

—¡Santos desmadres, Batman! —exclama Robin.

—Deberíamos invitarlos a cenar —dice Carolyn.

—Como mínimo —contesta Chris.

Está paseando por el zoológico un sábado por la tarde, después de su primera semana en la Unidad de Robos y Asaltos, con su preciosa, cariñosa, listísima y encantadora novia, en lugar de ser una mancha en el asfalto de la 163, así que sí, deberían invitar a los dos tipos que le salvaron la vida como mínimo a una buena ración de tacos.

—Haré carne a la Stroganov —dice ella.

—Sí, mucho mejor que lo que se me había ocurrido a mí.

Se paran junto al recinto de los primates.

Champ los mira y, al reconocer a Carolyn, la saluda con un chillido. A él no parece reconocerlo.

En fin, se dice Chris, qué ingrato es este trabajo.

Nadie averigua nunca cómo llegó el revólver a manos del chimpancé.

PARA EL SR. RAYMOND CHANDLER

OCASO

Sentado en su terraza, Duke Kasmajian mordisquea un puro sin encender mientras contempla la playa, a la que no va nunca.

—Demasiada arena —contesta cuando le preguntan por qué.

Es fatigoso caminar por la arena. Sobre todo si mides un metro setenta y dos, pesas ciento treinta kilos, tienes las rodillas artríticas, tu nueva válvula cardiaca no tiene garantía y, cuando echas la vista atrás, ves que los sesenta y cinco van quedando cada vez más lejos. Si a eso se le añade el hecho de que a Duke le gustan los zapatos caros y detesta que se le llenen de arena, se comprende fácilmente que prefiera mirar el océano desde la terraza de su casa en Birdrock.

Aunque el cardiólogo diga que le conviene caminar.

Duke tiene una caminadora y una escaladora de escalones y no usa ninguna de las dos. Son los percheros más caros del mundo.

Pero ha dejado de fumar.

También por orden del médico.

De ahí que no haya encendido el puro.

Junto a su mano izquierda, encima de un taburete, hay un vaso de *whisky*. Eso no piensa dejarlo por nada del mundo: ni porque lo diga el médico, ni por sus hijos —que ya son mayores—, ni siquiera por los doce empleados que tiene en su agencia de fianzas, la mayor de San Diego y quizá de toda California.

El Duque es una leyenda en San Diego.

Aparece en las vallas publicitarias, en la televisión local y en anuncios de radio.

«Si te quieres liberar, al Duque hay que llamar».

Patrocina a equipos de beisbol infantil («¿Te acusan de robar? Al Duque hay que llamar»), torneos de beisbol de playa para discapacitados («¿En problemas por fumar? Al Duque hay que llamar») y una casa de acogida para mujeres maltratadas vigilada por sus hombres más duros (de esto no hace publicidad: sólo un puñado de personas conoce la existencia de la casa y dónde está).

Duke tampoco hace publicidad de las matrículas universitarias que paga, de los billetes de veinte dólares que deja en los puestos de limonada de los niños, de las canastas navideñas que manda a familias de policías y bomberos fallecidos en acto de servicio, ni de las facturas médicas de sus empleados que intercepta en la oficina de cobros del hospital.

De eso, nadie sabe nada.

Nadie tiene por qué saberlo.

Lo único que tiene que saber la gente es que, si alguien necesita una fianza, sólo tiene que llamar a la agencia de Duke Kasmajian para que el Duque lo saque de apuros. El Duque cree en la igualdad de oportunidades y no discrimina a nadie por su raza, género, orientación sexual, grado relativo de culpabilidad o inocencia e historial delictivo. De hecho, prefiere a los reincidentes porque son una fuente regular de ingresos y hasta ofrece descuentos a «clientes habituales».

—Pero ojo con jugársela al Duque —les advierte.

Que nadie se deje engañar por su cara redonda y campechana, su pelo rizado, suave y entrecano y esa sonrisa de cascarrabias siempre torcida alrededor de un puro. Si se la juegas a Duke Kasmajian y desapareces, él te cazará. Porque estás huyendo con su dinero en el bolsillo. Si te largas bajo una de sus fianzas, te perseguirá hasta encontrarte o hasta que a uno de los dos lo entierren.

Nunca se dará por vencido.

Igual que no dejará jamás su amado *whisky*.

Ni sus discos de vinilo.

Que, según dicen los jóvenes, están volviendo a ponerse de moda.

Qué pendejada, se dice mientras escucha al Jack Montrose Sextet tocar «That Old Feeling» (Pacific Jazz Records, 1955): los discos de vinilo nunca han pasado de moda. Su colección del género musical conocido como «*jazz* de la Costa Oeste» ocupa gran parte de la segunda planta de la casa, y su sobrino político —el marido de la hija de su hermana, un buen chico, aunque es idiota— teme que el peso de tantos discos haga que se hunda el suelo.

Otra pendejada, según Duke.

Su casa se construyó en 1926, cuando las cosas se construían para durar.

Cuando la mayoría de la gente de su generación contempla el océano, en su cabeza suenan los Beach Boys, Jan and Dean, Dick Dale o los Eagles, quizá. Ésa es su banda sonora.

La de Duke, no.

A él le va más el *cool*.

Pacific Jazz Records.

Art Pepper, Stan Getz, Gerry Mulligan, Hampton Hawes, Shelly Manne, Chet Baker, Shorty Rogers, los Lighthouse All Stars de Howard Rumsey, Lennie Niehaus, Lee Konitz, Bud Shank, Clifford Brown, Cal Tjader, Dexter Gordon, Wardell Gray, Harold Land, Dave Brubeck, Paul Desmond, Jimmy Giuffre, Red Mitchell, Stan Kenton, Benny Carter...

Charlie Parker tocó aquí.

Igual que todos ellos.

Bird actuó en la antigua arena de boxeo de San Diego en 1953, hace tanto tiempo que ni siquiera Duke andaba por allí, pero aun así para él es importante, igual que es importante que Harold Land fuera de San Diego.

Y este disco...

Jack Montrose en el saxo tenor, Conte Candoli en la trompeta, Bob Gordon en el saxo barítono, Paul Moer al piano, Ralph Peña en el contrabajo y Shelly Manne, cómo no, en la batería. Duke sabe todo esto sin necesidad de mirar la carátula del disco; memoriza casi todos estos datos porque es importante (ya lo creo que lo es) saber quién toca en cada grabación. Los detalles son vitales, lo son todo, igual que en su trabajo. Si no tienes claras las cosas que se consideran de poca importancia, la cagas de seguro en las grandes. Por eso Duke se acuerda de quién toca en casi cada disco, y si no, siempre puede mirar los dichosos créditos, cosa que no puedes hacer en el iPad, el aipos o como carajos se llame el chisme ese al que siempre está intentando aficionarlo su sobrino político.

—Hombre, Duke —le dice el chico—, así puedes llevarte tu música a todas partes.

Pero es que yo no quiero llevarme mi música a todas partes, se dice Duke ahora. Quiero escucharla en mi casa tomándome un *whisky* y en disco de vinilo, como está mandado.

Soy así de anticuado.

Un dinosaurio.

Y no sólo en eso, piensa mientras mordisquea el puro y contempla el Pacífico, porque el estado de California acaba de aprobar una ley que prohíbe el pago de fianzas en efectivo, lo que va a dejar a Duke sin negocio y a sus trabajadores sin empleo.

Duke no está preocupado por él mismo: sabe que el dinero que tiene va a durarle más que la válvula del corazón.

Pero el negocio que ha edificado, la vida que ha construido, está a punto de extinguirse.

Y lo que se extingue, se extingue: no hay forma de recuperarlo.

La vida no es un vinilo.

No da vueltas y vueltas y vuelve a empezar.

Bien lo sabe Duke.

¿Cuántas veces se sentaron Marie y él en esta misma terraza a ver ponerse el sol? Era casi un ritual diario: Marie salía con el *whisky* de Duke y una copa de vino tinto para ella, él ponía algo de *jazz* y juntos contemplaban los rojos y los naranjas ardientes del atardecer, gozaban de la pura quietud del crepúsculo oceánico.

Parecía que el mundo se detenía durante esos diez o quince minutos de embeleso.

También salían otras parejas a mirar en silencio. Hasta los surfistas dejaban de intentar el asalto a las olas, volvían sus tablas hacia el sol poniente y se sentaban sumidos en un mudo asombro o incluso transidos, quizá, por un sentimiento de veneración.

Después, cuando Marie estaba ya muy enferma y ambos sabían que sus atardeceres juntos estaban contados, él la envolvía en un abrigo y una manta, le cubría con un gorro la cabeza calva, le preparaba un té bien caliente porque ella siempre tenía frío, y se sentaban a ver el ocaso sabiendo que era también el suyo, el de ellos dos.

Ahora Duke se sienta a solas a contemplarlo, pero sigue sirviendo una copa de vino tinto para Marie y la vierte sobre los arbustos, por encima de la baranda, antes de volver a entrar a la casa.

Siempre es hermoso y triste, el ocaso.

Entra y, de muy mala gana, toma el expediente de Maddux.

Terry Maddux es un sinvergüenza.

Bajo de estatura, de cara aniñada, guapo a más no poder, con el pelo rubio y despeinado, ojos de un azul deslumbrante y una sonrisa capaz de engatusar a una piedra, Terry es también —se dice Duke mientras echa un vistazo al expediente— un ratero y un adicto. Un ladrón, un toxicómano y por lo tanto un mentiroso, y a pesar de todo Duke le tiene cariño.

Todo mundo le tiene cariño a Terry.

Tanto, que Boone Daniels, uno de los detectives privados de Duke, le puso de apodo TQT, «Todos quieren a Terry». Porque, cuando no está con el mono, tiene carisma y es simpático y amable a más no poder, y antes era el mejor surfista que se haya visto nunca.

Una leyenda.

Duke no se ha subido en su vida a una tabla de surf, pero aprecia la belleza cuando la ve (o la oye), y ver a Terry sobre una ola era pura belleza. Tenía elegancia y estilo, y montaba las olas como un gran trompetista que se explaya en un solo prolongado, que hace variaciones sobre un mismo tema, que toma una melodía antigua y la renueva y la hace suya, creando arte.

Rompiendo barreras.

Según dice Boone —que también es surfista y un apasionado de la historia del surf—, todas las grandes olas de la Costa Oeste llevan, por así decirlo, las huellas de Terry. Era sólo un chiquillo —literalmente un chiquillo— cuando remaba sobre la tabla en la playa de Trestles. No era mucho mayor cuando fue el primero en montar olas gigantes en Todos Santos. Y fue uno de los primeros en surfear en Mavericks.

Ya era adulto cuando un día abordó un barco con unos amigos y se fueron a la rompiente legendaria de Cortez Bank , 96 kilómetros mar adentro, y fue él, Terry Maddux, el primero en lanzarse a esas aguas frías y plagadas de tiburones y en montar sus olas de dieciocho metros.

Todo ello, con esa sonrisa en la cara.

Feliz, decía Boone que era.

—Era feliz montado en una ola.

Y también fuera de ella.

A Terry le gustaban las fiestas, nunca estuvo en una que no le gustara.

Siempre andaba metido en alguna juerga, ya fuera tomando unas cervezas en la playa o de tragos en un bar. Se reía, bromeaba, trasegaba alcohol y ligaba con las chicas, muchas de las cuales acababan yéndose con él a casa, a la furgoneta donde vivía, siempre yendo de acá para allá por la 101, montando las olas, propiciando fiestas sin reventar ninguna.

Terry estaba en racha: el mundo entero lo quería. Las revistas de surf, los fotógrafos, las marcas de ropa, todos lo adoraban. Aparecía en las portadas de las revistas, en videos de surf, tenía patrocinadores y promotores. Cuando necesitaba plata para financiar sus ansias de surf, lo único que tenía que hacer era ponerse un traje de neopreno, una gorra o unos tenis con un logotipo y conseguía dinero.

Dinero para surfear.

Y para irse de juerga.

Ese era el problema.

Que a Terry le gustaba demasiado la fiesta.

Era como si buscara una ola cada vez más grande. Primero no le bastó con el pegue del alcohol y luego no le bastó con el de la hierba. Después, la coca dejó de ponerlo como antes y el *speed* también.

La heroína, sí.

La heroína es la ola gigante del mundo de las drogas.

El maremoto definitivo.

Esa ola no la montas, te monta ella a ti.

A Terry Maddux se lo llevó por delante, lo tiró de la tabla, lo hundió y, después de revolcarlo, lo escupió en la playa.

Como restos de un naufragio.

Se drogaba y faltaba a los torneos, a los eventos publicitarios, a las sesiones de fotos. Al principio, el mundo del surf lo disculpaba —«Terry es así», decían—: mientras pudiera seguir surfeando y estuviera guapo, a nadie le parecía mal.

Hasta que ya no pudo surfear.

Es lo malo que tiene el surf —le explicó un día Boone a Duke—: que para hacerlo bien, tienes que estar en forma. Y para montar olas de las grandes, tienes que estar muy en forma: tienes que poder remar, nadar y contener la respiración hasta tres minutos por si uno de esos colosos te hunde.

Tienes que estar fuerte, y la heroína te debilita.

Te enflaquece.

Necesitas una concentración absoluta, obsesiva, para montar una de esas olas, y la heroína te desconcentra y te desquicia.

Y además te deja hecho una piltrafa.

No como un modelo de revista o de videoclip.

La actitud que tan atractiva parecía cuando surfeaba bien, dejó de serlo cuando le fallaron las facultades. Su encanto se convirtió en manipulación, sus anécdotas en fanfarronadas, sus coqueteos en proxenetismo, sus intentos de ligar en abordajes siniestros y sus explicaciones en excusas.

Es lo malo de envejecer, se dice Duke mientras repasa otra vez el expediente: que conductas que hacen gracia cuando tienes veinte años se vuelven indecorosas a los treinta, patéticas a los cuarenta y trágicas a los cincuenta.

A nadie le hace gracia un niñito de cincuenta y cuatro años.

Sobre todo si es un expresidiario.

Y por partida triple, además: una condena por posesión de drogas, otra por robo y otra por posesión de drogas con intención de venderlas.

Y encima, ahora ha violado su libertad condicional.

No se ha presentado a juicio.

Duke tiene que encontrarlo antes de que lo haga la policía, o le tocará pagar trescientos mil dólares. Lo que desde un punto de vista económico sería una irresponsabilidad, y él no es un irresponsable. Y menos aún ahora que afronta el cierre de la empresa y tiene que procurar resolver los asuntos pendientes antes de que entre en vigor la nueva ley.

Por eso llama a Boone.

Una de las cosas que menos quiere hacer Boone Daniels es mandar a la cárcel de por vida a Terry Maddux.

Era uno de sus ídolos.

Boone se crio oyendo hablar de las hazañas de Terry Maddux. Una vez, siendo un chamaco, se fue pedaleando como un loco hasta Bird Rock porque le dijeron que Terry andaba por allí surfeando, y estuvo horas sentado en el acantilado con la esperanza de ver al gran mito. Todavía se acuerda de cómo lo saludó Maddux con la cabeza cuando llegó con su tabla de surf bajo el brazo.

Al día siguiente, Boone salió a tratar de imitar lo que le había visto hacer.

No lo consiguió, claro, pero eso no importa.

La siguiente vez que vio a Terry Maddux, Boone era un policía novato.

Dicen que no conviene conocer a tus ídolos, y puede que sea cierto. Maddux estaba tan borracho que apenas podía sostenerse en pie, mucho menos montar una ola. El dueño del bar quería que se largara de allí y Boone y un compañero lo llevaron a la patrulla, donde le vomitó en los zapatos a Boone y luego se disculpó con tanta humildad que Boone no pudo enojarse con él. No lo llevaron a la delegación —a fin de cuentas, era el gran Terry Maddux— sino a casa de su novia, porque no se acordaba de dónde tenía estacionada la furgoneta.

Tres años después, una nubosa mañana de invierno, Boone fue a surfear a la playa que solía frecuentar, al norte de Crystal Pier, y vio a Terry allí parado, bebiendo un café en un vaso de cartón. Tenía traza de estar enfermo.

—¿Vas a salir? —le preguntó Terry.

—Sí —contestó Boone, un poco azorado—. ¿Y tú?

Terry esbozó su famosa sonrisa.

—Por lo visto perdí mi tabla.

—Puedo prestarte una de las mías —dijo Boone.

—¿Sí? Eso sería estupendo.

Boone lo llevó a su furgoneta, abrió la puerta de atrás y le enseñó su colección de tablas. Terry escogió una de seis pies y tres quillas.

—¿Seguro que no te importa?

—Será un honor para mí.

Terry le tendió la mano.

—Terry Maddux.

Evidentemente no se acordaba de Boone, y mucho menos de haberle vomitado en los pies.

—Sí, lo sé —contestó Boone, y se sintió como un chiquillo idiota delante de su ídolo—. Boone Daniels.

—Encantado de conocerte, Boone.

Se metieron en el mar y Boone se lo presentó al resto de los miembros de la Patrulla del Amanecer, el grupito de habituales que iba a surfear cada mañana a aquella playa antes de irse a trabajar: Johnny Banzai, High Tide, Dave the Love God y Sunny Day. Cuando Terry agarró una ola, Dave se acercó a Boone y le preguntó:

—¡¿Conoces a Terry Maddux?!

Boone no le contó que había sacado a Maddux a rastras de un bar.

—Acabo de conocerlo ahora mismo.

—¿Esa tabla no es tuya?

—No sabe dónde dejó la suya.

Aquélla fue la primera vez que Boone puso una excusa para disculpar a Terry, y acabaron siendo muchas, pero todo eso vino después. En aquel momento sólo estaba surfeando con su ídolo.

Y fue alucinante.

Aunque había perdido facultades, Terry surfeaba con una elegancia etérea. Hacía que los movimientos más difíciles parecieran fáciles y que los más sencillos alcanzaran la categoría de arte.

—No sé cómo describirlo —le dijo más adelante Boone a Duke, intentando expresar su emoción en términos que él pudiera entender—. Fue, no sé, como si un saxofonista joven tocara con Miles Davis.

—Creo que te refieres a Charlie Parker —puntualizó Duke—, pero me hago una idea.

Dicen que no conviene conocer a tus ídolos, aunque deberían añadir: «y por nada del mundo te hagas amigo suyo».

Por lo menos de alguien como Terry.

Porque Terry, como amigo, podía ser el tipo más simpático del mundo y un momento después intentar robarte a tu novia (aunque con un encanto tan pueril que tanto tu novia como tú lo perdonaban al instante), y además dejarte colgado con la cuenta.

Era uno de esos amigos que empiezan a dormir en tu sofá noche tras noche y a comerse tu comida.

Todo lo cual era llevadero, aunque cada vez resultara más molesto.

Lo malo fue que empezaron a pasar otras cosas.

Los billetes arrugados que dejabas en la cómoda acababan de algún modo en el bolsillo de Terry; te lo encontrabas acurrucado no ya en el sofá sino en tu puerta delantera, en medio de un charco de vómito; o te llamaba para que le prestaras el dinero de la fianza porque lo habían detenido, no por armar bronca en un bar, sino por robo.

Duke aceptó pagar la fianza y Boone actuó de aval.

Aquella vez no llegaron a condenarlo, pero la siguiente sí.

Terry cumplió año y medio de prisión y Boone tuvo que reconocer, aunque fuera a regañadientes, que era un alivio que su ídolo no se presentara en casa a cualquier hora y que dejara de agobiarlo con sus enredos y sus malos rollos.

Fue a Boone, sin embargo, a quien llamó Terry para que fuera a buscarlo cuando salió en libertad.

Fue en su sofá donde estuvo durmiendo hasta que pudiera «organizarse».

Fue a Boone a quien le juró que esta vez iba a dejar la heroína definitivamente.

Y fue Boone quien se lo encontró tirado en el suelo de su casa con una sobredosis.

Fue Boone quien lo llevó al hospital.

Y quien, la vez siguiente que Terry lo llamó para que le pagara la fianza, tragó saliva y le dijo que no.

Porque quien bien te quiere te hará llorar y esas mierdas que se dicen.

Y ahora es a él a quien recurre Duke para que encuentre a Terry.

—¿Puso usted la garantía? —pregunta Boone.

—Una tal Samantha Harris pagó los diez mil —contesta Duke—, pero sí, yo avalé el resto. No puedo permitirme perder ese dinero. Y menos ahora.

—No, claro, lo entiendo —dice Boone.

Duke va a tener que cerrar el negocio, sus empleados van a quedarse fuera y Boone va a perder un buen pellizco de sus ingresos. Y además conoce a Duke, sabe que no va a despedir a sus empleados sin darles un buen monto que los ayude a salir del paso.

Terry no tiene derecho a dejarlos sin sustento.

—Le di todas las oportunidades que podía darle —añade Duke.

—Es verdad.

—Sé que son amigos, pero tú eres el más indicado para encontrarlo.

Eso también es cierto, se dice Boone. Conoce el mundillo del surf y sabe con quién se relaciona Terry: la gente que lo idolatra y la gente a la que Terry le ha hecho alguna chingadera, que a menudo son los mismos. Sabe cómo piensa Terry, los sitios a los que va y los sitios donde ya no es bien recibido, que son la mayoría.

Y Duke sabe que Boone tiene ascendente entre los surfistas. Que le cuentan cosas que no le contarían a ningún cazarrecompensas, porque Boone no es un cazarrecompensas que surfea, es un surfista que a veces sigue la pista de delincuentes que violan su libertad condicional, un investigador privado que trabaja para Duke (cuya figura también es conocida entre la comunidad de surfistas de San Diego) y un «sheriff» muy respetado en su tramo de playa: uno de esos tipos que saben mantener la paz y gobernar con mano suave pero firme.

Boone Daniels es también una leyenda por derecho propio.

Igual que su cuadrilla, la Patrulla del Amanecer, varios de cuyos miembros trabajan también para Duke buscando a prófugos de la justicia, porque son gente físicamente muy fuerte que tiende a conservar la calma en cualquier circunstancia. No pierden los estribos ni se ponen violentos cuando no hace falta, pero tampoco huyen cuando se enfrentan a un prófugo agresivo.

Dave the Love God («el dios del amor», un juego de palabras porque en inglés suena como «*life guard*», y es salvavidas) trabaja a veces para Duke, casi siempre acompañando a Boone. Y lo mismo High Tide, un empleado municipal samoano de ciento cincuenta kilos de peso cuya mole suele bastar para persuadir a los prófugos más recalcitrantes de que se metan en el coche sin causar problemas. Hasta Sunny Day, la única mujer del grupo, con su metro ochenta y ni un solo gramo de grasa corporal, los ayuda a veces si se trata de una delincuente huida.

Johnny Banzai, japonés-estadounidense, no puede trabajar para un agente de fianzas en sus ratos libres porque es inspector de policía y se lo prohíbe el reglamento, pero les pasa información de cuando en cuando.

Así que cuando Duke contrata a Boone, contrata también, por añadidura, a toda la Patrulla.

Y son muy unidos, una piña, como suele pasar entre gente que sabe que en aguas profundas su vida depende de sus compañeros.

—Puede que esté en México —dice Boone.

Uno de los grandes problemas de ser agente de fianzas en San Diego es que la frontera está a tiro de piedra y es fácil de cruzar. Pero, si te escondes en México, más vale que te escondas bien porque Duke mantiene excelentes relaciones con la policía local de Tijuana y la estatal de Baja California, que más de una vez han agarrado a uno de sus prófugos, lo metieron en la cajuela de un coche y lo depositaron al otro lado de la frontera, donde lo esperaba uno de los hombres de Duke: entregas al delincuente, te embolsas un dinerillo y estás de vuelta en casa a la hora de cenar.

Terry Maddux sabe todo esto.

No va a quedarse en Tijuana ni en Ensenada, ni siquiera en Todos Santos, sitios que conoce bien, porque allí también lo conocen y los dedos de Duke, aunque cortos y gruesos, llegan muy lejos y lo alcanzarían en cualquiera de los tugurios que suele frecuentar. No, si cruzó la frontera intentará llegar cuanto antes a Guanajuato o quizá incluso a Costa Rica.

Pero para eso hace falta dinero, y seguro que Terry anda con una mano delante y otra atrás.

—¿Por qué no pasas a ver a la señora Harris? —sugiere Duke.

Normalmente, Duke llamaría por teléfono al otro garante de la fianza, pero en este caso quizá sea preferible que Boone se presente en su casa y vea si Terry está allí. Porque muchas veces la misma persona que se deja convencer para desembolsar la fianza también se deja convencer para dar refugio a un fugitivo.

El fugitivo suele usar la misma táctica: recurre a la culpa.

«Si me quieres, harás esto por mí».

Duke sabe por experiencia que las peores son las madres, que casi siempre ceden ante ese argumento o —si hacen intento de resistir— ante otro muy parecido: «si me quieres, no me hagas esto» (o sea, echar a su hijo a la calle o denunciarlo a la policía).

Después vienen las novias, que una de dos: o son mujeres decentes que se enamoran de un delincuente al que creen poder salvar, o son ellas también delincuentes —regularmente adictas, igual que el novio— y lo esconden por pura rutina.

Pero normalmente las chicas pertenecientes a esta segunda categoría no disponen de diez mil dólares para pagar la fianza.

Y luego están las esposas, que, a no ser que sean también compañeras de andanzas, suelen delatar a su cónyuge porque tienen responsabilidades que atender —hijos, alquiler, hipoteca— y no pueden permitirse perder el dinero de la fianza. Para muchas de ellas, es casi un alivio que atrapen al marido prófugo: de ese modo, el caos cesa por un tiempo.

Duke mira la dirección de la mujer.

Pese a ser una breve relación de números y letras, las direcciones revelan muchas cosas. Y la historia que cuenta esta en concreto —Coast Boulevard número 258, La Jolla— es de lo más interesante.

Primero, es una dirección de la localidad costera de La Jolla, una de las zonas más caras del país. Segundo, Coast Boulevard está, como su propio nombre indica, a la orilla de la playa, y la diferencia entre «tener vista al mar» y estar «a la orilla de la playa» hace que el precio de la vivienda pase de seis ceros a siete.

Boone sabe perfectamente dónde queda la casa, justo al lado de Nicholson Point, al sur de Tide Pools y al norte del Centro Médico La Jolla.

Una propiedad de primera clase.

O sea, que Samantha Harris tiene dinero.

Eso es buena noticia y mala a la vez. Lo bueno es que tiene dinero para pagar la fianza, y lo malo, que puede permitirse perderlo. Seguramente no tendrá motivos económicos para entregar a Terry, que es como se atrapa a la mayoría de los prófugos. Y si tiene una casa en el número 258 de Coast Boulevard, es posible que hasta esté financiando su huida.

Porque para escabullirse hace falta dinero.

Boone sube a la furgoneta para ir a casa de Samantha Harris.

A su furgoneta se la conoce como el Boonemóvil en el ambiente del surf de la zona de San Diego, pero no por eso deja de ser una cafetera.

Con sus veinte años a cuestas y su carrocería oxidada, llena hasta el tope de tablas, trajes de neopreno, aletas, visores, toallas, sandalias y restos de comida comprada en puestos de tacos, hamburgueserías y restaurantes de comida rápida, lo menos que puede decirse es que desentona en este barrio. Si ves el Boonemóvil parado en la calle delante del número 258 del bulevar, lo primero que piensas es que su dueño está allí para cortar el pasto o arreglar una gotera o que es un adicto descerebrado y se ha propuesto cometer un robo.

La casa es de estilo neocolonial español, con paredes de estuco rosa y techo de tejas azules. La enorme puerta de madera labrada es una pieza de anticuario.

Boone sale de la furgoneta, se acerca a la casa, se fija en la cámara de seguridad que a su vez se fija en él, y llama al timbre.

Abre una empleada vestida con un auténtico uniforme de doncella.

—Vengo a ver a la señora Harris.

—¿Lo está esperando?

Tiene acento latino, puede que mexicano, o quizá hondureño o guatemalteco. Boone le echa poco más de treinta años.

—No —contesta. De eso se trata, precisamente.

—Si vende usted algo, la señora no va a recibirlo.

—Dígale que vengo por Terry Maddux —dice Boone.

La empleada cierra la puerta y desaparece por espacio de un minuto, más o menos. Luego vuelve a abrir y lo hace pasar a un salón cinco veces más grande que la casita donde vive Boone. Señala un sofá blanco y dice:

—Espere aquí, por favor.

Un ventanal enorme da al jardín, a la piscina y, más allá, a la playa. Boone nunca ha entendido para qué quiere una piscina —que no aporta nada— la gente que vive a dos pasos del mar, pero no le cuesta imaginarse a Terry allí, echado en una tumbona, tomando un trago con las gafas de sol puestas.

Samantha Harris aparece un par de minutos después.

Es guapa, con esa belleza tan específica de las ricachonas de San Diego: pelo rubio echado hacia atrás formando un casco dorado, suéter negro —porque es invierno en California—, pantalones negros de vestir y varias pulseras de oro en ambas muñecas. Oculta los ojos detrás de grandes gafas de sol.

Boone, que es detective privado y fue policía, sabe lo que eso significa con demasiada frecuencia.

Samantha no se anda con rodeos.

—¿Qué pasa con Terry?

—Que ha desaparecido.

—¿Y no es lo que hace siempre? —Le indica a Boone que se siente y ella ocupa un mullido sillón orejero.

—Esta vez ha violado su libertad condicional —explica Boone.

—¿Y usted qué es? ¿Una especie de cazarrecompensas?

—Algo así.

—Pues aquí no está.

—¿Sabe dónde puedo encontrarlo?

Ella sonríe y niega con la cabeza.

—¿Cuándo fue la última vez que lo vio?

—¿Es usted policía, señor…?

—Daniels.

—¿Señor Daniels?

—No —contesta Boone.

—Entonces no tengo por qué contestar a sus preguntas.

—No, pero debería interesarle ayudarnos a encontrarlo. Si no, perderá sus diez mil dólares.

Ella se encoge de hombros.

Boone sabe que las pulseras que lleva Samantha Harris valen más de diez mil dólares. Y que, conociendo a Terry, diez mil será probablemente la menor de las aportaciones que ella ha hecho ya al Fondo TQT.

—También debería interesarle a Terry —añade.

—¿Y eso por qué?

—Es mejor para él que lo encontremos nosotros, no la policía.

—Lo dudo mucho —replica ella.

Boone se está hartando del numerito de la Dama de Hielo de La Jolla. Es uno de los personajes femeninos típicos de San Diego. Están la Surfera Alivianada, la Mamá Buenona y la Dama de Hielo de La Jolla, cada una de ellas cortadas por la misma tijera. Samantha Harris desempeña magistralmente su papel, pero aun así es un estereotipo aburrido.

Boone se levanta y deja una tarjeta de Kasmajian en la mesita que hay junto al sillón de Samantha.

—Dúdelo todo lo que quiera. Si puede darnos alguna información, llame a este número. Gracias por su tiempo.

Hace amago de irse.

—¡Espere! —dice ella, y añade—: Por favor.

Boone se vuelve y la mira. Ella se encoge de hombros.

—¿De verdad cree que podrían lastimarlo? —pregunta ella.

—Quizá no quieran, pero toda detención tiene sus riesgos. Sobre todo tratándose de una persona tan inestable como Terry.

—Si lo sabré yo.

—¿Fue él quien le pegó? —pregunta Boone.

Samantha se quita las gafas y le enseña el moretón en su ojo izquierdo.

—Yo lo provoqué.

—Nunca hay excusa para que un hombre le levante la mano a una mujer, por muy enojado que esté —contesta Boone.

El que lo hace, pierde de inmediato su hombría.

—Creo que hace estas cosas cuando se siente mal consigo mismo —argumenta ella.

—Tiene muchos motivos para sentirse mal. Debería usted ayudarnos a encontrarlo antes de que lastime a otra persona.

—¿A otra mujer, quiere decir?

Ahora es Boone quien se encoge de hombros.

—Sé que se ve con otras —agrega ella—, pero le aseguro que no sé dónde está. Hace dos días que no lo veo. Pasó la noche aquí. Casi toda la noche, por lo menos. Cuando desperté, ya se había ido.

—¿Qué se llevó?

Samantha Harris lo mira como si lo viera con nuevos ojos.

—¿Cómo sabe que se llevó algo?

—Conozco a Terry.

—Algún dinero, no mucho. Un collar de diamantes. Y un reloj.

—¿Por valor de...?

—Unos cuarenta mil dólares.

—¿Cuánto dinero?

—Algunos cientos de dólares, nada más.

—Debería denunciarlo —dice Boone.

—No puedo demostrar que fuera él.

—Podrá cuando intente mover las joyas.

—No quiero que se meta en líos por mi culpa. Lo quiero, señor Daniels. Si volviera, lo dejaría pasar. Triste, ¿verdad?

Sí, en efecto, piensa Boone.

A veces yo me siento igual.

—¿Puede describirme el collar y el reloj?

—Tengo fotos. Para el seguro.

—Si informa de su desaparición, la aseguradora le exigirá que presente una denuncia.

—¿Dije que fuera a informar de su desaparición?

Samantha se ausenta unos minutos y vuelve con unas fotografías que le entrega a Boone.

—Se las devolveré —dice él—. ¿Le importa que haga copias?

—Esas son copias.

—Gracias.

Boone amaga otra vez con irse.

—Señor Daniels...

—¿Sí?

—Si lo encuentra, ¿puede decirle que... que no estoy enojada con él?

Qué cosas, piensa Boone mientras la empleada lo acompaña a la puerta. Terry Maddux puede hacerte la mayor putada del mundo, y lo único que te preocupará es que no piense que estás enojado con él.

Como si el que tuviera que pedirle perdón fueras tú.

Al llegar a la puerta le dice a la empleada:

—Me llamo Boone. ¿Y usted?

—Flor.

—¿Conoce a Terry?

Ella asiente con un gesto.

—¿Qué opina de él?

—Que es un sinvergüenza.

Pero ahora ese sinvergüenza tiene el bolsillo lleno, se dice Duke cuando cuelga el teléfono después de hablar con Boone y las fotos de las joyas robadas aparecen en la pantalla de su celular.

Terry tiene «algún dinero» en efectivo (y a saber qué entiende por «algún dinero» una mujer como Samantha Harris) y un par de joyas valiosas que intentará colocar en alguna parte. Con lo que saque por ellas quizá le dé para irse muy lejos de aquí, incluso al extranjero.

Por precaución, Duke ya tiene a gente en la estación de autobuses, en la de trenes y en las dos terminales del aeropuerto de San Diego. Es gente de fiar, y si Terry aparece por allí, le avisarán enseguida.

Duke sale de su despacho y le pasa las fotos a Adriana.

A sus cincuenta y tantos años, Adriana lleva dos décadas siendo su mano derecha. Sin ella no podría haber llevado el negocio. Delgada y de pelo negro, viste como si ganara más dinero del que cobra y dirige la oficina con estilo, humor y firmeza.

—Manda esto a los de siempre —dice Duke.

No hace falta que concrete más. Adriana mandará las fotografías a todas las joyerías y tiendas de empeño de la zona de San Diego para que estén avisadas de que es mercancía robada, por si aparece alguien intentando venderla. Y les pedirá que avisen inmediatamente a la oficina de Kasmajian.

Casi todas harán caso. Es lo más legal, y además mucha gente le debe favores al Duque.

Adriana está un poco mohína esta tarde.

Duke sabe por qué.

Este sitio no sólo ha sido su trabajo durante mucho tiempo: ha sido su vida entera.

Duke sabe también que, si en algún momento no puede contenerse, se irá al baño de mujeres a llorar y, cuando salga, habrá recobrado la compostura.

—No te preocupes, Ad —le dice—. Todo va a salir bien.

—Por supuesto que sí.

—¿Quién está de guardia esta noche? —pregunta Duke.

—Valeria.

—Si se sabe algo de esto, que me llame. Estaré en casa de Carey.

—Hoy es jueves, ¿dónde más estarías? —responde Adriana.

Todos los jueves, desde hace siglos, hay partida de póker en casa del doctor Carey. Los prófugos y los matrimonios vienen y van; la partida continúa.

El Extraño Trío, los llama Adriana: Duke, Neal Carey y Lou Lubesnick. Un agente de fianzas, un profesor de Literatura Inglesa y un policía que juegan al póker, van al beisbol y mantienen interminables debates filosóficos sobre temas absurdos, como la pertinencia ética de rellenar el vaso en un restaurante de comida rápida, por ejemplo.

—Ahí dice que puedes rellenar tu vaso gratis —argumentó Lou en una de sus larguísimas discusiones.

—Sí, pero no eternamente —replicó Neal.

—En ningún sitio dice que haya un límite temporal.

—Puede que legalmente no —dijo Neal—. Pero desde un punto de vista ético sí lo hay.

Duke decidió llevarle la contraria en ese tema porque Carey tiene la molesta costumbre de adoptar una postura de superioridad moral.

—Bueno, y según tú, ¿cuál es el plazo de tiempo en el que es éticamente aceptable rellenar el vaso?

Neal se quedó pensando un momento y luego sentenció:

—Al salir del local, renuncias a tus derechos de rellenado del vaso.

—Ajá, pero supongamos que se me olvida algo en el coche y salgo a buscarlo —repuso Lou—. Cuando vuelva, ¿no puedo llenarme el vaso otra vez?

—Eso es distinto —dijo Neal—, porque se trata de la misma visita al establecimiento.

—Pero salí del local.

—Temporalmente.

—Pero siempre es temporalmente, si vuelvo —arguyó Lou.

—No si es una semana después. Esa es otra visita.

—O sea que se trata de un problema temporal —dijo Duke para alargar el debate.

—Exacto —contestó Neal.

Lou siguió en sus trece. No porque pensara volver una semana después a rellenarse el vaso, sino por una cuestión de principios.

—En el vaso no dice en ningún sitio que haya un límite de tiempo.

—Entonces, ¿no tiene fin? —preguntó Duke.

—No mientras dure el vaso —respondió Lou—. Yo compré el vaso.

—Sí, pero ¿eso te da derecho a perpetuidad sobre el líquido que puede contener? —preguntó Neal—. En mi opinión, no.

—Pero lo que cuenta para ellos es el vaso, no el líquido —argumentó Duke.

—De acuerdo, pero entonces se quedarían sin líquido —dijo Neal.

—Eso si me pasara todo el santo día ahí sentado, bebiendo —repuso Lou—. ¿Te parecería más ético que me pasara el día rellenando el vaso y ocupando sitio? Visto así, les estoy haciendo un favor.

El debate había durado meses, lo mismo que la discusión acerca del kétchup, la mostaza y las servilletas que el chico del mostrador te pone en la bandeja. A saber: si te sobran servilletas y sobrecitos de mostaza y kétchup, ¿es lícito que te los lleves a casa?

—Los pagué —argumentaba Lou.

Neal seguía dale que dale con la ética.

—Pagaste kétchup y mostaza suficientes para aderezar tu hamburguesa y las servilletas necesarias para limpiarte la boca.

—Pero, si te dan más, es que no les importa que te los quedes —repuso Lou—. Además, no creo que Salubridad les permita reutilizar los sobrecitos una vez manipulados por el cliente.

—O sea, que estás haciendo un servicio público —intervino Duke.

—Alguien tiene que hacerlo —contestó Lou.

Ahora Duke se detiene delante de la casa de los Carey, un búngalo en El Paseo Grande que compraron hace veinte años, cuando aún no se había disparado el precio de la vivienda. El destartalado Honda Civic de Lubesnick ya está allí.

Los intentos de Duke de convencer a Lou para que se compre un coche nuevo —o sea, uno decente— han fracasado estrepitosamente.

—Eres teniente del Departamento de Policía de San Diego —le dijo una vez—. Puedes permitirte comprar un coche nuevo.

—Que pueda permitírmelo es irrelevante —replicó su amigo—. También puedo permitirme comprar una diadema engarzada con piedras preciosas. ¿Debería comprarme una por eso?

—Duke no se refería a que sea asequible o no —dijo Neal—. Se refería a que se trata de una necesidad que puedes atender.

—Eso depende de lo que entiendas por «necesidad» —respondió Lou—. Mi coche me lleva del punto A al punto B y eso es para lo único que necesito un coche.

—Pero está hecho un asco —arguyó Duke.

—Lo cual es igual de irrelevante o más que el hecho de que pueda permitirme comprar un coche nuevo —repuso Lou.

—No necesariamente —contestó Neal—. Si en tu calidad de teniente la apariencia de tu vehículo hace que pierdas prestigio, se convierte en un grave inconveniente.

—O en una especie de emblema personal —argumentó Lou—. En un símbolo encantador de mi negativa a doblegarme a la exigencia social de poseer objetos que en realidad sólo son indicadores de prestigio. Como el Cadillac de Duke.

—Yo tengo un Cadillac porque ocupo mucho espacio.

—Tú tienes un Cadillac porque eres un nostálgico —repuso Neal— y crees que te devuelve a una época que consideras muy superior a la actual.

—Es verdad que prefiero los tiempos pasados a los actuales —contestó Duke.

Como cualquier persona sensata que haya oído a Hank Mobley tocar «No Room for Squares».

—Yo creo que es más una cuestión de imagen —dijo Lou—. Los delincuentes crónicos ven a Duke paseándose por ahí en su enorme Cadillac, libre como los pájaros, y creen que también puede liberarlos a ellos.

—Y es verdad —repuso Duke.

—O sea que tengo razón —concluyó Lou, con lo que consiguió zafarse de otro intento por presionarlo para que se comprara un coche nuevo.

Karen abre la puerta.

Asombrosamente atractiva a sus sesenta y ocho años, alta y de piernas largas, lleva una visera sobre la larga melena blanca.

—Buenas noches, incauto. Pasa.

Neal Carey y Lou Lubesnick juegan fatal al póker, quizá porque se concentran más en sus debates bizantinos que en las cartas.

Karen no.

Karen es una jugadora implacable, de mirada fría y eficacia brutal, a la que la tiene sin cuidado la ética. Sólo quiere ganar y, al final de la partida, suele tener un buen montón de fichas delante. A veces Duke tiene que recordarse que la mujer de Neal no es de Las Vegas, aunque sea de Nevada. Es de un pueblecito más al norte, de la región de los ranchos.

—El otro inútil ya está aquí —le informa Karen.

—¿Lou o tu marido? —pregunta Duke.

—Qué más da —contesta ella mientras lo hace entrar—. Los dos.

La cocina huele de maravilla. El famoso y temible *dip* de frijoles de Karen borbotea en una olla, hay una hilera de quesadillas en una fuente y su chili —aún más célebre y temible— se cuece a fuego lento en una cazuela.

La primera vez que Duke probó el chili de Karen —una receta que consiguió, por improbable que parezca, en un restaurante chino de Austin, Nevada—, ella le avisó que picaba. Duke sonrió burlón y se metió una cucharada bien grande en la boca. Luego se le saltaron las lágrimas, se puso rojo como un tomate y sintió que le ardía hasta el pelo.

Ahora Duke levanta la tapa de la cazuela y olisquea el guiso.

Nota algo distinto.

—Lo hice con pavo —dice Karen.

—¿Por qué? —pregunta Duke indignado.

—Porque no quiero que te dé un ataque al corazón en nuestra mesa —replica ella.

—Mi corazón funciona perfectamente.

—Pues vamos a procurar que siga así.

Karen Carey es una de las mejores personas que conoce Duke. Y de las más generosas. Cuando a Marie le diagnosticaron el cáncer, les llevaba comida a casa; la acompañaba a a quimioterapia cuando él no podía y le sostenía la cabeza mientras vomitaba.

Cuando falleció, fueron Karen, Neal, Lou y Angie quienes ayudaron a Duke a salir adelante. Lo invitaban a sus casas o pasaban por la suya a tomar una copa de vino en la terraza para acortar esas noches inacabables. Fue después de la muerte de Marie cuando empezaron a juntarse los jueves por la noche para jugar al póker y a comprar el abono para ir a ver a los Padres al estadio, a pesar de que Neal era, de siempre, un fan apasionado de los Yankees.

De eso hace ya… cinco años, nada menos.

Duke no podría haber superado ni un solo año sin ellos (sobre todo el primero, que fue espantoso).

Son importantísimos para él, igual que lo es esta casa. Ha pasado tantas horas aquí… Primero, en las cenas de parejas que celebraban Karen y Neal antes de que muriera Marie y de que Lou y Angie se divorciaran. Y luego en las partidas de los jueves por la noche, o cuando venía a ver la tele o a escuchar música y Neal fingía que le interesaba el *jazz* de la Costa Oeste.

Es una casa llena de libros. Las paredes están forradas de arriba abajo de estanterías, ocupadas en su mayoría por los libros de literatura inglesa de Neal (o *brit lit*, como la llama él), pero también por libros infantiles de Karen, que era maestra antes de jubilarse.

Hay, además, una pequeña repisa con los que ha escrito Neal, sesudos volúmenes con títulos como *Tobias Smollett y el origen del héroe novelesco moderno*; *Samuel Johnson y el nacimiento de la literatura*, o *Sublime gracia: la poesía de la esclavitud*. Libros que Duke aparenta tercamente haber leído mientras Lou aparenta tercamente lo contrario.

Por lo visto, Neal es toda una autoridad en su campo.

Cuando Duke entra en el comedor, Neal y Lou están de pie junto a la mesa, cubierta por un tapete de fieltro verde.

Las cartas y las fichas ya están sobre la mesa.

—¿Qué vas a tomar? —pregunta Neal.

—Jugo de toronja con una ramita de col rizada —contesta Duke.

Neal le sirve un *whisky* escocés y brinda con él con su botella de cerveza.

A sus sesenta y cinco años, Neal Carey tiene el cabello gris y castaño a partes iguales. Lo lleva largo hasta el cuello de la camisa, como corresponde a esa imagen de sobreviviente callejero que cultiva para no caer en el estereotipo del intelectual. Lo de sobreviviente no es una pose, sin embargo: Neal no habla mucho de su juventud, pero por lo poco que ha contado a lo largo de los años Duke sabe que tuvo una infancia difícil en el Upper West Side de Nueva York, cuando todavía era un barrio conflictivo; que no conoció a su padre y que su madre era una heroinómana que se prostituía para mantener su adicción.

A sus alumnos les extraña al principio que tenga acento neoyorquino, que use chamarra negra de cuero y diga «carajo» tan a menudo («Aunque nunca hayan oído hablar de Smollett, tiene una importancia del carajo y voy a explicarles por qué»). Fuera del salón, sin embargo, nunca utiliza ese término y su acento neoyorquino desaparece, o al menos se atenúa.

—Tus alumnos tienen que poder imitarte —le explicó una vez a Duke.

Lou Lubesnick profesa una filosofía parecida: además de conducir un coche cochambroso, luce una barbita a juego con su abundante mata de pelo negro, que peina cuidadosamente hacia atrás. Esto, en el Departamento de Policía de San Diego, donde impera un estricto puritanismo de clase media y hasta los negros y los chicanos escuchan música *country*. En un cuerpo policial lleno de republicanos que piensan que los demócratas son poco menos que comunistas, Lubesnick es socio de la Unión por las Libertades Civiles, cuyas cuotas paga religiosamente.

Duke sabe que ni a uno ni a otro se les consentiría esa conducta iconoclasta si no fueran tan buenos en sus respectivos campos. La Unidad de Robos que dirige Lou tiene una de las mayores tasas de resolución de casos del país, y a la Universidad de California-San Diego le da miedo que Neal se vaya a Columbia, donde estaría a unas pocas paradas de metro del estadio de los Yankees.

Entran en la cocina a «llenarse el plato», como dice Karen, y vuelven al comedor a comer y jugar a las cartas.

A Duke le sorprende que el chili con pavo no esté tan malo como esperaba.

La señora Carey juega al póker clásico de cinco cartas con cambios o al *stud* de siete cartas, y no le gustan todos esos inventos modernos con comodines y cartas de desempate y demás pendejadas, así que no oculta su desdén cuando le toca repartir a Lou y dice:

—A nueve cartas, las mejores cinco, los dos son comodines, la reina roja sirve de as y la última carta bocabajo.

—¿Bocabajo, Lou? ¿Bocabajo? —pregunta Karen—. No te conocía esos gustos.

Karen les da una paliza —una paliza mayor de lo normal— y cuando llevan jugadas diez rondas dice:

—Duke, estás jugando peor que de costumbre. De estos dos me lo espero, pero tú sueles resistirte un poco más.

—Puede que esté distraído.

—¿Por? —pregunta Neal.

—Por un ratero que se escapó y puede costarme un huevo —dice Duke.

—¿Cómo se llama ese ratero? —pregunta Lou.

—Terry Maddux.

Lou apoya sus cartas sobre la mesa.

—Ya deberías haber escarmentado.

Duke asiente.

—Fui imprudente, lo reconozco.

—¿Lo conoces? —le pregunta Karen a Lou.

—A Terry lo conoce todo mundo en la policía —contesta él—. Lo detenemos cada dos por tres. Lo que no entiendo es por qué este blando le avaló la fianza.

—Pues por eso precisamente —contesta Duke—. Porque soy un blando, supongo.

—¿Y cuánto puede costarte la tontería? —pregunta Neal.

—Trescientos mil.

—Uf.

—Le encargué el caso a Daniels —dice Duke—. Seguro que lo encontramos.

Lleva la mano al bolsillo de la camisa y se mete el puro en la boca.

Boone pasa la noche circulando por la 101.

Porque los fugitivos tienen costumbres curiosas: o se van muy lejos o bien se ocultan en algún escondrijo, y cuando optan por esto último suele ser cerca de casa, en sitios que conocen.

Terry es un surfista.

Conoce la 101.

Y ahora tiene algún dinero, así que podría estar escondido en algún motel de los cientos que hay en una ciudad turística como San Diego. Podría estar en el centro, en Gaslamp o en los barrios del norte, pero Boone no lo cree.

Seguro que está cerca del océano.

Los surfistas se ponen nerviosos cuando no notan el olor del mar.

Por eso Boone va de un lado a otro con la furgoneta por la 101, porque es posible que Terry espere a que se ponga el sol para asomar la cabeza y buscar algo que comer, y si es así, irá a alguno de los muchos puestos de tacos que hay por allí o a algún restaurante de comida rápida.

Terry Maddux tiene dos necesidades contrapuestas.

Como prófugo, necesita un lugar donde esconderse.

Y como drogadicto, necesita conseguir.

La manera en que se relacionan adictos y vendedores ha cambiado. Antes, estos últimos paraban en ciertas esquinas o zonas de parques o incluso de playas, a la espera de que llegaran compradores. En aquellos tiempos, Boone podía rondar por esos sitios en busca de su objetivo. Pero esos mercados de la droga ya no existen. Desde que aparecieron los teléfonos celulares y las redes sociales, los adictos llaman por teléfono o mandan un mensaje a sus *dealers* habituales y quedan en algún sitio cerrado, donde nadie los ve.

Así que Boone ha tenido que adoptar otra táctica.

Ha recurrido a High Tide, el samoano que es miembro fundador de la Patrulla del Amanecer de Pacific Beach. Se crio en Oceanside, donde formaba parte de una pandilla y, aunque ahora es literalmente un santo —de la variante de los Últimos Días—, sigue teniendo contactos en ese mundillo y Boone le ha pedido que hable con ellos y haga correr la voz de que, si Terry aparece e intenta conseguir, le pasen el soplo o Duke no volverá a pagarles la fianza.

Mientras espera a tener noticias de High Tide o a que Terry se presente en alguna joyería o tienda de empeño, Boone recorre la costa por si asoma la cara en alguna parte.

Dave the Love God va con él.

Si encuentran a Terry, harán falta dos hombres para someterlo. Y además tienen que hablar con un montón de gente y la mitad, como mínimo, serán mujeres y a las mujeres les encanta Dave, quizá porque intuyen que el sentimiento es mutuo.

—Esto no me gusta —dice Dave.

—A mí tampoco —contesta Boone—, pero Terry se pasó de la raya. Y nosotros hemos comido muchas veces gracias a Duke.

Empiezan por Ocean Beak —u «OB», como la llaman los lugareños— y luego van hacia el norte parando en moteles y locales de comida rápida. Se turnan: uno espera en el coche y el otro entra, enseña la foto de Terry y pregunta a los empleados y meseros si lo han visto.

Nadie ha visto a Terry en OB, o si lo han visto no lo dicen.

Y lo mismo en Mission Beach.

Llegan a Pacific Beach (o PB), su playa de siempre, y en un motelito de Mission Boulevard suena por fin la campana.

Boone entra a hablar con la recepcionista, una india de mediana edad que casualmente también es la propietaria. Le enseña la foto y pregunta:

—¿Ha visto a este hombre?

—¿Es usted de la policía?

—No, señora, pero actúo en su nombre.

—Aquí respetamos la intimidad de nuestros huéspedes.

—Entonces ¿se aloja aquí?

—¿Qué hizo? —pregunta la mujer.

—Pegarle a una mujer, entre otras cosas —contesta Boone.

Ella se queda pensando un momento. Luego dice:

—Llegó anoche.

Boone nota que le sube la adrenalina.

—¿Cuál es su habitación? —pregunta. Dave está afuera, en el estacionamiento, vigilando por si llega Terry e intenta escapar al ver a Boone.

—La dos cero ocho.

—¿Sabe si está allí ahora?

—Se fue esta mañana. Bueno, a mediodía. La hora de salida son las doce y tuve que llamarlo a las doce y media.

Terry se largó de casa de Samantha con las cosas que le robó y vino a esconderse aquí, se dice Boone. Sabía que le convenía quedarse sólo una noche porque conoce el procedimiento. Ahora andará buscando otro sitio donde esconderse hasta que coloque el reloj y el collar y consiga dinero para escapar.

Esto es una carrera.

—¿Puede decirme si estaba solo? —pregunta, convencido de que la mujer lo sabe. La oficina del motel está impecable. Seguro que la dueña sabe quién entra y quién sale de su negocio.

—Había una joven —dice—. Vino después y fue a su habitación.

—¿Estaba con él cuando se fue?

La mujer parece avergonzada.

—Sí.

O sea, que Terry ha engatusado a otra. Tiene transporte y puede que un sitio donde esconderse.

—¿Puede decirme qué tipo de coche tenía la chica?

—No entiendo mucho de coches.

Boone le da las gracias y vuelve a la furgoneta.

—Estaba aquí a mediodía, pero se fue —dice Boone.

—¿Y ahora qué? —pregunta Dave.

—Habrá que seguir presionando —dice Boone—. Seguro que alguien le avisa de que le vamos pisando los talones. Si conseguimos que siga moviéndose, todavía podemos agarrarlo.

Están en Solana Beach cuando suena el teléfono.

Es Tide.

Terry va a ir a comprar.

Tide los está esperando en el estacionamiento de los departamentos Carlsbad, entre Washington Avenue y Chestnut, en la zona de North County, a sólo tres cuadras de Tamarack Beach. Detuvo la camioneta del lado derecho del edificio de dos plantas, junto a una estrecha franja de matorrales cruzada por un caminito de tierra que flanquea las vías del tren.

Boone se detiene a su lado.

Tide baja la ventanilla.

—¿Conoces a Tommy Lafo?

Boone no lo conoce.

—Mejor para ti —añade Tide—. Es un gusano, un traficante de heroína.

—¿Vive aquí?

—Él no, sus abuelos.

—¿Están en casa?

Eso podría ser un problema. No quiere meter a una pareja de ancianos en este embrollo. Podrían resultar heridos.

Tide niega con la cabeza.

—Están en Palauli viendo a la familia. Se morirían de vergüenza si lo supieran.

—¿Por qué delató ese tal Lafo a Terry?

—Se metió en un lío con los Hermanos Samoanos —explica Tide—. Embarazó a la sobrina de un jefe y lo están buscando para darle un escarmiento. Necesita ayuda.

Pues ha acudido al lugar indicado, piensa Boone. High Tide dejó la banda hace años, pero sigue siendo un «tío» muy respetado que actúa como mediador con los Hijos de Samoa, los Tonga Crips y otras bandas de isleños. Puede conseguirle una rebaja en la pena a Tommy Lafo: que suba al altar, quizá, en vez de acabar muerto en un baldío.

—Convendría entrar ya —dice Tide—. Maddux viene para acá.

—¿Cómo va a venir? —pregunta Dave.

—No me lo dijo. No creo que lo supiera.

—Seguramente lo traerá la chica de anoche —comenta Boone.

Él y Tide entran en el edificio. Dave espera afuera para vigilar la llegada de Terry y cortarle el paso si intenta huir. El edificio de departamentos es una construcción tosca y anodina de bloques de cemento. Toman el elevador para subir a la segunda planta.

Tide llama a la puerta de Tommy.

Tommy Lafo tiene poco más de veinte años y es bajito y flaco. Lleva el pelo, muy negro, recogido en un moño en la coronilla y tiene los brazos cubiertos de tatuajes. Los que tiene en el cuello se prolongan bajo la camiseta negra. Parece nervioso.

Y con razón, piensa Boone.

High Tide no es un hombre con el que convenga enemistarse.

Tommy lo mira y dice:

—¿Qué pasa, *uce*?

—Yo no soy tu hermano, *pukio* —replica Tide—. Te presentaría, pero no te mereces conocer a mis amigos. ¿Maddux viene para acá?

—Está a cinco minutos —dice Tommy—. Acaba de mandarme un mensaje.

Tide echa un vistazo al pequeño departamento: la sala y la cocina en la que están parados, una puerta abierta que da a un cuarto y otra puerta que da a un baño.

—Vamos a esperar en la recámara. Tú le abres la puerta a Maddux y luego cierras. ¿Dónde tienes la mercancía?

Tommy señala una mochila colocada sobre una silla.

—Ahí.

—Tomas el dinero que te dé y sacas la droga —continúa Tide—. Como estará distraído con eso, nosotros salimos y lo agarramos. Tú procura no estorbar, ¿entendido?

—Claro.

—Si la cagas —dice Tide clavándole la mirada al chico—, *ou e fasioti oe*.

Tommy se pone pálido.

Boone no habla samoano, pero está seguro de que Tide acaba de decirle que lo matará.

Entran en la recámara dejando la puerta entornada.

El teléfono de Boone vibra. Se lo acerca al oído y oye decir a Dave:

—Terry acaba de salir del coche. Conduce una chica, pero ella no bajó.

Boone cuelga y le hace una seña a Tide. El samoano se saca unas esposas de debajo de la camisa.

Boone oye el tintineo del teléfono de Tommy al recibir un mensaje. Seguramente es Terry desde abajo, para avisarle que va a subir.

Pasa un minuto.

Noventa segundos.

—Lafo le avisó —susurra Boone.

Dave llama cuando están saliendo de la habitación.

—Está en el estacionamiento, va corriendo hacia el coche. Voy a cortarle el paso.

Boone sale corriendo del departamento, no espera al elevador, baja por la escalera y oye decir a Dave por teléfono:

—La chica se largó. Voy persiguiendo a Terry en dirección sur.

Al llegar al estacionamiento, Boone dobla a la derecha y ve que Dave cruza corriendo un baldío y se mete en un callejón, entre una caseta vieja y otro edificio de departamentos. Boone va tras él. El callejón se estrecha al pasar entre otros dos edificios. Luego, Boone oye que Dave grita «¡Allí!», y ve que Terry se mete de un salto en el jardín de una casa.

Entonces lo pierde de vista.

—¡A la derecha! —grita Dave—. ¡A la derecha!

Boone cruza el jardín detrás de él y sale a un acceso ancho que desemboca en un callejón sin salida. Ve que Terry sale del callejón atravesando unos arbustos bajos y se dirige hacia el sur por el camino de tierra que bordea las vías del tren.

Dave va detrás de él, a unos veinte metros de distancia.

Terry tiene todas las de perder aunque lleve ventaja: un heroinómano de mediana edad no tiene nada que hacer contra un legendario salvavidas de treinta y tantos años en excelente forma física. Dave the Love God entrena continuamente para salvar a bañistas luchando contra el oleaje, las corrientes y la resaca, y tiene un cardio comparable al de un deportista de primer nivel.

Boone no, pero surfea como mínimo una vez al día y sigue estando en buena forma. Remar sobre la tabla parece fácil, como si el surfista se deslizara sin esfuerzo por la superficie del agua, pero quien no lo ha hecho nunca no imagina lo esforzado que es.

Y Tide, con sus ciento cincuenta kilos, no es ningún atleta cuando no está sobre la tabla pero aun así los sigue, resoplando encabronado con esa determinación que lleva inscrita en el ADN la gente cuyos ancestros recorrían miles de kilómetros en canoa por mar abierto. .

Terry no se les va a escapar y cada vez tiene menos sitios donde esconderse porque la vegetación va raleando y el camino se ensancha y se hace más árido.

Boone sabe que sólo es cuestión de tiempo (y no mucho) que le den alcance.

Entonces oye una bocina.

Y al levantar la vista ve los faros de un tren que viene del sur.

Terry también lo ha visto, porque se para y mira a sus perseguidores pensando —se le nota— en hacer una temeridad.

O una locura.

—¡Terry, no! —grita Boone.

Como si decirle «Terry, no» hubiera servido alguna vez de algo. «Terry, no remes hacia esa ola». «Terry, no te metas otra raya». «Terry, no te metas heroína». Su vida entera se ha definido por lo que los demás le decían que no hiciera y que él hacía de todos modos, y ahora está calculando las posibilidades que tiene de cruzar las vías delante de un tren en marcha para escapar de sus perseguidores.

Ha hecho cosas parecidas montado en motos de agua, metiéndose bajo una ola gigante para sacar a un compañero de la zona de impacto, e incluso subido a la tabla: ha volado por la pared de una ola asesina y cruzado el tubo antes de que la ola rompiera y lo aplastara.

Y siempre ha salido airoso.

Aun así, Boone vuelve a gritarle:

—¡No lo hagas, Terry! ¡No vale la pena!

Pero, al parecer, él no opina lo mismo.

Boone ve horrorizado que toma impulso y se lanza hacia las vías, delante del tren.

Y lo que es peor, Dave intenta seguirlo.

De un salto, Boone lo agarra y lo jala hacia atrás.

De pie, los dos observan a Terry correr sobre las vías mientras el ingeniero del tren hace sonar la bocina y los frenos chirrían en un esfuerzo inútil por parar a tiempo.

Logra cruzar al otro lado a un metro y medio del tren.

—¡Jesús! —exclama Boone.

Y entre el estruendo de los vagones, oye una risa histérica y a Terry gritar:

—¡Vete a la mierda, Boone!

Dave está encabronado.

—Podía haberlo agarrado.

Puede ser, piensa Boone. Dave cree fervientemente que puede hacer lo imposible y gracias a esa convicción ha salvado numerosas vidas en las aguas de San Diego. Pero, aun así, Boone contesta:

—No valía la pena.

Tide se inclina, apoya las manos en las rodillas y trata de recuperar la respiración.

—Debe de estar desesperado —dice Boone—. No ha conseguido comprar droga ni empeñar las joyas y sabe que vamos pisándole los talones. Cometerá algún error y entonces lo pescaremos.

Lo dice, pero no está muy seguro.

Vuelven al estacionamiento del edificio y Tide entra a partirle la cara a Tommy Lafo.

—¿Dónde crees que habrá ido Terry? —pregunta Dave.

—Puede que haya vuelto con la chica que lo trajo —contesta Boone.

—Tengo la placa del coche.

—Ya lo suponía.

Llaman a Duke, que a su vez llama a uno de sus muchos contactos en la policía y vuelve a llamarlos veinte minutos después con un nombre y una dirección.

Sandra Sartini.

1865 de la calle Missouri, en Pacific Beach.

Duke sale a abrir.

Stacy tiene veintitantos años y es pelirroja, pechugona y de piernas largas. Tiene un aire un tanto retro, lo que no es de sorprender tratándose de un hombre de gustos anticuados como Duke. De hecho, Chet Baker suena de fondo cantando «But Not For Me».

Duke la hace pasar.

Como no es la primera vez que visita la casa, Stacy deja el bolso en el sofá y sonríe ampliamente. Le cae bien Duke: es un caballero, no tiene gustos raros y da buenas propinas. Se fija en la música y pregunta:

—¿Es Harry Connick Junior?

—Chet Baker.

—Ah. La última vez era... ¿Gil Evans?

—Tienes buena memoria.

Duke se acerca a la barra y sirve un vaso de *whisky* para cada uno, le pasa el suyo y le indica que se siente. No tiene prisa por llegar al plato fuerte y ella está a gusto; a fin de cuentas, Duke le paga por hora.

Sabe que no es uno de esos tipos que sólo quieren hablar. No hay duda de que en algún momento querrá sexo, pero primero le gusta disfrutar de estas pequeñas delicadezas. Stacy ha descubierto que le agrada su caballerosidad, y hasta ha aprendido un poco de música.

Duke es cuidadoso con sus placeres. Darse excesiva prisa es desperdiciarlos, de ahí que saboree parsimoniosamente el *whisky*, la música, el olor del perfume de Stacy, la curva de su pierna bajo la falda, el brillo de sus ojos verdes. Dentro de unos minutos dejará su vaso sobre la mesa, le tenderá la mano y la llevará arriba, a la recámara.

Un hombre como él, con su oficio, conoce a todas las chicas del negocio, y a las mejores entre ellas. Stacy es una de sus favoritas, pero Duke no se hace ilusiones de viejo chocho: sabe que Stacy no es su novia. Se trata de una transacción estrictamente comercial; es consciente de ello y se da por satisfecho sin sentir ningún remordimiento, ni con Stacy ni con las otras.

Nunca engañó a Marie, ni siquiera se le ocurrió hacerlo, no sintió la tentación a pesar de que literalmente cientos de mujeres le ofrecieron sexo a cambio de una fianza. Pero ahora Marie ya no está, hace tiempo que se fue, y Duke es un hombre realista.

Uno tiene sus necesidades y ésta es la manera más sencilla y fácil de satisfacerlas. No quiere tener una «relación», sabe que nunca volverá a enamorarse. Se trata sólo de sexo. El sexo es ameno, es sano, es necesario, pero nada más. Stacy se desenvuelve a la perfección en la cama, hace bien su trabajo, incluso con simpatía y cariño, y luego se ducha, se viste y se va.

Duke se despertará solo. Acostarse con otra mujer no le parece una traición al recuerdo de Marie, pero despertarse con otra sí, por motivos que es incapaz de expresar y cuya pertinencia ética no quiere discutir ni siquiera con Neal y Lou.

Acaba la canción y Chet se lanza a tocar «That Old Feeling».

Duke deja el vaso encima del buró y tiende la mano.

...

—Me preocupa Duke —dice Karen al meterse en la cama.

—Duke está bien —contesta Neal apartando la vista de su novela de Val McDermid.

El experto en literatura picaresca se ha aficionado a la novela policiaca y tiene sobre la mesita de noche una pila de libros de bolsillo: Ian Rankin, Lee Child, T. Jefferson Parker...

—Yo no estoy tan segura —insiste Karen—. ¿Cómo está del corazón?

Neal se encoge de hombros.

Su mujer frunce el ceño, contrariada por su respuesta.

—Tenemos una norma —explica él—: no hablar de nuestros problemas de salud.

Ella menea la cabeza. Duke, Lou y su marido pueden pasarse horas discutiendo si las estadísticas de ángulo de lanzamiento están acabando con el beisbol o si las tarjetas de fidelidad sirven de algo o no («¿Qué lealtad demuestra hacia un negocio llevarte el diez por ciento de lo que gastaste en él?», argumentó Neal en alguna ocasión), y sin embargo no son capaces de hablar de algo tan vital —literalmente— como su estado de salud.

—A mí me pareció cansado.

—Está preocupado, por la empresa y por lo de ese tal... ¿cómo era? Terry Maddux.

Karen va por la página ochenta y cinco del libro de Michelle Obama. Busca la página, se pone a leer y luego pregunta:

—¿Puedes ayudarlo a encontrar a ese tipo?

—Los tiempos en que me dedicaba a buscar gente pasaron hace mucho.

Antes de acabar sus estudios y convertirse en profesor universitario, Neal se dedicaba a encontrar a personas desaparecidas para una exclusiva agencia de detectives que ayudaba a gente rica a lidiar con sus problemas.

—Puede que sea como montar en bici —comenta Karen.

—Nunca he montado en bici —responde Neal— y no pienso empezar ahora. Además, Duke sabe lo que hace y tiene a gente que conoce bien las calles de la zona. Si Maddux hubiera desaparecido en la sala de profesores, quizá yo pudiera encontrarlo, pero fuera de eso...

Karen vuelve a fingir que lee.

—Pensé que a lo mejor querrías echarle una mano a un amigo, nada más.

—Estabas deseando que dejara ese trabajo, ¿te acuerdas? —dice Neal.

Sí, Karen se acuerda. Estuvieron varios años separados por culpa de su trabajo, porque Neal andaba siempre por ahí buscando a alguien y haciendo cosas que no podía contarle. Sólo cuando prometió dejarlo y lo cumplió, Karen aceptó volver con él. Y es mucho más feliz siendo la mujer de un profesor universitario, de modo que es consciente de la hipocresía que entraña lo que le está sugiriendo.

—Además, eso es cosa de jóvenes —añade Neal—. Y lamento decírtelo, pero yo ya no lo soy.

—Tampoco eres viejo —responde ella bajando el libro y volviéndose hacia él.

Se le da bien jugar al póker, no hay duda.

Un rato después, Neal dice:

—De acuerdo, lo llamaré.

Pasa la noche entera allí sentado.

Boone en el Boonemóvil, frente al número 1865 de Missouri.

Otro edificio de departamentos y otro callejón sin salida, se dice.

Un complejo grande, de dos plantas, en forma de herradura, con patio central y piscina.

Sandra está en casa. O, por lo menos, tiene el coche parado en el estacionamiento subterráneo. El Boonemóvil, en cambio, está en la calle, frente a la entrada del complejo. Dave está más allá, en Chalcedony, y Tide en Academy, por si acaso Terry llega por una entrada trasera.

Tienen que estar allí, no les queda otro remedio, aunque seguramente sea inútil —piensa Boone— porque un prófugo curtido como Terry sabrá que tienen el número de placa y procurará no acercarse por allí. Aun así, puede que se le haya ido la hebra o que esté desesperado por refugiarse en algún sitio, o que no piense con claridad porque está con el mono y trate de volver a casa de Sandra y entrar a escondidas.

Boone ya ha pedido a su gente que se informe sobre ella. Sandra es enfermera en el hospital Sharp Grossmont, en urgencias, así que es lista, gana dinero y es poco probable que se deje llevar por el pánico.

Boone llama a Dave, más por aburrimiento que por otra cosa.

—¿Alguna novedad?

—Pues no sé —contesta Dave—. ¿Terry puede metamorfosearse?

—No, que yo sepa.

—Entonces puedo descartar al gato que acabo de ver.

Está empezando a amanecer. Pronto Hang Twelve, Johnny Banzai y Sunny Day estarán remando sobre sus tablas y preguntándose dónde se han metido.

Suena el teléfono.

—¿Crees que Maddux puede estar dentro? —pregunta Dave—. ¿Que a lo mejor llegó antes que nosotros y se está escondiendo?

—Es posible, supongo.

—¿Entramos?

Es demasiado temprano, piensa Boone. No quiere provocarle un infarto a Sandra golpeando su puerta de madrugada y que se arme un espectáculo y acaben apareciendo los vecinos y la policía. Es mejor esperar a que se haga de día. Además así, si Terry está dentro, será más probable que esté durmiendo.

Y siempre conviene agarrar dormido a un prófugo y darle un buen susto.

Entonces ve por el retrovisor que un coche para a menos de diez metros detrás de él. Un tipo con gorra de beisbol se baja, mete las manos en los bolsillos de su chamarra negra de cuero, se acerca a la furgoneta y toca con los nudillos en la ventanilla.

Boone la baja.

—¿Boone Daniels? —pregunta el desconocido.

—Sí.

—Soy Neal Carey. Duke Kasmajian me pidió que venga, por si puedo echar una mano.

Entran a las siete de la mañana.

Una de dos: o Terry está dentro o ya no va a venir. Tide y Dave se quedan vigilando la parte de atrás por si acaso Terry sale por una ventana y Neal y Boone entran en el patio, rodean la piscina y llaman al timbre del departamento de Sandra en la planta baja.

Tarda dos minutos en ir a abrir y Neal se pregunta si habrá invertido ese tiempo en despertar a Terry, lo que estaría bien, porque así él irá camino de la ventana del baño y caerá en brazos de los hombres de Boone, que parecen perfectamente capaces de tratar con un fugitivo.

Sandra está vestida, sin embargo. Lleva jeans y sudadera y no parece soñolienta. Es guapa, con la nariz aguileña y pecosa y cejas oscuras y enérgicas. Sostiene una taza de café con la mano izquierda y trata de fingirse sorprendida por que alguien llame a su puerta a estas horas.

—¿Sí?

—Señorita Sartini —dice Neal—, ¿está Terry Maddux ahí dentro?

—¿Quién?

—Dejémonos de simulaciones, si le parece —añade Neal—. Anoche llevó usted a Terry Maddux al departamento de un traficante de heroína para que pudiera comprar droga.

—No sé de qué me habla —insiste ella.

—¿Podemos pasar?

—No. Y váyanse de aquí o llamo a la policía.

—Sí, hágalo —responde Neal—. Nosotros podemos comentarles, de paso, que dio usted refugio a un prófugo. Y si Terry está ahí dentro y se encuentra en posesión de drogas, la inhabilitarán a usted como enfermera. Claro que también puede dejarnos pasar para que echemos un vistazo rápido, y si en efecto Terry no está, la dejaremos en paz. Y no nos fijaremos en nada que no sea Terry.

Ella se aparta y los deja pasar.

El departamento es pequeño, de una sola recámara. Una barra separa la estrecha cocina de la sala. La puerta del cuarto está abierta.

—¿Podemos entrar? —pregunta Boone.

—Ya están aquí —se encoge de hombros Sandra.

Neal se acerca con precaución a un lado de la puerta y Boone se queda unos pasos por detrás, porque Terry podría esperar a que Neal cruce la puerta y entonces tratar de derribarlo, pasar por encima y salir por la puerta de la calle.

Neal no cree, sin embargo, que Boone vaya a permitir que nadie lo arrolle, y ya han acordado que será Neal quien hable y Boone quien se encargue de la confrontación física, si llegan a ese extremo.

Que Neal espera que no, porque nunca le ha gustado la violencia.

—Terry, si estás ahí, sal —dice—. No caigamos en esto, es degradante del carajo.

No hay respuesta.

Neal entra en la habitación.

Terry no está.

Ni en la cama ni debajo de ella ni en el armario.

Tampoco está en el cuarto de baño ni en la ducha.

Al salir del cuarto, Neal ve que la ventana está cerrada del todo, pero podría haberla cerrado Sandra después de que saliera Terry. Aunque, si fuera así, Tide ya les habría avisado.

Neal vuelve a la sala.

—¿Contentos? —pregunta Sandra, sentada en el sofá.

—No hay nada en esta situación que nos contente —responde Neal—. ¿Cuándo fue la última vez que lo vio? ¿Cuando se asustó y se largó del estacionamiento, en Carlsbad? ¿O la llamó Terry para que lo recogiera y lo llevara a algún sitio?

—No tengo por qué contestar a sus preguntas.

Neal se sienta a su lado y dice:

—Por favor, dígame que no ha sacado drogas del hospital para dárselas.

—Yo no haría tal cosa.

—Pero él se lo pidió.

Sandra se encoge de hombros. Claro que se lo pidió: es un adicto.

—¿Eso se lo hizo Terry?

—¿Qué? —Ella se lleva instintivamente la mano al cuello.

—Esos moretones que tiene debajo del pelo —dice Neal—. Cuando le dijo que no, perdió los estribos y la agarró del cuello. Luego se sintió culpable, le suplicó que lo perdonara y le dijo que, si lo quería, lo menos que podía hacer era llevarlo en coche a casa de su *dealer*. Le prometió que sería su último pasón y que luego se entregaría y dejaría las drogas.

—¿Cómo lo sabe?

—Mi madre era una adicta —contesta Neal—. Llevo toda la vida tratando con ellos. Pero lo que importa es qué va a hacer usted ahora, Sandra.

—¿Qué quiere decir?

—Que tiene alternativas. Puede mantener la boca cerrada y dejar que Terry siga en la calle hasta que muera de una sobredosis, o puede decirme dónde lo llevó para que quizá consigamos encontrarlo vivo, en vez de muerto y con una aguja en el brazo.

Neal no vuelve a hablar mientras ella se lo piensa. Se limita a mirarla.

—Lo dejé en el Longboard —dice Sandra al cabo de unos minutos.

Neal mira a Boone, que dice:

—Es un bar de surfistas en Pacific Beach.

—¿Qué iba a hacer allí?

—Me dijo que el dueño era amigo suyo.

—Brad Schaeffer —dice Boone—. Lo llaman Shafe. Terry y él se conocen desde hace mucho.

Neal le da a Sandra una tarjeta de Duke.

—Si Terry se pone en contacto con usted, ¿podría llamar a este número?

—Yo lo amo —dice ella.

—Es una chingadera, ¿verdad? —contesta Neal al levantarse—. Si alguna vez tiene problemas, recuerde que Duke Kasmajian le debe un favor.
—Luego le entrega otra tarjeta—. Esta es del teniente Lubesnick, de la
policía. Pertenece a otra unidad, pero él la llevará con la persona indicada
para que presente la denuncia por agresión.

—No voy a presentar una denuncia.

—Terry agredió también a otra mujer. Y a usted intentó estrangularla.
¿Tiene que morir alguien para que alguna de ustedes haga lo que tiene que
hacer? Piénselo, ¿de acuerdo?

Cuando salen al patio, Boone comenta:

—Estuviste magnífico ahí dentro.

—He leído muchos libros —contesta Neal.

Van en coche hasta el Longboard, a sólo cuadra y media de la playa, en
Thomas Avenue.

Es el típico garito de surfistas: jarras de cerveza, *shots*, nachos, tacos,
alitas de pollo y buenas hamburguesas. Últimamente, Shafe ha cedido a
regañadientes a la moda de la cerveza artesanal. Boone ha estado allí mil
veces.

Ahora, a las siete y media de la mañana, está cerrado y muerto.

—Háblame de Shafe y Terry —pide Neal.

—Hace años surfeaban juntos, olas de las grandes —explica Boone—.
Todos Santos, Cortez Bank, Mavericks… Terry hizo carrera de eso, viajaba
por el mundo pagado por sus patrocinadores, salía en portadas de revistas,
en videos… Shafe no.

—¿Y eso por qué?

—Porque nadie tenía tanto talento como Terry. Y Shafe es californiano
de pura cepa. Quería quedarse aquí, cerca de su bar y de las playas donde
solía surfear. Además, era un buen padre. Tenía cuatro chiquillos y no quería
perderse sus campeonatos de surf y sus partidos de beisbol. Así que Terry se

convirtió en una estrella, y Shafe se quedó aquí y se convirtió en una leyenda local.

—¿Está amargado?

—No por eso.

—¿Por qué, entonces? —pregunta Neal.

—Travis, su hijo mayor, murió de una sobredosis de heroína hace tres años. No lo ha superado.

—¿Y quién supera una cosa así?

Boone estuvo en el entierro.

Fue espantoso.

—Con esos antecedentes —comenta Neal—, ¿por qué cree Maddux que Schaeffer puede estar dispuesto a ayudarlo?

Boone le cuenta que hace años, en Mavericks, Shafe cayó de cara desde la pared de una ola de diez metros. Quedó desorientado y aturdido, dando volteretas en el agua fría y negra, sin saber dónde quedaba la superficie ni poder trepar por el *leash* para salir a flote. Y la ola lo empujaba a toda velocidad hacia un arrecife sumergido en el que moriría a causa del impacto, si no se ahogaba primero.

Montado en su moto acuática, Terry fue derecho a la zona de impacto. Con la ola cerniéndose sobre él como un espadón dispuesto a hacerlo picadillo, se metió dentro y pescó a Shafe en el momento en que la ola rompía sobre ellos. Y luego salió del tubo con Shafe subido en la moto tras él.

Una de sus hazañas antológicas, todo un clásico.

—O sea, que Schaeffer cree que le debe la vida a Maddux —dice Neal.

—No es que lo crea, es que se la debe —afirma Boone.

—¿Dónde vive Schaeffer?

—En Cass, pero no creo que Terry esté en su casa. Ellen, la mujer de Shafe, le prohibió entrar. Dijo que no quería a un adicto cerca de sus hijos.

—Uf.

—Sí.

—O sea, que Terry está en el bar, o… ¿Schaeffer se prestaría a llevarlo a México? —pregunta Neal.

—Sin pensárselo dos veces.

Neal suspira.

—Si Maddux consiguió vender las joyas y tiene plata, se habrá largado. Ya podemos despedirnos de él.

De todos modos, esperan delante del bar por si Terry está dentro y asoma la cabeza. Pero, conociendo a Terry como lo conozco —se dice Boone—, lo más probable es que a estas horas esté ya en la playa de Rosarito sorbiendo una margarita y riéndose de nosotros por pendejos.

Terry siempre sale por el otro lado del tubo.

Duke recibe una llamada de Sam Kassem, el dueño de una de las mayores joyerías de San Diego.

—Esas joyas sobre las que nos avisaste —le dice Kassem—. Esta mañana vino un tipo intentando venderlas. Mi encargada le dijo que esperara, fue a la trastienda y llamó a la policía. Cuando volvió a salir, el tipo se había largado.

—¿Qué dijo la policía?

—Que no pueden hacer nada porque no se ha denunciado el robo de las joyas.

—¿Era Terry Maddux? —pregunta Duke.

—No sé quién es ése —contesta Kassem—, pero las cámaras de la tienda lo grabaron.

—Pues muchas gracias, Sam. Te debo una.

—Qué va, no me debes nada.

Duke mira el video que le manda Kassem. Muestra a un hombre blanco de cerca de un metro ochenta y cinco de estatura, unos cincuenta años, pelo negro cortado casi a rape, camisa negra de mezclilla y *jeans*.

No es Terry, pero aun así es buena noticia porque significa que Maddux no ha conseguido convertir la mercancía en dinero líquido, que es lo que necesita para huir.

Duke manda el video al celular de Boone.

Como es una mañana de invierno, Boone encuentra sitio en el pequeño estacionamiento de Neptune Place, en los acantilados que dan a Windansea Beach.

Es un lugar icónico, una de esas pocas playas con prestigio tanto en la literatura como en la tradición surfera. Tom Wolfe le dio fama en su libro *La banda de la casa de la bomba*, pero mucho antes de eso los surfistas de la vieja escuela ya la habían convertido en un gran centro del surf de la región de San Diego.

La vieja casa de la bomba desapareció hace tiempo y muchos de los surfistas de entonces han fallecido, pero la playa mantiene su prestigio.

Terry Maddux solía surfear aquí.

Algunos de sus amigos de siempre siguen haciéndolo.

Hoy sólo han salido los más aguerridos.

Hace frío, el viento sopla del noroeste y se está levantando una fuerte marejada. El océano está de un gris casi negro, color pizarra, sólo un tono más oscuro que el cielo nublado. Los surfistas que han salido llevan gruesos trajes de neopreno con botines; algunos, hasta con capucha.

Los hay que no han salido. Unos cuantos veteranos se conforman con observar las evoluciones de los más jóvenes y comentar desde la playa. Es axiomático: cuanto más viejo te haces, más fría está el agua. Los viejos se acuerdan de los veranos, nunca de los inviernos.

Boone no saca su tabla de la furgoneta.

Se sube la capucha y baja por el camino de tierra que lleva a la playa, donde, como esperaba, se ha reunido una bandada de veteranos. Algunos llevan el equipo puesto y han sacado la tabla como si se dispusieran a salir. Otros ni siquiera se han molestado.

Saludan a Boone con cordialidad no exenta de fastidio.

Él pertenece a la generación siguiente, pero tiene buena reputación, así que le muestran cierto respeto. En esta parte de la costa nadie ignora que Boone Daniels sabe surfear, que ha puesto el cuerpo contra las olas muchas veces, de ahí que no le pongan las cosas difíciles como harían con un desconocido.

Uno que tiene fama de ensañarse con los novatos es Brad Schaeffer.

Shafe es un histórico del surf en San Diego. Su cabello negro, que lleva casi rapado, está entreverado de canas, pero tiene el cuerpo fibroso como una cuerda tensa, y tatuado. Si buscas a un «sheriff» en Windansea, es a Schaeffer a quien tienes que acudir. Él mantiene alejados a los intrusos y a los locales derechitos.

Hoy no va a salir, pero Boone está seguro de que mañana sí.

Cuando haya más oleaje.

—No deberías hacer lo que estás haciendo —le dice Shafe—. Vender a un hermano por dinero.

—Duke va a tener que soltar trescientos mil dólares si no se entrega —contesta Boone.

Duke ha sacado a Shafe bajo fianza más de una vez. Cuando bebe, Shafe puede ponerse violento. Carajo, aun si está bueno y sano. Se ha metido en peleas en su propio bar y también en la playa, a pocos pasos de donde están en ese momento, cuando pensaba que un recién llegado se estaba pasando de listo. Boone sabe que no conviene pelearse con Brad Schaeffer. Normalmente la cosa no acaba bien.

—Duke puede asumir esa pérdida —contesta Shafe.

—¿Sabes dónde está Terry?

—No. Y, si lo supiera, a ti no te lo diría, puedes estar seguro.

Se quedan callados unos segundos y Boone nota que Shafe se está encabronando.

—Shafe —dice—, hay un video en el que apareces intentando vender unas cosas que robó Terry.

—A lo mejor no las robó. Puede que fuera un regalo.

—Si creyeras eso, no te habrías largado de la tienda. Tu buen amigo Terry te está implicando en un delito. Y te dejará colgado, si puede, para zafarse.

A Shafe se le enturbia la mirada.

—Terry me salvó la vida, así que lárgate de aquí de una puta vez si no quieres que se arme buena.

Boone no contesta, pero tampoco se mueve. Si retrocedes delante de Shafe, sólo consigues que se te eche encima. Y ahora sus compas, miembros leales de su cuadrilla, empiezan a acercarse, forman un ruedo a su alrededor, listos para intervenir si Shafe los necesita.

Así que todos lo oyen decir enérgicamente:

—Terry es un buen tipo.

—¿Sabes que tiene por costumbre pegarles a las mujeres?

Puede que lo sepas, piensa Boone. Puede que lo sepas y que no te importe. Puede que lo sepan todos.

Y eso lo encabrona.

—Lo estás escondiendo en tu bar —afirma—. ¿También fuiste a comprarle droga?

—Te estás pasando, Daniels.

—Tú sabes mejor que nadie lo que es la heroína. Si lo entregas, quizá reciba la ayuda que necesita.

—¿En la cárcel? —pregunta Shafe.

—Por lo menos estará vivo —contesta Boone, y al instante se arrepiente de haberlo dicho porque no quería que pareciera una referencia a la muerte de su hijo.

Shafe le lanza un derechazo a la mandíbula. Boone para el golpe sin esfuerzo, pero Shafe le asesta un puñetazo con la izquierda en el estómago. El siguiente derechazo le da en el hombro izquierdo y le deja el brazo entumecido, así que Boone no alcanza a parar el golpe que le lanza a un lado de la cara. Retrocede tambaleándose y trata de mantenerse en pie, pero Shafe le barre el tobillo izquierdo y lo hace caer.

Se echan sobre él como una manada.

Lo patean, lo pisan, lo insultan.

Boone levanta los brazos para taparse la cabeza y lanza patadas para mantenerlos a raya, pero no consigue protegerse por todos los flancos y recibe un golpe tras otro. Cuando intenta levantarse, lo tumban a patadas y luego Shafe, inclinándose sobre él, le lanza un derechazo con intención de hundirle el rostro. Boone vuelve la cabeza y Shafe incrusta el puño en la arena, junto a su cara. Boone lo agarra del brazo y lo jala hacia sí para desequilibrarlo y evitar otro golpe además de usarlo como escudo, pero los otros siguen pegándole patadas en las costillas por debajo de Shafe.

Luego, de pronto, todo se para y Boone siente que le quitan a Shafe de encima, y al mirar hacia arriba ve que Tide lo ha levantado como una grúa y que Dave está parado a su lado con los puños en alto, como desafiando a los otros a ir por él.

Ninguno acepta el desafío.

Retroceden.

Dave ayuda a Boone a ponerse en pie.

—¿Estás bien?

—Ahora mejor.

Shafe le lanza una mirada de puro odio.

—Yo no le compré pico.

—Dile que se entregue —replica Boone.

Dave lo ayuda a volver al estacionamiento.

Adriana le aplica una toalla llena de cubitos de hielo en la mejilla hinchada.

Boone se siente como... en fin, como si le hubieran dado una paliza. Podría haber sido peor —mucho peor— si no llegan a aparecer Dave y Tide. Neal Carey, que se había quedado vigilando el Longboard hasta que fueran a relevarlo, les dijo dónde había ido y ellos pensaron que convenía ir a echar un vistazo por si tenía problemas.

Carey siguió vigilando el bar.

—¿Sí? ¿No te importa? —le preguntó Dave.

—Tengo un libro —contestó Carey.

Así que lo dejaron sentado en el coche de Dave, estacionado frente al bar, al otro lado de la calle.

Ahora Duke echa un vistazo a la cara de Boone y dice:

—Te dejaron hecho un trapo.

—La verdad es que yo me lo busqué —contesta Boone—. Dije una cosa que no debería haber dicho.

—Voy a llamar a la policía —dice Adriana—. Deberías denunciarlos.

Boone le dice que no llame.

—Así Schaeffer tendrá más presión para entregar a Terry —contesta ella.

—Si no ha cedido después de que lo amenazamos con denunciarlo por vender artículos robados, no cederá por esto —comenta Duke—. Además, seguro que los surfistas tienen algún absurdo código de honor que Boone no quiere quebrantar.

—Así es —dice Boone.

—Bueno, ¿y ahora qué? —pregunta Dave.

—Hay que llamar a la policía —insiste Adriana—. Que pidan una orden de cateo, que entren en el bar y agarren a Terry.

—Quiero agarrarlo yo —responde Duke. Se saca un puro del bolsillo de la camisa y empieza a mordisquearlo—. No me gusta que madreen a mi gente.

—Estoy bien —dice Boone.

—Eso crees tú —contesta Dave—. Vas a ir al hospital a que te echen un vistazo.

—No, no pienso…

—Vas a ir si quieres que te pague —lo interrumpe Duke, y mira a Dave—. ¿Puedes llevarlo tú?

—Claro.

Se quedan todos parados.

—Ahora mismo, digo —insiste Duke.

San Diego, piensa para sus adentros.

Una ciudad en la que prácticamente nadie tiene prisa.

Antes de salir, Boone pregunta:

—¿Qué va a hacer con Maddux?

—Voy a encontrarlo —afirma Duke.

Terry Maddux está en ese bar, se dice. Llevo cuarenta años en este negocio, me lo huelo, está ahí dentro. Con el ansia, y cada vez más desesperado. La estación de trenes, la de autobuses y el aeropuerto están vigilados. La comunidad de surfistas de San Diego es un mundo muy reducido y pronto se correrá la voz de que le han dado una paliza a Boone. A unos cuantos les parecerá bien, pero a la mayoría no, porque Boone Daniels es un tipo muy querido en ese ambiente. Así que a Terry se le van a cerrar en las narices muchas puertas que de otro modo podrían habérsele abierto.

Está atrapado y lo sabe.

Y también sabe que sabemos dónde se esconde. Ahora lo que hay que hacer es seguir apretándole las tuercas para que se sienta obligado a huir.

Y cuando lo intente, allí estaré yo para ponerle las esposas.

No es mala forma de cerrar el negocio.

Porque esto ya es algo personal, piensa Duke mordiendo el puro.

Neal Carey se da cuenta de que es feliz.

Apostado en una azotea desde la que alcanza a ver todas las salidas del Longboard, se da cuenta de que no le desagrada en absoluto estar de guardia, esa inacción en la que consiste básicamente la labor de vigilancia y cuyo tedio solía sacarlo de quicio.

Pero de eso hace ya mucho tiempo.

Hará… ¿cuánto? ¿Treinta años que no se dedica a esto?

No es que quiera volver a hacerlo. Le gusta dar clase, enseñar y, sobre todo, le gusta investigar para escribir esos libros tan sesudos que nadie lee. Hasta Karen hace como que los lee, aunque él sabe que en realidad sólo los hojea para poder hacerle algún comentario halagüeño.

No, no se arrepiente de haber escogido la carrera de profesor, pero al mismo tiempo tiene que reconocer que esto es divertido y que echaba de menos el entusiasmo de la persecución («¿Qué persecución?», se pregunta. «Si estás plantado en una azotea».), el suspenso, la emoción adolescente de lo prohibido.

La azotea es más divertida que la sala de profesores de la facultad, es así de sencillo.

Suena el teléfono y es Duke.

—¿Estás bien?

—Estupendamente.

—¿No tienes que mear?

—Pues aunque parezca mentira, no

—Esa chica con la que hablaste —añade Duke—, Sandra Sartini. Ha denunciado a Terry por malos tratos, así que por lo visto no has perdido tu toque maestro. En fin, voy a mandar a alguien para que te releve.

—Por mí no hay prisa.

—Te estás divirtiendo, ¿eh, profesor? —pregunta Duke.

—Sí.

—Como en los viejos tiempos.

—Un poco, sí.

—Bueno, pues que lo disfrutes. No va a durar eternamente.

Neal cuelga.

Una camioneta con tablas de surf en la batea se detiene en el estrecho estacionamiento que hay detrás del Longboard. Un tipo —de más de cincuenta años, calcula Neal— sale por la puerta del conductor, mira alrededor, se mete las manos en los bolsillos y entra en el bar.

Neal ha visto mil veces esa mirada nerviosa, ese andar rígido. Se apostaría el anticipo de su nuevo libro —doscientos dólares, nada menos— a que el tipo lleva droga encima.

Y a que Terry Maddux está a punto de picarse.

Duke ha tendido una red alrededor del Longboard.

No se molesta en ocultarlo: quiere que Shafe y Maddux sepan que están allí fuera, como indios rodeando una caravana de carretas en una de esas viejas películas del Oeste. Él mismo ha estacionado descaradamente su Cadillac delante del bar, en Bayard. Dave está en la cafetera de Boone en Thomas Avenue y High Tide en su camioneta, en el estacionamiento de atrás. Carey se ha negado tercamente a bajar de la azotea y sólo ha hecho un breve receso para ir por más café y a orinar.

Daniels se ha quedado en casa por orden de Duke.

Tiene dos costillas fracturadas y varias contusiones graves, y al médico le preocupa un poco que sufra una hemorragia interna. Él decía que con tomarse un par de paracetamoles y ponerse una bolsa de hielo estaría como nuevo, pero Duke le ha ordenado que no se mueva.

Ahora toca esperar.

Llevan aquí todo el santo día y pasarán aquí toda la santa noche, si hace falta. Y es posible que haga falta si, como sospecha Carey, Shafe le ha traído una dosis a Terry para quitarle el mono. A Duke siempre lo conmueve y le apena lo que es capaz de hacer la gente por cariño o lealtad. El cariño y la lealtad triunfan sobre la ley, la moral y las creencias personales, incluso a veces sobre el propio bienestar. No sé, piensa Duke, quizá es bueno que así sea.

Es lo mejor y lo peor de la naturaleza humana, pero él ha visto mucho de ambas cosas a lo largo de los años y se pregunta si lo echará de menos.

En cualquier caso, es una lástima que Shafe le haya traído pico a Terry, porque sólo ha conseguido alargar esta situación y retrasar lo inevitable.

Duke sabe que su gente tiene paciencia y disciplina de sobra, dos virtudes que escasean entre los delincuentes crónicos o no serían delincuentes crónicos. Los viciosos como Maddux son culos inquietos por naturaleza, no tienen paciencia ni disciplina para quedarse esperando. Y Terry es tan adicto a la adrenalina como al pico, así que algo hará para forzar la situación. No hace falta que cierren la red: se meterá en ella él solito.

Aunque, por otro lado —se dice Duke mientras enciende el radio del coche y sintoniza el 88.3 de la FM, la emisora de *jazz*—, él también tiene que vérselas con unos cuantos adictos a la adrenalina. A los amigos surfistas de Boone —Dave y Tide— les encanta el pleito y se están poniendo nerviosos, encabronados como están por la paliza que le han dado a su cuate.

Cada hora, aproximadamente, uno de los dos llama a Duke y le dice «¡A la mierda! Entramos, lo agarramos y ya está», y eso que saben que, si lo hacen, tendrán que enfrentarse a Shafe y sus compas, que también llevan todo el día rondando por aquí. A Duke le preocupa que Dave y Tide no quieran entrar a pesar de eso, sino precisamente por eso: porque quieren cobrar revancha por lo que le han hecho a su amigo. Y él lo entiende, pero no puede permitirlo.

Paciencia y disciplina.

Se lleva una alegría cuando el locutor pone la versión de «Jambo» que grabó Nat King Cole con la orquesta de Stan Kenton: Maynard Ferguson y Shorty Rogers en las trompetas, Bud Shank y Art Pepper con el saxo alto.

Capital Records, 1950.

Está empezando a ponerse el sol y Duke lamenta no estar en su terraza.

Acostado en el sofá de su casa, Boone ve hundirse el sol en el horizonte.

Normalmente a estas horas estaría en el porche asando pescado en la parrilla para hacer unos tacos, pero hoy está demasiado magullado para intentarlo.

Así que sólo mira por la ventana.

Y escucha música.

Dick Dale y los Del-Tones.

Se quedaría tumbado en el sofá viendo la tele si la tuviera, pero no ve razón para tenerla.

—¿Y qué me dices del tiempo? —le preguntó una vez Hang Twelve, un compañero de la Patrulla del Amanecer, un neo*hippie* al que le va demasiado el ácido y es un surfista de corazón—. ¿No quieres saber qué tiempo hace?

—Si quiero saber qué tiempo hace, salgo a la calle y ya está —le contestó Boone.

—Ajá, pero ¿no quieres saber qué tiempo va a hacer? —insistió Hang—. ¿El... cómo se llama? ¿El pronóstico del tiempo?

—Estamos en San Diego —replicó Boone.

Aquí el pronóstico del tiempo es siempre el mismo, según la época del año. En invierno llueve un poco; en primavera está nublado —«mayo gris y junio negro», dice la gente de por aquí—, y el resto del año hace sol y calor moderado. A veces la bruma del mar dura hasta las once de la mañana y los turistas —que se han gastado una fortuna para venir a pasar unos días a la soleada California— empiezan a ponerse nerviosos, pero al final la niebla se levanta y entonces todo mundo se relaja y se lo pasa bien.

En la tele hay un reporte meteorológico especial para surfistas, pero Boone prefiere mirar el pronóstico en internet y, además, vive en Crystal Pier, así que si quiere ver qué traza tienen las olas sólo tiene que hacer lo que ahora mismo: mirar por la ventana.

Y además siente el oleaje, lo nota literalmente debajo de él.

Se acerca la gran marejada invernal norteña, densa y plena, cargada de poder. Por la mañana rodará bajo el muelle como un tren de carga y los surfistas saldrán en masa a su encuentro. La Patrulla del Amanecer también estará allí, cómo no.

Pero tú no, se dice Boone.

Eres un debilucho que se ha dejado moler a golpes y no hay forma de que te metas remando en esas olas con las jodidas costillas rotas. Qué digo, ahora mismo no podrías ni levantar la tabla sin ponerte a lloriquear.

Pero Hang saldrá, y también Johnny.

Y Dave y Tide, si consiguen resolver lo de Maddux esta misma noche.

Que seguro que sí, se dice Boone.

Porque Terry está esperando a que se ponga el sol, a que oscurezca y llueva un poco, quizá, o incluso —si tiene mucha suerte— a que haya un poco de niebla para que la visibilidad sea menor.

Entonces intentará escaparse.

Pero ¿a dónde? Aunque consiga burlar la vigilancia de Duke, lo que es poco probable, ¿dónde va a ir?

Sea donde sea, no puede huir de sí mismo.

Boone lleva toda la vida surfeando —lo hacía ya antes de nacer, cuando estaba en el vientre de su madre—, y si algo ha aprendido es que no hay ola que te haga escapar de ti mismo: todas te llevan de vuelta a ti.

Terry Maddux está sentado en el suelo, en la bodega del bar, con la espalda apoyada en unas cajas de Jack Daniels y las piernas estiradas.

El aturdimiento delicioso de su último piquete empieza a disiparse.

No sabe si afuera es de noche o de día —no hay ventanas en la bodega, sólo los fluorescentes del techo— ni cuánto tiempo lleva aquí, pero sabe que no puede quedarse mucho más.

Primero, porque en algún momento entrarán a llevárselo a rastras, bien los gorilas de Duke Kasmajian, o bien la policía. Segundo, porque es consciente de que hasta Shafe se está hartando de él y es normal, porque Terry le agotaría la paciencia a cualquiera, en eso es un experto.

Y tercero, porque se está volviendo loco.

Sobre todo ahora que se le está diluyendo el pasón.

Tiene que moverse.

Necesita oler el océano.

Y ponerse otra vez.

Se abre la puerta.

Es Shafe.

—¿Qué tal? —pregunta.

Terry se encoge de hombros.

—Me vendría bien otro piquete.

—No puedo conseguirte más —contesta Shafe—. No me quito de encima a la gente de Duke.

Terry espera a que pase lo que sospecha que va a pasar, a que Shafe le diga que tiene que irse. Pero no es eso lo que dice Shafe.

—Han rodeado la manzana, llevan ahí todo el día.

Terry sonríe.

—Supongo que Duke no quiere perder su puto dinero.

—Tienes amigos —dice Shafe—. No van a pasar por encima de nosotros.

Claro que pasarán, piensa Terry. Si viene la policía, pasará por entre una pandilla de surfistas entrados en años, claro que sí. Y si Boone Daniels está trabajando para Duke, seguro que su gente también, o sea, ese tal Dave y ese gigantón del samoano.

Y no será fácil pararlos.

Terry preferiría que Shafe y sus amigos no le hubieran pegado a Daniels.

Boone es un buen tipo, se dice. Ha hecho mucho por mí, pero no debería haberse metido en esto. Un veterano como él debería saber que uno no se mete en la ola de otro.

—Tengo que salir de aquí —dice.

—Puedes quedarte todo el tiempo que quieras —contesta Shafe, pero Terry nota su tono de alivio, sabe que Shafe también quiere que se largue.

Shafe estaría dispuesto a llegar hasta el final, sí, pero no quiere tener que hacerlo, ¿y a quién puede extrañarle que no quiera que lo metan a la cárcel por albergar a un fugitivo? Carajo, si la policía encuentra en su local a un adicto con una jeringa, podrían quitarle la licencia del bar.

Sí, no hay duda, es hora de irse.

La cuestión es cómo.

Estoy atrapado, piensa.

Sí, pero no es la primera vez.

También estabas atrapado ayer, junto a las vías, y entonces llegó ese tren y dejaste de estarlo.

Estabas atrapado en Mavericks cuando entraste a salvar a Shafe y aun así encontraste el resquicio de la ola y lo cruzaste y dejaste de estar atrapado.

Ahora estás atrapado en este edificio, rodeado de enemigos.

Tienes que estar atento a cualquier oportunidad que surja y aprovecharla.

Y si no surge, tendrás que forzarla.

Casi siempre hay una forma de escapar de una ola, sólo tienes que contener la respiración el tiempo justo para encontrarla.

Y si no la hay…

Pues te mueres.

Neal se sube el cuello de la chamarra de cuero y se baja la gorra de los Yankees. Refresca en San Diego las noches de invierno y además hay humedad, amenaza lluvia. Sopla un viento fuerte del océano.

Mira su reloj.

Las 9:17 de la noche.

Lleva aquí más de doce horas.

Ya no se divierte, recuerda perfectamente por qué dejó este trabajo, pero no va a dejar colgado a Duke a estas alturas. Además, está encabronado con el tal Maddux y se le ha metido entre ceja y ceja llegar hasta el final.

Por nada del mundo va a reconocer que ya no está para estos trotes, faltaría más.

Duke no tiene tantos reparos.

—Ya no estamos para estos trotes —dice cuando lo llama.

—Habla por ti —contesta Neal.

—Aquí es donde se ve la diferencia entre chicos y hombres —añade Duke—. Los chicos se quedan, los hombres se van a casa.

—¿Quieres irte a casa? —pregunta Neal con un asomo de esperanza.

—Qué va —contesta Duke. Y luego añade—: ¿Y tú?

—Qué va.

Los dos se ríen.

—¿Qué diría Lou si nos viera en este momento? —dice Duke.

—Diría que somos unos pendejos. Y tendría razón.

—Maddux saldrá pronto. Lo intuyo.

Neal cree que tiene razón.

Porque él también lo intuye.

Lo llaman «trepar por el *leash*».

Si estás hundido bajo una ola, a veces no sabes de qué lado queda la superficie, así que te agarras al cable —o sea, al *leash*— y te impulsas hacia la tabla de surf, que habrá salido a flote.

Funciona casi siempre, a no ser que se rompa el *leash*, en cuyo caso estás jodido.

Eso es lo que hace Terry ahora: trepar.

No por el *leash* —porque por desgracia no está en el agua—, sino por un conducto de aire. Se apoya con manos y pies en los lados de metal y se impulsa hacia arriba. Es un esfuerzo agotador, y habría sido mucho más fácil si fuera más joven y no estuviera puesto, pero está convencido de que puede trepar hasta la azotea.

Además, es su única oportunidad.

Esos pendejos están esperando a que salga por la puerta de adelante o la de atrás y eche a correr. Tendrán la vista fija en la puerta, no mirarán hacia arriba y, si consigue llegar a la azotea del Longboard, podrá saltar al edificio de al lado y luego al siguiente, y sin poner un pie en el suelo escabullirse de la puta red que ha tendido Duke.

Desaparecer en el tubo y salir por el otro lado.

Lo malo es que se está quedando sin respiración.

Le arden los músculos de las piernas y los brazos.

Envejecer es una chingadera, se dice.

Pero peor es lo contrario.

Se detiene, respira hondo dos veces y sigue trepando.

Neal lo ve salir del conducto de aire.

Llama a Duke.

—Está en la azotea.

—¡¿Qué?! ¿Seguro que es él?

—Si no es él, se le parece muchísimo —contesta Neal mientras ve que Maddux se agacha e intenta recuperar el aliento.

—Bueno, tendrá que bajar de ahí —dice Duke.

Cierto, piensa Neal. Pero ¿qué se propone Maddux? Sabe que tienen el edificio rodeado. ¿Acaso confía en bajar por la escalera de incendios y escabullirse?

Pues… por lo visto no.

Porque se endereza, se yergue por completo y corre hacia Neal, dispuesto a saltar del techo.

Terry se ha caído de cara de una tabla de surf muchas veces, y desde una altura mucho mayor que dos pisos. La diferencia es que entonces había agua debajo y no concreto, pero al menos ahora no tiene encima un farallón de agua a punto de desplomarse sobre él. Lo único que tiene que hacer es saltar metro y pico y aterrizar en la azotea de al lado.

Contiene la respiración, flexiona las piernas y vuela una vez más.

Se siente libre en el aire.

Vivir, morir, lo que sea, carajo.

Se siente de maravilla, como en los viejos tiempos.

Peahi, Teahupoo, Tombstones... Las ha montado todas.

Al aterrizar rueda, y cuando se levanta, ve a un tipo a unos tres metros de él, con chamarra negra de cuero y una gorra de los Yankees, mirándolo fijamente.

A Neal siempre se le ha dado fatal pelearse.

Incluso en sus tiempos de detective, cuando se ganaba la vida haciendo estas cosas, se lo conocía por lo malo que era boxeando y por su total desinterés en aprender. Siempre ha sido partidario de la teoría según la cual, si no puedes salir de una dificultad a base de labia es que la tenías perdida de antemano, y de la filosofía de combate que le enseñó su mentor, ese gnomo manco que era Joe Graham: «En cuanto puedas, agarra un objeto contundente y atízale con él a tu adversario».

Por desgracia, no tiene ningún objeto contundente a la mano (a pesar del potencial para un chiste obsceno).

—Está conmigo en la azotea —dice por teléfono.

—¿Qué?

—¿Qué quieres, que te ponga subtítulos?

—Aléjate de él, Neal —dice Duke—. Deja que haga lo que vaya a hacer.

—Va a escapar, Duke.

—Pues que se escape.

Duke nota una opresión en el pecho.

Muerde con fuerza el puro, que se rompe y cae al suelo del coche.

No quiere que otro amigo suyo salga malparado; ahora Neal está en esa azotea con un adicto descerebrado, ¿y quién sabe lo que puede pasar? Abre la puerta del coche, marca el número de Dave y le dice:

—Maddux está en la azotea del edificio de al lado. Sube tú por la escalera de incendios.

—Entendido.

Duke sale del coche con esfuerzo.

Subiría él mismo por la escalera de incendios, pero sabe que no le aguantarían las rodillas.

Lo único que puede hacer es esperar y confiar en que Neal no haga una tontería.

—Aquí no tiene por qué salir nadie herido —dice Neal estirando los brazos hacia delante.

—Tú sí, si no te quitas de en medio —replica Terry.

—Verás, es que no puedo.

—¿Por qué?

Es una buena pregunta, piensa Neal, para la que no tiene una respuesta lógica. La respuesta racional sería que puede hacerlo, por supuesto que sí: podría hacer un ademán invitándolo a pasar, como un capitán de meseros al que le acabaran de dar una propina de cien dólares, y dejarlo hacer lo que quiera.

Tienes sesenta y tres años, se dice.

Este tipo tiene diez menos que tú y encima era un deportista de primer nivel.

Aunque por otro lado...

La racionalidad tiene sus límites. También debes tomar en consideración que, como diría Boswell...

—Tengo un poco de prisa —dice Terry—. ¿Vas a quitarte de en medio o tengo que darte de madrazos?

—Creo que vas a tener que darme de madrazos.

Neal agacha la cabeza y se lanza contra él. Le pega un cabezazo en la panza y Maddux, tomado por sorpresa, cae de espaldas.

Está tan sorprendido como Neal, que intenta apoyar todo su peso (por insuficiente que sea) sobre el pecho de Maddux con el fin de impedir que se levante. No intenta ganar la pelea, sólo quiere ganar tiempo hasta que llegue la caballería.

Ha visto un par de rodeos con Karen. La idea es mantenerse sobre el toro ocho segundos y que luego se acerquen otros vaqueros a rescatarte.

Pero Maddux no está de acuerdo.

Consigue liberar los brazos, golpea a Neal en la nuca, le engancha el tobillo con el pie, se impulsa hacia arriba y se voltea bruscamente, atrapándolo bajo su cuerpo. Mientras lo sujeta con el brazo izquierdo, le pega dos puñetazos en la cara y luego se pone en pie como si se irguiera sobre su tabla.

Neal ve que enfila hacia el borde de la azotea. Y por motivos que no alcanza a explicarse, se levanta y corre tras él.

Duke levanta los ojos y ve a Terry Maddux pasar volando por encima de él.

Un momento después, ve pasar por el aire a Neal Carey.

Y piensa: «¿Qué voy a decirle a Karen?».

Neal se da un buen golpe al aterrizar, pero por lo menos aterriza en la azotea y no en el callejón, dos pisos más abajo. Porque, en fin, ¿qué le habría dicho a Karen?

Maddux está allí, agachado. Al verlo dice:

—Carajo, ¿en serio?

Pues por lo visto sí, contesta Neal para sus adentros. Se acerca a él dispuesto a soportar otra paliza, pero esta vez Maddux da media vuelta y corre hacia la escalera de incendios. Neal da dos zancadas y se lanza hacia él, lo agarra por la pernera de los pantalones con la mano derecha y no la suelta.

Maddux lo arrastra y da de coces como una mula, intentando soltarse.

Suena el teléfono de Neal.

Vamos, Duke, amigo…

Maddux le lanza una patada que lo hace soltar la pernera y le da en plena cara. Neal estira el brazo izquierdo y lo agarra de la otra pernera justo cuando Maddux llega a lo alto de la escalera de incendios y se vuelve para empezar a bajar.

Se le tuerce el tobillo.

—¡Puta mierda!

Se agarra a la barandilla, a patadas obliga a Neal a soltarlo y baja por la escalera.

Duke está que se sube por las paredes.

—¿Dónde está?

De pie en la azotea, Dave mira a su alrededor.

—No los veo.

Duke se siente como cuando les dieron el diagnóstico de Marie.

Asustado.

...

Terry baja renqueando por Reed Avenue, hacia la playa.

Le duele un montón el tobillo, seguro es un buen esguince. Casi no puede apoyarlo.

Al cruzar Mission, vuelve la cabeza y ve que el chiflado ese va tras él, hablando por teléfono, el muy cabrón.

Neal se limpia la sangre de la cara con la muñeca mientras habla por teléfono.

—Se dirige al oeste por Reed, está cruzando Mission... Estoy a menos de diez metros de él...

—Deja que se vaya —le dice Duke.

—Y una chingada —contesta Neal, y sigue cruzando Mission detrás de Maddux.

No se había dado cuenta de que está empezando a llover.

La acera reluce, plateada, a la luz de las lámparas.

Al llegar al otro lado de Mission, Maddux se para y se vuelve.

—No quería llegar a esto —dice mientras mete la mano en la chamarra—. No quería, pero me obligaste.

Le apunta a Neal con la pistola.

Y aprieta el gatillo.

Neal ve salir del cañón un fogonazo de un rojo violento.

Siente como si le dieran un batazo en el pecho y un momento después está tendido bocarriba en la acera, mirando la luz mientras la lluvia le da en la cara.

Hace frío.

Terry avanza a trompicones por la arena, pero, cojo y todo, qué bien se siente estar otra vez en la playa, junto al mar.

Es aquí donde debe estar.

Sabe ya adónde va, lo que tiene que hacer.

Suena el timbre.

—¡Un segundo! —grita Boone desde el sofá.

Se levanta despacio —le duelen las costillas al moverse— y se acerca a la puerta.

Seguramente será Dave, o Tide, o incluso Duke, que viene a decirle que han agarrado a Maddux.

Abre la puerta.

Es Terry.

Dave es el primero en llegar, por suerte, porque es salvavidas y sabe de primeros auxilios.

Se arrodilla junto a Carey, y al ver el orificio de entrada de la bala en la pechera de la chamarra, lo gira suavemente para ver si hay orificio de salida; no lo hay. Le toma el pulso de la carótida. Es débil, se va apagando, y Carey está inconsciente.

Entonces llega Tide y llama a emergencias.

Dave intenta reanimar a Carey.

Terry se sienta en el sillón y le apunta a Boone con la pistola.

—Necesito un último favor.

—No voy a llevarte a México —contesta Boone.

—Ni yo te lo he pedido.

—¿Qué quieres, entonces?

Terry tiene muy mal aspecto. Está empapado, cojea y le tiembla la mano, quizá por el frío o por la abstinencia, Boone no está seguro.

—Acabo de matar a alguien —dice.

Boone se estremece, asustado. ¿A quién ha matado? ¿A Dave? ¿A Tide? ¿A Duke?

—¿A quién? ¿A quién mataste?

—No lo sé. A un tipo. Con el pelo cano, y barbita. Fan de los Yankees. ¿Qué más da?

Parece Carey, se dice Boone, y se avergüenza de sí mismo al sentir alivio.

—¿Cómo llegué a esto? —pregunta Terry en voz alta—. Yo sólo quería montar las olas más grandes, ¿sabes?, era lo único que quería. ¿Cómo acabé matando a una persona?

Boone oye el estrépito de una sirena en Mission.

—Antes era tu ídolo, ¿te acuerdas? —pregunta Terry.

—Sí.

—Pero ya no.

—No.

—No. Ahora me gustaría estar en tu pellejo. Porque, mírame. Soy un adicto, casi no puedo andar, estoy sin un centavo y atrapado. Me vienen pisando los talones, Boone. De esta ola no voy a salir y voy a pasar el resto de mi patética vida en prisión.

—¿Quieres que me compadezca de ti, Terry? —pregunta Boone—. Porque no puedo. ¿A cuánta gente has lastimado?

—Lo que quiero —contesta Maddux— es que me prestes una de tus tablas, una última vez.

—¿Piensas ir remando hasta México, Terry?

—No. Sólo quiero remar mar adentro.

—¿En febrero? ¿Con esta lluvia, de noche y sin neopreno? Morirás congelado en menos de una hora. O te caerás y te ahogarás.

Terry se limita a mirarlo.

—Por Dios, Terry.

—No te meterás en un lío. Tenía una pistola, te obligué a darme la tabla. Hazlo por mí, Daniels.

—Mataste a una persona —responde Boone—. A un buen hombre, a un hombre inocente. Deberían juzgarte, condenarte.

—El bueno de Boone Daniels, siempre tan noble —dice Terry—. Ya me juzgué yo mismo en la playa y me encontré culpable. Ahora quiero ejecutar la sentencia. Dame la tabla o te reviento la cara de un tiro. ¿Tienes una larga? Hay mucho oleaje.

—Una Balty de nueve con tres.

—Esa me sirve.

—Es mi tabla favorita.

—Volverá a la playa.

Neal se acerca despacio a la pared del fondo, abre el cierre de la funda y saca la tabla trabajosamente.

—Aquí tienes.

Terry se levanta.

—Gracias, eh.

—Oye, Terry… Si me entero de que alguien que se parece a ti anda surfeando por Todos Santos, o donde sea… iré a matarte con mis propias manos.

—Sería lo más justo, supongo —contesta Terry—. No tendrás algo de beber a la mano, ¿verdad? ¿*Whisky* o *bourbon*, o cualquier cosa que me caliente el cuerpo?

—No lo sé. Mira en el armario de encima del fregadero. Puede que haya algo.

Terry encuentra una botella de Crown Royal que alguien debió dejar en una fiesta. Se sirve tres dedos de *whisky* en un vaso y se los bebe de un trago.

—Dios, qué maravilla.

Deja el vaso, se acerca a agarrar la tabla, se la encaja bajo el brazo y le indica a Boone con un gesto que le abra la puerta. Luego sale al muelle, apoya la tabla en la barandilla, mira el océano y dice:

—Era bueno, ¿verdad? En mis tiempos, digo. Era el mejor, ¿verdad?

Boone no contesta.

—Sí, bueno, lo entiendo —dice Terry—. Estás enojado conmigo. No pasa nada.

Inclina la tabla sobre la barandilla y Boone la ve caer al agua y salir a flote. Es una tabla preciosa, le encanta.

Terry trepa a la barandilla, se vuelve, le hace el shaka —el saludo surfero— y dice con una sonrisa:

—A surfear, amigo.

Luego salta, nada hasta la tabla y se sube a ella.

Boone lo ve alejarse remando sobre las olas, más allá de las luces del muelle, hacia la oscuridad.

Un hombre que corría con su perro encuentra el cadáver de Terry en la playa de Windansea cuatro días después.

De la tabla de Boone no vuelve a saberse.

Karen Carey no es una enfermera solícita ni bondadosa.

El hecho de que su recámara esté en la planta de arriba de la casa tampoco contribuye a mejorar su humor, porque tiene que subir y bajar con las comidas, las bebidas, los libros, los artículos y cualquier cosa que se le antoje al idiota de su marido, tan tonto e inmaduro (se niega a calificarlo de «encantadoramente viril»), durante su convalecencia después de que le pegaran un tiro en el pecho.

O después de que «se las ingenió para que le pegaran un tiro en el pecho», como ella prefiere expresarlo.

Neal reconoció que la reacción de su esposa era «totalmente justificada», lo que dio lugar a un largo debate durante el póker de los jueves, que se ha trasladado del comedor a su «lecho de muerte», como lo llama Karen.

—Yo creo que el adverbio sobra —argumentó Lou—. Una cosa está justificada o no lo está, sin necesidad de modificador.

—¿No crees que haya grados de justificación? —preguntó Duke.

—No, es una noción absoluta. Se pueden sopesar los pros y los contras de la justificación, pero, una vez tomada una decisión, o está justificada o no lo está, nada más.

—Bueno, yo no he usado «totalmente» en calidad de modificador —repuso Neal—, sino como potenciador para realzar lo acertado de su justificación.

—O sea, como modificador —replicó Lou, ciñéndose a su argumento retórico para que no se agotara la diversión.

—Reparte de una vez —ordenó Karen.

Ahora se sienta en la cama junto a Neal, con menos cuidado que antes porque su marido ya está mejor. Aunque tal vez algún día sirva como anécdota que contar en un coctel, sigue sin hacerle ninguna gracia la ironía de que fuera un libro lo que posiblemente le salvó la vida a su marido, el profesor de literatura: aquel ejemplar raído de *Las aventuras de Roderick Random* que Neal llevaba en el bolsillo de la chamarra y que frenó la bala que, de otro modo, lo habría matado.

—Bueno —dice—, ¿tuviste con eso para tu crisis de mediana edad, o vas a darte al ala delta, a las artes marciales mixtas o a comprarte una Harley?

—Pude haber tenido una amante —bromea él.

Karen se echa a reír.

—Sí, ajá —dice.

Neal es fiel como un perro labrador.

—La verdad es que fue divertido —añade él, un poco avergonzado.

—No estarás pensando en volver a las andadas.

—Nooooo, qué va. —Neal deja su libro y se vuelve para abrazarla.

—¿De verdad? —pregunta Karen.

—Sí. A no ser que prefieras que pida un catálogo de la Harley.

Afuera se está poniendo el sol.

Pero aún no se ha puesto, piensa Neal.

...

Boone da vuelta al pescado en la parrilla y contempla el espectáculo de la luz sobre el océano.

Rojos, naranjas, amarillos y el cielo menguante, de un tono de azul que no acierta a nombrar pero le embelesa.

Ha dejado de llover por un día o dos y sin embargo el océano se agita, turbulento, debajo del muelle.

Mañana, al despuntar el día, saldrá a surfear con la Patrulla sin su tabla favorita. Se la quitó Terry Maddux, junto con su último rescoldo de veneración y un pedazo de su alma. Esas cosas no volverán; no se las devolverá el oleaje ni la marea ni el alba.

Mete un filete de jurel en una tortilla y se la pasa a Dave.

Es un ritual que celebran a menudo: Boone cocina para sus amigos en la terraza de casa mientras ven ponerse el sol.

Están Dave y Tide, Johnny Banzai y Hang Twelve.

Sunny Day no.

Está por ahí, de gira en el circuito profesional.

Boone la echa de menos, igual que todos.

Pero volverá.

Boone prepara la cena para sus amigos y la suya y luego toma el último trozo de pescado, lo mete en una tortilla y la arroja por la barandilla, al mar.

—¿Crees que tiene hambre? —pregunta Dave.

—Como todos, ¿no? —contesta Boone.

Se sientan a comer y a ver cómo se pone el sol.

Duke Kasmajian está sentado en la terraza, contemplando el océano mientras mordisquea un puro sin encender.

Ya está, se acabó.

A no ser que los legisladores den marcha atrás —cosa improbable—, su negocio ha dejado de existir. Tomó el dinero que salvó de la fianza de Maddux y lo dividió entre sus empleados. Repartió, además, varias primas en efectivo. No les durará eternamente, pero los mantendrá a flote hasta que encuentren otra cosa.

Adriana tiene una pensión y dice que va a jubilarse.

Duke duda de que aguante mucho tiempo jubilada.

Esta tarde, la puesta de sol es magnífica. El *whisky* tiene un aroma especialmente cálido y ahumado, y la música —el espléndido saxo tenor de Harold Land tocando «Time After Time» con el grupo de Curtis Counce— es especialmente bella.

Sólo echa en falta a Marie, nada más.

Nadie a quien no le falte su compañera amada sabrá nunca lo que significa que te duela de pena el corazón.

Duke empieza a sentir frío y se levanta —sus rodillas protestan por el esfuerzo—, toma la copa de vino de Marie y la vacía lentamente sobre los arbustos de abajo.

Es el ocaso.

PARAÍSO

—

o las moderadas aventuras de Ben, Chon y O

...

Hawái, 2008
  A la chingada todos.

...

Es lo que está pensando O, recostada en la playa en la bahía de Hanalei.
  A la chingada todos, estoy de vacaciones.
  De vacaciones de qué es otra cuestión, porque cuando no está de vacaciones O no se dedica a

Nada.

Tiene veintitrés años, no trabaja, no tiene estudios y vive de la asignación que recibe del dinero de su madre (la Pasiva-Agresiva Reina del Universo o Paru, para abreviar, que vive en el condado de South Orange y por lo tanto está forrada) y de la parte de las ganancias que le toca del negocio de producción de cannabis hidropónica *premium* que montó con Ben y Chon, sus dos amigos y amantes de toda la vida.
  («Chon» se llama John, en realidad, pero a los cinco años O lo llamaba Chon, y se le quedó).

O (diminutivo de Ophelia: sí, su madre le puso el nombre de una chica que se mató ahogándose) es menudita: un metro sesenta y cinco cuando está descalza, como ahora en la playa; pelo rubio cortado a lo Peter Pan (Ben y Chon serían los Niños Perdidos, pero ella se niega rotundamente a asumir el papel maternal de Wendy, qué aburrido) y más bien plana de pecho, pese a los intentos de su madre de «regalarle» unos implantes. Ahora está pensando en hacerse un tatuaje, uno bien grande en el omóplato, puede que un delfín.

No a todo mundo va a gustarle, piensa.

Pero eso da igual.

Sólo tiene que gustarme a mí.

Los demás, a la chingada.

. . .

Lo de ir a Hanalei de vacaciones fue cosa de Ben, que quería hacer negocios aquí.

Sacó la idea de Peter, Paul and Mary (sus padres eran *hippies*) y se la explicó a O allá en Laguna.

—Peter, Paul and Mary —le repitió al ver su cara de estupor.

—Los padres de Jesucristo —dijo O.

—Sí, bueno, no precisamente —contestó Ben, al que no le sorprendió en absoluto que O pensara que Jesucristo tuvo varios padres—. Peter, Paul and Mary eran un grupo de folk de los años sesenta.

Chon se puso a refunfuñar: siempre se pone en plan John Belushi-Brutus cuando hablan de música folk (*Colegio de animales*. Si no la has visto… En fin, no sé ni qué decir).

Ben se fue a su computadora y puso la canción, «Puff the Magic Dragon».

—La poníamos cuando interrogábamos talibanes —comentó Chon, que fue militar y pasó varias temporadas en Afganistán e Irak, y volvió a casa herido y dado de baja—. A la quinta frase lo confesaban todo.

—Cállate —dijo O, enfrascada en la canción, y se le saltaron las lágrimas cuando moría Puff—. ¿Nunca más volvió a jugar en el camino de los cerezos?

—Me temo que no —contestó Ben.

—¿Porque Jackie no volvió?

—Eso es.

—Pero el pequeño Jackie Paper amaba al bandido de Puff —añadió O—. Y le compraba cordeles y lacre y otras chucherías.

—Los vivos envidiarán a los muertos —comentó Chon—. ¿Se puede saber por qué estamos escuchando este bodrio?

—La canción está en clave —contestó Ben—. En realidad, trata sobre la marihuana.

—¿Y eso? —preguntó Chon.

—¿Puff, el dragón mágico? —repitió Ben con intención. Hizo una pausa para dar efecto a sus palabras y añadió—: Puff, el jalón mágico.

Puso otra vez la canción.

—O sea, una canción de los sesenta que habla de drogas —dijo Chon—. ¿Qué tiene eso de extraordinario?

—A mí me parece interesante —dijo Ben—. Ahora mismo cultivamos toda nuestra producción en invernaderos. Es caro y me preocupa el impacto ecológico del consumo de agua y electricidad.

—¿Y...?

—«Un lugar llamado Honahlee» —dijo Ben—. He estado investigando. En Hanalei, en Hawái, caen setecientos y pico centímetros cúbicos de lluvia al año. La temperatura media es de entre veinticinco y veintiocho grados centígrados. Hay entre seis y ocho horas de luz solar al día, y el índice de radiación ultravioleta es de entre siete y doce. El suelo es rico en hierro.

—Sativa —dijo Cho.

—Eso es —contestó Ben—. Además, ahora mismo no vendemos mucho en Hawái. Podríamos matar dos pájaros de un tiro. Buscar un socio para asuntos de mercadeo, y comprar un terreno para montar un cultivo. Así, cuando legalicen la hierba, que la legalizarán, estaremos bien situados.

—Tres pájaros —dijo O.

—¿Cuál es el tercero? —preguntó Ben.

—Vacaciones —respondió ella.

...

Parado al borde de un acantilado en el extremo norte de la bahía, con la tabla de surf en la mano, Chon observa al mejor surfista que jamás ha visto.

Él, que siempre se ha considerado bastante bueno con la tabla, ahora se da cuenta de que no lo es.

Comparado con este chico.

Las olas otoñales de la rompiente de Lone Pine son grandes y macizas, y este tipo las esculpe como un Miguel Ángel hasta las cejas de *crack*. Hace un *cut back* girando en la cresta de la ola y volviendo a bajar, deslizando la tabla por la cola, luego se manda un supermán saltando al aire para agarrar la tabla con las dos manos y, para acabar, hace una *reentry*.

—Dios santo —dice Chon.

—Casi, casi —contesta un tipo que se acerca a él por detrás, un hawaiano grande y de piel morena, con el pelo negro recogido en un moño—. Ese es Kit.

—¿Quién?

—Kit Karsen —contesta el otro como si fuera obvio—. K2.

Como la montaña, piensa Chon.

El nombre le queda que ni pintado.

Desde esa distancia es difícil calcularlo, pero Karsen parece medir cerca de un metro noventa y cinco y es de hombros anchos, cintura estrecha y con el cuerpo esbelto y musculoso por las muchas horas que ha pasado en el mar; tiene el pelo largo descolorido por el sol. Sería Tarzán —se dice Chon— si Tarzán fuera más joven, más guapo y nadara mejor.

Y, además, parece un adolescente.

O sea, piensa Chon, que aún no ha dado todo lo que puede como surfista. Dios mío.

—Imagino que es local —dice.

—Aquí todos somos locales, menos tú —contesta el otro—. No deberías estar aquí.

—Sólo estoy mirando.

Hasta donde alcanza a ver, la mayoría de los surfistas que esperan en el pico parecen nativos hawaianos. Puede que Karsen sea el único *haole*. Chon ve a Karsen remar hacia otra ola, bajar por la pared, girar y volver a subir.

—No te quedes mirando mucho rato, amigo —le dice el tipo mientras levanta su tabla y se acerca al borde rocoso—. Este no es buen sitio para un *malihini*.

—¿Qué es un *malihini*? —pregunta Chon.

—Un forastero.

El tipo lanza la tabla por el acantilado y luego salta detrás.

Chon piensa por un momento que se ha suicidado, pero luego lo ve salir a flote, agarrar su tabla y alejarse remando.

Decide volver en otra ocasión.

Y, por supuesto, saltar de ese acantilado.

· · ·

Kauai es una isla pequeña y Hanalei un pueblecito.

A las dos horas de encontrarse con el *haole* en el acantilado, Gabe Akuna sabe ya que se llama Chon y que alquila una casa en Hanalei con dos amigos californianos: un tal Ben y una tal «O» (a saber qué significa el nombrecito). Llama a unos compas en Los Ángeles y averigua que Chon, Ben y O son traficantes de marihuana de los gordos.

Y que le venden hierba a Tim Karsen.

Tim lleva años moviendo hierba en Kauai, y la Compañía lo ha permitido porque es de aquí y Kauai está en la periferia, porque la cantidad de mercancía que mueve es poca y porque es el padre de K2.

Pero las cosas están cambiando.

La Compañía se ha propuesto recuperar —por las buenas o por las malas— el control de todo el tráfico de droga en las islas; en todas las islas y de todas las drogas: hierba, cristal, coca y heroína.

No pueden permitir que haya fugas, hay demasiado dinero en juego.

Tim tiene que entrar en el aro o dejar el negocio, por más que sea el padre de K2.

Y ahora, encima, aparecen estos *haoles*.

Es un problema.

¿Qué buscan? ¿Venderle más hierba a Tim? ¿O ampliar su red de distribución aumentando el volumen de producto?

Eso sería una joda.

Pero lo peor sería que estuvieran pensando en cultivar aquí.

Eso no puede pasar.

La Compañía también está comprando terrenos, y por algo se llama a Kauai «la isla jardín». La caña de azúcar, la piña, el arroz y el ñame eran antes los principales cultivos, pero la marihuana está a punto de desbancarlos. Y la legalicen o no, la Compañía estará bien situada para cobrar por esa cosecha.

No unos *malihinis* del continente.

Californianos, piensa Gabe con desdén.

Que se vayan a la chingada.

La Compañía no quiere saber nada con californianos.

. . .

Antes, el crimen organizado en Hawái era monopolio de los asiáticos.

Primero de las tríadas chinas y luego de la yakuza japonesa.

En los años sesenta, sin embargo, Wilford Pulawa, un nativo hawaiano, decidió que había llegado el momento de que los lugareños tomaran el control y reclutó a una banda de jóvenes con ese propósito.

El juego, la prostitución, los sindicatos, los sectores típicos de la mafia... La Compañía se apoderó de todo.

Pulawa fue encarcelado en el 73, sus sucesores se dedicaron a pelear entre sí y a principios de la década de los noventa la Compañía había perdido gran parte de su poder. Ahora hay quien dice que está en las últimas y otros opinan, en cambio, que está volviendo a emerger gracias a la epidemia del cristal.

Y luego está el hecho de que, hace unos años, la mafia del continente mandó a un par de sicarios de Las Vegas a meterse en el territorio de la Compañía. Se cuenta que la Compañía los mandó de vuelta a Las Vegas por mensajería, hechos pedacitos, con una nota que decía: «Delicioso. Envíen más».

. . .

Cuando vuelve a la casa, Chon arde en deseos de contarle a Ben que acaba de ver el futuro del surf, pero su amigo tiene la cabeza puesta en otras cosas.

—Tenemos negocios que atender —dice.

—Creo que yo me voy a la playa —contesta O.

Ya sea por paternalismo, por machismo o porque les preocupa su seguridad (o por las tres cosas a la vez), los «chicos» pocas veces le cuentan los pormenores del negocio. O pone una cucharada de poké en una loncha de Spam y se la mete en la boca.

No está nada mal.

Decide llamarlo «spamoké».

Los chicos suben al *jeep* que alquilaron y salen de Hanalei hacia el norte por la autopista de Kuhio, la ruta de dos carriles que bordea la costa. Chon va al volante. Dejan atrás el sitio donde vio a K2 obrar su magia, pasan por Lumahai Beach y siguen hasta Wainiha, donde toman un camino de tierra que avanza hacia el interior de un espeso bosque tropical.

Pasados unos doscientos metros, el camino desemboca en un claro.

A la izquierda hay una edificación que sólo puede describirse como destartalada. De una sola planta, se extiende por el lindero del bosque como una fila de vagones de tren, como si cada nuevo añadido fuera una ocurrencia posterior. En el lado derecho del claro hay otro edificio que parece un taller y, delante de él, varios soportes con tablas de surf. La puerta abierta deja ver más tablas en el interior. A la izquierda hay una barca y una moto acuática, junto a una fila de paneles solares.

Al fondo del claro hay un enorme baniano, y en el árbol, bueno, una casita.

En construcción.

No es como la que construiría un niño sino una casa de verdad, con varios niveles, construida primorosamente, con tablones bien pulidos y lijados.

Por el camino picotean unas cuantas gallinas.

El paraje está aislado, sólo se ve la densa vegetación y una palmera solitaria que se alza sobre un pequeño trozo de césped bien cuidado.

Un hombre sale de la casa.

Ronda los cincuenta y cinco años y tiene el pelo largo, negro y abundante, surcado por algunos mechones de canas y echado hacia atrás. Encima de la ceja derecha tiene una pequeña cicatriz en forma de zeta. Viste camisa hawaiana floreada, bermudas y sandalias. Unas gafas de sol envolventes completan su atuendo.

—¡Aloha! —dice con una amplia sonrisa al tiempo que se levanta las gafas.

Chon y Ben salen del *jeep*. El tipo les tiende la mano.

—Soy Tim.

—Yo soy Ben. Este es Chon.

—Me alegro de conocerlos por fin en persona.

Hasta ahora sólo habían hablado por teléfono satelital o mediante correos electrónicos encriptados.

Tim Karsen es su distribuidor en Kauai.

Entraron en contacto de la manera habitual, por medio de amigos de amigos, pero esta es la primera vez que se ven cara a cara.

—Me fascina la casa del árbol —comenta Ben.

Tim sonríe.

—Es de mi hijo. Se la está construyendo para vivir.

—Es genial.

—Pasen —dice Tim.

Cruzan la puerta de la casa, que da directamente a la cocina. El interior —espacioso, limpio y ordenado— sorprende por su contraste con lo rústico de afuera. Los suelos son de listones de madera pulida, y las paredes, también de madera, están cubiertas de cuadros de estilo hawaiano.

Una mujer revuelve una ensalada sobre una mesita sólida de madera.

—Esta es Elizabeth —dice Tim.

Es guapísima.

Delgada, de pelo largo y rojizo y ojos de un castaño profundo, viste camisa de mezclilla y *jeans*.

Y qué voz, piensa Chon. Grave, tersa, puro sexo incluso cuando dice algo tan prosaico como:

—Hice ensalada para comer. Espero que les guste.

Hasta una mierda de perro servida en una teja me gustaría si me la sirvieras tú, piensa Chon para sus adentros.

Se sientan a la mesa larga del comedor, en la que hay una jarra de té helado y otra de jugo de guayaba, pero Tim sale de la cocina con tres botellas de cerveza bien frías.

—IPA Captain Cook —dice—. Cerveza local.

—Lo de ser local es muy importante por aquí, ¿no? —pregunta Chon.

Tim asiente.

—Nosotros llevamos doce años en la isla y todavía nos consideran *malihini*.

—En realidad la gente aquí es muy amable —dice Elizabeth—, siempre y cuando respetes la cultura local.

—O sea, siempre y cuando no seas un imbécil —remacha Tim.

—Amén —dice Chon.

Entrechocan las botellas.

Pero lo curioso del caso es que…

A Chon le suena este tipo.

Sabe que no se han visto nunca, pero aun así…

Lo conoce de algo.

Y no se llamaba Tim.

...

Tim los lleva por un sendero angosto, casi una vereda abierta en la espesura.

Ha empezado a llover suavemente y, mientras se internan en las colinas, la tierra roja se convierte en barro rojo que se les pega a los zapatos.

Un arroyo corre a su derecha.

Pasados diez minutos, llegan a un claro de algo menos de una hectárea, cubierto de hierba y rodeado de densa vegetación.

—Este es el sitio que tengo pensado —dice Tim.

—¿Está a la venta? —pregunta Ben.

—Ya lo compré, así que podríamos arreglarlo.

—¿Lo compraste legalmente? —dice Ben.

—No soy tonto, solo lo parezco —contesta Tim—. Hice la compra a través de cinco empresas fantasma. Es imposible rastrearla.

—El sitio es perfecto —comenta Ben mientras mira alrededor—. Muy escondido. Pero tendríamos que analizar el suelo.

—Claro —dice Tim—. Pero aquí todo crece. Podrías plantar un Chrysler y daría Chryslercitos. El verdadero problema es mantener controlada la vegetación.

—Tiene potencial —dice Ben—. ¿Podríamos despejar más terreno si hiciera falta?

—Compré seis hectáreas.

—¿Puedes conseguir mano de obra?

Tim asiente con un gesto.

—¿Son confiables? —insiste Chon.

—Son *ohana* —contesta Tim.

—¿Qué es eso?

—Familia —dice Tim, como si con eso quedara resuelta la cuestión.

Vuelven a la casa caminando bajo la lluvia.

Cuando llegan, Chon ve que Kit Karsen está colocando su tabla en un soporte del taller.

El chico vuelve la cabeza y sonríe al ver a su padre.

—¡Hola, papá!

...

El padre de Chon es un hijo de perra completito.

Fue uno de los fundadores de la Asociación, la mayor red de narcotráfico en la historia de California, no estuvo muy presente en la infancia de Chon y, cuando lo estuvo, no fue precisamente para bien.

Una vez, por ejemplo, unos socios suyos secuestraron al pequeño Chon y lo tuvieron como rehén hasta que su padre les pagó lo que les debía.

Fue una de las pocas veces que Chon se sintió valorado.

Chon siempre ha sabido que su padre estaba metido en el negocio de las drogas. Ben y O, en cambio, han descubierto hasta hace poco que ellos también son narcotraficantes de segunda generación y no unos pioneros dentro de sus respectivas familias, como creían.

¡Ah, qué bella y qué ignorante es la arrogancia de la juventud! ¡Y qué arrogante su ignorancia! ¡Mira que creer que eran los primeros!

Pero la madre de O y los padres de Ben —que son psicoterapeutas— eran grandes inversionistas —miembros de la junta directiva de la Asociación, por decirlo de algún modo—, y el padre biológico de O no era el que ella creía sino Doc Halliday, que murió hace poco y que hizo del condado de Orange el epicentro del tráfico de marihuana, hachís y cocaína en Estados Unidos.

Lo que viene a demostrar nuevamente que:

A.   Desconocemos nuestros orígenes.
B.   No hay nada nuevo bajo el sol.
C.   Las drogas han existido desde siempre.
D.   Todo lo anterior.

Ahora Chon y su viejo mantienen una relación basada en una premisa en la que ambos están de acuerdo: cuanto menos se vean, mejor.

Salta a la vista, en cambio, que Kit quiere mucho a Tim.

Y que Tim adora a su hijo.

Chon lo nota por cómo se abrazan, como si hiciera años que no se ven y no unas pocas horas.

Eso lo pone un poco triste.

—Te presento a Ben y Chon —dice Tim—. Este es Kit, nuestro hijo.

—Aloha —dice el chico saludándolos con una inclinación de cabeza.

—Ben y Chon son de California —añade su padre—. De Laguna Beach.

—Me encantaría ir allá alguna vez.

—Cuando quieras —contesta Ben—. Ya tienes sitio donde quedarte.

—Ten cuidado, no vaya a tomarte la palabra —responde Kit.

Elizabeth sale y le sonríe a su hijo.

—Llamó Malia desde el pueblo. Ya llegó tu bomba de agua.

—Estupendo —dice Kit.

Son una familia, se dice Chon.

Es la primera vez que ve una de verdad.

Pero ¿quiénes son estas personas?

¿Quiénes son de verdad?

• • •

Gabe está muy encabronado de que los *haoles* hayan ido a reunirse con Tim Karsen y él les haya enseñado las tierras que compró.

Como la cosa no pinta nada bien, decide hacer una llamada.

• • •

Red Eddie tiene el pelo más anaranjado que rojo y en realidad se llama Julius, pero al jefe de la Compañía nadie va a llamarlo Orange Julius.

Estudió en Harvard y en la Escuela de Negocios Wharton y es un empresario de origen hawaiano-japonés-chino-anglo-portugués con oficinas en Honolulú, North Shore y San Diego. Ahora está en Honolulú y no le está gustando nada lo que le cuenta Gabe por teléfono.

¿Cómo que tres *haoles* californianos van a montar una plantación en Kauai?

Nada de eso.

—Díganles que se vayan —ordena.

—¿Y si no quieren? —pregunta Gabe.

—¿Me lo estás preguntando en serio?

Eddie cuelga y se toma un paracetamol.

Dirigir la Compañía es un quebradero de cabeza, a veces.

• • •

A Ben le fascina la casa del árbol.

Eso es lo que le va a él, lo que lo pone, por así decirlo: todo lo que sea verde, alternativo, fuera del sistema… Es lo que le chifla.

(Los genes, ya se sabe).

—La estamos construyendo entre Kit y yo —dice Tim—, para que él viva allí.

Ben pide verla.

—Si quieres te enseño los planos —dice el chico, encantado. Entran en el taller y Kit despliega los planos sobre la mesa—. Quiero vivir lo más cerca que pueda de la naturaleza.

—Pues más cerca que en un árbol, imposible —contesta Ben.

Son tal para cual, piensa Chon.

Los planos muestran una edificación de tres niveles conectados por escalerillas y pasarelas. El nivel inferior es la cocina, cuyas paredes serán persianas que pueden subirse y bajarse y con un fogón de leña y una pila antigua, abastecida con agua del riachuelo mediante una bomba.

Una pasarela con barandilla de madera de cocotero sube hasta el segundo nivel: una sala con suelo de tablones de koa, paredes de tamarindo y grandes ventanas con vista a la selva. Varias pasarelas más y una escalerilla conducen al tercer nivel: un dormitorio también con suelo de tablones, paredes de madera de mango y techo de paja con claraboya. El cuarto de baño contiguo (*en suite*, bromea Kit) tendrá un escusado de descarga por gravedad y una ducha a la que le dará agua una bolsa de lona impermeabilizada colgada de una rama alta para recoger la lluvia.

Kit se enorgullece de que toda la madera sea isleña, de árboles caídos o que ha habido que talar por motivos de seguridad. Han tenido que esperar años, literalmente, para conseguir ciertas piezas, pero prefieren hacer las cosas bien. Compraron la madera en bruto y la han cortado, cepillado y lijado ellos mismos, amorosamente. También están haciendo los armarios, de madera de kamani, y las estanterías y una mesa grande para la cocina de madera de jabí.

—Todo va a funcionar con energía solar —añade Kit.

—¿Reciben luz suficiente? —pregunta Ben.

—La suficiente para las baterías de almacenamiento —dice Kit—. Y cuando no haya, tenemos lámparas de keroseno. Además, no necesito mucho voltaje.

No tiene televisión, por ejemplo.

—Me gusta leer —explica Kit.

Tampoco necesita mucha luz para eso.

—Me acuesto temprano —añade—, y me levanto cuando amanece.

Kit lleva a Ben a ver la casa.

El primer nivel está casi acabado. Ya han colocado el suelo e instalado el fogón, y las pesadas persianas de bambú están colgadas y enrolladas, de momento.

Suben por la pasarela al siguiente nivel, una habitación de tres metros y medio por cuatro, con suelo de tarima pulida y paredes de una hermosa madera rojiza con grandes ventanas. Dos de las paredes están terminadas; de las otras dos sólo han hecho el bastidor. En la pared norte hay una ventana de cristal emplomado con la imagen de una hawaiana caminando hacia el mar con su tabla de surf.

—¿Lo hiciste tú? —pregunta Ben.

—No, Malia, mi novia —contesta Kit.

—Esto es alucinante, Kit.

Tiene la sensación de estar en un departamento, no en una casa en un árbol, y sin embargo las hojas rozan las ventanas y por todas partes se oye el trino de los pájaros.

Está todo hecho con tanto cuidado, con tanto amor...

Suben a lo que será en algún momento el dormitorio y se detienen en el armazón, porque aún no han instalado el suelo.

—Sé que mi padre y tú hacen negocios —dice Kit—. Y también sé de qué se trata.

—¿Y te parece bien? —pregunta Ben.

—Protejo mucho a mis padres, ¿sabes?

—Lo entiendo y lo respeto.

—Y tengo mis dudas éticas —añade Kit.

—Eso también lo respeto.

—Mientras sólo sea hierba, no me parece mal. Pero si fuera coca, cristal o heroína...

—No, nada de eso —dice Ben—. Estamos de acuerdo.

Se estrechan la mano y, aunque el chico ni siquiera intenta hacer fuerza, Ben nota que le duelen los dedos.

No sería buena idea enemistarse con él.

...

—Yo conozco a ese tipo —dice Chon mientras vuelven a casa.

—¿A Tim? —pregunta Ben—. No puede ser. Hace doce años que no sale de la isla y tú nunca habías estado aquí.

—Sí, pero lo conozco.

—Ya estás con tu paranoia.

A Chon no le importa reconocer que es un poco paranoico (cuando te mandan varias veces a Irak y Afganistán en operaciones especiales, no te queda otra: es cuestión de supervivencia), pero no cree que esta vez se trate de eso.

Porque ahora recuerda de dónde conoce a Tim, por qué le suena tanto su cara.

Es por la cicatriz en forma de zeta.

Era un antiguo socio de su padre. Chon no lo veía desde hace... desde hace doce años, mínimo, pero el caso es que es igualito a Bobby Zacharias.

El mítico Bobby Z.

Bobby Z era un surfista legendario, de los mejores de la Costa Oeste. Chon recuerda cómo lo admiraba cuando era un chiquillo. Y Z era, además, uno de los mayores traficantes de marihuana de California.

Luego desapareció.

Hará cosa de doce años.

Se esfumó de la faz de la Tierra.

Y al parecer —piensa Chon— fue a parar al paraíso.

Y volvió a meterse en el negocio de la droga.

Todo encaja.

Chon recuerda una cosa más acerca de Bobby Z.

Que era un pendejo.

—La gente cambia —dice Ben cuando Chon le cuenta la historia.

—No, para nada —contesta Chon.

...

O rechaza la idea (el comentario, la acusación o el reproche) de ser una hedonista.

—No soy una hedonista —les dijo un día a Ben y Chon—. Soy una shedonista.

Que es distinto.

...

A O le encanta Kauai.

La bahía de Hanalei es el sitio más bonito que ha visto nunca. A su izquierda se alzan unas montañas de un verde esmeralda; a su derecha se extiende la playa dorada, hasta un viejo muelle junto a un río que baja de las colinas. El océano (el Pacífico, por si alguien tiene problemas con la geografía) es de un azul cerúleo (a O le gusta esa palabra: cerúuuleo) y el panorama está rodeado por completo de palmeras y poblado por mujeres y hombres hermosos.

Los hombres hawaianos son de una belleza alucinante, y las mujeres también, piensa O, que es bisexual por inclinación y por naturaleza.

Y lo dice ella, muy acostumbrada a la belleza por haber crecido (más o menos) en Laguna Beach, la ciudad más bonita de California (lo que no es decir poco), entre gente guapa. Pero lo de Hanalei es otra cosa.

El paisaje, la gente, la comida…

Si a eso se añade el hecho de que Paru —su madre— está en Laguna, a varios miles de kilómetros de distancia y con medio océano de por medio, Kauai bien podría ser el paraíso.

Llueve casi todos los días un rato, pero a O no le importa. De hecho, le gusta caminar en medio de esos aguaceros efímeros y disfrutar luego de la calidez del sol.

Le gusta la casa que alquilaron, al lado de la playa luego de cruzar un parquecito. Es un búngalo precioso de dos recámaras con una sala enorme, con ventiladores en el techo y un porche (o *lanai*, como dicen aquí) que rodea toda la casa.

Le encanta desayunar fruta fresca (papaya, guayaba y mango) con café Kona bien cargado, y le gusta ir a pie hasta el pueblo, a escasas cuadras de la casa, a comer un plato combinado de arroz blanco y ensalada de macarrones con pollo deshebrado o Spam (de esto se hablará más adelante).

Normalmente van a cenar pescado a alguno de los estupendos restaurantes que hay por allí, aunque las últimas dos noches Ben y Chon han cocinado en casa.

A los dos se les da bien cocinar.

A ella no.

Ella sabe preparar:

Un tazón de cereal Cheerios.

Un tazón de cereal Froot Loops.

Un sándwich de queso.

Lasaña (precocida, en el microondas).

Y pollo empanizado (ídem de ídem).

Comer le gusta mucho, en cambio. Cuando su madre comentó una vez que Ophelia comía «como pájaro», Chon contestó que un buitre grande también podía ser considerado un «pájaro». Es capaz de zampar como una yegua embarazada, pero nadie sabe dónde acaba todo eso: las calorías se esfuman de su cuerpo como el dinero del presupuesto de una película de Hollywood. Con todo, su madre se queja a menudo de que a O le sobran entre dos y cinco kilos en las caderas y los muslos, una grasa imaginaria que ella ha eliminado de su cuerpo mediante congelación de las células adiposas.

—Reforzando así su imagen de Dama de Hielo —observó O.

Paru tiene una actitud muy del estilo Ricitos de Oro respecto a los hábitos alimenticios de su hija: o come en exceso o demasiado poco, o está demasiado flaca o demasiado gorda, pero nunca «bien», otra razón por la que O se alegra de haber puesto medio océano entre ambas.

Debido a los platos combinados, O se ha aficionado al Spam.

—¿Qué es el Spam? —le preguntó un día a Ben.

—Nadie lo sabe.

—¿Ni los que lo fabrican?

—Ellos menos que nadie.

En realidad no le importa lo que tenga el Spam mientras pueda seguir comiéndolo. Le chifla. Y qué decir del poké... Esos trocitos de pescado crudo con salsa de soya, aceite de ajonjolí y chiles...

Resumiendo, le encanta Kauai.

Le apasiona esa cultura creada por la mezcolanza de tradiciones hawaianas, japonesas, chinas, portuguesas y anglosajonas.

La comida, el clima, la gente...

Todo es cálido y agradable.

Justo lo que ha estado buscando toda su vida.

. . .

Camina tranquilamente por la playa hasta el muelle, que antes era de madera y ahora es de cemento, mide algo más de cien metros de largo y tiene una zona techada en el extremo.

Hay un señor mayor allí, pescando.

Es guapo, se dice O. Pelo y barba blancos, piel muy morena, una vieja gorra de beisbol metida sobre los ojos más bondadosos y dulces que ha visto nunca.

Le da pena acercarse a él, pero al verla el hombre dice:

—Esto es precioso, ¿verdad?

—Sí, lo es.

—Me llaman Pete —añade él tendiéndole la mano.

—Yo soy O.

—¿Diminutivo de...?

—Ophelia.

Pete sonríe.

—Mejor O.

—Sí —contesta ella—. ¿Pesca aquí todos los días?

—No. A veces pesco de noche. Depende de cómo estén los peces. ¿Quieres probar?

—No sé nada de pesca.

—Puedo enseñarte —dice Pete.

O está acostumbrada a que hombres mucho mayores que ella —padrastros suyos, algunos— quieran enseñarle algo, aunque no a pescar precisamente.

Esto parece distinto, sin embargo, y asiente con un gesto.

Pete le pasa la caña y el carrete y se coloca detrás de ella para enseñarle a lanzar el sedal. Y no se trata de nada turbio ni siniestro, piensa O. No es un truco de viejo verde, sólo un hombre mayor, muy amable, que quiere enseñarle a pescar.

Es bonito.

. . .

O le habla a Pete de su infancia.

De su madre, que una de dos: estaba ausente o la agobiaba con su preocu-pación obsesiva; de sus múltiples padrastros; de cómo creció pensando que su padre era otra persona...

—Tuvo que ser duro —comenta Pete mientras ceba el anzuelo.

—Sí, lo fue.

—Aunque, por otro lado —añade él, irguiéndose y mirándola—, no eras pobre, ¿o sí? Tenías un techo y comida en la mesa. Tenías montones de pri-vilegios. ¿Qué hacías con ellos?

Buena pregunta, se dice O.

Una puta buena pregunta, y muy molesta.

Nada, contesta para sus adentros mientras vuelve a casa. No he hecho absolutamente nada con mis privilegios.

Se niega en redondo a admitir, no obstante, que sea una nihilista.

—De hecho, soy Cleopatra —le dijo a Chon la primera vez que él la acusó de serlo.

—Eso no tiene ni pies ni cabeza.

—Claro que sí —contestó ella—. Soy la Reina del Nihilismo.

. . .

Cuando Chon y Ben vuelven a casa, O los está esperando.

—Voy a unirme a la Madre Teresa —anuncia.

—La Madre Teresa está muerta —contesta Chon.

—Ah. —O se queda pensando un momento—. Bueno, ¿quién no está muerto?

—Las personas con las que vamos a cenar esta noche —responde Ben—. Queremos que nos des tu opinión sobre ellas.

—¿Mi opinión?

—Tú calas enseguida a la gente —afirma Chon.

Entonces, ¿sirvo para algo?, piensa O.

. . .

Quedan en un restaurante llamado Postcards.

Tim Karsen —o Bobby Zacharias, o como se llame— se ve muy bien con su camisa Henley blanca suelta sobre unos jeans limpios.

Elizabeth está sencillamente espectacular —opina O— con una sencilla blusa negra y unos jeans negros muy pegados.

Y Malia…

Malia es Hawái, concluye O.

Alta y esbelta, larga melena negra, brillante como una noche estrellada, piel de color caramelo, grandes ojos castaños y almendrados, y una voz tan suave y aterciopelada como el atardecer.

Lista, divertida.

Y además se comporta con Kit como si él no fuera el chico más bello que O ha visto en toda su vida.

No pienso irme nunca de aquí, se dice O.

Nunca.

. . .

Llegaron a Hanalei cuando él tenía unos seis años, les explica Kit mientras cenan.

Al principio le costó acostumbrarse, no soportaba ser el único *haole* de la escuela. Los niños nativos le pegaban casi a diario, no querían jugar con él, le hacían burlas.

—¿Y qué pasó para que cambiaran las cosas? —pregunta O inclinada sobre la mesa, pendiente de cada una de sus palabras.

—Empecé a surfear —contesta Kit.

Un día bajó a la playa y los muchachos de su escuela estaban surfeando. La mayoría compartía tabla, por turnos, pero algunos tenían la suya propia. Al principio lo ignoraron, le dijeron que se fuera, pero él se quedó y siguió allí, en la playa, hasta que por fin…

Un chico más grande, Gabe, se acercó con su tabla y le preguntó si quería probar. Le enseñó a acostarse sobre la tabla, a remar y a levantarse. Luego se metió con él en el mar y lo ayudó a agarrar las olitas que rompían en la playa.

Al tercer intento, se levantó.

Y se enganchó para siempre al surf.

Desde entonces bajó todos los días a la playa.

Mejoró y los chicos hawaianos, que lo vieron, empezaron a dejarlo en paz. Ya no se burlaban de él, en parte porque veían que sabía surfear y en parte porque Gabe los amenazaba con darles una paliza.

Gabe empezó a ir a su casa. A veces llevaba a otros chicos, pero casi siempre iba solo.

Kit les pidió a sus padres con insistencia que le compraran una tabla.

Empezó a ayudar a Tim, que por entonces se ganaba la vida como podía haciendo trabajos de mantenimiento y albañilería. Limpiaba, hacía chambitas… Lo que fuese con tal de juntar dinero para la tabla. Tardó un año, pero una mañana de Navidad se levantó y allí estaba: una Hobie de una quilla, de siete pies y seis pulgadas de longitud , de segunda mano pero preciosa.

—Todavía la tengo —concluye lanzando una sonrisa a sus padres.

Se convirtió en un fenómeno, uno de esos niños prodigio que aparecen en *Surfer*, que salen en videos y a los que patrocina Billabong, pero nunca participaba en competencias o torneos.

—Para mí surfear no es eso —dice—. Nunca lo he visto como una competencia o como un negocio. Es sólo algo que me encanta hacer, y no quiero estropearlo.

Aun así, se hizo famoso.

Venían editores de revistas, fotógrafos y aficionados de todo el mundo a verlo surfear, pero Kit no se dejaba engatusar. Iba a Maui a montar las grandes olas de Jaws o a Tahití, y luego volvía a Kauai.

—Esta es mi casa —dice—. No quiero irme a otro sitio. Estoy bien aquí.

Amaba la isla y la isla lo amaba a él.

Ya no era uno del continente, un *haole*, sino un local, parte de la *ohana*, un hermano.

Empezó a salir con una chica hawaiana, Malia, la única novia que ha tenido.

Y en Hanalei ha seguido, trabajando de carpintero o ayudando a su padre. De vez en cuando hace un video o recibe honorarios de compañías de surf por usar su ropa o montar sus tablas; posa para algún anuncio o patrocina un traje de neopreno, una tabla o unas gafas de sol.

Tenía quince años cuando salió en la portada de *Surfer*, pero él no es sólo un surfista, es un chico al que le gusta el mar: nadador, submarinista, salvavidas, y tan diestro con una moto acuática, una canoa o una barca como con una tabla de surf.

Kit Karsen es la persona más feliz del mundo.

—Llegaste aquí cuando tenías seis años —dice Chon—. ¿Dónde vivían antes?

En California, contesta Elizabeth.

Vivíamos en California.

...

Ben y Tim salen del restaurante.

—Bueno, ¿nos lanzamos o qué? —pregunta Tim.

—No sé.

—¿Qué duda tienes?

—No puedo hacer negocios con alguien que no es sincero conmigo —responde Ben.

—¿En qué no estoy siendo sincero?

—Bueno, pues, para empezar, en quién eres, Bobby.

—Crees que soy Bobby Z —dice Tim.

—¿Y no es verdad? —pregunta Ben.

—No. Quiero decir que lo fui, durante un tiempo.

—¿A qué diablos te refieres? Déjate de juegos y habla claro de una vez.

—Mi verdadero nombre es Tim Kearney —dice Tim.

Y luego le cuenta una historia.

...

O se ha regido siempre por la máxima que afirma que «la ignorancia es felicidad».

Esto la convierte, en su opinión, en una de las personas más obstinadamente dichosas del planeta.

Ella, por descontado, ignora la procedencia de esa frase.

Eso sería contraproducente.

(Thomas Gray, «Oda a un paisaje lejano de Eton College», por si alguien quiere saberlo).

—¿Conocen a mi amigo Pete? —pregunta sentada a la mesa mientras saborea un sorbete de mango como postre.

—¿Pete el de la carnada? —pregunta Kit—. Claro.

—Todo mundo conoce a Pete —añade Malia.

—Cuéntenme algo de él —les pide O.

Elizabeth se encoge de hombros.

—Llegó aquí hará cosa de un año. Y se quedó. Se dedica sobre todo a pescar, vende carnada a los turistas… Pasa mucho. La gente viene de visita, se enamora de la isla y ya no se va.

No me extraña nada, piensa O.

...

Tim Kearney —dice Tim hablando en tercera persona, como si se refiriera a otro y no a sí mismo— era un pobre diablo, un delincuente de medio pelo cuya mayor destreza consistía en ser atrapado por la policía. Ni siquiera la temporada que pasó en los Marines cambió su suerte, y pasó directamente de Kuwait a prisión.

Lo que lo salvó fue su notable parecido físico con un conocido traficante de marihuana, un tal Bobby Zacharias.

Un cártel mexicano había secuestrado a un agente de la DEA y quería canjearlo por Bobby Z. El problema era que este había muerto de un infarto en la ducha, o al menos eso fue lo que la DEA le contó a Tim.

Le hicieron la cicatriz característica de Z y lo llevaron a la frontera para el intercambio.

Y allí fue donde salieron mal las cosas.

Por lo visto, lo que quería el cártel no era rescatar a Bobby Z, sino matarlo. El canje era, en realidad, una emboscada. Tim consiguió escapar, pese a todo, y acabó en un escondrijo en el desierto donde conoció a Elizabeth, que estaba cuidando al hijo de Z y que por entonces era un chiquillo.

—Kit —dice Ben.

Tim asiente y sonríe.

—Lo mejor que me ha pasado nunca. Resulta que los mexicanos querían matar a Z por haber embarazado a la madre de Kit. Yo me di a la fuga y me llevé conmigo a Kit y a Elizabeth, y acabamos aquí. Y aquí seguimos doce años después, tan felices.

—¿Y los mexicanos dejaron de buscar a Bobby Z?

—No queda vivo ninguno de los de entonces.

—¿Kit sabe que no eres su verdadero padre?

—Sabe que soy su verdadero padre —contesta Tim—. Y que Bobby Z fue el donante de esperma.

—Te quiere muchísimo —dice Ben.

—Y yo a él. Bueno, ¿y ahora qué?

—Tengo que hablarlo con Chon y O.

* * *

Lo habla con ellos en el camino de vuelta a casa.

—¿Qué te parecieron? —le pregunta a O.

—No sé con cuál de ellos se me antoja más acostarme —contesta ella—. Tim es como un oso de peluche guapísimo, Elizabeth es la mujer más sexy que he visto, Malia es preciosa, y Kit… Kit es como un joven dios griego.

Ben les cuenta la historia de Tim.

—¿Tú le crees? —pregunta Chon.

—¿Por qué iba a inventarse algo así? —contesta Ben.

—Entonces el verdadero Bobby Z está muerto —dice Chon.

Ben se encoge de hombros.

—Las leyendas también mueren. Bueno, ¿qué opinan?

—Yo opino que deberíamos seguir adelante —dice O—. Que deberíamos hacer negocios con ellos y quedarnos a vivir aquí para siempre.

—No puedes cogerte a ninguno —replica Ben.

—Y la Madre Teresa está muerta —suspira O.

—Entonces, ¿vamos a hacerlo? —pregunta Ben.

—Sí, vamos a hacerlo —responde Chon.

Todo está en orden.

* * *

Chon está al borde del precipicio…

(No, no es simbólico. Está parado al borde del dichoso acantilado, ¿de acuerdo? ¿Cómo va a saltar, si no? A ver).

…y lanza la tabla.

Y luego se tira él.

No es que sea el mejor surfista del mundo, ojo. No es Kit Karsen Zacharias Kearney, pero fue Navy SEAL (sí, ya sé que esto se ha convertido en un desgastado cliché, y también que lo de «cliché» es, a su vez, otro cliché, pero es que fue Navy SEAL), de modo que sabe manejarse en los acantilados y el agua.

Llegó temprano, cuando todavía estaba amaneciendo, para no estorbar a los locales, y está solo cuando se hunde en el remolino de la corriente, lucha a brazo partido por subir a la superficie, agarra la tabla y se sujeta el *leash* al tobillo. Luego rema hacia la rompiente. El mar no está tan revuelto como ayer, pero sigue habiendo grandes olas, las olas típicas de Hawái, y Chon tiene que remar con todas sus fuerzas para agarrar una.

Pero cuando la agarra es…

Asombroso.

(Un adjetivo del que se abusa —Chon es consciente de ello—, tan desgastado que ya casi no significa nada, pero si algo puede inspirar verdadero asombro es una gran ola de la costa norte de Kauai. Si eso no te asombra, es que no tienes ni corazón ni alma).

Chon no intenta hacer florituras: ni girar en el labio de la ola, ni deslizarse con la cola de la tabla por su cresta. Sólo intenta mantenerse en pie mientras la ola se desliza veloz y encabritada y, antes de que lo empuje contra las rocas, se retira.

Consigue montar cuatro, todas las que puede agarrar, y después vuelve remando a la playa, al otro lado del cabo rocoso, y ahí es donde empiezan los líos.

De hecho, los líos lo están esperando.

• • •

Pete se agacha, rebusca en su caja de aparejos y saca una cosa envuelta en papel aluminio.

—¿Has probado esto alguna vez? —le pregunta a O mientras abre el envoltorio.

—¿Qué es?

—Un *bagel* de cebolla con huevo frito. Dale una mordida. Si no lo has probado nunca, no sabes de lo que te estás perdiendo.

O lo prueba.

Efectivamente, no sabía de lo que se estaba perdiendo.

...

Son seis y están esperando a que salga.

Como en *Rescatando al soldado Ryan*, pero en una playa de Kauai.

El jefe, el que se acerca a Chon cuando sale del agua, es el hawaiano con el que habló hace unos días. Viste bermudas negras, camiseta blanca con la leyenda DEFEND HAWAII en negro y gorra de beisbol negra con el número 808 —la clave de Hawái— en blanco.

Los otros cinco —cinco *mokes* gigantescos— vienen detrás.

—Hola —dice Chon.

—¿Vives aquí? —pregunta el cabecilla—. Porque si no vives aquí, no surfeas aquí. Los *haoles* que vienen del continente se creen los dueños de todo, pero esta playa es nuestra.

—Entendido —dice Chon—. Ya me voy.

Intenta pasar junto al hawaiano, pero el tipo le corta el paso.

—¿Sabes quiénes somos?

—No.

—Somos los Palala. ¿Sabes qué significa eso?

—No.

—Que somos la Hermandad —dice—. Somos hermanos. Yo soy Gabe Akuna.

Chon imagina que quiere decirle algo con eso, pero no consigue refrenar una sonrisita.

—De acuerdo.

—¿Te hace gracia? —pregunta Gabe—. Pues te vamos a quitar la sonrisa de la cara, pendejo.

—No busco problemas. —Chon intenta pasar a su lado otra vez.

—Pues ya te los encontraste —replica Gabe al cortarle otra vez el paso.

Dicen que lo que uno ignora no puede lastimarlo.

(La ignorancia, ya se sabe, es felicidad).

Pues se equivocan.

(Diga lo que diga O).

Gabe ignora, por ejemplo, que Chon tiene una vena violenta innata.

Ignora que es un combatiente bien entrenado.

Ignora que se ha servido de su entrenamiento para lastimar y matar a numerosas personas.

Ignora que, de hecho, le gusta pelear.

Ignora que Chon no está acostumbrado a dejarse avasallar.

Ignora que Chon tiene mal genio.

Y que está a punto de perder la paciencia.

Lo que ignoras, puede lastimarte.

Y mucho.

—Estás en medio —dice Chon.

—Pues quítame —lo reta Gabe.

—¿Esto es entre tú y yo? —pregunta Chon—. ¿O entre tú, todos tus muchachos y yo?

Ahora es Gabe quien sonríe, burlón.

—Llamas al lobo y acude la jauría.

Chon asiente con la cabeza y, antes de que a Gabe le dé tiempo de moverse o pestañear, lo agarra por el pecho de la camiseta, lo levanta y lo lanza contra los dos tipos que tiene detrás. Luego gira y le asesta tres puñetazos en la cara al cuarto *moke*.

Otro se le acerca por detrás, lo rodea con los brazos y lo levanta del suelo. Chon engancha la pierna izquierda en la de su agresor y le propina un fuerte golpe con el pie en los testículos.

El tipo lo suelta.

Otro se abalanza contra él con intención de derribarlo. Chon afianza los pies en la arena, hunde los pulgares en los ojos del tipo, le echa la cabeza hacia atrás y lo tumba con un puñetazo desde lo alto.

Se da vuelta a tiempo para ver que otro tipo se precipita hacia él. Se aparta y le propina una patada en la entrepierna, vuelve a girar y le asesta un golpe con el antebrazo en el puente de la nariz a uno más.

Dos de los Palala están de rodillas en la arena, con la mano en la entrepierna. Otros dos están inconscientes, tirados en el suelo. Y otro, boca arriba, se tapa con la mano la nariz rota.

Llamas a la jauría y acude el lobo (solitario).

Razón por la cual Gabe se acerca a su camioneta y vuelve con una pistola.

...

O nunca ha tenido un padre de verdad.

Tuvo uno, por supuesto (una segunda inmaculada concepción fue imposible hasta para Paru, aunque sin duda lo intentó con todas sus fuerzas), pero O no llegó a conocerlo. Ni siquiera sabía quién era hasta hace poco.

Ha conocido a siete padrastros, pero después de los dos primeros no se molestó en aprenderse sus nombres y decidió ponerles un número.

Después del número Tres, le regaló a su madre un Hitachi Wand.

—¿Qué es esto? ¿Un tipo de vibrador? —preguntó Paru.

Sí, pensó O, y un Ferrari es un tipo de coche.

—Que este sea el número Cuatro, te lo pido por favor —le dijo—. No meterá a la casa un montón de mierdas suyas, no establecerá un montón de normas nuevas ni intentará ser mi padre. Y, lo mejor de todo, cuando acabes con él, lo apagas y listo. Sin abogados ni juicios ni reparto de bienes.

Paru no aceptó ni el regalo ni el consejo.

Se casó con Cuatro, que era un vibrador de carne y hueso, un tarado renacido en Indiana con el que pensaba abrir un negocio de joyería cristiana. Según O, deberían haber abierto un negocio de joyería de segunda mano que se llamara «Joyas Renacidas», pero por lo visto ni el negocio ni Cuatro funcionaron y Paru volvió al condado de Orange, donde tenía más cerca a sus cirujanos plásticos.

El caso es que O no ha tenido nunca una figura paterna; Pete es la primera.

Pete le enseña a pescar.

La escucha.

Le invita sándwiches de *bagel* de cebolla con huevo frito.

Y ella se enamora de él profundamente, como una hija.

...

Chon tiene el Chon a tope.

Al ver a Gabe con la pistola en la mano, sólo piensa: Ven aquí, hijo de perra. Acércate, te voy a quitar esa arma, te la voy a meter en la garganta y te voy a hacer tragar lo que salga de ella.

Pero Gabe no es tan tonto.

Guarda las distancias.

Le apunta al pecho.

Chon elabora un razonamiento: la gente cree que es fácil pegarle un tiro a alguien a bocajarro, pero no es verdad; es mucho más difícil de lo que parece. Hasta los policías entrenados suelen fallar el primer disparo.

Es lo que calcula Chon mientras se acerca poco a poco a Gabe.

Las siguientes variables de la ecuación son el tiempo y la distancia: Chon intenta calcular si puede echarse encima de Gabe antes de que dispare por segunda vez.

Porque el segundo tiro sí suele dar en el blanco.

Una cosa está clara: no puede quedarse allí parado esperando a que Gabe dispare.

Está a punto de abalanzarse contra él, cuando...

...

—¡*Pau ana*! —oye gritar a Kit en hawaiano.

«¡Quieto!».

Gabe se detiene.

Baja la pistola y se vuelve a mirar a Kit, que está de pie al borde de la playa.

—¿*He aha ana la*? —le pregunta Kit.

«¿Qué pasa?».

—Este *haole* nos faltó al respeto —contesta Gabe—. Se metió en nuestra playa. Había que darle un escarmiento.

Kit echa un vistazo a la escena, ve que algunos de los Palala intentan levantarse y que otros siguen inconscientes.

—No sé quién le dio el escarmiento a quién. ¿Tenían que ser seis? ¿Para este resultado? Y encima una pistola, Gabe, carajo. ¿Así nos las gastamos ahora? ¿Esto es *pono*?

Chon se fija en que ha hablado en plural.

—Voy a ponerle fin a esto ahora mismo —contesta Gabe.

—No, nada de eso —dice Kit—. Él está conmigo.

—Pero, ¡¿qué dices, hermano?!

Chon ve lo que pasa: Gabe está muy encabronado, pero no va a llevarle la contraria a Kit.

Kit Karsen es quien manda aquí.

—*Pau* —dice Kit.

«Se acabó».

Le hace una seña a Chon para que se acerque.

Chon recoge su tabla, pasa junto a Gabe y se acerca a Kit.

Suben a la camioneta de Kit y se quedan callados un rato mientras vuelven a Hanalei. Luego Kit dice:

—Sí, puede que sea mejor que no vuelvas a surfear allí.

...

—¿Quiénes son esos? —pregunta Ben.

Tim y él están sentados en el *lanai* de su casa. Chon está apoyado contra la barandilla.

—Los Palala, una banda de aquí —contesta Tim—. Empezaron siendo surfistas que defendían su territorio y acabaron convirtiéndose en otra cosa.

—¿En qué? —pregunta Ben.

—Al parecer trafican con droga.

Ben se encoge de hombros como si dijera «¿Y qué? Nosotros también».

—No sólo con hierba —añade Tim—. También con cristal, coca y heroína.

—El cristal está haciendo mucho daño en las islas —dice Malia al salir al porche con Kit.

—¿Son amigos tuyos? —le pregunta Ben a Kit.

—Me crie con ellos. Íbamos juntos a la escuela, surfeábamos juntos. Y también los ayudaba a patrullar las playas, sí. Para impedir que los *haoles* lo echaran todo a perder.

—¿No eres tú un *haole*? —insiste Ben.

—Mi sangre es *haole*, sí —contesta Kit—. Pero mi sangre también es hawaiana. Y esa gente son mis hermanos, mi *ohana*. Les confiaría mi vida allí —añade señalando el océano—. Si me quedara atrapado en la zona de impacto, ¿quién iría a rescatarme? ¿Tú, Ben? ¿Algún turista? ¿O un desarrollador inmobiliario? No, iría Gabe. Me ha salvado ya alguna vez, de hecho.

—¿Y por eso te parece que tienen derecho a venderles cristal a tus otros hermanos y hermanas? —pregunta Malia.

—Se equivocaron de rumbo —contesta él—. Yo los llevaré otra vez por el buen camino.

Tim está preocupado.

Para llevar a alguien por el buen camino, primero tienes que meterte tú por el malo. Y a veces te extravías.

Y, además, se ha enterado de que Gabe está metido en la Compañía.

• • •

O se come con delectación otro *bagel* con huevo.

—¿Qué te decía yo? —pregunta Pete.

—Estoy enganchadísima —contesta ella—. Obsesionada.

Pete se agacha, mete la mano en su caja de aparejos y saca un cebo nuevo.

—He estado pensando —dice O.

—¿Sí?

—Nunca he tenido ocasión de madurar —añade ella.

—O sí la has tenido, y no la has aprovechado —responde Pete mientras engancha con cuidado la carnada al anzuelo.

Vete al carajo, Pete, contesta O para sus adentros, pero se queda pensando un momento, se limpia una migaja de los labios y dice:

—Tienes razón. Creo que nunca he querido madurar.

—¿Y a qué crees que se debe?

—Supongo que quería que alguien me educara. Y, como no lo hizo nadie, me enojé y me negué a educarme yo sola.

—Eres una joven muy lista, O —dice Pete.

—¿Y qué he hecho con toda mi inteligencia? He malgastado mi vida.

Pete se queda callado un buen rato, mirando el océano. Luego dice:

—Yo también.

—No, tú no —contesta ella—. Eres una de las mejores personas que conozco.

Eso es ahora, piensa Pete.

• • •

Casi todos los que venimos a una isla —piensa Pete mientras ve alejarse a O por el muelle—, venimos como refugiados.

No es que lleguemos, es que nos arrastra hasta aquí el oleaje.

A mí también.

Hui de una vida que ya no podía vivirse, dejé atrás a una persona con la que ya no podía vivir.

Yo mismo.

Todo refugiado necesita, por definición, un refugio.

Los más afortunados encuentran uno.

Yo he tenido mucha suerte.

Ojalá esta joven también la tenga.

. . .

Gabe está encabronado.

Encabronado de que el *haole* ese lo lanzara como un *frisbee*, y ahora le duele la espalda. Encabronado de que los hiciera quedar como un montón de payasos. Y encabronado, sobre todo, de que K2, un *palala* él también, se pusiera de parte del *haole*.

¿A qué vino eso?, quisiera saber.

. . .

Ben está sentado en el *lanai* leyendo una novela de García Márquez.

—Realismo mágico —comenta Chon con un bufido desdeñoso.

Ben deja el libro abierto sobre su regazo.

—Sí, ¿pasa algo? —pregunta.

—Que hay que quedarse con una de las dos cosas, las dos no pueden ser. O es realismo o es mágico. «Realismo mágico» es un oxímoron.

—Es una paradoja —puntualiza Ben.

—El realismo mágico no existe —replica Chon—. En el mundo real no hay magia.

—Ni realismo en el mundo mágico —dice O.

—Esto es el mundo real —contesta Chon.

—¿Cómo lo sabes? —pregunta ella.

Ahí lo ha pescado.

. . .

Kit está en la casa del árbol colocando tablones para el suelo cuando oye el motor de un coche, mira abajo y ve llegar la camioneta de Gabe.

—¡Estoy aquí! —grita.

Un minuto después, Gabe sube por la escalerilla.

—Tengo que hablar contigo.

Kit toma dos taburetes de tres patas y le indica que se siente.

—¿A qué vino lo de ayer, hermano? —pregunta Gabe—. ¿Por qué te pusiste de parte de ese *haole*?

—¿Seis contra uno?

—Si llamas al lobo…

—Sí, ajá —contesta Kit—. Pero nosotros no somos así. Nosotros no usamos armas.

—¿Que nosotros no somos así? Estoy empezando a preguntarme quién eres tú.

—¿Qué quieres decir?

—Creía que eras hawaiano —dice Gabe—. Un *kanaka*. Un *palala*.

—Y lo soy.

—Entonces, ¿por qué ayudas a esos *haoles* a instalarse aquí?

—Es con mi padre con quien tienen negocios, no conmigo.

—Pero tú los estás protegiendo. Y eso tiene que acabarse.

—¿Quién dice?

—Vamos, hermano. ¿Vas a obligarme a decirlo?

Kit menea la cabeza.

—Había oído algo, pero no quería creerlo.

—¿Qué?

—Que estás metido en la Compañía —dice Kit.

—La Compañía defiende Hawái.

—Entonces, ¿por qué les vende veneno a los hawaianos?

—Si no se los vendiera, lo harían los *haoles* —responde Gabe—. Y es mejor que el dinero se quede en casa, ¿no?

—No —dice Kit—. Lo mejor es no vender esa mierda. Si la Hermandad quiere tomar las armas para echar a los traficantes de cristal de la isla, pueden contar conmigo. Al cien por cien. Pero ¿aliarme con ellos? Ni hablar. Y tú tampoco deberías hacerlo, Gabe.

—Entonces, ¿tenemos que dejar que los *haoles* se apoderen de todo? —pregunta Gabe—. Ya nos robaron nuestras islas. ¿También vamos a dejar que invadan como una plaga nuestras tierras, nuestras playas, nuestras olas, nuestras rompientes, nuestros negocios? ¿Eso es lo que quieres?

—Quiero que dejen a mi padre en paz.

—Nadie le desea ningún mal a tu padre —afirma Gabe—. Queremos colaborar con él. Lo dejaremos distribuir nuestra hierba en la isla. Le compraremos sus tierras, le proporcionaremos capital o sólo venderemos su producto, si quiere. Puede asociarse con los hermanos, no con forasteros.

—No va a asociarse con traficantes de cristal.

—Convéncelo tú —insiste Gabe.

—Yo estoy de acuerdo con él.

Gabe se levanta, apura su cerveza y deja la botella en el suelo.

—Tienes que decidir de qué lado estás. Tienes que decidir si eres *haole* o hawaiano. Entonces, ¿qué vas a hacer, K?

—Voy a seguir construyendo mi casa y surfeando —contesta Kit—. ¿Y tú, Gabe? ¿Qué vas a hacer tú?

Su amigo no contesta.

Kit lo ve bajar por la escalerilla y subir a la camioneta.

Yo ya sé quién soy, se dice Kit.

...

Soy hijo de mi padre.

No del tal «Bobby Z», el tipo que nos abandonó a mi madre y a mí, sino de quien me rescató de todo eso, el que arriesgó la vida para tenerme a su lado y me trajo aquí.

A este lugar que amo.

Mi verdadero padre es Tim.

Igual que Elizabeth es mi madre.

Kit sabe que su madre biológica era la hija de un capo del narcotráfico mexicano. Que murió de una sobredosis de heroína después de que Z la abandonara. Y que lo dejó a él al cuidado de Elizabeth antes de ir a darse uno de sus últimos pasones.

Kit casi no la recuerda.

A su padre biológico no llegó a conocerlo.

Tenía seis años cuando apareció Tim. Él era un muchachito que vivía en un caserío en el desierto, con Elizabeth y una pandilla de traficantes de drogas. Tim lo sacó de allí. Habría sido mucho más fácil para él, mucho más seguro, abandonarlo sin más, como había hecho todo mundo. Pero no fue eso lo que hizo Tim.

Fue él quien se ocupó de mí.

Quien primero me hizo subir a una tabla de surf.

Quien nos trajo aquí y construyó una vida para nosotros.

Quien hizo todo lo que hace un padre.

Igual que Elizabeth hizo todo lo que hace una madre. Me arropaba por las noches, me preparaba el desayuno por las mañanas, me abrazaba cuando volvía a casa de la escuela después de que los hawaianos me pegaran y me mandaba de vuelta para que los hiciera mis amigos.

Fue ella quien me explicó que «madre» y «padre» son verbos antes que sustantivos.

Sé perfectamente quién soy.

. . .

A la mañana siguiente, en el pico en Lone Tree.

Kit se lanza a agarrar una ola y está bajando por la pared cuando Israel Kalana se cruza delante de él y lo obliga a desviarse y a salir.

A la siguiente ola, pasa lo mismo.

Esta vez con Palestine Kalana, el hermano gemelo de Israel.

En la ocasión siguiente es Kai Alexander quien se le pone delante de un salto, obligándolo a retirarse.

Lo están hostigando.

A la cuarta vez que tiene que retirarse, Kit se acerca remando a Gabe.

—¿Qué chingados pasa?

—Que elegiste —contesta Gabe—. Decidiste que no eras de los nuestros. Así que no lo eres. No tienes nada que hacer aquí.

Kit mira a su alrededor.

Los otros —Israel, Palestine, Kai y los demás: sus hermanos— no se atreven a mirarlo.

—O sea que así están las cosas —dice Kit.

Gabe se encoge de hombros. Así están las cosas.

Kit se aleja remando hacia la rompiente, gira y agarra la segunda ola que viene. Gabe se le atraviesa por la derecha.

Pero esta vez Kit no se retira.

Baja directo hacia Gabe. Juega a ver quién se quita primero en una ola de casi cinco metros, con la punta de la tabla apuntando a la cabeza de Gabe. Si chocan a esa velocidad, los dos saldrán heridos.

Gabe se retira en el último segundo.

La tabla de Kit le pasa rozando, la quilla casi le corta el cuello.

Si va a haber sangre en el agua, no será sólo la mía, se dice Kit.

Después de dejar las cosas claras, sale del agua y guarda la tabla en la camioneta. Hay muchas otras rompientes en la costa norte: Tunnels, Kings and Queens, Dump Trucks, Cannons...

Si no lo quieren aquí, él tampoco quiere estar aquí.

Pero le duele.

Y mucho.

...

O va hacia el muelle para ver a Pete cuando un hawaiano enorme se le pone delante.

—*Aloha, wahine* —dice—. ¿Qué tal?

—Bien —contesta ella.

—Ya lo creo que estás bien.

O intenta sortearlo.

—Disculpa.

El hawaiano vuelve a cortarle el paso.

—Sólo intento ser amable —dice—. ¿Qué pasa? ¿Es que no te gusto? Pues si no te gusto, a lo mejor deberías irte. Tus amigos y tú. A lo mejor deberían irse de la isla.

—¿Quién eres? ¿Qué quieres? —pregunta O.

—Esto puede ponerse peligroso. Hay mucho oleaje, muchos tiburones... Pueden pasarle muchas cosas a una chica guapa como tú.

—¿Todo bien, O?

Es Pete.

—¿Y tú qué quieres? —le pregunta el desconocido.

—Deja en paz a la chica.

El hawaiano se ríe.

—¿Y qué vas a hacer si no, vejestorio? ¿A ver, qué vas a hacer?

—Dije que la dejes en paz.

Pete tiene una mirada que O no le había visto antes y que la asusta.

El hawaiano vuelve a reírse.

—Tranquilo, anciano. No pasa nada. Todo bien. Pero tú recuerda lo que te dije, *wahine. A hui hou.*

Hasta la vista.

Una promesa y una amenaza.

· · ·

Ben sale del supermercado con una bolsa en cada mano.

Un hawaiano corpulento choca con él.

—Perdón —dice Ben.

—A ver si miras por dónde vas —contesta el tipo.

—Okey —dice Ben—. Lo siento.

—¿Qué dijiste?

—Dije que lo siento.

—¿Qué pasa? ¿Te molesto? ¿Te gusta la sangre, chico?

Ben no conoce la jerga callejera de la isla, pero no le cabe duda de que el hawaiano no se está interesando en sus gustos culinarios sino preguntándole si quiere pelea.

—No quiero líos —dice.

—Te he estado vigilando —contesta el tipo—. ¿Y sabes qué no entiendo?

—No, ¿qué?

—A cuál de los dos te coges. ¿A la putita rubia o al otro *mahu*?

Maricón.

—Un placer hablar contigo —dice Ben.

—Fuera de mi isla. Tus amigos y tú.

Sale el dueño de la tienda.

—¿Pasa algo?

—No, nada, tío. Solo estaba charlando con este pendejo. —Mira a Ben y añade—: No te conviene que nos volvamos a ver, *haole.*

Da media vuelta y se va.

—¿Lo conoce? —le pregunta Ben al dueño.

—Es un *palala.*

...

A Chon lo abordan con más cautela.

Ya saben de lo que es capaz.

Ha salido a correr por la autopista de Kuhio, que, pese a su nombre, es una carretera estrecha de sólo dos carriles que zigzaguea por la costa y que en algunos tramos, como en los puentes que cruzan arroyos, se estrecha hasta quedar con un solo carril.

Está lloviendo, pero no le importa.

Disfruta la carrera y el frescor de la lluvia. Es una suerte poder salir a correr por este lugar tan espectacularmente bello.

Los coches lo adelantan despacio, intentando dejarle todo el sitio posible. Entonces oye acercarse un motor por detrás y frenar. El *jeep* no lo esquiva sino que avanza detrás de él, cada vez más cerca.

Chon sigue corriendo.

El *jeep* se le pone detrás, le pisa los talones.

Oye risas y luego:

—¡Corre, gallito! ¡Corre!

Mira atrás y ve a cuatro *palala* enormes en el todoterreno.

Aprieta el paso.

Se oyen más risas.

—¡A ver si corres más que un *jeep*!

No hay sitio para que se aparte de la carretera. A su derecha, del lado del mar, hay un barranco empinado. Y no puede arriesgarse a cruzar la carretera y dejar que el coche lo atropelle.

Además, está encabronado.

Es más terco que una mula.

Así que sigue corriendo.

Y el *jeep* le pisa los talones: se acerca, se retira, vuelve a acercarse.

Están a punto de llegar a un puente de un solo carril. El *jeep* tendrá que parar si vienen coches en sentido contrario, y en eso confía Chon. Efectivamente, ve venir de frente una camioneta blanca, por el puente.

Puede cruzar corriendo y dejar atrás a la jauría.

Pero la camioneta se atraviesa en el puente y le corta el paso.

Salen otros dos *palala*.

Con bates de beisbol.

El jeep acelera detrás de él y se atraviesa también en la carretera. Sus ocupantes bajan, armados con bates, cachiporras y barras de hierro.

—¡Eh, cabrón! ¡A ver si ahora eres tan duro!

No, tan duro no soy, se dice Chon al verlos acercarse por ambos lados.

Estoy jodido.

Mira el río, allá abajo. Si es poco profundo se romperá las piernas o, peor aún, el cuello o la columna.

Pero, si no lo hace la caída, se lo harán estos tipos.

Se sube a la barandilla y salta de pie, confiando en que el río sea...

h

o

n

d

o

...

Se hunde en el agua, agradecido por su suerte, y se estira para mantenerse sumergido tanto tiempo como pueda, por si acaso los *mokes* le disparan.

La corriente lo empuja hacia el mar.

Pasado un minuto, saca la cabeza para respirar, mira atrás y ve a los *mokes* en la barandilla del puente. Lo señalan y se ríen.

El río lo impulsa hacia la rompiente.

A lo mejor creen que voy a ahogarme, se dice.

Y puede que me ahogue, carajo.

Pero la corriente lo lleva más allá de la rompiente.

...

Ben está preocupado.

—¿Has visto a Chon? —le pregunta a O.

Si esos tipos intentaron algo, Chon no habrá tratado de salir del paso hablando bonito o suavizando la situación. Si buscaban sangre, se las habrá dado, y de la buena.

—No lo encuentro, y no contesta el celular.

—Seguro que está bien —dice O—. Es Chon.

. . .

Es un trecho muy largo para hacerlo a nado, cruzar la bahía de Wainiha y rodear el cabo de Kolokolo, pero Chon disfruta nadando.

Mucho más, al menos, que si le estuvieran partiendo las piernas con una barra de hierro.

No es la distancia lo que le preocupa —nadó distancias mucho más largas cuando se entrenaba para ser un SEAL en las frías aguas de Silver Strand—, sino los tiburones.

(Aunque no es él quien debería estar preocupado, sino los tiburones).

Agarra una ola junto a la playa de Lumahai y se deja llevar por ella hasta la orilla.

. . .

Tim y Elizabeth están sentados en su *lanai* tomando una copa al atardecer cuando llega Gabe en su camioneta.

—Tío Tim, tía Liz —dice al bajar.

—Gabe —contesta Tim—. Kit no está. Salió con la tabla.

Eso Gabe ya lo sabe. No habría venido si estuviera Kit.

Tim también lo sabe.

—Vine a hablar contigo —dice Gabe.

—¿En qué puedo ayudarte?

Gabe se acerca al *lanai*, pero no sube. Apoyándose en la baranda, pregunta:

—¿Cuánto tiempo llevan viviendo aquí, tío?

—Unos doce años.

—Mi familia ya estaba aquí cuando llegaron los *haoles* —dice Gabe.

—¿*Haoles* como nosotros? —pregunta Elizabeth.

—Yo antes no lo pensaba, pero ahora… —dice Gabe y se interrumpe, dejando la frase en el aire.

—Antes te sentabas en el patio a comer sándwiches de crema de cacahuate y plátano con nuestro hijo —dice Elizabeth.

—Este es nuestro hogar —añade Tim.

—Entonces, ¿por qué se lo venden a extraños? —pregunta Gabe—. Podrían hacer negocios con su gente.

—¿Con la Compañía, quieres decir? —contesta Tim—. No, gracias.

—No te lo estoy preguntando, tío. —Señala con la barbilla hacia atrás, hacia varias camionetas llenas de hombres.

—Conque así están las cosas —dice Tim.

—No tiene por qué ser así —contesta Gabe.

—Me temo que sí.

—Tienen que irse —dice Gabe—. No quiero que los lastimen.

—¿Quién va a lastimarnos, Gabriel? —pregunta Elizabeth—. ¿Tú?

Gabe da media vuelta y vuelve a la camioneta.

...

Kit baja tranquilamente por la calle principal de Hanalei.

Chon lo ve desde el *lanai* del Bubba's Burgers, baja a la calle de un salto y se acerca a él.

—¿Necesitas ayuda? —pregunta.

—No.

Kit ni siquiera lo mira. Cruza la puerta del bar Blue Dolphin y ve a Gabe sentado en una mesa, tomando una cerveza con los *palala*. Sortea a la gente, agarra a Gabe, lo levanta por encima de su cabeza como si fuera una pluma, sale del bar y lo arroja a la calle desde el *lanai*. Luego salta por encima de la barandilla, lo agarra por el frente de la camisa, lo arrastra hasta el río y le mete la cabeza debajo del agua.

Se agacha y dice:

—¿Amenazaste a mis padres, Gabe? ¿Amenazaste a mi papá y a mi mamá?

Le saca la cabeza del agua.

Gabe boquea ansiosamente.

Kit vuelve a hundirle la cabeza.

Israel Kalana intenta apartarlo, pero Kit le da un empellón con el brazo y Kalana retrocede tambaleándose.

—¡No te metas en esto! —grita Kit.

Kalana y los demás retroceden.

Kit sigue sujetando a Gabe hasta que ve que empiezan a temblarle las piernas y entonces le saca la cabeza del agua, lo da vuelta y lo jala para acercarlo a su cara.

—Si vuelves a acercarte a mis padres, te mato. Te destrozo con mis propias manos. —Lo suelta y mira a la Manada—. Y lo mismo les digo a ustedes —añade.

• • •

—Deberíamos dejarlo —dice Ben cuando vuelven a reunirse en la casa alquilada—. Al final, alguien acabará herido. Y no sé si este mercado vale la pena.

—Éso no es lo que importa —contesta Chon—. Si permitimos que nos echen de aquí, la gente dejará de respetarnos en todas partes donde vendemos. Nos quedaremos sin negocio. Hay que pelear.

—Esa es tu solución para todo.

—Igual que la tuya es huir.

—¿Tú qué opinas? —le pregunta Ben a O.

—Que no nos toca decidirlo —contesta ella—. Es cosa de Tim, Kit y Elizabeth. Son ellos los que viven aquí, nosotros sólo somos turistas.

—Tiene razón —dice Ben.

—Sí, tiene razón —contesta Chon.

¿Tengo razón?, piensa O.

Vaya.

• • •

Quedan en el Dolphin, lo que de por sí es una declaración de intenciones.

A los pocos minutos, todo el pueblo se habrá enterado de que los Karsen no sólo no van a prescindir de su alianza con los californianos, sino que se la van a restregar por la cara a Gabe cenando juntos en el mismo sitio donde Kit le dio un remojón al jefe de los *Palala*.

—Debería haberles advertido que Gabe tenía tratos con la Compañía —les dice Tim para empezar—. Es mi culpa.

—Bueno, ¿qué quieren hacer? —pregunta Ben—. Si quieren dejarlo, lo entendemos. Sin rencores. Nadie se los va a reprochar.

Tim Kearney era un maleante de poca monta, un eterno perdedor, y lo sabe.

Tres allanamientos, tres condenas, tres estancias en la cárcel. La última vez que estuvo adentro, prefirió matar a un motociclista antes que unirse a la Hermandad Aria y habría cumplido cadena perpetua sin posibilidad de condicional de no ser porque, casualmente, se parecía a Bobby Z.

Sí, era un completo desastre hasta que la vida le trajo a Kit y a Elizabeth, y fue cuidar de ellos lo que lo salvó. Luego acabó aquí, en Hanalei, trabajó como jornalero, cocinero y carpintero, negoció pequeñas cantidades de *pakalolo* y construyó un hogar.

Una vida.

Una familia.

Kit, su hijo, es toda una una leyenda.

Malia, su futura nuera, es una maravilla.

La vida les sonríe.

De modo que ¿para qué arriesgarlo todo enemistándose con la Compañía?

Tim tiene un problema, sin embargo, y es que no se toma bien las amenazas.

Si no, que se lo pregunten al motociclista aquel que le dijo que se uniera a la Hermandad Aria, o si no...

Tim eligió el «si no», y el motociclista no puede contarlo porque está muerto.

Así que cuando Ben le ofrece echarse atrás, Tim siente la tentación de decir...

No.

No, para nada.

No va a permitir que un matón como Gabe le diga lo que tiene que hacer. Y menos aún que se lo diga la Compañía. Pero mira a su familia y pregunta:

—¿Ustedes qué opinan?

Kit delega en Malia.

Gabe es su primo, y además ella es la única nativa sentada a la mesa.

—Creo —dice ella— que no deberían traficar drogas. Ni con la Compañía, por supuesto, ni con... por favor, no se lo tomen a mal, Ben, Chon y O... con ustedes tampoco. No necesitamos ser ricos, necesitamos estar juntos, ser una familia. Y además... Íbamos a esperar para decírselos, pero... Bueno, vamos a tener un bebé.

Ah.

. . .

—Tienen diecisiete años —dice Elizabeth.

Son unos niños, añade para sus adentros.

—Sí, no estaba previsto —contesta su hijo—. Fue un descuido por mi parte, pero creo que podemos arreglárnoslas. Sé que podemos.

Yo no estoy tan segura, piensa Elizabeth. Kit no deja de ser un muchacho, un niño, aunque físicamente sea un hombre: tiene diecisiete años, pero aparenta veinticinco. Por otro lado, en las islas la gente suele tener hijos muy joven y, además, ya es cosa hecha, ¿no?

Así que Elizabeth abraza a Malia y dice:

—¡Qué alegría!

—Ahí tienes tu respuesta —le dice Tim a Ben.

—Lamento que los hayamos hecho perder el tiempo —añade Kit.

—No, han sido unas vacaciones estupendas —contesta Ben.

...

—¿Se imaginan el físico que tendrá ese niño? —pregunta O mientras vuelven andando a casa.

Nadie contesta.

—Va a ser espectacular —añade.

—¿Estás bien? —le pregunta Ben a Chon.

—Sí, claro.

—Pero te preocupa nuestra reputación.

Chon se encoge de hombros.

—Supongo que podremos soportarlo.

—¿Y no te importa que no haya desquite?

—No en todo tiene que haberlo —responde Chon.

—Enséñame tu identificación —dice Ben—. ¿Quién eres, y qué hiciste con Chon?

—Puede que haya evolucionado.

—Es por el Spam —añade O.

...

Gabe saca una lata de gasolina de la batea de la camioneta.

Los otros miembros de la Manada hacen lo mismo y se acercan a la casa del árbol.

Gabe no quería hacerlo, pero luego se enteró de que Kit cenó con los *haoles* en el Dolphin, por si no se había revolcado en la mierda ya del todo.

Tú me obligaste, se dice mientras sube por la escalerilla.

No me dejaste elección.

Desenrosca el tapón de la lata y vierte la gasolina por la casa.

· · ·

Kit ve las llamas.

Un incendio en el cielo.

Al principio no sabe qué está viendo: no lo entiende, es como si alguien hubiera encendido una antorcha enorme en una atalaya.

Luego se da cuenta de lo que ocurre.

—¡NO!

Hace rugir el motor y sube a toda velocidad por la carretera. Salta de la camioneta cuando aún está entrando en el camino, agarra una manguera del taller, abre la llave y corre hacia el árbol en llamas.

El fuego se ha apoderado de los dos niveles superiores de la casa.

—¡Kit, no puedes hacer nada! —le grita su padre.

Pero Kit no lo escucha. Jala la manguera y apunta el chorro hacia el árbol.

No sirve de nada.

Suelta la manguera y empieza a subir por la escalerilla.

Tim lo jala.

—¡No, hijo! ¡No hay nada que hacer!

Kit se zafa de él y sube por el árbol en llamas, hasta el primer nivel. Empieza a tirar abajo los muebles, arranca los aparatos de las paredes, tablones del suelo, todo lo que consigue alcanzar entre las llamas y desprender con las manos.

Tim sube también.

Lo ayuda a arrancar el fregadero y a echarlo abajo.

Aunque cada vez son peores las llamas, Kit sube al segundo nivel.

—¡Tenemos que irnos! —grita su padre.

—¡NO! —Kit intenta arrancar de la pared el vitral de Malia.

—¡Vamos!

—¡Tengo que arrancar esto!

Tim agarra el otro lado del marco y entre los dos desprenden la ventana.

—¡Llévatelo abajo! —grita Kit —. ¡Yo voy a subir!

—¡Está bien!

Tim sujeta la ventana debajo del brazo y le asesta a Kit una patada en la espalda.

Su hijo se cae de la plataforma, aterriza a cuatro patas y al levantar la vista ve que su padre baja por la escalerilla, e intenta subir otra vez.

Tim lo sujeta.

—Ahora tienes un hijo en el que pensar. La casa puedes reconstruirla.

Kit vuelve a tomar la manguera y dirige el chorro hacia el árbol, pero no sirve de nada contra el fuego cebado con gasolina.

Por fin se da por vencido, suelta la manguera y contempla cómo su amado hogar arde, se derrumba y cae al suelo.

Malia lo abraza.

—Tranquilo, tranquilo.

Es la primera vez que lo ve llorar.

· · ·

Cae la lluvia sobre cenizas de las que ya no brotará nada.

Hay un hedor mareante, los vapores de la gasolina persisten aún en el aire, el olor acre irrita las fosas nasales.

Mientras contempla los restos del incendio bajo la lluvia junto a Ben y Chon, O siente —no puede evitarlo— que ellos han provocado esta desgracia.

Que han destruido el paraíso.

· · ·

El de la aseguradora llega esa misma mañana.

Se baja de su todoterreno y se acerca a Tim.

—Jack Wade, de Hawái Seguros de Vida e Incendios.

Lleva una tabla de surf sujeta a la estructura del coche.

—Lo lamento mucho —añade y, cuando se acercan a los despojos, pregunta—: ¿Cómo empezó el fuego?

Tim mira a Kit.

El chico se encoge de hombros.

—No lo sabemos —dice.

Wade se acerca al tronco quemado y dice:

—Voy a hacer algunas pruebas, pero puedo decirle ya que fue provocado.

—Nosotros no lo provocamos —dice Tim.

—Se huele la gasolina desde aquí —agrega Wade.

—Nosotros no le prendimos fuego —declara Kit.

—¿Saben quién pudo ser?

No contestan.

Wade hace su inspección, tomando varias muestras de ceniza de distintas partes del árbol.

Cuando baja, se acerca a Tim y le dice:

—Miren, ustedes parecen buena gente y no quiero meterlos en líos, pero este el caso más claro de incendio intencional que he visto. Tengo que hacer una investigación para determinar si fueron ustedes quienes lo iniciaron. Y si es así, el seguro no cubre la pérdida.

—O sea, que no van a pagar —dice Elizabeth.

—Me gustaría hacerlo, de veras que sí. Pero no puedo hasta que concluya la investigación y pueda determinar que no causaron ustedes el incendio para cobrar el seguro.

—Somos culpables hasta que se demuestre lo contrario —comenta Tim.

—No, en absoluto —dice Wade—. A no ser que podamos demostrar que tenían ustedes motivos y que dispusieron de medios y oportunidad para ello, pueden estar seguros de que pagaremos la indemnización. Confío en que así sea, de verdad. Si pueden decirme si hay terceras personas con motivos para…

—No, que yo sepa —se apresura a contestar Kit.

Antes de irse, Wade les dice que los llamará para fijar el día de la declaración jurada y les sugiere que contraten los servicios de un abogado.

Tim mira a Kit.

—No pienso delatar a Gabe —dice Kit—. Sigue siendo mi hermano.

—Tu hermano te ha quemado la casa —replica su padre.

—Nosotros pagamos la reconstrucción —dice Ben.

—No hay nada que reconstruir —contesta Kit—. El árbol está tan dañado que no puede sostener nada. Es probable que muera.

—Lo siento muchísimo —dice O.

—No es su culpa —responde Kit, pero O no está segura de que lo diga sinceramente.

Tim dice que tiene algo que hacer.

...

Le pone la navaja en el cuello a Gabe.

Gabe no lo vio, ni siquiera lo oyó acercarse. Se bajó de la camioneta para surfear y se ha encontrado con una navaja al cuello.

—Dame una razón para no matarte, Gabe —dice Tim Karsen.

—Tú no eres así, tío.

—¿Crees que sería la primera vez que mato a una persona? Pues te equivocas. Si no te corto el cuello de una puta vez es porque no quiero que le pase nada a mi familia. Kit y Malia van a tener un hijo. ¿Lo sabías?

—No.

—Esa iba a ser su casa. Y tú la quemaste. Sin motivo, además. Íbamos a decirte que dejamos el negocio. Le has roto a mi hijo el corazón por nada.

Tim afloja la presión de la navaja.

—Díselo a la Compañía. Diles que se acabó. *Pau*. No vamos a buscar venganza, sólo queremos vivir tranquilos.

Le aparta la navaja del cuello.

—Demasiado tarde —dice Gabe.

...

—Ahora lo quieren todo —dice Tim cuando vuelve a casa—. Exigen que les vendamos las tierras para montar una plantación.

—Es lo que siempre he dicho —contesta Chon—. Das un paso atrás y se te echan encima. Porque les das a entender que pueden.

Hay que hacerles ver que no.

...

Kit quiere ir con él.

Chon declina su ofrecimiento.

—¿Por qué? —pregunta el chico—. Soy más grande, más fuerte y más rápido que tú. Y conozco la zona mucho mejor.

—Todo eso es verdad —contesta Chon—. Tú entrenas para surfear y nadar, pero yo me gano la vida con esto. Me entreno todos los días para estas cosas.

—¿Para matar gente? —pregunta Kit.

—O para herirla o capturarla.

—¿Y cuál de esas cosas vas a hacer esta vez?

Chon se encoge de hombros.

—Eso depende.

—O te acompaño o voy por mi cuenta —declara Kit.

Chon no sabe qué responder a eso.

...

Israel Kalana no habría tenido ningún problema si no hubiera tenido que mear, pero le entraron ganas y tuvo que salir afuera porque Palestine, que intentaba poner fin a un episodio de estreñimiento, tenía el baño ocupado.

El caso es que está aliviándose frente al seto de casuarina cuando le dan un golpe en la nuca, y al despertar se encuentra en la batea de la camioneta de Kit con las manos sujetas a la espalda con una tira de plástico, los pies atados con cuerda y un trapo metido en la boca.

El error de Palestine, en cambio, fue salir a ver por qué tardaba tanto Israel. Cruzó el césped hasta el borde de la acera y vio el brillo de un cigarrillo calle arriba, a la izquierda. Es lo último que recuerda haber visto hasta que despierta junto a Israel, atado y amordazado también él, en la camioneta de Kit.

...

¿Dónde se han metido todos?, se pregunta Kai, y saca su Glock 9 y sale a ver.

Chon lo encañona con la pistola a la altura del cuello.

—Puedo volarte la cabeza, literalmente —dice.

Kai suelta el arma.

—Llévame con tu líder —ordena Chon.

Toda la vida ha querido decir esa frase.

Bueno, la verdad es que la dijo varias veces en Irak, pero allí, claro, nadie entendió el chiste.

...

Gabe está en su casa, en el extremo sur de la bahía, junto a Weke Road, fumándose un porro estupendo y viendo *División Miami* en su tele de 64 pulgadas, cuando recibe una llamada de Israel.

—Tengo que hablar contigo.

—¿Ya encontraste al tal Chon?

—Sí —contesta Israel.

Y es verdad.

—¿Dónde estás? —pregunta Gabe.

—Enfrente de tu casa.

—De acuerdo.

Gabe se huele algo y cuelga.

Israel estaba raro, parecía nervioso. Se acerca a la ventana, se coloca a un lado y retira un poco la cortina.

Ve el *jeep* frente a la casa y a Kai detrás del volante, demasiado pegado a él. Debería echarse un poco para atrás, piensa Gabe y, todavía receloso —la línea que separa la prudencia de la sospecha es muy fina—, toma la Glock que tiene en la mesita y sale por la puerta de atrás. Pegado a la pared, rodea la casa hasta el borde del *lanai* y ve a Chon junto a la puerta delantera, con la pistola sujeta a la espalda.

Gabe es corpulento, pero ligero de pies.

Se acerca a Chon por detrás y le clava la pistola en la espalda.

—Sorpresa, hijo de perra. Llegó tu hora.

Kit se acerca y blande el mango del hacha como si se dispusiera a batear una bola.

Gabe se desploma como si le hubieran dado, en fin, un hachazo.

. . .

—¿Creías que estabas tratando con niños? —pregunta Chon.

Gabe está atado a una silla con cinta plateada.

La tele sigue encendida.

—Mis hombres irán por ti —dice.

—No creo —contesta Chon—. Uno de ellos está atado a un volante y otros dos en la parte de atrás de una camioneta.

—De acuerdo, ¿de qué quieres que hablemos? —pregunta Gabe.

Chon está impresionado.

Ha visto a talibanes y a gente de Al Qaeda que a esas alturas ya se han derrumbado y rompieron a llorar.

(Normalmente, escuchando a Peter, Paul and Mary, o a Kenny G).

—Lo que quiero que comprendas es lo fácil que fue esto —dice—. Puedo hacerlo cuando se me antoje. Es a lo que me dedico. Pero si tengo que volver a hacerlo, la próxima vez te mato.

—¿Y?

—No aceptaron la propuesta de paz la primera vez que se les hizo —continúa Chon—. Y lo entiendo: creían que éramos débiles. Pero ahora están mejor informados y pueden tomar una decisión sensata. Acepten la oferta. No me obliguen a volver a hacer esto.

—Verás, hay un detalle, hermano —contesta Gabe—. ¿Crees que puedo decirle a la Compañía que me diste una paliza y ya está?

Chon lo entiende.

—¿Tenemos que mandarles un mensaje a tus jefes? —pregunta—. Es una lástima, pero creo que puede arreglarse.

· · ·

Gabe y sus tres muchachos están tirados en la batea de la camioneta de Kit, atados y amordazados.

Chon levanta una lata de gasolina.

—Les gusta jugar con cerillos, ¿verdad, chicos?

Los rocía con gasolina.

A Palestine se le suelta la panza por fin.

· · ·

Red Eddie mira la foto y menea la cabeza.

Cuatro *mokes* tendidos en la batea de una camioneta, con la boca tapada con cinta plateada. Un gran cartel colocado encima de Gabe, a la altura del cuello, dice:

deliciosos. no envíen más.
pd: la próxima vez, se los devolvemos hechos poké.

O sea, se dice Eddie, que un exmiembro de las fuerzas especiales atrapa a cuatro de mis hombres, los rocía con gasolina y no prende el cerillo. Los tiene a su merced y les perdona la vida.

En lugar de mandarme una foto de cuatro cadáveres calcinados, me manda un chiste.

Con un aviso: «No envíen más».

Y una propuesta de paz: si dejan tranquilos a los Karsen, nosotros los dejamos tranquilos a ustedes y nos vamos de las islas.

Ojalá pudiera aceptar, se dice.

Sería lo más sensato.

Lo habría sido, señor Chon (vaya nombrecito, por cierto), si no me hubiera humillado de esa manera. Un *ali'i* —un jefe— puede permitirse perder hombres y hasta dinero, pero no puede permitirse perder su reputación.

Antes que salvar el pellejo, hay que salvar la cara, concluye Eddie.

Y esta jugarreta suya (por cómica que sea) ha dañado mi imagen.

Tengo que devolver el golpe.

Llama al número de teléfono que lleva adjunto el mensaje.

—Muy gracioso, hombre —dice.

—¿Qué respondes, entonces?

—Que deberías haber arrojado el cerillo —contesta Eddie.

. . .

—No podemos enfrentarnos a toda la Compañía —dice Tim.

—Yo sí puedo —contesta Chon.

. . .

Va en coche hacia el otro lado de la isla —la «parte seca»—, hasta el pueblecito de Waimea, donde vive un antiguo compañero del ejército.

Danny Doc McDonald, que antes era médico, eligió Waimea porque está en medio de la nada y allí podía permitirse comprar una casita cerca de la playa, el tiempo es cálido y soleado y nadie se desangra por las calles.

Se alegra de ver a Chon. No se veían desde que eran hermanos de armas en la provincia de Helmand.

—Necesito tu ayuda —dice Chon.

—Cuenta conmigo para lo que sea.

Tras rechazar, agradecido, el ofrecimiento de Doc de ir a pelear con él, Chon se va con dos pistolas HK 23 So Com, una escopeta Remington calibre .12, un fusil de asalto M14 EBR, dos granadas, unas cuantas bengalas, un cable trampa, varias minas antipersona M18 y un botiquín de primeros auxilios completo, que ha aceptado más que agradecido.

Todo le viene bien.

Calcula que Eddie va a mandar un ejército.

• • •

Gabe espera el avión en el aeropuerto de Lihue.

Eddie le ha mandado refuerzos: una docena de sicarios de Honololú, expertos en armas de fuego, armas blancas y artes marciales, para que se encarguen de quitar de en medio a ese *haole* de Chon.

Gabe los saluda jovialmente, pero a cambio sólo recibe unos gruñidos condescendientes. Estos chicos de Waianae se creen que él es un paisano que no sabe llevar su negocio.

—Recuerden —les dice para sacarlos de su error— que aquí mando yo.

Sí, de acuerdo.

—No quiero que Kit salga herido.

Muy bien, lo que tú digas.

• • •

Chon les dice que se vayan todos a California.

Él no se va.

Él va a quedarse a luchar.

Tim contesta que se queda con él.

—Serías un estorbo —le dice Chon.

—Fui marine en mis tiempos.

—Pues me alegro por ti.

—Esta es mi casa, son mis tierras —replica Tim—. Aquí tengo mi vida. No voy a huir y a dejar que otro las defienda.

—Lo mismo digo —añade Kit.

—No —le dice su padre—. Tú no te vas a arriesgar a dejar a tu hijo sin padre.

—No pienso irme corriendo —insiste el chico.

—Pues no corras, camina —contesta Elizabeth.

Kit la mira.

—Pero ¿qué creemos que es esto? —pregunta ella—. ¿Una película mala del Oeste cargada de moralina sobre lo que significa la hombría? Déjame que te diga lo que es la hombría, hijo. Es cuidar de tu familia. Y si para eso tienes que irte, andando, corriendo o arrastrándote, pues te vas. Yo te crie para ser un hombre, y eso es lo que espero que hagas.

—Si me permiten —dice Ben juiciosamente, como siempre—, puede haber una solución intermedia. Ni siquiera la Compañía va a arriesgarse a que haya un tiroteo en medio del pueblo —añade—. Kit, tú puedes irte con Malia, con tu madre y con O a la casa alquilada. Así estarán mucho más cerca del aeropuerto, si mañana tienen que irse.

—¿Y tú qué vas a hacer? —pregunta Kit.

—Aprender a manejar un arma, supongo.

—Necesito que te vayas con ellos, Ben —dice Chon—. Puede que haya que tomar decisiones difíciles y eso es lo que se te da mejor: pensar. Tú haz lo que se te da bien y deja que yo haga lo mío.

—¿Qué, exactamente? ¿Resistir hasta la muerte como un héroe?

—No soy un héroe, y confío en que no sea hasta la muerte —contesta Chon, y le pasa una pistola—. Es como usar un ratón de computadora: apuntas y haces clic.

Después de que se han ido los demás, Tim pregunta:

—¿Cómo piensas defender este sitio?

Chon lo mira como si estuviera loco.

—De ninguna manera —dice.

. . .

Los sicarios de Waianae, demasiado listos para llegar en coche y arriesgarse a que los reciban con una andanada de disparos, dejan sus Ford Explorer de alquiler a cien metros de la casa de los Karsen y se acercan a pie. Con sus AR-15 apoyados en el hombro, o cerca, se despliegan y avanzan lentamente.

A veinte metros de la casa, el jefe les indica que paren y se agachen.

Estuvo dos veces en Irak y es cauteloso.

Echa un vistazo al taller, aguza el oído.

No oye nada.

Como no quiere meterse en una emboscada, indica a dos de sus hombres que rodeen el taller por detrás y comprueben que no hay peligro.

Dos minutos después, le hacen señas de que todo está despejado.

El jefe los hace avanzar diez metros más hacia la casa. Si los Karsen fueran a disparar, ya lo habrían hecho. Cubierto por el resto del equipo, se acerca corriendo a un lado de la puerta, espera un segundo y abre de una patada.

Nada.

Registran la casa.

No hay nadie.

El jefe sale.

A Eddie no va a hacerle ninguna gracia que lo llame y le diga que hemos llegado tarde y se nos han escapado, piensa.

Entonces, uno de los hombres que envió al taller se acerca y le señala algo. Alumbra el barro con una lámpara: hay huellas frescas de llantas que se adentran en el monte.

Los sicarios vuelven a sus vehículos y siguen el rastro.

● ● ●

Mientras conduce hacia la casa alquilada de Weke Road, Kit ve un vehículo lleno de hawaianos a los que no conoce.

Y él conoce a todos los hawaianos de Hanalei.

Sabe quién es de allí y quién no.

Y esos tipos no son de allí.

Son *mokes* todos ellos, tienen el aire típico de los matones de Waianae y su Toyota Highlander de alquiler circula despacio, parsimoniosamente, como si sus ocupantes buscaran algo.

A nosotros, quizá, se dice Kit.

Pero la Explorer pasa de largo junto a la casa, sin siquiera frenar.

Kit hace lo mismo.

—Kit... —dice Elizabeth.

—Sí, ya sé.

Sigue a distancia prudencial a la Highlander y se detiene al ver que gira bruscamente a la derecha para no meterse en el estacionamiento de la playa de Black Pot; continúa por Weke Road y, doblando a la izquierda, toma el caminito de tierra que lleva al varadero sobre el río.

—Quédense aquí —dice.

Sale del vehículo y ve que la Highlander está estacionada en el varadero. Se bajan cuatro hombres que se acercan a una zódiac de seis metros de eslora —de las que se usan para llevar a los turistas a bucear—, amarrada junto a la cala.

¿Qué irán a hacer con eso?

Ve salir a Gabe del todoterreno.

Qué pena, piensa Kit mientras vuelve al coche.

—Llévalas a la casa y esperen allí —le dice a Ben.

—¿Qué vas a hacer?

Cuidar de mi familia, responde Kit para sus adentros.

—Haz lo que te digo, por favor.

—Kit, ¿qué...? —dice Malia.

—No voy a hacer ninguna tontería —la interrumpe—. Voy a salir al mar, donde nadie puede tocarme.

Voy a quitar de en medio a esos tipos, se dice, pero no a matarlos.

De eso se encargará el océano.

Remonta el río desde el varadero hasta un recodo donde sabe que Ty Menehe amarra su moto acuática. Se siente un poco culpable por llevársela, pero Ty le tiene dicho que la ocupe cuando quiera, y ahora le hace falta.

Monta en la moto —una Sea Doo RXP-X 2555—, la arranca y baja por el río hasta el varadero. No intenta ocultarse, va derecho hacia la luz de la luna que se refleja en el agua.

Mira a un lado y ve que Gabe lo ha visto desde la orilla.

Acelera, como asustado y sorprendido, y vuela hacia la desembocadura.

Confiando en que lo sigan.

...

Tendido entre los árboles al borde del claro, Chon ve acercarse los faros de los coches. Avanzan despacio por el camino estrecho y tortuoso, lleno de baches y barro resbaladizo.

Es su primer error, y espera que cometan muchos. Deberían haberse acercado a pie, agazapados.

La pereza, se dice, siempre recibe su castigo.

Confía en que Tim, al otro lado del claro, también los vea. Confía en que esté preparado cuando esto estalle. Estuvo en los Marines y, bromas aparte, eso cuenta, pero sus habilidades militares llevan dos guerras de retraso, y eso tampoco es ninguna broma. Chon espera tener paciencia y no ponerse a disparar hasta que tengan a sus presas en el saco.

Kit mira atrás y ve que la zódiac se le acerca a toda velocidad.

Con los cuatro *mokes* y Gabe a bordo.

Bien, se dice al precipitarse hacia el oleaje de la bahía y atravesar la rompiente más cercana a la playa. No vira hacia su casa, sino que sigue derecho hacia mar abierto.

Hacia la rompiente conocida como Kings and Queens.

• • •

Tim ve los faros.

Hace mucho tiempo que no tiende una emboscada nocturna.

Pero es como montar en bici.

• • •

Kit oye el silbido de las balas junto a su cabeza y, a continuación, el petardeo de un fusil automático.

Da miedo, pero no tanto.

No sabe mucho de armas, pero no cree que sea fácil acertarle a alguien desde una barca que avanza a tumbos entre el oleaje.

Aun así, acelera.

Tiene que llegar a Kings and Queens antes de que los *mokes* le den alcance.

Y se acercan a toda prisa.

•••

A tres metros del claro, la defensa del primer coche choca con el cable trampa.

Estalla la mina.

Chon ve el fogonazo antes de oír el estruendo de la explosión y los gritos.

La Explorer se levanta en el aire y cae de lado.

El conductor abre la puerta y se tira de cabeza al suelo.

El tipo que va en el asiento del copiloto no puede moverse. Se sujeta con la mano izquierda el brazo derecho, tratando de mantenerlo unido al hombro. Los dos ocupantes del asiento trasero, heridos por la metralla y deslumbrados por el fogonazo, salen a trompicones.

Chon localiza a uno de ellos: una figura verde en su mira nocturna.

«Tirar a matar», suele decirse, pero él tira a herir. No por motivos humanitarios —a la mierda con eso— sino porque, cuando el enemigo te supera en número, herirlo puede ser más eficaz que acabar con él, porque al menos uno de sus compañeros tendrá que socorrer al lesionado y así sacas de la ecuación a dos.

Alcanza en la cadera al hawaiano, que antes de caer gira impulsado por la fuerza del impacto. Efectivamente, su compañero se inclina, lo agarra y lo jala para ponerlo a cubierto.

O eso intenta.

Porque el siguiente disparo de Chon le da en la pierna.

Ya hay tres heridos.

Chon deja de disparar.

Ojalá Tim no dispare aún.

•••

Gabe adivina lo que intenta Kit.

Quiere llevarlos a la rompiente de Kings and Queens, donde hay olas enormes. Conducirlos a ese moridero donde sólo los mejores surfistas pueden sobrevivir.

Yo soy de los mejores, se dice.

Estos *mokes* de Waianae no.

Y hasta a mí me costaría salir de ahí sin mi tabla, solo en el agua, sin chaleco salvavidas ni un hermano o una moto que venga a sacarme.

—¡Hay que volver! —grita.

El jefe de los de Waianae gira y le apunta con la pistola.

—¡Seguimos!

—¡Nos mataremos! —grita Gabe.

...

El jefe del grupo de sicarios es un hijo de su madre con la sangre muy fría.

Tan fría, que va a dejar que los heridos se las arreglen como puedan. Le quedan cuatro hombres y piensa luchar.

Así que jódete, «Chon».

No es la primera vez que se ve en una situación así: ya vivió una emboscada nocturna luego de una explosión, en Ramala. Se queda tumbado en el suelo y localiza el lugar exacto de donde proceden los disparos.

Jódete, «Chon».

Ordena desplegarse a sus hombres a intervalos de diez metros y avanzan arrastrándose por el claro. Luego apunta cuidadosamente, con la mira puesta, y aprieta el gatillo.

Oye gritar de dolor al tal «Chon».

...

Incluso a la luz de la luna, Kit oye la rompiente antes de verla.

Las olas enormes —las «machacatruenos»— retumban como cañones al romper en el arrecife.

KA-BUM.

...

Chon se ha desplazado rodando metro y medio después de su último disparo.

Sabe por experiencia que es preferible que te disparen donde estabas antes, no donde estás ahora.

La bala, sin embargo, pasa muy cerca y él grita como si le hubiera dado. Se aleja a rastras, moviéndose a un lado del claro para flanquear a los sicarios de Waianae.

Ahora le toca a Tim.

• • •

Kit lamenta que sea Gabe quien pilota la zódiac.

El hawaiano se desenvuelve en el agua como un pez y eso les da cierta ventaja.

Kit mira adelante y ve a la luz de la luna una ola, la primera de un grupo que viene derecho hacia él. Es gigantesca, pero aun así es la hermana menor de las que le seguirán.

Enfila hacia ella, dispuesto a subir por la pared de nueve metros y a bajar por el otro lado.

Si no lo consigue, si la moto no remonta la cresta antes de que rompa, la ola lo hará volcar y acto seguido lo aplastará.

• • •

El jefe espera.

Nadie dispara del otro lado.

Se levanta despacio, hace señas a sus hombres de que lo sigan y empiezan a cruzar el claro para recoger el cadáver de Chon o asestarle el tiro de gracia.

Se siente seguro.

Es noche cerrada.

Y de pronto todo se ilumina.

Kit baja por la espalda de la ola, vuelve rápidamente la cabeza y ve que la zódiac se tambalea en la cresta y luego se desliza por la pendiente, ola abajo.

Gabe es un as.

Pero Kit no puede seguir mirando.

La segunda ola empieza a alzarse delante de él.

Una montaña aún más alta que la anterior.

Chon dispara la bengala.

El claro parece de golpe un campo de beisbol iluminado para un partido nocturno.

Tim no puede fallar.

Es como montar en bicicleta.

El tipo más cercano a él se desploma, y el que está a su lado cae a continuación. Como patitos en una caseta de tiro al blanco.

El tercero cae al suelo antes de que a Tim le dé tiempo a disparar de nuevo.

La noche se vuelve negra otra vez.

Kit sube y sube.

Parece que la subida no acabará nunca.

Mira arriba y ve el labio de la ola, la espuma que se agita y que sisea como la mecha de una bomba antes de estallar.

Eso espera Kit: que estalle.

Si consigue superar la cresta en el momento justo, la ola romperá sobre la zódiac y la hundirá.

Un momento después está en el aire, sobre la ola.

Dos tiradores, se dice el jefe.

¿Quién iba a imaginarlo?

(«Lo que no sabes puede lastimarte»).

A la mierda con Eddie, piensa. Si tanto le interesa este tipo, que venga él a buscarlo.

Es hora de retirarse.

—¿Pueden moverse, chicos? —pregunta en voz baja.

Al oír que sus hombres contestan afirmativamente, se levanta y, agazapado, recoge a sus heridos y retrocede, creyendo que se aleja de los francotiradores.

Pero se mete de lleno en la línea de fuego de Chon, que ha vuelto a moverse para cortarles la retirada.

La maniobra tiene un nombre: «emboscada de puerta batiente», la llaman.

Chon abre fuego.

Cierra la puerta.

Kit se inclina hacia delante al bajar por el dorso de la ola.

Está a punto de caerse.

Se incorpora, se agarra fuerte, mira atrás y ve…

Que Gabe lo ha conseguido.

La zódiac se desliza sin control ola abajo, está a punto de volcar, pero Gabe consigue enderezarla como puede.

Sólo queda una ola más, se dice Kit.

Si la próxima no los tumba, puedo darme por muerto.

Me alcanzarán al salir de la rompiente, en aguas tranquilas.

Encara la ola siguiente.

La hermana mayor.

El jefe sabe que la ha cagado.

Si no puedes ir hacia delante ni hacia un lado ni hacia atrás, la tienes fea, estás... jodido.

Sólo te queda una salida.

Fuego a discreción.

—¡Disparen! —grita.

No importa cómo estén: heridos, jodidos o asustados, van a volver a abrir la puerta a tiros.

La noche se ilumina con el destello de los disparos.

Chon se pega al suelo lleno de barro.

Las balas pasan silbando sobre su cabeza, levantan la tierra a su alrededor.

Está atrapado, no puede moverse.

La cagaste, se dice. Creías que iban a quedarse paralizados o que intentarían salir por un lado o por detrás, y han tomado la ofensiva parapetándose en su potencia de fuego.

No puedes escapar ni quedarte.

Estás jodido.

Van a imponerse y a matarte.

La única pregunta es a cuántos vas a poder matar tú primero.

Desde la cresta de la ola, Kit ve las luces de toda la bahía.

Y la zódiac en la base, allá abajo.

Gabe sigue adelante.

No tiene elección. Está en la zona de impacto, y si la ola le cae encima, está perdido.

Y si no —se dice Kit mientras se desliza por la espalda de la ola—, el que está perdido soy yo.

...

Como bien saben los niños, en la oscuridad todo da más miedo.

El sonido se amplifica, el espacio se distorsiona, la imaginación convierte en monstruos lo que el ojo no ve.

Las emboscadas nocturnas son las peores.

Los gritos de ira, los lamentos de los heridos, el silbido de las balas, el estruendo y el retumbar de las explosiones. El enemigo parece estar más cerca de lo que está, luego más lejos y, a continuación, más cerca que antes.

Los monstruos son de verdad.

Los enemigos, las balas, la metralla, la sangre, el dolor y la muerte son reales.

Cualquiera que haya vivido una emboscada nocturna, en un bando o en otro, sabe lo que es el verdadero caos.

Son conceptos que siempre han ido de la mano.

En la mitología griega, primero fueron el caos, la oscuridad y el averno.

Los griegos lo sabían muy bien: eso es una emboscada nocturna.

Y sin embargo...

Si ya has pasado por una...

Si tuviste la suerte o la pericia necesarias para sobrevivir...

Quizá hayas aprendido algo.

Quizá puedas conservar la calma lo suficiente para reconocer algún orden entre tanta confusión.

Quizá hayas aprendido a interpretar los fogonazos de las armas —manchas de luz en la oscuridad— y a distinguir pautas de movimiento.

Puede que tu sentido del oído —la salvación de los ciegos— se haya afinado y te permita intuir qué está sucediendo a tu alrededor.

Tim Karsen (o Kearney) es uno de esos supervivientes.

Oye el tiroteo a su izquierda.

Ve que el centelleo constante de las armas de los sicarios se dirige siempre hacia el mismo lado, ve el resplandor intermitente del rifle de Chon.

Sabe lo que está pasando.

Lo que va a pasar.

Lo que no puede permitir que pase.

Si está en su mano.

No puede disparar, por miedo a darle a Chon.

Así que se levanta, sale de los árboles y carga, gritando como un loco furioso.

Para atraer sobre sí el fuego.

Para permitir que Chon escape.

Kit se vuelve y mira atrás.

Gabe y la zódiac bajan por la espalda de la ola.

Lo consiguieron, se dice Kit. Lo consiguieron y van a matarme, y puede que luego vuelvan y maten a los demás.

Comienza a dar media vuelta.

Una última maniobra desesperada.

Estrellar la moto contra la zódiac a toda velocidad y hacerla volcar.

Y que nos ahoguemos todos.

...

¿Qué chingados...?, piensa el jefe al oír los gritos.

Se da vuelta pero no ve nada en la oscuridad, sólo oye que alguien corre hacia él aullando como un demonio, y dispara hacia los gritos.

Tim sigue adelante.

Sólo piensa en una cosa.

En acortar la distancia.

Para lanzar las granadas.

...

Kit la ve entonces.

Una cuarta ola.

Parece imposible, pero allí está.

Una ola solitaria.

Un titán entre titanes.

Si la anterior era la hermana mayor, esta es el padre, el abuelo, el antepasado remoto, Dios.

Doce metros de altura.

Se cierne sobre ellos como el juicio final.

Se precipita hacia ellos con intención homicida.

Una de esas olas a las que no se sobrevive.

...

Gritando, presa de la adrenalina, Tim lanza las granadas.

Primero la de la mano derecha, luego la de la izquierda.

Los estallidos hacen la noche añicos.

Tim se lanza de bruces al suelo, tan fuera de sí que no se da cuenta de que le dieron y está sangrando.

...

Es una pesadilla

que tienen los surfistas
y los niños
e —inexplicablemente— también algunos adultos que nunca han estado en
el mar

soñar que estás en un valle profundo bajo una ola, una gigantesca muralla de agua —imparable, despiadada, omnipotente, cruel— que se cierne sobre ti y crece hasta tapar el cielo, hasta que sólo hay agua y la muerte inminente y nada más.

Los que tienen suerte despiertan, temblorosos y aterrados, pero vivos.

Los que no, están en el agua cuando la ola rompe sobre ellos.

Esos ya no despiertan.

...

El jefe no oye y apenas ve.

El fogonazo de la granada lo ha dejado casi ciego; le pitan los oídos, la cabeza le da vueltas, sangra, herido por la metralla.

Pero es fuerte.

Reúne a sus hombres, también heridos, y medio a rastras, medio a cuestas o a empellones, consiguen volver al vehículo. Levanta a sus hombres, los hace subir, se sienta detrás del volante y empieza a bajar por el camino.

...

Chon oye estallar las granadas.

Avanza por un flanco del camino hacia el ruido, consciente de que no pudo haber sido nadie más que Tim.

Sabe que avanzar significa que seguramente lo verá el enemigo, pero no piensa dejar allí a su compañero.

O su cadáver.

Va en busca de Tim.

Pero primero se para a recoger una cosa.

...

Gabe levanta la vista.

Ve la ola.

Sólo la ola, nada más.

Nada más que agua.

Le dice a Dios que lo siente y suplica que lo perdone.

Oye chillar a los otros.

(No gritar, sino chillar).

La ola cae sobre ellos, y entonces...

Entonces llega la nada.

La nada, nada más.

...

Kit se sume en la oscuridad.

Se hunde en la fría negrura.

Cae

dando volteretas.

Lucha por mantener los brazos pegados al cuerpo, para que la ola no le descoyunte los hombros.

Intenta contener la respiración.

Se ha entrenado para esto.

Desde que era un niño.

Pero no hay nada que pueda prepararte para esto.

La ola lo empuja hacia abajo, le impide subir.

...

El segundo vehículo se lleva por delante el segundo cable trampa.

(Qué cosa tan bella, la sincronía).

El jefe oye un silencio momentáneo y luego un clic.

Y después...

Nada.

...

Chon encuentra a Tim.

Tendido

en la hierba.

Desangrándose por las piernas.

Chon toma el apósito que lleva en el cinturón.

Se lo aplica a la herida, presiona y dice:

—No te me mueras, no me hagas esa chingadera.

...

Dicen que lo que no sabes no puede lastimarte.

Ben, que se enorgullece de su conocimiento, ignora que

no había un solo escuadrón de la muerte

ni dos

sino tres.

(Eddie no se anda con tonterías).

Lo que no sabes...

Pero de eso ya hemos hablado.

...

Son tres y ya están de los nervios.

No han hablado con los otros dos equipos, pero Eddie les dio instrucciones estrictas de no comunicarse.

—¿Saben lo que son los registros telefónicos? —preguntó—. Pruebas.

Sólo quiere que lo llamen una vez, rápidamente, para decirle: «Ya está hecho».

De modo que, aunque el nombre de Hani significa «felicidad» en hawaiano, el sicario no está muy contento en esos momentos. Está estresado porque sólo puede confiar en que los otros dos equipos hayan hecho su trabajo.

Eddie les ordenó que se atuvieran al plan.

Aténganse al plan, nada más.

Pero ¿qué mierda de plan es este?, se pregunta Hani mientras camina hacia la casa. Ni siquiera sabemos quién estará ahí dentro. Puede que la casa esté vacía o que haya una persona o siete, y uno de ellos podría ser un tal Chon que dicen que es una máquina de matar. Y otro K2, que no se va a rendir fácilmente.

Eddie también les dio instrucciones al respecto.

(Da instrucciones para casi todo).

No lastimen a K2 si pueden evitarlo. Que ningún hawaiano salga herido —y menos aún la prima de Gabe — si pueden evitarlo.

En cuanto a los *haoles*, los del continente, llévenlos al mar y échenlos a los tiburones.

A una cuadra de la casa, Hani y sus dos compañeros se ponen las capuchas que les cubren la cara.

...

O está en la cocina cuando se rompe el cristal de la puerta de atrás y una mano enguantada atraviesa la ventana y abre la puerta.

Un instante después se halla cara a cara (por así decirlo) con un encapuchado que la encañona con una pistola.

Detrás entran otros dos hombres.

Entonces aparece Ben tras ella.

Sosteniendo una pistola.

—Somos tres contra uno, pendejo —dice Hani—. ¿Cómo solucionamos esto?

Ben no lo sabe.

Hani se da cuenta enseguida de que no es el tal Chon. Se acerca a él y le quita la pistola de un manotazo.

—Ya no tienes que pensártelo.

Le asesta un golpe en la cabeza con la culata del arma.

...

A Ben nunca lo han golpeado así.

De hecho, nunca lo han golpeado.

Le da vueltas la cabeza.

Se tambalea y choca con la barra.

...

Esto va a ser pan comido, se dice Hani.

—Sólo los *haoles* —oye O que dice uno de los hombres.

Elizabeth lo mira furiosa.

—Yo soy *haole*.

—Tú eres la madre de K2 —replica el hombre.

—Si se los llevan a ellos —dice Malia—, llévennos también a nosotras.

—No eres tú quien da las órdenes aquí —le espeta él, y voltea hacia sus hombres—. Amarren a las dos *wahini*.

O ve que atan a Elizabeth y a Malia, les tapan la boca con cinta plateada y las sientan en el sofá.

—Lo siento, tiita —dice uno de ellos. Luego mira a Ben y añade—: Andando, cabrón.

—¿Dónde vamos? —pregunta Ben.

—A dar un paseíto en barco.

Salen de la casa.

Uno de los hawaianos va delante, los otros dos van detrás de Ben y de O. Ella nota el cañón del arma clavado en la espalda.

Piensa en escapar, pero está demasiado asustada.

Los hombres se quitan la capucha.

O comprende que no es buena señal.

...

Chon avanza por el camino cargando a Tim sobre un hombro. Con la mano libre, se saca el celular del bolsillo y llama a Ben.

No contesta.

...

Prueba a llamar a O.

Lo mismo.

Esto es malo, se dice.

—¿Qué ocurre? —pregunta Tim.

—Nada —contesta Chon, y aprieta el paso.

...

Hani avanza por el muelle.

No ve la zódiac.

¿Dónde se metieron esos cabrones?

Hay un hombre al final del muelle, pescando.

Un viejo.

Hani se acerca a él.

—Eh, oiga, viejo, será mejor que se vaya a otra parte.

El hombre mira más allá de Hani.

A la chica *haole*.

Qué jodida grosería.

...

—¿Ocurre algo? —le pregunta Pete a O.

Ella está tan asustada que no acierta a contestar.

Incluso a la luz de la luna, Pete ve que tiene los ojos llenos de lágrimas. Ve que el hombre detrás de ella se pega demasiado a su espalda, y lo mismo el otro, el que está detrás de su amigo, Ben o como se llame.

—Oiga, vejete —dice uno de ellos—, a lo mejor no oye bien. Le dije que más vale que se largue.

—Ya te oí —contesta Pete.

...

Aire.

Kit lo aspira a bocanadas.

Se llena los pulmones.

Qué delicia.

La ola lo ha retenido bajo el agua, pero también lo empujó adelante. Lo ha volteado y vapuleado, lo ha sacado a tumbos del arrecife, arañándolo, y por último, tras castigar su insolencia, lo ha dejado libre.

Kit ha subido a la superficie.

Sangrando, magullado y exhausto, con el hombro izquierdo dislocado, respira hondo varias veces y comienza a nadar con un brazo hacia la orilla.

• • •

O vuelve a ver esa mirada en sus ojos.

—Sería mejor que te fueras, Pete —dice.

Él asiente con la cabeza, deja su caña y mete la mano en la caja de los aparejos. Saca una pistola y les dispara a los tres hombres entre las cejas antes de que les dé tiempo a moverse.

• • •

A veces, lo que no sabes puede ser tu salvación.

No se llama Pete, sino Frank.

Frank Machianno.

«Frankie Machine».

Uno de los asesinos a sueldo más temidos de la Costa Oeste.

Esa es la vida que dejó atrás para venir al paraíso.

Mira a O y dice:

—Será mejor que te vayas. No te preocupes, yo me ocupo de esto.

—Pete...

—No pasa nada. Váyanse.

Mete los cadáveres en la barca, sale a mar abierto y los arroja al agua.

Los tiburones darán cuenta de ellos.

Son carnada, a fin de cuentas.

• • •

Eddie recibe una llamada, aunque no la que esperaba.

Oye decir al *haole*:

—Tus hombres tuvieron una serie de desafortunados contratiempos. No van a volver.

Ben es muy hábil.

Puede que no lo sea con las armas o los puños, como Chon.

Pero sabe negociar.

—No creo que quieras pasar el resto de tu vida temiendo que te maten. Yo tampoco. Así que nosotros dejamos esta isla en paz, y ustedes también —añade.

—Perdería el respeto de mi gente —contesta Eddie.

—¿Por qué? —replica Ben—. ¿Por algo que nunca pasó?

Un largo silencio. Luego Eddie dice:

—Aloha.

· · ·

O va a despedirse de Pete.

—Voy a echarte de menos —dice él. Busca en la caja de aparejos, saca un sándwich de *bagel* de cebolla con huevo y se lo da—. Para el viaje.

—Yo también voy a echarte de menos.

—Siempre puedes volver.

—No, no puedo —contesta O.

Contempla el océano azul y las montañas verdes, el brillo del sol en una cascada a lo lejos, y se entristece por no poder volver.

Expulsados del paraíso.

Adán y yo, piensa. Y el otro Adán.

—Adiós, Pete —dice al abrazarlo.

Él la besa en el pelo y contesta:

—Adiós, hija.

El paraíso.

ENJAULADOS

———

La primera vez que vio a la niña, ella estaba en una jaula.

No se puede decir de otra forma, pensó Cal en su momento. Se le puede llamar como se quiera («centro de detención», «instalación de internamiento», o incluso «albergue temporal»), pero cuando se tiene a un montón de gente encerrada detrás de una alambrada, eso es lo que es: una jaula.

Cal se acordó entonces de lo que su padre le dijo cuando al cáncer que sufría el viejo lo llamó «problema de salud»:

—Llámalo por su nombre —le dijo Dale Strickland—. ¿Pa qué llamarlo lo que no es?

Aquello era cáncer de huesos y esto otro, una pinche jaula.

Cal no se explica aún por qué se fijó precisamente en la niña. ¿Por qué en ella, entre tantas? Había cientos de chiquillos detrás de las alambradas, ¿qué tenía ella de especial?

Puede que fuera por sus ojos, pero todos los niños te miraban con esos ojazos desde detrás de la reja: unos ojos como los que se ven en los cuadros de niños que venden en las gasolineras de carretera. Quizá fuera porque tenía los dedos metidos entre los huecos de la alambrada como si intentara agarrarse a algo. O quizá por su nariz sucia, por esa costra de mocos que tenía sobre el labio.

No podía tener más de seis años, calculó Cal.

Se miraron sólo un segundo y luego él siguió adelante.

Dejó atrás esa jaula tan atiborrada de gente que parecía un corral de engorde de ganado, sólo que sus ocupantes no eran reses sino seres humanos, y no mugían, sino que hablaban o gritaban o pedían ayuda. O lloraban, como aquella niña.

Cal Strickland la vio y luego pasó de largo, y por qué pasa de largo un hombre al ver llorar a una criatura sería una jodida buena pregunta si la respuesta no fuera que había tantos en aquella jaula que qué otra cosa podía hacer.

Llámalo por su nombre; lo que es, es.

Así que esa fue la primera vez que la vio, en aquel sitio que llamaban Ursula, el gran centro de internamiento de McAllen. Cal no estaba destinado allí, sólo había ido a buscar suministros para llevarlos a Clint, donde, con tanta gente, faltaba de todo: mantas, sopa, pasta de dientes.

No esperaba volver a verla.

Pero la vio.

Ayer mismo.

En Clint.

Ahora conduce su cuatriciclo a lo largo del cercado de alambre de púas y encuentra lo que esperaba.

La alambrada está cortada y la hierba pisoteada allí donde anoche acamparon unos cuantos ilegales. Hay restos de una fogata y desperdicios sin recoger: latas vacías, un par de botellas plásticas de agua, un pañal sucio.

—Putos mexicanos —masculla al bajarse del cuatriciclo y agarrar la caja de herramientas.

Sabe, sin embargo, que seguramente no han sido mexicanos sino salvadoreños, hondureños o guatemaltecos. Siguen llegando mexicanos, pero menos que antes, no como en los noventa, cuando su padre y él recorrían la valla y la encontraban cortada a diario. En aquel entonces iban a caballo, no en cuatriciclo, y aunque su padre solía maldecir a los «espaldas mojadas» y amenazaba con dispararles a los coyotes que los traían hasta aquí, Cal recuerda cómo reaccionó cuando se presentó el tipo del grupo de vigilantes y le pidió que se uniera a ellos.

—Fuera de mi rancho —le espetó Dale Strickland—. Y si veo por aquí a alguno con sus trajes de mamarrachos del ejército y sus rifles, los agarro a tiros. No tengo más que un Remington treinta cero, pero seguro que con eso me las arreglo.

Unos días después, cuando estaban recorriendo la valla, su viejo dijo de pronto:

—No es que intenten defender este país, es que les da miedo tener chico el pito. Si me entero de que te juntas con esa gentuza, te borro del testamento.

Cal no se juntó con esa gentuza.

Ingresó en la Patrulla Fronteriza.

Más que nada porque era un empleo fijo y en aquellos tiempos, cuando salió del ejército, escaseaba el trabajo en Fort Hancock, Texas.

No podía quedarse en el rancho, y menos aún después de que murió su padre, porque apenas daba para el sustento de su hermana Bobbi, si es ella que conseguía mantenerlo.

Eran sólo doscientas cuarenta hectáreas de arena y pasto seco, más seco cada año, y de todos modos el ganado ya no daba dinero. Probaron un poco de todo: a cultivar algodón y hasta frutales, pero no había agua suficiente para los árboles, y el algodón, en fin, la mayor parte se cultivaba en México, al otro lado de la frontera, y no podían competir con la mano de obra barata. Bobbi empezó a vender la tierra a trozos para mantenerse a flote.

Cal probó a trabajar de vaquero un tiempo en ranchos de toda la zona —el Woodley, el Steen, el de los Carlisle—, pero también ahí había cada vez menos trabajo. Pensó en dedicarse a los rodeos, pero, aunque era bastante buen jinete y no manejaba del todo mal el lazo, no bastaba con eso para ganar dinero.

Había que ser bueno de verdad y Cal sabía que no lo era.

Así que se metió en la Patrulla Fronteriza.

Pagaban bien, los beneficios eran buenos y era un trabajo estable. Lo aceptaron sin pensárselo dos veces. Había sido militar, estaba acostumbrado a las jerarquías y por tanto sabía cumplir órdenes, hablaba el espanglish fronterizo y conocía el territorio mejor que la palma de su mano; a fin de cuentas, había nacido y se había criado allí. Qué carajo, los Strickland vivían allí antes de que existiera la frontera.

—Llevo toda mi santa vida patrullando la frontera —dijo al aceptar el empleo.

Así que ya no vive en el rancho sino en un departamentito en El Paso, pero sigue viniendo un par de veces por semana para echar un vistazo al cercado. La inmigración se había reducido a un goteo en los últimos años, pero ahora ha vuelto a crecer, y que corten la valla es un problema porque no les conviene que las pocas reses que tienen se les vayan a México. Antiguamente —o eso le han contado—, los rancheros de este lado y los vaqueros del otro cruzaban constantemente la frontera robándose ganado unos a otros, cosa que seguramente ahora estaría muy mal vista.

Ahora por la frontera llega gente y droga.

Cal enrosca un trozo de alambre en la valla cortada, lo retuerce con las pinzas y toma nota de que tiene que venir dentro de unos días a ajustarla con el tensor.

Putos mexicanos.

Vuelve con el cuatriciclo al corral destartalado y se baja. Se apoya en la cerca de metal. Riley, su caballo alazán, se acerca y le resopla con reproche que lo haya cambiado por la máquina. Cal le acaricia el hocico.

—Perdona, chico —dice—. Me sobran unos kilos, no te conviene llevarme.

La verdad es que el caballo se está haciendo viejo. En sus tiempos era un animal de pastoreo estupendo, daba gusto verlo trabajar cuando tenían más ganado que apartar.

Cal toma un puñado de grano de una cubeta y el viejo jamelgo come de su mano.

—Hasta dentro de unos días —dice Cal.

Guarda el cuatriciclo en el establo. La camioneta de su padre, una Toyota Tacoma de 2010, sigue allí porque a él y a Bobbi les da pena deshacerse de ella. Si hasta las llaves siguen en el asiento delantero y el viejo rifle 30.06 en el soporte del vidrio trasero.

Dale Strickland tenía pasión por su camioneta, aunque Cal siempre andaba reprochándole que hubiera comprado un coche extranjero.

—Las camionetas japonesas —decía Dale—, teniendo aceite, funcionan toda la vida.

Cal tiene una Ford 150 blanca.

Él siempre compra productos nacionales.

Bobbi le tiene preparado el desayuno cuando entra en la casa. Cuatro huevos con salchichas caseras de las gordas y tocino, frijoles negros, tortillas bien tostadas y un café que podría haber llegado a la mesa por sus propios medios.

—Y una angioplastia para acompañar —comenta su hermana al poner el plato en la mesa.

Ella toma yogur con fruta y escucha la radio pública.

—¿Cómo puedes escuchar esa mierda? —pregunta Cal.

—Igual que tú puedes ver Fox News —contesta Bobbi.

Su hermana es una liberal del oeste de Texas, lo que no la hace un unicornio sino algo mucho más infrecuente. Unicornios hay montones, comparados con los liberales en el oeste de Texas, se dice Cal.

La verdad es que él en realidad no ve mucho Fox News, pero no se lo va a decir a Bobbi. Tampoco ve mucho las noticias —y menos aún la CNN, ese hatajo de comunistas—, porque es más que deprimente y la Patrulla Fronteriza sale siempre últimamente: los periodistas se arremolinan alrededor de los centros de detención como moscas alrededor de una mierda fresca. Dicen que sólo están cumpliendo con su trabajo y a Cal le dan ganas de decirles que eso es también lo que intenta él.

De hecho, se los diría si no le tuvieran prohibido hablar con la prensa.

—Se harán los simpáticos contigo —le dijo su jefe—, pero en realidad sólo quieren chingarte.

Justo el otro día, un corresponsal del *New York Times* (o del *Judíork Times*, como dice Peterson; claro que Peterson es un pendejo) se le acercó en el estacionamiento y le preguntó si podía contestar unas preguntas.

—Me interesa saber cómo es trabajar aquí —dijo.

Cal pasó de largo.

—¿No quiere hablar conmigo? —insistió el tipo.

Por lo visto no, porque Cal siguió andando.

—¿Le dijeron que no hable con periodistas? —El sonso le puso una tarjeta en la mano—. Daniel Schurmann, del *New York Times*. Por si alguna vez quiere hablar.

Cal se guardó la tarjeta en el bolsillo de la camisa. Hablar con un reportero del *New York Times* no sería la última cosa que se le pasara por la cabeza, pero sí la penúltima después de limpiarse el culo con un cepillo de alambre, quizá.

Bobbi parece cansada.

Tiene sucio el pelo largo rojizo y escaso, y lleva puesta la misma camiseta vieja que hace tres días.

¿Cómo no va a estar cansada —se dice Cal— si, además del agobio de intentar mantener el rancho a flote, trabaja como mesera en Angie's, en el pueblo, y tiene un chamaco de dieciocho años enganchado a los opioides?

Jared vive —supuestamente— con el inútil de su padre en El Paso y trabaja en un taller mecánico, pero Cal lo duda mucho y sospecha que Bobbi piensa lo mismo: que su hijo está viviendo en la calle y que se mete heroína.

Entonces ¿cómo no va a parecer agotada, si lo está?

—¿Qué tal el trabajo? —pregunta ahora.

Él se encoge de hombros.

—Es trabajo —dice.

—Veo las noticias.

—Creí que solo las oías.

—¿Arrancamos a niños de sus padres y los metemos en jaulas? ¿A eso nos dedicamos ahora?

—Yo sólo intento hacer mi trabajo —contesta Cal—. Aunque no siempre me guste.

—Ajá, pero votaste por ese tipo.

—A ti no te vi ir a votar —replica él.

—O sea que acerté.

Acertaste, sí, se dice Cal. Como casi siempre. Es verdad que voté por ese tipo, porque por nada del mundo iba a votar por una señora que creía que el país tenía que entregarle la Casa Blanca porque a su marido le hicieron una mamada.

Y encima, demócrata.

—Hay que hacer algo con Riley —dice Bobbi.

—Ya sé. Pero…

—Pero ¿qué?

—Que todavía no —dice Cal.

—Habrá que hacerlo tarde o temprano. Lo que cuesta el veterinario…

—El veterinario lo pago yo.

—Ya sé que lo pagas tú.

Cal se levanta.

—Tengo que irme a enjaular a unos chiquillos.

—Vamos, no seas así.

Él se acerca y la besa en la frente.

—Gracias por el desayuno. Vendré dentro de unos días a echar un vistazo a la valla.

Sale a la camioneta. Son las siete de la mañana y ya está sudando. Calor seco, dicen que es. Seco como un horno.

Ayer volvió a ver a la niña.

La habían trasladado a Clint.

O sea que no hemos encontrado a sus padres, se dice Cal.

Por lo menos desde que se la quitamos.

...

La instalación de internamiento de Clint está a seis kilómetros y medio de la frontera, entre pulcros campos rectangulares a lo largo de Alameda Avenue, al sureste del pueblo y a menos de diez kilómetros de El Paso por la Ruta 20.

Está formada por un grupo de edificios de aspecto anodino a los que dan energía grandes paneles solares (cosa lógica, en opinión de Cal, porque si algo sobra aquí es sol).

En realidad, no se diseñó para albergar personas.

Se construyó como base logística avanzada desde la que patrullar la zona. Que es, mayormente, lo que hace Cal. Otros dos agentes y él salen a caballo a recorrer la frontera desde Clint, buscando las veredas que abren los traficantes de droga y los inmigrantes.

Casi como en esas películas de John Wayne en blanco y negro que veía su viejo en la tele.

—Ustedes son la caballería moderna —le dijo Bobbi una vez.

Cal no lo ve así, pero entiende lo que quiso decir su hermana. Además, le encanta su trabajo: pasar largos días a caballo haciendo el bien, protegiendo a su país. Y ayudando a la gente, en realidad, aunque los medios casi nunca les reconozcan ese mérito, porque de vez en vez localizan a un grupo de ilegales a todas luces perdidos —se nota por sus huellas— y que, si no, a casi cuarenta grados morirían de deshidratación o de golpe de calor. A Cal esos momentos, salvar así a la gente, son algo que lo llena de satisfacción.

Otras veces, en cambio, no los encuentran a tiempo, sólo encuentran sus cadáveres, y ésos son momentos duros, sobre todo si se trata de una mujer o de un niño, y Cal maldice a los coyotes que los dejan allí tirados sin comida ni agua ni más indicaciones que señalarles el norte con el dedo.

Si por él fuera, les pegaría un tiro y dejaría sus cuerpos en la valla o el alambre de púas. Y eso que sabe perfectamente quiénes son. Qué carajo, si hasta fue a la preparatoria con uno de ellos.

Jaime Rivera iba y venía como si no hubiera frontera: unos días iba a clase en Fort Hancock, luego desaparecía y volvía a aparecer.

Jugaban juntos en el equipo de fútbol americano, Cal de tacle izquierdo y Jaime de ala cerrada. Eran amigos: solían cruzar la frontera, cada uno en su camioneta, y se adentraban en el desierto, paraban en algún llano y allí se quedaban, bebiendo cerveza. Algo así.

Al final, Jaime llegó a la conclusión de que le iría mejor en México moviendo marihuana, cosa que a Cal no le pareció especialmente ofensiva, y se estableció al otro lado de la frontera. Después empezó a traficar con gente, y a Cal tampoco eso le habría parecido mal del todo —lo consideraba el típico enredo fronterizo: perros ovejeros contra coyotes—, si no fuera porque Jaime tomó por costumbre quedarse con el dinero de los inmigrantes y dejarlos tirados sin que le importara un carajo lo que fuese de ellos.

Así que, aunque es verdad que fueron amigos hace años, si ahora Cal estuviese absolutamente seguro de que iba a salirse con la suya, le metería un tiro en la cabeza a Jaime y lo abandonaría ahí para que se lo comieran los buitres y los verdaderos coyotes.

Y así se lo dijo, además.

Una noche, después de encontrar a una madre y a un niño muertos en el desierto, se tomó unos tragos de más, preguntó por el número de Jaime en El Porvenir —carajo, si hasta a gritos lo habría oído desde allí— y le dijo que estaba deseando dejar su cadáver pudriéndose al sol.

—¿Por qué no vienes acá y lo intentas, amigo? —le espetó Jaime—. Veremos quién acaba muerto de los dos.

—Tenías muy buenas manos, pero como tacle eras una mierda, ¿sabes? —respondió Cal.

—¿Y a mí qué? —dijo Jaime—. Pero, oye, Cal, sin rencores. Si alguna vez quieres ganar dinero de verdad, ya sabes dónde estoy. Así a lo mejor hasta conservas esa chingadera de rancho que tienes.

El odio que se tienen es mutuo, porque Cal Strickland le ha hecho la vida imposible a Jaime. Es, con mucho, el mejor rastreador de la Patrulla: conoce cada vereda y cada paraje de la zona, es buenísimo tendiendo emboscadas y ha puesto tras las rejas a varios colaboradores de Jaime.

Si Jaime pudiera ponerle precio a su cabeza, lo haría.

Y no sería pequeño.

Ahora, Cal va hasta Clint y encuentra estacionamiento, lo que no es fácil porque la mitad del espacio está ocupado por las enormes carpas que han levantado para albergar a la marea de inmigrantes. Los almacenes y depósitos han sido reconvertidos en celdas improvisadas de detención.

Cal sale de la camioneta.

Hoy los manifestantes han llegado temprano. Sostienen pancartas en inglés y español: FREE THE CHILDREN, LIBEREN A LOS NIÑOS. En cambio, sólo hay un par de periodistas. La mayoría se habrá aburrido, imagina Cal, e ido en busca de otra noticia.

Por él, mejor así.

Pasa junto a los manifestantes y entra en la oficina.

Twyla está sentada detrás del escritorio.

Es lo que la abuela de Cal habría llamado «gruesa» alta, de caderas y hombros anchos, con el pelo negro muy corto y los ojos azules. Y desgarbada de andares como una potrilla recién nacida: verla caminar es temer que ocurra un accidente. Tiene lo que su abuela habría llamado un rengueo, y en Clint corre el rumor de que en Irak la hirió la explosión de una bomba y que aún tiene un trozo de metralla alojado en la cadera.

Cal no sabe si es cierto.

Sabe, en cambio, que quiere a Twyla.

Mucho; demasiado, quizá.

Porque son amigos.

Y como le dijo una vez Peterson: Estás en la «zona de la amistad», compa. Y si estás ahí, olvídate de llegar al área de remate.

Pero Peterson es un pendejo.

Twyla sonríe al verlo entrar.

—Otro día en el paraíso, ¿eh?

—Y va a ser un día de mucho calor.

—Ya lo es.

Cuando se conocieron, Twyla le preguntó si Cal era diminutivo de California o de Calvin.

—De Calvin.

—Como en *Calvin y Hobbes* —dijo ella.

—¿Qué?

—La historieta. Un niño y un gato.

—¿Cuál de los dos es Calvin?

Twyla se quedó pensando un momento.

—No me acuerdo. El niño, creo.

—Menos mal —contestó Cal—. Porque yo no soy muy de gatos.

—¿Y de perros sí?

—De caballos.

—Yo no he montado nunca.

—¿De dónde eres? —preguntó él, porque aquello le parecía casi inconcebible.

—De El Paso.

—Una chica de ciudad.

—Supongo que sí.

Ahora Cal pregunta:

—¿Alguna novedad?

—La misma mierda de todos los días.

—Bueno, yo me voy a patrullar.

Está deseando salir de allí.

—No, señor, hoy no tienes esa suerte —responde Twyla, y levanta un portapapeles—. Te toca guardia hasta nueva orden.

—¿Qué carajo...?

—Todos tienen que apoyar hasta que acabe la crisis —lee Twyla—. Bienvenido a mi mundo. Es hora del conteo.

—¿Del qué?

—Ahora eres carcelero, vaquero, y hay que contar a los presos, asegurarse de que están todos.

Es entonces cuando vuelve a ver a la niña.

Los internos en Clint están alojados en varios edificios —o carpas— distribuidos por el recinto, y a Cal y a Twyla les corresponde vigilar el más grande.

La niña no está ahora en una jaula, sino sola en un rincón de la nave de bloques de concreto que sirve como celda principal. Sola, porque casi todos los menores que quedan son varones, y hay que mantenerla separada. También de los adultos, que se alojan al otro lado de la nave, separados por una malla metálica.

Sentada en el suelo, fija la mirada en Cal.

Con esos condenados ojos.

—¿Cómo acabó aquí? —pregunta él.

—¿Quién? ¿Luz? —dice Twyla—. Como todos. Salvadoreños buscando asilo. A sus padres y a ella los ficharon en McAllen, y luego los separaron. Cuarenta y uno, cuarenta y dos, cuarenta y tres...

El número de menores varía a diario porque algunos pasan a la custodia de familiares en Estados Unidos, otros son enviados a casas de acogida y a unos cuantos se los deporta junto a sus padres. La mayoría, sin embargo, son trasladados a instalaciones de internamiento por todo el país.

—¿Cuánto tiempo lleva aquí? —pregunta Cal.

—Tres semanas, creo. Cuarenta y cuatro, cuarenta y cinco...

—Eso es un poco más que setenta y dos horas —comenta él.

Según la ley, tras pasar por los trámites debidos, los menores deben reunirse con sus padres o ser entregados a la tutela de familiares o amigos previa autorización judicial en un plazo máximo de tres días.

—No localizamos a sus padres —dice Twyla—. Por lo visto los deportaron. Podrían estar en México, en El Salvador, en cualquier sitio.

—Estarán buscándola.

—Supongo, pero ¿cómo van a saber dónde buscar? Cuarenta y seis, cuarenta y siete...

Sí, piensa Cal. El sistema, tal como está diseñado, es caótico. A los menores detenidos se los reparte en múltiples centros de internamiento a lo largo y ancho del país. Sólo en Texas, están los centros de Casa Padre, Casa Guadalupe y el enorme campamento de Tornillo. Chingado, hasta a Chicago los llevan.

—Bueno, ¿y ahora qué? —pregunta Cal—. ¿Cuál es el plan?

—¿Qué plan? ¿Cuándo ha habido un plan? —responde Twyla—. Cuarenta y ocho, cuarenta y nueve...

Cal mira a Luz y dice en español:

—Tranquila. Todo se va a arreglar.

La niña no contesta.

—Dejó de hablar —dice Twyla—. Desde hace cosa de cuatro días. Antes lloraba. Ahora, nada.

—¿Ya la vio alguien?

—Viene un psicólogo de la ORR un par de veces por semana —explica Twyla—. Pero aquí hay doscientos ochenta y un menores. O los había esta mañana. En esta unidad tenemos sesenta y cinco, si quieres ayudarme a contarlos.

—No, parece que se te da muy bien. —Cal se obliga a apartar los ojos de la niña y sigue a Twyla en su recorrido.

—Cal, procura que no te dé el síndrome de la perrera.

—¿Qué carajo es eso?

—Ya sabes lo que es —dice Twyla—. Cuando vas a un refugio y te enamoras de todos los perritos que ves, pero sólo puedes llevarte uno a casa. Nosotros no podemos llevarnos a ninguno.

—Esa niña tiene que estar con su familia.

—Tienes toda la razón. Pero ¿qué hacemos?

Lo que podemos, se dice Cal. Eso es lo que no entienden los manifestantes y los medios de comunicación: que no somos monstruos, somos gente que hace lo que puede con lo que tiene. Que nunca es suficiente. No hay sopa suficiente, ni pasta de dientes, ni apósitos, ni toallas, ni ropa limpia, ni médicos, ni medicinas, ni personal, ni horas suficientes en el día o en la noche.

El tipo por el que voté empezó una guerra sin plan ni preparativos para llevarla a cabo, y así estamos.

Hacemos lo que podemos.

Y nunca es suficiente.

Ni de lejos.

Los niños tienen piojos, enferman de varicela, tienen sarna, lloran a todas horas. Su llanto es un sonido de fondo constante, como el murmullo de la radio pública en casa de Bobbi, sólo que te rompe el alma y no puedes apagarlo.

A no ser que seas Roger Peterson.

—Yo ya no lo oigo —le dijo una vez a Cal—. Es pura disciplina mental.

Sí que es una cuestión mental, piensa Cal. De lo de disciplina ya no está tan seguro.

—Los padres no deberían haber traído a sus hijos —afirma Peterson—. No es culpa nuestra que lo hayan hecho.

—Ni tampoco de los niños —replica Twyla.

—¿Y qué quieres que hagamos? ¿Abrir las puertas de par en par y que vengan todos los pobrecitos niños del mundo?

—Pues a lo mejor sí —contesta ella.

—Para mí que se te fundió un cable en Irak —le dice Peterson.

—Ya está bien —lo ataja Cal.

Peterson sonríe burlón y se aleja.

—Sé cuidarme sola, no necesito que nadie me defienda —dice Twyla.

—Ya lo sé. Solo intentaba…

—Sé lo que intentabas. Y no lo hagas. Cuando necesite un caballero de brillante armadura, leeré un cuento de hadas.

—Entendido —dice Cal—. ¿Están todos los niños?

—Todos presentes y contados —dice Twyla.

¿Por qué fui tan perra con él?, se pregunta Twyla cuando vuelve a su departamento esa noche.

Se quita la ropa y la mete directamente en la lavadora. Es uno de los muchos inconvenientes de trabajar en Clint: que te huele la ropa de estar todo el día entre internos sucios vestidos con ropa mugrienta. Se te pega el olor, y la gente del pueblo se tapa a veces la nariz cuando un agente entra en algún sitio.

Se mete en la ducha y pasa largo rato bajo el chorro, restregándose la piel para quitarse el olor.

Sabe que, si se siente sucia, no es sólo por eso.

Es también por esa niñita, tan traumatizada que está casi catatónica.

Puede que por eso me haya puesto tan perra con Cal. O puede que sea porque Peterson dio en el clavo, de chiripa, claro, siendo él. O a lo mejor es porque siento cosas por Cal que no debería sentir.

Twyla ha visto cómo la mira a veces y no está acostumbrada a que los hombres la vean así. Hasta en Irak, donde casi no había mujeres, sus compañeros de unidad pensaban que tenía otros gustos y ni uno sólo intentó ligar con ella.

Sabe que es torpona y desgarbada, y es consciente de lo paradójico que resulta que su madre —una mujer con inquietudes bohemias y artísticas que nunca encontró su sitio en El Paso— le pusiera el nombre de la famosa bailarina Twyla Tharp.

Carajo, si hasta mi apellido suena raro.

Klumpitsch.

En la preparatoria, las chicas más mezquinas la llamaban Lumpitsch.

Twyla Lumpitsch.

Tras aquellos cuatro años horribles y un semestre sin sentido estudiando un grado medio, decidió que lo mejor que podía hacer era alistarse en el ejército. Casi había terminado su misión en Irak cuando lo del atentado y, al salir del hospital, de baja con honores y con una prótesis de cadera y una leve cojera, solicitó el ingreso en la Patrulla Fronteriza, donde, como había escasez de agentes femeninas, la aceptaron enseguida, aunque estuviera un tanto mermada.

Se mira la aparatosa cicatriz en la cadera izquierda, algo más que abona a su falta de atractivo, si es que algún hombre llegara a verla desnuda. Tuvo un par de noviecitos antes de irse a Irak; después no ha habido ninguno, no sólo por la cicatriz sino porque no quiere que nadie sepa qué otras cosas implica dormir con ella.

Al salir de la ducha, se seca, se pone una bata y entra en su cocinita para prepararse algo de cenar. Todos los sábados va al supermercado y compra siete platos precocidos. Tiene un solo plato, un solo tenedor, una cuchara, un cuchillo, un vaso y una taza.

Lo prefiere así: todo limpio, austero, sin complicaciones. Fácil de hacer y de limpiar. El departamentito está impecable: la cama hecha al estilo del ejército y la toalla doblada con cuidado en el toallero.

Todo lo que puede, Twyla lo controla.

Calienta en el microondas un plato de carne molida con su salsa, puré de papas y elote, y se sienta delante del televisor a comer. Hay un partido de los Rangers. A Twyla le gusta el beisbol porque tiene líneas claras y números. Tres *strikes* son siempre un *out*, y tres *outs* una entrada.

Cal no es muy guapo, que se diga, piensa. Tiene poco pelo y seguramente hay más agujeros del lado izquierdo de su cinturón que del derecho. Pero tiene ojos bonitos y es simpático y habla con delicadeza, y, sobre todo, es amable y la mira de esa forma, como si fuera guapa.

Y tú te pusiste brava con él, se dice Twyla.

El partido está ya en la séptima entrada cuando empieza a pasarle.

No es cada noche, pero sí con frecuencia y Twyla conoce los síntomas. Empieza con una sensación de mareo, luego un dolor de cabeza y a continuación empieza a parpadear y no puede parar.

Se levanta y va a buscar la botella de Jim Beam que tiene en el armario encima del fregadero. Siempre se sirve el *whisky* en el vaso porque beber de la botella significaría que tiene un problema de alcoholismo y no lo tiene.

Se bebe el *whisky* como quien toma una dosis de medicina, y eso es, en cierto modo. No le gusta el sabor, lo que le gusta es su efecto calmante y la esperanza de que retrase un poco lo inevitable.

Cuando guarda la botella, le tiembla la mano.

Entra en el baño, cierra la puerta y tapa la ranura de abajo con la toalla para amortiguar el ruido. Luego se acuesta en el suelo fresco y un instante después está acurrucada en posición fetal dentro del vehículo blindado, le estalla la cabeza de dolor, su costado es un amasijo de carne desgarrada y huesos rotos, está atrapada dentro del vehículo en llamas, hay sangre y gritos por todas partes, sus compañeros agonizan y mueren, y se oye gritar a sí misma.

Se tapa los oídos con las manos y espera a que se le pase.

Siempre se le pasa, y siempre vuelve.

...

Cal no consigue quitársela de la cabeza.

A la pequeña, a Luz.

Esos ojos.

¿Lo miraban con reproche?

O quizá le pedían algo.

Pero ¿qué?

¿Puedes ayudarme? ¿Puedes encontrar a mi mamá y mi papi? O quizá le preguntaban: ¿Qué clase de hombre eres tú?

Buena pregunta, se dice Cal mientras le quita el papel aluminio a su burrito comprado en un local de comida rápida. (Hace falta cierta habilidad para sujetar el volante con una mano y con la otra desenvolver hasta la mitad el burrito y llevárselo a la boca, pero él tiene mucha práctica; los que atienden la ventanilla del restaurante ya lo conocen por su nombre).

Tiene treinta y siete años, no está casado ni tiene hijos y vive en el lado este de El Paso en un departamento de alquiler amueblado y con una sola recámara. Tuvo una novia hace unos años y la cosa iba bastante en serio. Gloria era una chica muy agradable, maestra de kínder, pero lo dejó porque no conseguía «alcanzarlo».

—Estás tan metido dentro de ti mismo que no consigo alcanzarte —le dijo—. Y estoy cansada de intentarlo. Ya no puedo más.

Cal hizo como que no entendía lo que quería decir, pero sí que lo entendía. Su madre solía decir algo muy parecido de su padre. Seguramente por eso se fue. Cal sabe que él es igual, pero está convencido de que es lo que le pasa a la mayoría de la gente: que la mejor parte de uno mismo está atrapada dentro de la peor y no consigue salir.

Mientras abre con los dientes el sobrecito de salsa picante y pone un poco en el burrito, se dice que quizá sea igual con los países: de algún modo mantenemos encerrada la mejor parte de nosotros mismos y no nos damos cuenta, ni siquiera cuando metemos niños en jaulas.

Así que ¿qué clase de hombre eres tú?, se pregunta.

Muy buena pregunta.

Por la mañana entra en la oficina y le pregunta a Twyla:

—¿Tienes el expediente de esa niña, de Luz?

Ella no tiene buena cara. Está pálida y cansada como si no hubiera pegado ojo.

—Todos los expedientes los tiene la ORR —contesta.

—¿Puedes conseguir el suyo?

Twyla le clava la mirada.

—¿Para qué?

Cal se encoge de hombros.

—Eso no basta, sabes —le dice ella.

—Pensé que podría intentar encontrar a sus padres —contesta Cal.

—O sea que ni la Oficina de Reasentamiento de Refugiados, el Departamento de Salud, Seguridad Nacional o la Unión por las Libertades Civiles son capaces de encontrarlos —dice Twyla—, ¿y Cal Strickland sí?

—Bueno, es que no sé hasta qué punto se esfuerzan —argumenta Cal—. Porque tienen unos cuantos miles de chamacos de los que ocuparse. Yo sólo me encargaría de encontrar a los de la niña.

—¿Ah, sí? —pregunta Twyla—. Ya te advertí de esto, Cal.

—Sé cuidarme solo, Twyla.

—Supongo que me lo tengo merecido. Está bien, procuraré tomarme una cerveza con la mujer de la ORR. No es mala tipa. Pero no te prometo nada.

—Gracias.

Está ese momento.

Sólo que ninguno de los dos consigue aprovecharlo y actuar.

A la mañana siguiente, Twyla le da una carpeta.

—Me costó tres cervezas —dice—. La mujer aguanta bastante. Se supone que nosotros no tenemos acceso a estas cosas, así que léelo y deshazte de él.

—Te lo agradezco.

Es la ocasión perfecta para invitarla a cenar o a tomar una cerveza para darle las gracias, pero como no le salen las palabras, Cal toma el expediente y se lo lleva a su camioneta.

La niña se apellida González y es salvadoreña.

Su madre, Gabriela, tiene veintitrés años. Luz y ella fueron apresadas el 25 de mayo cuando deambulaban en este lado de la frontera y fichadas en el centro de internamiento de McAllen, donde pasaron dos días. Después las separaron y a Luz la trasladaron a Clint.

Todos los detenidos tienen un Número de Extranjero.

El de Luz es el 0278989571.

A Gabriela la deportaron desde McAllen el 1 de junio.

La metieron en un avión con destino a El Salvador.

Sin su hija.

Tiene que estar muerta de preocupación, piensa Cal. El expediente, sin embargo, no dice nada de que haya intentado contactar a las autoridades estadounidenses. No hay ninguna anotación que indique que llamó a la línea de atención telefónica de la ORR habilitada para estos casos; claro que acaba de entrar en funcionamiento y es posible que ni siquiera sepa que existe. Tampoco figura que haya llamado a ninguno de los centros de procesamiento, a la ORR, a Seguridad Nacional o a Inmigración, pero quizá no sepa dónde llamar.

Qué diablos, si hasta a los abogados les cuesta moverse entre tanto lío de siglas, cuanto más a una chica sencilla que no habla inglés y que debe de estar muerta de miedo.

Si es que está viva, se dice Cal.

Porque si huyó de El Salvador tuvo que ser por algo y es muy posible que ese algo la estuviera esperando al volver.

Y el padre ¿dónde está?

El expediente no dice que Luz tenga familia en Estados Unidos, o sea que no hay nadie que pueda hacerse cargo de su tutela.

Y entonces, ¿qué vamos a hacer con la chiquilla?, se pregunta Cal. ¿Mandarla a una residencia para menores no acompañados, a un hogar de acogida? ¿Tenerla encerrada hasta que cumpla los dieciocho? ¿Y luego qué? Seguirá siendo igual de ilegal que ahora.

Y además estará hecha pedazos.

Si tiene mucha suerte, quizá acabe viviendo con una familia cariñosa que cuide bien de ella, pero siempre se preguntará por qué la abandonó su madre. O puede que tenga mala suerte y acabe en una residencia horrible o con una familia de acogida de mierda donde la maltraten física y emocionalmente o abusen de ella sexualmente, o las tres cosas juntas.

Así que hay que encontrar a su madre.

Cal empieza por las celdas.

De los varios centenares de internos que hay en Clint, cerca de un tercio son salvadoreños, de modo que puede que alguno conozca a Gabriela González.

Lo malo es que la ORR no lo deja ver sus expedientes.

—Ya les permití ver uno —dice la mujer de la ORR—. No puedo dejar que los revisen todos.

—¿Me está diciendo —contesta Cal— que estamos a cargo del bienestar de estas personas pero no se nos permite ver sus expedientes? ¿Y eso por qué?

—El Departamento de Salud y Servicios Sociales ya está bastante agobiado con este paquete —contesta ella—. Los medios se van encima de cada historia dramática. ¿Cree que nos conviene echar más leña al fuego?

—Yo no voy a ir a los medios —responde Cal—. Sólo intento encontrar a la madre de una niña.

—Ese no es su trabajo, es el mío.

—Pues entonces debería hacerlo.

—Estoy haciendo todo lo que puedo —contesta la mujer—. Pero permítame hacerle una pregunta, agente Strickland. ¿La madre está intentando encontrar a su hija? Ya vio el expediente. No ha habido ni una sola llamada, ni un solo intento por localizarla. ¿Se ha planteado la posibilidad de que la madre no quiera que la encontremos? ¿De que quizá haya abandonado a su hija sin más? Llevo mucho tiempo en servicios sociales. He visto bebés abandonados en contenedores de basura.

Cal nota que se pone colorado.

—No, no me lo había planteado.

Ella se queda mirándolo unos segundos y luego añade:

—A lo mejor, si viene esta noche, encuentra abierta la puerta del despacho. Pero si monta un circo con este asunto, Strickland, le juro por Dios que haré que lo trasladen a la frontera canadiense para que se le congelen las bolas y se le caigan como canicas.

—Gracias.

—No me las dé —contesta ella—. No me dé *nunca* las gracias.

Cuando vuelve esa noche, Twyla está allí.

—¿Qué haces aquí? —pregunta Cal.

—Hoy tengo turno doble. Me vienen bien las horas extra. ¿Y tú? ¿Qué haces aquí?

Él no contesta.

—Es una pregunta muy sencilla, Cal.

—No quiero meterte en esto.

—¿Meterme en qué?

—Cuanto menos sepas…

—Vete al carajo. —Da media vuelta y se aleja.

Cal se dirige al despacho de la ORR y encuentra la puerta abierta.

Tarda varias horas en revisar los archivos, que son un desastre. No hay formatos ni requisitos prestablecidos. En algunos figura la nacionalidad de los detenidos y en otros no. En algunos viene la fecha de detención y en otros sólo la de ingreso en el centro de internamiento de extranjeros.

Hace lo que puede.

Primero saca todos los expedientes de detenidos identificados como salvadoreños.

Doscientos ochenta en total.

Copia los nombres en un cuaderno que compró en una tienda de camino a acá. A continuación, les echa una ojeada para ver si alguno fue detenido en las inmediaciones de McAllen o alrededor del 25 de mayo, porque, cuando lo hacen cruzando el río, los ilegales suelen llegar en grupos.

Tiene suerte: encuentra siete.

Fotocopia las fotos de los internos, subraya los nombres en el cuaderno y deja los expedientes como los encontró.

Cuando va por el pasillo, se topa con Peterson.

—¿Qué haces tú por aquí a estas horas? —pregunta Peterson.

—Olvidé la dichosa cartera en el casillero.

Peterson sonríe.

—Twyla está de guardia.

—¿Ah, sí?

—¿No lo sabías? Creí que a lo mejor habías vuelto a echar un palo.

—Eres un pendejo, ¿lo sabías?

—Tranquilo, era broma —dice Peterson—. A ver si te tomas las cosas con un poquito más de humor, Cal. Bastante jodido está esto, con tantos mocosos llorando.

—Creí que no los oías.

—¿Sabes lo que son esos cabroncetes para mí? —replica Peterson—. Horas extra a montones. Me voy a comprar una camioneta nueva gracias a ellos.

—Me alegro por ti.

—Yo también. Pero, oye, si Twyla y tú necesitan escaparse un rato, yo los cubro. ¿Cuánto pueden tardar? ¿Un par de minutos? Relájate, hombre, que estoy bromeando.

—Me voy.

—Dale un beso a Twyla de mi parte —añade Peterson—. O mejor de la tuya.

Cuando se dispone a salir, Twyla le pregunta:

—¿Ya tienes lo que necesitabas?

—Casi, casi.

—Cal...

—¿Qué?

—Estoy preocupada por ti.

—Sí, yo también, un poco —dice, y sale por la puerta.

A primera hora de la mañana, Cal entra en la zona de adultos, detrás de la alambrada, y llama a los siete salvadoreños.

Los llama por su nombre y su número.

Ninguno contesta.

Los internos desvían la mirada o lo miran con temor y recelo. Lógico, se dice Cal. Fueron hombres con este mismo uniforme los que los metieron aquí.

—Sólo estoy tratando de ayudar —dice primero en español y luego en inglés.

Pero no le creen.

Señala al otro lado de la nave, a Luz.

—Esa niñita de allí.

Tampoco creen que quiera ayudarla.

Cansados, sucios, hambrientos, asustados, enojados, ya no se creen nada.

No creen en Estados Unidos.

—De acuerdo, vamos a hacerlo por las malas —dice Cal.

Recorre la zona de internamiento con las fotos y, uno a uno, encuentra a los salvadoreños. Y, uno a uno, le dicen exactamente lo mismo: nada.

Ninguno conoce a Gabriela González.

Ninguno conoce a su hija, como no sea de verla allí.

Ninguno llegó con ella cruzando México.

Ni cruzó el río con ella.

No sé, no sé, no sé, no sé.

—¿Qué haces? —le pregunta Twyla.

—Intento encontrar a la mamá de esa niña.

—¿Cómo? ¿Amedrentando a los internos?

—¿Se te ocurre una idea mejor?

—No, pero yo tengo un cromosoma x que a ti te falta.

—¿Qué carajo quieres decir con eso?

—Que soy mujer —contesta Twyla—. Mira, los hombres no van a decirte nada. Las mujeres, puede, pero no a un hombre. A la mitad las han violado, o al menos las han agredido sexualmente en el recorrido, seguramente. Y la otra mitad huye de la violencia ejercida por hombres. Y tú entras ahí amenazando...

—Yo no he amenazado...

—Eres muy grande, Cal —dice Twyla—. Y vas de uniforme. Eso es una amenaza implícita.

—¿«Implícita»?

—Hice un semestre de titulación —contesta ella—. Mira, deja que me encargue yo, a ver qué consigo.

—Te dije ayer...

—Ya sé lo que me dijiste, pero tú no me dices qué hacer, Cal. Hago lo que quiero.

—Está bien.

—Está bien.

Está bien.

Lleva tres malas noches.

Normalmente los ataques sólo le dan una vez por semana, más o menos, pero ya lleva tres seguidos y no entiende por qué. Puede que sea por las horas de trabajo, piensa, o quizá por el estrés.

Entra en el módulo de adultos para hablar con Dolores, una salvadoreña que tiene un hijo de catorce años al que han localizado en el campamento de Tornillo. La ORR está intentando reunificarlos, pero el papeleo se está haciendo eterno.

Cuesta encontrar un hueco libre en la celda atestada de gente, pero se trasladan a un rincón y Dolores lanza a las otras reclusas una mirada severa, exigiéndoles que las dejen a solas un minuto.

—¿Les molesta que hables conmigo? —pregunta Twyla.

—Si les molesta, es problema suyo, no mío.

Eso es verdad, se dice Twyla, que se ha fijado en que allí nadie se mete con Dolores. Es una líder entre las mujeres, y seguramente también entre los hombres.

—¿Qué quieres, mija? —pregunta.

A Twyla le hace gracia que la llame hija.

—Mi amigo Cal…

—El grandote.

—El grandote.

—¿Qué le pasa?

—Ya conoces a los hombres.

—Uy, sí que los conozco —dice Dolores—. Entonces, ¿tu hombre…?

—No es mi hombre.

—A ti misma puedes mentirte lo que quieras, mija —responde Dolores—, pero a mí no me engañas. Tu hombre está intentando encontrar a la mamá de Luz.

—¿Puedes hacer algo?

Silencio.

—De mujer a mujer —añade Twyla.

Silencio de nuevo.

—Tú eres madre, Dolores —insiste Twyla, y espera.

—A lo mejor puedo encontrar a alguien que sepa algo —dice por fin Dolores.

—Te lo agradecería.

—¿Tanto como para conseguir que hable por teléfono con mi hijo?

—Creo que puedo arreglarlo.

De mujer a mujer.

Dolores consigue hablar por teléfono con su hijo.

Y Cal, lo que andaba buscando.

El hombre se llama Rafael Flores y vino de El Salvador con Gabriela. Cruzó el río un día antes que ella, lo detuvieron el mismo día y acabó en Clint porque en McAllen estaban desbordados.

—La otra vez, cuando te pregunté —dice Cal—, no sabías nada.

—Eso era antes.

—¿Antes de hablar con Dolores?

Rafael asiente. Tiene treinta y cuatro años, mujer y dos hijos que ya están en Estados Unidos, en Nueva York. Él regresó a El Salvador para asistir al funeral de su abuelo y lo detuvieron al volver a entrar.

—¿Qué te prometió Dolores? —pregunta Cal.

—Barritas de granola.

—¿Barritas de granola?

—Dijo que usted me daría más —dice Rafael—. ¿Las trajo?

—Primero hablamos y luego te traigo tus barritas de granola.

No hay buenos samaritanos en ninguna jaula, se dice Cal.

Resulta que Rafael es del mismo barrio de San Salvador que Gabriela González.

—Entonces la conoces —dice Cal.

—Un poco.

—Háblame de ella.

Los detalles difieren, la historia es siempre la misma.

El marido de Gabriela, Esteban —el padre de Luz—, pertenecía a la Mara Salvatrucha. No quería unirse a la banda, pero en aquella calle y en aquel barrio, si no eras de la mara tenías que pagar una renta, un soborno para que te dejaran trabajar en paz. Como Esteban tenía un puestecito de tacos, se unió, se hizo el tatuaje y se convirtió en marero.

Hasta que un escuadrón de la muerte mandado por el gobierno, dentro del plan Mano Dura de erradicación de las pandillas callejeras, lo puso de rodillas en medio de la calle y le pegó un tiro en la nuca delante de su mujer y su hija. Acto seguido, el jefe del escuadrón le dijo a Gabriela que volvería esa noche.

Y que ella decidía. Una de dos: o le chupaba el pito o se llevaba un tiro en la boca.

Gabriela agarró a su hija y se unió a una de las caravanas que se dirigían hacia el Norte, confiando en conseguir asilo.

—¿Tiene gente aquí? —pregunta Cal.

Que Rafael sepa, no.

—Pero apenas conozco a la familia Gonsalvez.

—¿Cómo dijiste?

—Que apenas conozco a la familia Gonsalvez.

Cinco minutos después, Cal está en el despacho de la ORR.

—Es posible —dice la mujer—. Sí, es posible que, si alguien llama preguntando por Luz Gonsalvez, el motor de búsqueda del sistema informático no la relacione con Luz González.

—Pero sólo hay dos letras de diferencia.

—Soy consciente de ello. Si la madre hubiera preguntado por el número de identificación de la niña...

—¿Y lo tendría?

—No necesariamente —contesta ella con un suspiro.

—Así que escribimos mal un apellido y ahora una madre no encuentra a su hija.

—Agente Strickland, ¿tiene idea de la cantidad de...?

Cal sale del despacho.

Resulta que Rafael tiene un primo que tiene un amigo que tiene una hermana que trabaja con la tía de Gabriela Gonsalvez.

Que tiene teléfono celular.

—Dale el número a la ORR y deja que se encarguen ellos —le recomienda Twyla.

—¿Por qué? ¿Por lo bien que lo han hecho hasta ahora?

—Porque te estás implicando demasiado.

—Mi padre solía decir que, cuando uno está ya a mitad del río, es un poco tarde para empezar a preocuparse por lo hondo que es.

—¿Y sabía otros dichos populares tan buenos como ese?

—Muchísimos —contesta Cal—. Decía, por ejemplo: Si quieres que algo esté bien hecho, hazlo tú mismo. Primero llamaré y luego le daré todos los datos a la ORR.

Llama a la tía.

—No, Gabriela no está aquí —le dice la mujer.

—Pero volvió, ¿no?

—Sí, pero se fue otra vez.

Por lo menos está viva, se dice Cal.

—¿Sabe a dónde fue?

—A México. Iba a intentar encontrar a su hija.

—La tenemos nosotros. ¿Tiene usted un lápiz o una pluma o algo para anotar? —Le da el número de identificación de Luz y le explica que hubo un error con el apellido. Luego pregunta—: ¿Gabriela tiene teléfono?

—No, teléfono no tiene, pero dijo que llamaría.

—Cuando llame, dele este número, por favor.

—De acuerdo —dice la tía—. ¿Cómo está Luz? ¿Está bien?

—Extraña a su mamá —contesta Cal.

Es la mejor respuesta que se le ocurre.

Jaime recibe una llamada.

—Ey, ¿qué pasa? ¿Ocurre algo? ¿Alguna novedad?

—Tu antiguo cuate, Strickland —contesta Peterson.

—¿Qué pasa con él?

—Está haciendo muchas preguntas sobre una cerote, una tal Gabriela Gonsalvez. Tenemos a su mocosa aquí.

—¿Y por qué le interesa tanto?

—Y yo qué sé —dice Peterson—. Pero está poniendo nerviosa a la gente.

—Está bien. Tú vigílalo.

—Y tú procura que mis sobres sigan llegando a tiempo.

—Yo sé muy bien lo que hago, hermano blanquito. Y nunca voy tarde —contesta Jaime.

Y cuelga.

¿Qué carajo anda buscando ese baboso de Cal?, se pregunta. ¿Qué le importan a él una salvadoreña y su hija?

Y, sobre todo, ¿en qué puede beneficiarme eso a mí?

Cal engancha un lazo a la brida de Riley y lo saca del corral. El caballo cree que va a ensillarlo, pero se lleva un chasco: Cal no quiere cargarlo con su peso.

Así que sólo van a dar un paseo por el camino de tierra, hacia el antiguo campo de algodón. Ahora hay mucha gente que planta chiles —por lo visto los jalapeños se venden bien—, pero para eso hace falta riego y Cal sabe que Bobbi no tiene capital para hacer esa inversión.

A su viejo le habría encantado la idea, se dice Cal. Le ponía jalapeños rebanados a todo y luego lo bañaba con tabasco: sacudía la botella como si cosiera la comida a puñaladas.

—¿Seguro que no eres medio mexicano? —le preguntó Cal una vez al ver que mezclaba los huevos con jalapeños.

—Si lo soy yo, tú también —contestó Dale.

—Hay cosas peores, supongo —dijo Cal.

—Ya lo creo. Podrías ser medio banquero.

Qué va, eso sí que no, piensa Cal ahora.

Hay muchos Strickland en esta parte de Texas, pero se los puede dividir en sólo dos ramas: los que tienen dinero y los que no, y él pertenece indudablemente a la segunda.

Riley le da un empujoncito desde atrás. ¿Puedes ir más deprisa, por favor?

—¿Es que tienes que ir a algún lado? —le pregunta Cal, pero aprieta el paso.

Empieza a hacer calor y seguramente el caballo quiere volver cuanto antes a la sombra de la ramada que le construyó Cal.

O sea que la madre de Luz —se dice Cal—, la que presuntamente la abandonó, la que no se había molestado ni siquiera en llamar, al parecer se preocupa tanto por ella que después de regresar a El Salvador dio media vuelta y emprendió de nuevo el largo y peligroso viaje hasta la frontera para intentar encontrar a su hija.

En fin, ahora tiene más posibilidades de conseguirlo.

Cal contempla unos segundos el antiguo sembradío de algodón, da media vuelta y lleva a Riley de regreso al corral.

Cuando llega a Clint se entera de que la mujer de la ORR quiere verlo.

Y rapidito.

—Tengo entendido que localizó a la familia de Luz Gonsalvez —dice—. ¿Quiere contarme algo al respecto?

Cal le cuenta lo que sabe y le da el número de teléfono de la tía.

—Me pondré en contacto con ella y le diré que, si la llama Gabriela, le diga que me llame —dice la mujer—. Nosotros nos hacemos cargo de este asunto a partir de ahora. ¿Entendido?

Su jefe le dice exactamente lo mismo. Cal se topa con él en el pasillo y el comandante le dice que no va a consentir comportamientos de vaquero en su unidad.

Pues no hubieran contratado a un vaquero, piensa Cal para sus adentros.

Luz lo mira.

Lo que habrán visto esos ojos, se dice Cal.

—Conseguí que coma un poco —dice su trabajadora social.

—Seguimos intentándolo —añade Twyla.

—Me dijeron que cabe la posibilidad de que pronto la devuelvan con su madre.

—Sí —dice Cal.

—Qué bien —agrega la trabajadora social—. Porque si no...

Sí, qué bien, si fuera cierto.

Porque pasan dos días y luego tres sin que llame Gabriela.

No tienen noticias suyas ni de su tía.

Y entonces Cal se entera de que de todos modos ya da igual.

—¡¿Qué carajos me está diciendo?! —brama Cal.

—Sólo se lo cuento por cortesía, nada más —contesta la mujer de la ORR—. No es de su incumbencia, literalmente. Pero pensé que querría saberlo.

Que Esteban Gonsalvez residió ilegalmente en Estados Unidos varios meses en 2015 y que lo detuvieron y condenaron por conducir ebrio y lo deportaron, y que la ORR no puede devolver a una menor no acompañada a un tutor que tiene antecedentes penales.

—Y además está vinculado a una pandilla callejera —remacha la mujer de la ORR.

—¡Pero si está muerto!

—Pero, por extensión, su mujer también está vinculada a la banda —argumenta ella—. Además, no ha intentado ponerse en contacto...

—¡Porque nosotros anotamos mal el puto apellido!

—Esto se va a considerar un caso de abandono.

—O sea, me está diciendo que, aunque localicemos a la madre, ¿no van a darle a Luz?

—En resumidas cuentas, sí.

—¿Y qué va a pasar ahora? —pregunta Twyla.

—En vista de que la niña no tiene familia en Estados Unidos que pueda hacerse cargo de ella, será dada en adopción.

Cal se inclina sobre el escritorio.

—Esa niña tiene una madre —dice, marcando cada palabra.

—¿Dónde? —pregunta la mujer—. ¿Dónde, agente Strickland? ¿Dónde está su madre?

Cal nunca ha sido un gran bebedor.

Esta noche, sin embargo, se da a la bebida.

Twyla y él van al Mamacita's, en la Diez, piden una jarra grande de cerveza y luego otra.

—Te va a parecer una estupidez, pero yo me fui a Irak porque amaba Estados Unidos —dice Twyla—. Y ahora ya ni siquiera reconozco este país. No somos como yo creía que éramos. Se nos ha roto algo dentro.

—No podemos permitir que pasen estas cosas.

—¿Y qué vamos a hacer, Cal?

—No lo sé.

Hay borrachos felices, borrachos coléricos y borrachos melancólicos, y ellos se quedan allí sentados, sumidos en un silencio melancólico y alcoholizado, hasta que Cal dice:

—¿No estás harta de perder?

—¿Qué quieres decir?

—Que parece que desde hace unos años no dejamos de perder. Perdemos nuestros trabajos, nuestras tierras… Perdemos lo que solíamos ser. Y estoy harto de perder, ¿tú no?

Twyla menea la cabeza.

—No se puede perder lo que nunca se ha tenido.

—¿Y qué es lo que no has tenido nunca?

Ella se queda mirando unos segundos la jarra de cerveza y luego dice:

—No importa.

—A mí sí me importa.

—¿Sí?

—Sí.

—Cal, yo… —dice ella—. Me da mucha vergüenza, ya sabes… Lo de mi cadera… La cojera.

—A mí no me molesta.

—A mí sí. Porque no soy, bueno, ya sabes, no soy una belleza, que digamos.

—A mí en cambio me confunden constantemente con Brad Pitt —responde él.

Twyla lo mira con nuevos ojos.

—Eso era lo mejor que podías decir.

Están a punto, a punto de levantarse, de ir a la casa de ella o la de él, a punto de acostarse juntos o de enamorarse, quizá.

Pero entonces suena el teléfono de Cal.

Mira el número, ve que es de México.

—Es Gabriela —dice, y contesta—: Hola.

—¿Eres tú, Cal? —dice Jaime—. Oye, me enteré de que estás buscando a una tal... A ver, déjame checar... ¿A una tal Gabriela Gonsalvez?

—¿Qué pasa con ella?

—Pues que está aquí. Si tanto te interesa, ¿por qué no vienes a buscarla, amigo?

Están sentados en la camioneta de Cal.

—Deja que se encarguen los mandamases —dice Twyla.

—Ya hemos visto cómo se encargan de estas cosas —responde él.

—Por Dios santo, ¿qué piensas hacer?

—Llevar a la niña con su madre.

—Lo sabía —dice Twyla—. Si te llevas a esa niña, será secuestro y eso es un delito federal. Te encerrarán para toda la vida.

—Puede.

—O puede que Jaime Rivera te mate.

—Puede, sí.

—Estupendo, ponte en plan justiciero, si quieres, Cal, pero esto es una locura. Vas a cometer una locura.

—¿Y lo que estamos haciendo no es una locura? —replica él—. ¿Arrancar a niños de sus madres no es una locura? ¿Meterlos en jaulas no es una locura?

—Totalmente —dice Twyla—, pero no lo vas a arreglar sacrificando tu vida.

—Ni sacrificando la de esa niña, tampoco.

—Es una niña entre miles. No puedes salvarlos a todos.

—Pero puedo salvar a una.

—Quizá, solo quizá.

—Pues tendré que conformarme con eso —responde él—. No quiero mezclarte en esto. Cuanto menos sepas, mejor, así no podrán culparte de nada.

—No voy a permitir que lo hagas.

—¿Vas a irles con el cuento?

Twyla mira por la ventana, aparta los ojos de él.

—No.

—Eso me parecía —dice Cal—. Tú no eres así.

—Te suplico que no lo hagas —insiste Twyla—. Si lo haces, no volveré a verte. Y no es eso lo que quiero.

—Nosotros no somos gente que consigue lo que quiere.

—Supongo que no.

Twyla abre la puerta y sale. Cierra de un portazo.

Cal la ve trepar a su coche e irse.

Twyla vuelve a su casa y se dice que no le hace falta la botella que guarda encima del fregadero: que ya ha bebido suficiente para mantener a raya el dolor.

Pero no.

Cal se queda sentado un rato en la camioneta, y luego arranca y se dirige a su casa pensando en Luz Gonsalvez, en Gabriela y en Twyla.

Da media vuelta y va al edificio de Twyla.

Para en el estacionamiento y piensa si no será mejor cambiar de idea. A veces, abrir la puerta del coche es lo más duro que uno ha hecho nunca, pero la abre. Sube por la escalera exterior hasta la segunda planta y se queda allí parado, tratando de reunir valor para llamar al timbre. Se queda allí cinco minutos, quizá, y durante esos cinco minutos hace amago de irse cinco veces mientras intenta deducir si Twyla quería que viniera o no.

Llama al timbre.

La oye gritar:

—¡Váyanse!

—¡Twyla, soy Cal!

Pasan treinta segundos eternos y al fin se abre un poco la puerta y Cal ve su cara. Blanca como los faros de un coche que viene de frente. Le corren lágrimas por las mejillas, tiembla y tiene los ojos dilatados por el miedo, o eso parece.

No, no es miedo.

Es terror.

—Vete, Cal —dice—. Por favor.

—¿Estás bien?

—Por favor.

—¿Puedo pasar?

Su cara se contrae en una expresión que Cal no ha visto nunca. Grita:

—¡Vete, Cal! ¡Por favor! ¡Dije que te vayas! ¡Déjame en paz!

Lo que debería hacer sería empujar la puerta y entrar.

Entrar a la fuerza y rodearla con sus brazos y protegerla de lo que tanto la lastima. Interponerse entre ella y su terror.

Es lo que debería hacer.

Pero no lo hace.

Ella le dijo que se vaya y él se va.

La puerta se cierra de golpe delante de él, y la última vez que Cal recuerda que una puerta se cerrara así fue cuando tenía ocho años y su madre se fue y la puerta ya no volvió a abrirse, al menos para que entrara ella.

De modo que ahora Cal se aleja.

Twyla vuelve tambaleándose al cuarto de baño y cae al suelo.

¡Cuánto deseaba que la abrazara! Que el roce de su piel con la suya la anclara al presente y la retuviera en él, la sacara del ardiente ataúd en el que habita. Cal podría pasar la larga noche tendido a su lado hasta que amaneciera otro día roto, y quizá podrían ir juntos, renqueando, por este país ajeno y extraño.

Pero le dijo que se fuera.

Lo obligó a irse.

Lo corrió.

Porque cada uno de nosotros está en su propia jaula.

Y nadie puede entrar en ella.

Sólo nosotros podemos romper la jaula y escapar de ella.

Y casi nunca lo hacemos.

Cal recorre el cercado.

No lo han cortado por ningún sitio.

Su padre solía decir que la mayoría de la gente hace lo correcto cuando no le cuesta gran cosa hacerlo y que, en cambio, muy pocos hacen lo correcto cuando cuesta mucho hacerlo.

—Y nadie hace lo correcto cuando se lo juega todo —concluía Dale.

—Tú sí lo harías —respondía Cal.

—No creas.

Pero Cal lo creía. Era joven, entonces. Ya no lo es tanto y la verdad es que sigue creyéndolo.

Va a ver a Riley. Le da pienso, le acaricia el hocico y dice:

—Siempre has sido un caballo estupendo, ¿sabes?

Riley mueve la cabeza como diciendo que sí, que lo sabe.

Cal lleva la pistola a la espalda. Da un paso atrás y la levanta.

El caballo lo mira. ¿Qué vas a hacer?

Cal se guarda la pistola.

Cuando vuelve a la casa, la cena está en la mesa y se sienta a comer.

Filete de res, papas asadas, ejotes verdes.

—No pudiste, ¿verdad? —pregunta Bobbi.

—No.

—Voy a llamar al veterinario.

—Dale un día o dos, ¿de acuerdo?

—¿Por qué?

—Porque sí —contesta Cal—. ¿Has sabido algo de Jared últimamente?

—Está otra vez en desintoxicación.

—¿Cuánto va a costarte? —pregunta Cal.

—Más de lo que tengo.

—Vende un par de hectáreas más.

—No me va a quedar otro remedio —dice ella—. Construirán una urbanización de mierda y la llamarán Prado no sé cuántos.

—Los dueños podrán jugar a ser vaqueros. —Cal pincha un trozo de carne y se lo mete en la boca. Luego pregunta—: ¿Te acuerdas de ese disco que ponía papá sin parar?

—«Blood on the Saddle» —dice Bobbi—. ¡Cómo odiaba yo esa canción! Había sangre en la silla y todo alrededor, y un gran charco de sangre en el suelo...

—Un vaquero estaba ahí tirado, ensangrentado. Nunca más montaría un cimarrón.

—Santo cielo, ¿por qué te ha dado por pensar en eso? —pregunta Bobbi.

—No sé. —Cal se levanta—. Tengo que irme. Gracias por la cena.

—¿Qué prisa tienes?

—Esta noche trabajo. —Le da un beso en la cabeza—. Te quiero.

—Y yo a ti.

Cal sale y va con la camioneta al establo. Entra y trata de arrancar la Toyota de su padre, pero la batería está descargada. Vuelve a su camioneta, saca los cables y arranca el motor de la Toyota.

Estos coches japoneses, piensa Cal.

Saca la Toyota del establo y mete su Ford 150.

Mientras se va piensa: lo correcto es lo correcto es lo correcto es lo correcto…

Llámalo por su nombre.

No por otro.

Está en la camioneta cuando llama Twyla.

—Perdón por lo de anoche —dice.

—No tienes por qué disculparte —contesta Cal—. Sé que estabas muy enojada conmigo y eso.

—No fue por eso. Fue por… Oye, Cal, eso que dijiste anoche que ibas a hacer… Fue porque estabas borracho, ¿verdad?

—Sí. Fue porque estaba borracho. Se me calentó la boca y me puse a fanfarronear. Pero cuando se me pasó… Bueno, ya sabes, me lo pensé mejor. Yo no haría una cosa así.

—Me alegro —dice ella—. Nos vemos luego, ¿no? ¿Tienes turno de noche?

—Sip.

—Entonces te veo ahí.

—Twyla… ¿Estás bien?

—Sí, Cal, estoy bien. Quiero decir que… ya estoy mejor.

A Twyla le extraña que Cal no haya ido a trabajar.

Lo llama.

Se va al buzón de voz.

No deja mensaje.

Luz está dormida en el suelo de cemento. Apenas se despierta cuando Cal la levanta en brazos.

—Está bien, no voy a lastimarte —dice él.

Al otro lado de la nave, detrás de la alambrada, casi todo mundo duerme. Dolores, sin embargo, se asoma, lo vigila.

Cal la mira.

Ella hace un gesto de asentimiento.

Cal lleva a Luz por el pasillo y sale por una puerta lateral. La deposita en el asiento del copiloto de la camioneta, le abrocha el cinturón, sube y arranca.

...

Twyla empieza el recuento.

Uno, dos, tres...

Sigue sin noticias de Cal.

¿Dónde se habrá metido? ¿Qué le habrá pasado?

Veintidós, veintitrés...

¿Se ha ido sin más, lo ha mandado todo a la mierda para hacer otra cosa?

Cuarenta y cuatro, cuarenta y cinco...

Sesenta y seis, sesenta y siete...

Sesenta y siente.

No sesenta y ocho.

Ay, no, Cal. Ay, no.

Cruza el espacio corriendo.

Luz no está.

Ay, mierda, no.

Ve a Dolores mirándola fijamente.

—¿Dónde está?

Dolores se encoge de hombros.

—Se fue —contesta en español.

Se fue...

Twyla empieza a marearse, se apoya contra la pared.

Y se deja caer al suelo.

Unos segundos después, se levanta y da la alarma.

Cal hace un alto en una parada de camiones, en la Diez.

Llama a Jaime Rivera.

—¿Dónde y cuándo?

—¿Tengo que decírtelo ahora?

—Ahora mismo o no vuelves a saber de mí.

—Está bien. —Jaime se queda pensando un momento y luego dice—: ¿Te acuerdas de ese sitio a las afueras del pueblo donde íbamos por cerveza?

Cal se acuerda, sí: un barranco al sureste de El Porvenir, un chaparral agreste y apartado que se adentra en el desierto.

—¿Cuándo?

—Mañana por la mañana, a primera hora.

—Allí estaré.

—Me muero de ganas, amigo.

Cal cuelga. Le dice a Luz:

—Ya vuelvo.

Se acerca al sitio donde están parados los camiones que van en dirección oeste, busca uno con placas de California, echa un vistazo por si hay alguien mirando y mete el celular detrás de la defensa trasera.

Vuelve a la camioneta, sale a la autopista y se dirige hacia el este.

Tiene que encontrar un sitio donde esconderse el resto del día.

A Twyla la están acribillando a preguntas.

La hicieron sentarse en el despacho del jefe del puesto de la Patrulla Fronteriza, y él, la mujer de la ORR y un agente del Servicio de Inmigración se turnan para interrogarla.

—¿Dónde está? —pregunta el de Inmigración.

—No lo sé.

—Strickland y usted son amigos, ¿no? —dice su jefe.

—No, la verdad.

—El agente Peterson dice que sí.

—Quiero decir, sólo somos compañeros de trabajo —responde Twyla—. Siempre nos hemos llevado bien...

—¿Le dijo algo de que pensara llevarse a la niña? —pregunta el de Inmigración.

Twyla lo mira fijamente a los ojos. Piensa: ¿Qué me vas a hacer tú que no haya visto en Irak?

—No.

—¿Está segura?

—Me acordaría de algo así.

—Esto pasó mientras estaba usted de guardia —añade el jefe.

—Soy consciente de ello, señor.

—Es usted responsable.

—Sí, señor.

—Es posible que tomemos medidas disciplinarias contra usted. Mientras tanto, está suspendida de empleo y sueldo. Váyase a casa hasta nuevo aviso. Y no le diga nada a nadie de este asunto.

—Sí, señor.

—Y, por amor de Dios, no le diga nada a la prensa —añade el de Inmigración.

Twyla sale del despacho y entra en el vestidor. Ve a Peterson sacando algo de su casillero, lo agarra de la camisa y lo empuja contra la pared.

—Si vuelves a hablar de mí, Roger, te reviento.

—De acuerdo, de acuerdo.

Lo suelta y se aleja.

Dios bendito, Cal, ¿qué has hecho?

—Esto es un desastre —dice el agente de Inmigración—. Si sale a la luz...

Los medios de comunicación les están haciendo la vida imposible por la política de separar a los menores de sus padres y por las pésimas condiciones en las que tienen a los niños. Primero no encontramos a los padres ¿y ahora se nos pierde una niña? ¿Y encima se la ha llevado un guardia?

Santo Dios.

—¿Cómo no va a salir a la luz? —pregunta el jefe—. Para encontrar a Strickland van a tener que intervenir Inmigración y Aduanas, la Patrulla Fronteriza, la policía local y estatal y Seguridad Nacional. Podría estar ya en Nuevo México. Y si ha pasado a otro estado, tendrá que intervenir el FBI...

—Esto es un secuestro —replica el agente de Inmigración—. Claro que tiene que intervenir el FBI.

—¿Y quién va a dirigir la investigación? —pregunta el jefe.

—Nosotros —contesta el de Inmigración.

—Eso dígaselo al FBI —contesta el jefe—. De todos modos, vamos a tener que avisar a Washington.

—Se van a poner hechos una furia.

—¿Prefiere que se enteren por las noticias? —replica el jefe—. Porque esto va a trascender.

—¿Nos jugamos a piedra, papel o tijera quién hace la llamada?

—Disculpen que interrumpa —dice la mujer de la ORR—, pero ¿alguien está teniendo en cuenta a la niña?

Cal deja la autopista en Fabens, Texas, y entra a un McDonald's.

Sin bajarse de la camioneta, pide un sándwich de salchicha con huevo, un café, una Cajita Feliz y un cartón pequeño de leche. Luego sigue por North Fabens hasta un motel.

—Espera aquí —le dice a Luz.

La niña se limita a mirarlo, como hace siempre. Cal sabe que va a quedarse en la camioneta, parece que siempre hace lo que dicen.

Entra y se acerca al mostrador de recepción.

—¿Tiene una por una noche?

—¿Para cuántas personas? —pregunta la recepcionista, una señora de mediana edad.

—Para mí, nada más.

—Tengo una con dos camas.

—Con eso está bien.

—Ochenta y nueve dólares.

Cal paga en efectivo.

La señora le pasa un papel.

—Ponga aquí su nombre y aquí sus iniciales, donde dice la tarifa, y aquí, donde dice que no fuma. Marca, modelo y placa de su vehículo, y su firma aquí abajo.

Cal se inventa el número de placa y firma. No está acostumbrado a mentir, pero tendrá que acostumbrarse ahora que vive en la clandestinidad.

—Gracias, señor Woodley.

Ve detrás del mostrador una calcomanía que dice MAKE AMERICA GREAT AGAIN.

Que Estados Unidos vuelva a ser grande.

Eso intento, piensa Cal.

Lleva a Luz a la habitación y la sienta en una cama.

Le da la Cajita Feliz y la leche y dice:

—Tienes que comer.

La habitación se parece a la de cualquier motel de carretera: paredes verdes, colchas estampadas, cortinas a rayas y, junto a la ventana, un ruidoso aparato de aire acondicionado que lucha contra el calor en vano.

Cal enciende la tele.

Busca unos dibujos animados.

—Te gustan… —Se interrumpe y duda—. Te gustan los *cartoons*, ¿verdad? —añade porque no se acuerda de cómo se dice *cartoons* en español.

—Bob Esponja.

Las primeras palabras que le dice.

—Sí, eso, Bob Esponja —dice Cal, aunque no tiene ni idea de qué es eso—. Ahora comes, ¿bien?

Con los ojos fijos en la tele, Luz toma la hamburguesa y le da un bocado.

Cal abre el cartón de leche. No sabe nada de niños, salvo que él también lo fue hace mucho y recuerda que bebía leche.

—¿Esto también, está bien?

Ella prueba la leche.

—Buena niña —dice Cal sonriéndole.

Luz no le devuelve la sonrisa, pero sigue bebiéndose la leche y comiendo la hamburguesa sin despegar los ojos del televisor.

Cal entra en el cuarto de baño y abre la llave de la bañera. Cuando sale, la hamburguesa ha desaparecido.

—Bañera —dice—. Ven, ahora. Los *cartoons* seguirán aquí.

Luz se levanta y lo sigue. Él le da una barra de jabón y dice:

—Sabes qué hacer, ¿verdad?

Ella duda.

—No te preocupes —dice Cal—. No voy a mirar.

Se da vuelta.

—¿Ves?

Unos segundos después, oye caer la ropa de la niña al suelo. Luego oye un chapoteo y pregunta:

—¿Hace suficiente calor?

—Sí.

—¿Demasiado caliente?

—No.

—Tú te lavas bien ahora, ¿está bien? —dice Cal—. Lo siento, no tengo juguentes para que tú jugar con.

—Está bien.

—Hay una de esas pequeñas botellas de... eh... *shampoo* —añade en su español vacilante.

—Champú.

—Sí. Champú.

Luz se lava el pelo.

Cal estira el brazo hacia atrás para abrir la llave y que se enjuague, y ella mete la cabeza debajo.

—¿Lo hiciste? —pregunta él pasados unos segundos.

—Sí.

Cal le alcanza la toalla sin mirar. Luz sale de la bañera, se seca y se envuelve en la toalla. Cuando vuelven a la habitación, él le señala la tele y dice en inglés:

—Enseguida vuelvo.

A ella no parece importarle.

Tiene la tele.

Cal toma su ropa, va a la recepción y pregunta si hay lavandería. La hay, y Cal pide cambio para comprar detergente y poner a funcionar la lavadora.

La ropa de Luz —una sudadera roja astrosa, una camiseta amarilla, *jeans* y calcetines blancos— está tan sucia que apesta. Cal la mete en la lavadora, pone el detergente en polvo, echa las monedas por la ranura y pulsa el botón.

La lavadora echa a andar con un ronquido sordo y Cal calcula que tardará unos veinte minutos, así que vuelve a la habitación.

Luz se ha quedado dormida.

Cal quita la colcha de su cama y la arropa con ella.

Luego agarra el control remoto y pone Fox News.

Y ve una foto suya en pantalla.

Una funcionaria de Seguridad Nacional se ha hecho cargo del caso desde McAllen.

Da aviso a todos los cuerpos de seguridad: la Patrulla Fronteriza, el Servicio de Inmigración y Control de Aduanas, la policía local y estatal, la DEA y la oficina del FBI en El Paso. Luego llama a los medios de comunicación y les pide su cooperación para dar máxima difusión a la noticia: un agente de la Patrulla Fronteriza con una posible afectación mental ha secuestrado a una niña de seis años llamada Luz González.

Se solicita la colaboración ciudadana.

Si han visto a este hombre o a la niña, llamen por favor a este número inmediatamente.

Un número gratuito de atención telefónica.

El jefe de la Patrulla Fronteriza, Peterson y un agente de Inmigración van a Fort Hancock y dan con el rancho Strickland.

O lo que queda de él.

Al ver llegar los coches, Bobbi sale de la cocina, aterrorizada de que le haya pasado algo a Cal. Que le hayan pegado un tiro o algo así. Sólo ha escuchado el radio, la Radio Pública Nacional, y no han dado la noticia.

El agente de Inmigración es quien lleva la voz cantante.

—¿Roberta Strickland? —pregunta.

—¿Cal está bien?

—¿Lo ha visto usted?

—Dígame si está bien.

—Que nosotros sepamos, sí —contesta el agente—. ¿Le importa que echemos un vistazo?

—¿Por qué?

Le explica lo que ha hecho Cal.

—¿Lo has visto, Bobbi? —dice Peterson.

—¿Se conocen? —pregunta el de Inmigración.

—Fuimos juntos a la preparatoria —contesta Bobbi—. Hace un siglo. Vi a Cal anoche.

—¿A qué hora?

—No sé, a la cena.

—Y no lo ha visto desde entonces —dice el agente.

—No.

—Entonces, ¿no le importa que echemos un vistazo por aquí?

—Adelante.

Empiezan por la casa.

No ven a Cal ni rastro de él.

—Tu hermano la ha cagado a lo grande —le dice Peterson.

—¿Todavía sigues intentando que alguien te haga una paja, Roger? —pregunta Bobbi—. ¿O sigues haciéndolo tú solo?

Entran en el establo.

Bobbi entra detrás y ven todos al mismo tiempo la camioneta de Cal.

—Es su camioneta —dice Peterson.

—No me diga —replica el de Inmigración, echando un vistazo a la placa—. ¿Hay algún otro vehículo en el rancho?

—Sólo el mío. —Bobbi señala su Chevy destartalado.

El de Inmigración sale y mira el suelo.

—Hay otras huellas de llantas que salen del establo. Y no son de esa camioneta.

Bobbi se encoge de hombros.

—Señora Strickland...

—Benson —puntualiza ella—. Estuve casada unos quince minutos. No funcionó.

—Señora Benson —dice el agente—, su hermano ha secuestrado a una niña. Si nos oculta información relevante, estará protegiendo a un fugitivo federal y cometiendo delito de obstrucción de la justicia, por lo que podrían condenarla a veinte años de prisión. Sólo voy a preguntárselo una vez más. ¿Qué vehículo sacó su hermano de aquí?

—A ver cómo se lo digo para que me entienda —contesta Bobbi—. Ah, sí. Váyase a la mierda.

El agente está pensando si ponerle las esposas o no, cuando suena su teléfono. Han localizado el celular de Strickland. Está entre Las Cruces y Lordsburg, Nuevo México, y se dirige hacia el oeste por la Diez a ciento treinta por hora.

—Ya volveremos por aquí —dice el agente.

—Tendré preparado el café —replica Bobbi.

El agente de Inmigración y el jefe de la Patrulla Fronteriza se van, pero dejan a Peterson a la entrada del camino para que vigile el rancho.

Ila Bennett, la mujer que regentea el motel, ve Fox News.

Veinticuatro horas al día, prácticamente.

El tipo que dicen que secuestró a la niña se registró en el motel esta mañana. Y lavó la ropita de la niña.

Ila sabe que debería llamar al número, pero por otro lado no quiere meterse en líos.

Anota el número de todas formas y se lo piensa.

Montan un control de carretera en la Diez al oeste de Lordsburg y paran a todos los vehículos.

Después descubren en el registro vehicular del condado de El Paso que un tal Dale Strickland dio de alta una camioneta Toyota roja modelo 2001, con placa 032KLL. La marca de las llantas coincide con las huellas encontradas en el establo del rancho.

En la Diez no aparece, sin embargo, ninguna camioneta Toyota roja con ese número de placa, aunque el localizador del celular sigue apuntando hacia allí.

Los helicópteros policiales sobrevuelan la autopista y las carreteras secundarias.

Nada.

—El muy cabrón metió su celular en otro coche —dice la funcionaria de Seguridad Nacional.

Y si eligió un vehículo que se dirigía al oeste, piensa, seguramente él habrá ido en dirección contraria.

Ordena que los helicópteros busquen al este de Clint.

Twyla está sentada en su casa, pegada a la CNN.

Cada quince minutos hay una noticia de última hora sobre Cal, pero casi nunca aportan nada nuevo.

De hecho, todo son cosas antiguas.

La foto del anuario de preparatoria de Cal.

Una foto con el uniforme de su equipo de fútbol americano, y su expediente militar (lo han desenterrado y dicen que estuvo en Afganistán y que obtuvo la baja con honores). Un panel de «expertos» debaten, con la pantalla dividida, sobre la política gubernamental de separación de familias, la «crisis» en la frontera y las condiciones de vida en los centros de internamiento. Uno de los tertulianos aventura que quizá Calvin Strickland padezca síndrome de estrés postraumático, aunque no explica si se refiere a lo que padeció en Afganistán o a lo que ha vivido en Clint.

Ninguno de ellos habla de Luz Gonsalvez.

No la nombran.

La llaman «la niña desaparecida», nada más.

Nadie llama afirmando haber visto a Strickland.

—Hay que aumentar la presión —dice la funcionaria de Seguridad Nacional.

Tiene el número de Fox News grabado en el celular y hace uso de él.

El presentador mira a cuadro y dice:

—Hay novedades preocupantes acerca del secuestro ocurrido hoy en Clint. Fuentes autorizadas han confirmado a Fox News que Calvin Strickland, el guardia de la Patrulla Fronteriza que mantiene secuestrada a una niña de seis años, es sospechoso de pederastia y que la menor se encuentra en grave peligro. Las autoridades ruegan a la ciudadanía que llamen al número habilitado para tales efectos si tienen cualquier información...

Twyla pasa de un canal de noticias a otro y enciende su laptop para mirar en internet.

Los medios de comunicación convencionales y las redes sociales están retomando la noticia de que Calvin John Strickland es un presunto pederasta y sufre un trastorno mental derivado de su estancia en Afganistán.

En Twitter, Facebook y Snapchat se anima a la gente a formar patrullas vecinales y a salir a peinar la zona. Algunos afirman que habría que tirar a matar nada más ver a Strickland y otros dicen que eso es poco.

Cal también ve las noticias.

Luz sigue profundamente dormida en la cama mientras él ve su propia cara en pantalla y oye una y otra vez la palabra «pederasta».

Se hurga en los bolsillos y encuentra una tarjeta.

Va al teléfono del motel y marca el número.

—¿Sí? —contesta Dan Schurmann.

—Señor Schurmann, soy Cal Strickland. No dispongo de mucho tiempo.

Le cuenta toda la maldita historia.

Que la ORR perdió contacto con la madre de la niña («Es Gonsalvez, por cierto, con "v"»), que él la localizó, que aun así iban a dar a la niña en adopción y que él se la llevó para devolvérsela a su madre.

—¿Dónde? —pregunta el periodista—. ¿Cuándo?

—Creo que ya le dije demasiado —dice Cal.

—Puede confiar en mí.

—No puedo confiar en nadie —contesta Cal, y cuelga.

Schurmann escribe la nota y llama al jefe de redacción.

La cuestión es si publicar la noticia enseguida o reservarla para la edición matutina.

—Deberíamos publicarla ya —dice Schurmann—, por el bien de Strickland. Hay gente que quiere matarlo.

La noticia se publica en internet.

...

Se envía una alerta AMBER a todos los teléfonos celulares de la región de El Paso, incluyendo el modelo y color de la camioneta Toyota y el número de placa.

Ila ve la noticia.

Eso cambia las cosas.

Ese hijo de perra enfermo tiene a la niñita en una de sus habitaciones en ese preciso momento, y sólo Dios sabe qué le estará haciendo a la pobre criatura.

Llama al número gratuito.

Los exaltados salen en masa.

De El Paso a Socorro, de Lubens a Clint y a Fort Hancock, hasta Laredo y McAllen, las camionetas van de acá para allá con la bandera estadounidense ondeando en la batea. Van en busca de Calvin John Strickland, el secuestrador, el pederasta, el violador de menores.

Por la frontera, a lo largo del río Bravo, grupos de vigilantes patrullan en sus 4x4, sus *jeeps* y cuatriciclos con radios y miras nocturnas, con sus rifles de asalto y demás juguetes, listos para evitar que un fugitivo consiga lo que tantos buscan: cruzar al río hacia el otro lado.

Están pendientes de una camioneta japonesa con un imbécil detrás del volante.

Cal aparta la cortina y mira afuera.

Saben de la camioneta, se dice. Estoy a más de treinta kilómetros de donde tengo que cruzar la frontera y tendrán todas las carreteras vigiladas.

Oye los rotores de los helicópteros.

Allá arriba, buscando la camioneta con sus reflectores.

Estoy atrapado.

Ve que la mujer del motel sale de la oficina y mira hacia allí. Y que, al verlo, da rápidamente media vuelta y entra otra vez.

Lo sabe, piensa Cal.

Luz se incorpora, lo mira.

—Tenemos que irnos —dice él.

A dónde, esa es otra cuestión.

...

Mete a Luz en la camioneta y le abrocha el cinturón de seguridad.

—¿A dónde vamos? —le pregunta la niña.

—Para ver a tu mami —contesta Cal.

Cal conoce una vieja ruta de tierra que sale de la carretera de Fabens antes de que esta desemboque en la Diez.

Si consigue llegar allí antes de que lo pesquen en la carretera, quizá tenga una oportunidad. Cruza Fabens a toda velocidad, temiendo ver luces en dirección contraria. Los helicópteros se han alejado hacia el sur. Él sigue hacia el norte, ve la entrada del camino y sale.

Ve las patrullas viniendo por la Diez, apaga las luces y para en el camino, por debajo de la carretera, para dejarlos pasar por arriba. Luego cruza por debajo con sólo la luz de la luna llena y sale al monte. Va en dirección contraria a su punto de destino, pero sabe, porque trabajó en estos ranchos hace años, que este camino conduce a una senda de ganado que va hacia el sureste, hasta Fort Hancock.

Varias patrullas —del sheriff, de la Patrulla Fronteriza y de Inmigración— entran en el estacionamiento del motel.

Ila está fuera, delante de la oficina.

—¡Se fue! —grita—. ¡Llegan tarde!

El artículo del *Times* hace saltar por los aires, como una granada de mano, la versión de los hechos difundida por los medios.

Como cualquier buen reportero, Schurmann tenía puesta la grabadora del celular cuando habló con Cal, de modo que sus declaraciones no sólo pueden leerse impresas, sino que también pueden escucharse con esa voz suya algo gangosa, de buen chico.

—Yo no soy un pederasta

»La niña está mucho más segura conmigo que en Clint.

»¡Pero si iban a entregarla como si fuera un guante encontrado en el Walmart!

»¿Síndrome de estrés postraumático? Yo era guardia en un almacén de Wagram. ¡Qué voy a tener estrés postraumático! ¡Ni pretraumático, ni nada!

»¿Sabe quién sí lo tiene? Los niños que tenemos encerrados y separados de sus padres.

»¡Que sí, hombre, que están en jaulas! Hay que llamar a las cosas por su nombre. Lo que es, es.

»Tampoco soy un izquierdista sensiblero, que conste. ¡Qué diablos, si voté por él! Pero no para *esto*, eso seguro.

Y para rematar:

—Esta bandera aguanta —concluye Cal—. Pero con tanto llanto, ha perdido color.

Se hace pública la historia de Esteban, Gabriela y Luz Gonsalvez, se difunde que una madre viuda está esperando en México a que le devuelvan a su hija y, cuando Cal acaba diciendo «Creo que ya le dije demasiado», quienes lo escuchan no están de acuerdo y ya casi nadie duda de lo que intenta hacer.

Ahora gran parte de la ciudadanía está de su lado.

La opinión pública, como dicen en los medios, se ha «polarizado».

Todo depende de en qué lado de la línea divisoria estés.

Lo paran cuando lleva recorridos dieciséis kilómetros por la senda de ganado.

Conducía muy despacio por el camino lleno de baches, con sólo la luz de la luna para alumbrarse. No quería por nada del mundo meterse en una zanja y acabar con una llanta dañada o con la suspensión rota.

Estaba allí, en el monte, con los mezquites, la artemisa del desierto y los auténticos coyotes, uno de los cuales cruzó el camino delante de él y se detuvo a mirarlo con sorpresa, como diciendo «¿Qué haces aquí?».

Todo era silencio.

Salvo por la voz de Luz.

—¿Dónde está mi mami?

Cal indicó adelante.

—Por allí.

—¿Cuándo vamos a llegar?

—En cuanto podamos.

—¿No puedes conducir más rápido?

—No.

Un momento de silencio. Luego:

—Mi papi murió.

—Lo sé. Lo siento.

—Lo mataron los malos. ¿Aquí hay malos?

Cal se lo pensó un momento antes de responder. Luego dijo:

—Sí, sí hay. Pero no voy a dejar que nadie te lastime.

—Bueno.

Unos minutos después, el reflector le da de lleno y, aunque deslumbrado por el brillo, Cal distingue una camioneta atravesada en el camino, impidiéndole el paso. Hay un hombre de pie detrás de la puerta abierta. Le apunta con un rifle.

—¡Cal Strickland! —grita—. ¡Ni se te ocurra agarrar el rifle! ¡Sal con las manos donde yo las vea!

Cal no echa mano del rifle ni de su arma reglamentaria, la pistola H&K P 2000 que lleva en una funda a la altura de la cadera.

No quiere matar a nadie.

—¡Cuidado con dónde apunta! —grita—. ¡Llevo a una niña!

—¡Lo sé! ¡Sal de la camioneta!

Cal mira a Luz.

—Tranquila, no va a pasar nada —dice, aunque no está seguro.

Sale con cuidado, con las manos levantadas delante. El hombre se aparta de la puerta sin dejar de apuntarle con el rifle. Es un hombre mayor, grueso y achaparrado, con sombrero vaquero gris.

—Te metiste en mis tierras.

—No tuve más remedio, señor Carlisle.

—¿Eres Cal Strickland?

—Sí, señor.

—¿No trabajaste para mí hace tiempo?

—Una temporada, sí. Hace ya mucho.

—Eras muy trabajador, que yo recuerde —dice Carlisle—. Aunque no valías para vaquero.

—Por eso lo dejé.

—Eres famoso, hijo. Por lo visto te está buscando el país entero. Ofrecen una recompensa de veinte mil dólares por tu cabeza.

—Nunca había valido tanto, que yo sepa —replica Cal.

—Primero oí que estabas abusando de esa niña —añade Carlisle—. Y luego que querías llevarla con su madre. ¿Cuál de las dos es?

—Quiero llevársela a su madre.

—¿A México?

—Si consigo llevarla hasta allí.

Carlisle se lo piensa.

—Bueno —dice—, en esa camioneta no van a llegar, tenlo por seguro. La está buscando todo mundo de este lado del río Rojo. Mejor vayan en la mía.

—¿Cómo dice?

—Su maldito dinero me da igual —dice Carlisle—. Los llevo hasta el final del camino. ¿Te viene bien?

Cal vuelve a la camioneta a recoger a Luz y su rifle.

La niña está pegada al respaldo del asiento, asustada.

—¿Es un hombre malo?

—No, es muy bueno —dice Cal—. Vamos.

La lleva a la camioneta de Carlisle.

—Hola, jovencita —dice el viejo.

—Hola.

Enfilan por el camino, monte abajo.

Las balas chocan contra el metal.

Las llamas crepitan y luego rugen.

Acurrucada en el suelo del baño, Twyla se tapa los oídos, pero el ruido sale de dentro de su cabeza y no se disipa.

Es cada vez más fuerte.

Tan fuerte, que Twyla no se oye llorar.

—Si la niña tiene hambre —dice Carlisle—, llevo unos sándwiches en el asiento de atrás. De carne, creo.

—¿Tienes hambre? —pregunta Cal.

Luz dice que sí con la cabeza.

Él estira el brazo y agarra una bolsa de papel marrón, saca un sándwich envuelto en papel encerado y se lo da.

—Yo también tengo un poco de hambre —dice Cal.

—Sírvete.

—¿Seguro?

—No preguntes más.

El sándwich, de carne con mostaza y jalapeños, está riquísimo.

—Señor Carlisle —dice Cal unos minutos después—, si no le importa que se lo pregunte, ¿por qué hace esto?

Sabe que Carlisle es un republicano acérrimo que seguramente cree que un demócrata viene a ser lo mismo que un bolchevique.

Se hace un silencio. Luego Carlisle dice:

—Bueno, tengo más días a la espalda de los que tengo delante. ¿Qué voy a decirle a mi Señor y Salvador? ¿Lees la Biblia, hijo?

—No mucho.

—En verdad les digo que cuanto les hicieran a mis hermanos, aun al más pequeño, a mí me lo hicieron —añade Carlisle—. Mateo, 25:40.

Entonces ven los faros en el valle, camino abajo, a menos de un kilómetro.

—Mierda —dice Carlisle.

—¿Quiénes son? —pregunta Cal.

—No lo sé, pero creo que son vigilantes. Métanse tú y la niña en la batea.

Salen y se acuestan en la parte de atrás de la camioneta.

Carlisle los cubre con la lona.

Hay poco espacio allí dentro.

Poco aire.

A Cal le cuesta respirar.

Luz le pone el dedo índice en los labios y susurra:

—Cállate.

Cal intuye que no es la primera vez que ella se ve en una situación parecida. Aprieta el rifle contra el pecho y busca a tientas el gatillo. No sabe si tendrá que usarlo o si acaso estaría dispuesto a disparar, pero al menos quiere estar preparado.

Diez minutos después nota que la camioneta se detiene y oye a Carlisle preguntar:

—¿Qué hacen a estas horas de la noche por aquí, chicos?

—Estamos buscando al cabrón de Strickland.

—Pues por este camino no he visto a nadie y acabo de bajar.

—Lo siento, pero vamos a tener que registrar la camioneta, señor Carlisle.

—No lo sientas, hijo —replica Carlisle—, pero mi camioneta no la van a registrar. Que yo sepa, seguimos estando en Estados Unidos de América y esto sigue siendo Texas, así que a mí no me van a parar y a registrarme en mi propio rancho. En el que, por cierto, están sin permiso.

—Voy a tener que insistir, señor Carlisle.

Cal tensa el dedo sobre gatillo.

—Hijo —dice Carlisle—, yo sólo recibo órdenes de Uno, y ese Uno no eres tú. Tengo cosas que hacer, así que aparta tu cochecito de mi camino, no vaya a ser que me olvide de que he renacido y te aplique el Antiguo Testamento.

Pasan cinco segundos interminables. Luego:

—Bueno, señor Carlisle, seguro que usted no escondería a un violador de menores. Sentimos haberlo molestado.

Cal oye arrancar un motor, coches que se mueven y nota que la camioneta echa a andar.

Unos minutos después, se detiene.

Carlisle aparta la lona y dice:

—Creo que ya pasó el peligro.

—Apenas —dice Cal.

—Qué va —contesta Carlisle—. Esos vigilantes ladran mucho y muerden poco.

Pasados unos kilómetros, añade:

—Sabrás que tienen gente vigilando tu casa.

—Sí, lo sé.

—¿Y has pensado qué vas a hacer?

—La verdad es que estoy improvisando sobre la marcha, señor Carlisle —contesta Cal.

—Sí, se nota.

Para la camioneta.

Cal ve la Diez a unos doscientos metros de distancia.

—No puedo llevarlos más lejos —dice Carlisle—. La policía estará parando cualquier vehículo que se acerque.

Cal y Luz salen de la camioneta.

—No sé cómo darle las gracias —dice Cal tendiéndole la mano.

Carlisle se la estrecha.

—Lleva a esa niña con su madre.

Cal lo ve dar media vuelta y subir de nuevo por el camino. Mira a Luz y dice:

—No sé cómo se dice en español llevarte de caballito, así que sólo salta.

Luz se sube a su espalda de un salto y echan a andar por el monte.

...

Cal se tumba en lo alto de una loma y mira desde allí la casa del rancho.

La luz está encendida, Bobbi ya se ha levantado.

Estará muy angustiada, piensa Cal.

Ve el vehículo de la Patrulla Fronteriza parado afuera, con la luz del techo encendida. Parece que el que está dentro es Peterson, pero no está seguro.

La camioneta sigue en el establo, pero no puede ocuparla para pasar a México. Habrá controles de carretera por todas partes y estarán vigilando los pasos fronterizos. Tampoco puede ir andando con la niña hasta el sitio donde ha quedado con Jaime. No hay tiempo, y el terreno es demasiado accidentado para que Luz vaya a pie.

Baja arrastrándose por la cuesta, hasta donde lo espera la niña.

La agarra de la mano y recorren un trecho de unos cien metros bordeando la loma, hasta dejar la casa atrás. Luego toman un atajo y bajan al camino que lleva al corral.

Riley se acerca a él.

—Hola, chico —dice Cal—. Tenemos cosas que hacer.

Ensilla el caballo, monta a Luz, se sienta detrás y sujeta las riendas.

—Eh... ¿un caballo antes? —dice, intentando preguntarle si ha montado alguna vez.

La niña niega con la cabeza, pero lo mira y sonríe. La primera señal de alegría infantil que le ha visto Cal.

—¿Cuál es su nombre? —pregunta Luz.

—Se llama Riley.

—Voy a llamarlo Rojo.

—Creo que no le importará. Bueno, Riley Rojo, vámonos.

Saca al caballo del corral a paso lento.

Unos minutos después llega a la cerca de alambre de púas, deshace el remiendo que hizo hace unos días y cruza a caballo.

Twyla se levanta del suelo.

Mira su reloj.

Las tres y cuarto de la mañana.

Vuelve a la sala, mira su laptop por si se sabe algo de Cal y la alivia ver que no lo han agarrado.

Aún.

Estuvieron a punto de atraparlo en Lubens, pero «eludió el cerco policial».

Quisiera saber dónde está y si está bien, y cómo está Luz.

Entra en la cocina y saca la botella del armario. Bebe directo porque total, qué más da. Necesita echarse al cuerpo un par de buenos tragos para hacer lo que sabe que tiene que hacer.

Toma la botella, se sienta en el sofá y recoge de la mesa su arma reglamentaria.

La saca de la funda y la apoya sobre su regazo.

Faltan todavía tres horas para que salga el sol.

Demasiado tiempo.

Cal conoce estas tierras.

Y el caballo también.

Es un camino fácil de recorrer que atraviesa llanos de cultivo y campos arados casi hasta el río, donde hay una franja de monte bajo cerca de donde acaba la valla fronteriza.

Luego está el río.

Y más allá México.

El río no queda lejos, a cosa de kilómetro y medio.

Pero Cal ve de pronto que no van a conseguirlo.

En el claro de luna, tres todoterrenos de la Patrulla Fronteriza se mueven de un lado a otro, a unos cuatrocientos metros a su derecha.

Sus faros barren los campos de labor.

Iluminan a Riley.

Los vehículos se paran, Cal oye voces de hombre y luego van hacia él.

A toda velocidad.

Cal se inclina sobre el cuello del caballo.

—Chico, ¿crees que podrás? ¿Una más?

El caballo levanta la cabeza como si dijera: «Pero ¿qué dices? ¿Puedes tú?».

Cal le dice a Luz:

—¡Agárrate!

Ella se aferra a la crin de Riley.

Cal jala las riendas y echan a galopar.

. . .

Cal va hacia un riachuelo que sabe que baja al río.

Los coches, más rápidos que el caballo, ganan terreno, rugen tras él. Cal sabe que nadie va a disparar y a arriesgarse a herir a la niña, pero aun así agacha la cabeza. Sujeta a Luz con un brazo, agarra las riendas con la otra mano y aguija a Riley con la bota en el costado para que corra un poco más.

El caballo responde: se lanza hacia delante con todas sus fuerzas.

Pero no es suficiente.

Un *jeep* de la Patrulla Fronteriza se coloca a su lado, y luego lo adelanta y le corta el paso.

Riley no necesita que Cal jale las riendas. Ha sido siempre un caballo de pastoreo estupendo: sabe de memoria lo que tiene que hacer. Se para de golpe y vira a la derecha, sortea el coche y sigue corriendo como si supiera que este es su último galope, su última carrera a campo abierto, y sin aflojar el paso se mete en el riachuelo.

El *jeep* baja tras él. Cal vuelve la cabeza y ve que los otros también lo siguen. El suelo arenoso frenará un poco su avance, pero no los detendrá. Su única oportunidad es ganar suficiente terreno para internarse en el monte y despistarlos el tiempo suficiente para llegar al río. Conoce una senda de contrabandistas por la que bajar a la orilla.

Entonces una luz lo ilumina desde arriba y Cal oye girar los rotores del helicóptero sobre él, a poca altura.

—¡Vamos, Riley! —grita—. ¡Un poco más!

Sabe que va a matar al caballo, pero también sabe que los caballos tienen más ímpetu y más corazón que la mayoría de la gente, y este más que ninguno, porque aunque está en las últimas Riley aprieta un poco más el paso y ganan terreno, y Cal ve la espesura cerrada cien metros más allá. Tienen que llegar a ella para perder al helicóptero.

Casi han llegado cuando un cuatriciclo aparece de pronto a su izquierda y se cruza en su camino.

El conductor levanta el rifle, apunta a la cabeza de Cal.

Cal aprieta a Luz contra sí.

Riley salta.

Pasa por encima del cuatriciclo apenas, pero pasa.

Y se meten en la espesura.

Riley apenas afloja el paso mientras avanzan por la vereda serpenteante, entre matorrales, camino del río.

El terreno vuelve a despejarse, se vuelve pelado y llano por unos metros y entonces llegan a la valla.

Cuatro metros y medio de barrotes de metal con base de cemento.

Avanzan bordeándolos.

Cal gira y ve que los vehículos vienen detrás.

—¡Vamos, caballito! —Casi oye latir el corazón de Riley, ve los espumarajos que salen de su boca—. ¡Vamos!

La valla termina.

Cal sacude las riendas, Riley tuerce a la derecha y dejan atrás la valla.

Se meten en un arroyo que baja al río.

Plateado a la luz de la luna.

Riley baja por la ribera y se adentra en el agua.

En verano no es tan hondo, la corriente no es tan fuerte, y el agua sólo le llega a Cal a los tobillos cuando el caballo vadea el cauce.

Y entonces llegan a otro país.

Semiborracha, Twyla medita si debe meterse el cañón en la boca o apoyarlo bajo la barbilla.

¿O me lo pongo en la sien?, se pregunta.

No quiere hacer un desmadre y acabar como un vegetal lleno de agujas y tubos, y tampoco quiere que le duela.

Sólo quiere acabar de una vez.

La funcionaria de Inmigración está rabiosa.

—¡¿Que está en México?! —grita—. ¡¿Cómo que está en México?!

—Mis hombres lo vieron cruzar el río —contesta el jefe de la Patrulla Fronteriza.

—¡¿En un puto caballo?!

—Sí.

—Y la niña está con él. ¡¿Tiene idea de lo que va a decir la prensa?! Un llanero solitario desafía heroicamente a las autoridades federales para reunir a una niña con su madre. ¡¿Sabe cómo vamos a quedar?!

—De la mierda.

—¡Tenemos que quedar muchísimo mejor que eso!

Toma el teléfono y llama a Washington.

Hay que tomar decisiones.

—Cambien el discurso.

Contacten a las autoridades mexicanas y consigan que hagan todo lo posible por encontrar a la madre, detener a Strickland y reunir a esa familia como era nuestra intención desde el principio, como habríamos terminado haciéndolo si Strickland no se hubiera entrometido poniendo en peligro a la pequeña.

Hora y media después, la funcionaria se pone delante de las cámaras.

—Estamos haciendo todos los esfuerzos posibles por reunir a las familias separadas —afirma—. Como sin duda comprenderán, se trata de un proceso complicado, pero nuestra política ha tenido siempre como objetivo reunir a los niños con sus padres, como se está haciendo en el caso de la familia Gonsalvez.

—¿Luz o Gabriela Gonsalvez se hallan en estos momentos en manos de las autoridades mexicanas? —pregunta Schurmann.

—No vamos a contestar preguntas por el momento.

—¿La policía mexicana ha detenido a Cal Strickland? —insiste el periodista.

—No vamos a contestar preguntas por el momento.

—Si está detenido, ¿será extraditado a Estados Unidos? —pregunta Schurmann—. Y, si es así, ¿qué cargos se le van a imputar?

—No vamos a contestar preguntas por el momento.

—¿Van a procesar a Cal Strickland por cumplir con la política que ahora dicen promover?

—No vamos a contestar preguntas por el momento.

La funcionaria no acepta preguntas pero conoce las respuestas: le imputará a Strickland todos los cargos que se le ocurran y alguno más. En cuanto los medios de comunicación se olviden del asunto, meterá a ese cabronazo en prisión de por vida.

O algo más, si puede.

Cal atraviesa a caballo la estrecha franja de campos de labor del lado mexicano de la frontera.

Ya ha amanecido, el sol se levanta, de un amarillo pálido.

Unos cuantos campesinos miran al vaquero con la niñita sentada delante, pero ninguno lo para ni le hace preguntas.

Saben que en este país no conviene hacerlas.

Cal nota que Riley flaquea. Le gustaría bajarse y seguir a pie —el caballo está agotado, vencido—, pero tiene que salir de este terreno tan expuesto y bajar por la ladera hasta el arroyo antes de que lo localice la policía mexicana.

—¿Estás bien? —le pregunta a Luz.

—Sí.

—Veremos a tu madre pronto.

Luz sólo asiente con un gesto.

Sí, yo tampoco sé si creerlo, piensa Cal.

Cruzan los campos y llegan al borde de la ladera. Allá abajo, hasta donde alcanza la vista, sólo hay desierto.

Piedras y arena.

Encuentra el arroyo seco y Riley baja con cautela por la ladera empinada, con sus piedras traicioneras.

Sólo faltan tres kilómetros para llegar al punto de encuentro.

Están a cosa de kilómetro y medio cuando Cal siente estremecerse a Riley.

Agarra a Luz con el brazo y salta.

A Riley le fallan las patas delanteras.

Dobla las rodillas y cae de lado. Tiene los ojos desencajados, respira con esfuerzo, su vientre sube y baja.

—¡Rojo! —chilla Luz.

Cal la aleja un poco y le da vuelta para que no vea al caballo.

—No mires.

Vuelve y se agacha junto a la cabeza de Riley. Le acaricia el cuello y el hocico.

—Siempre has sido un caballo estupendo. Nunca me fallaste.

Luego se levanta, retrocede, saca la pistola de su funda y dispara dos veces.

Las patas del caballo cocean.

Luego se quedan inmóviles.

Cal tira al suelo la funda y se mete la pistola entre el pantalón y la espalda, debajo de la camisa. Vuelve con Luz, que está llorando, y la toma de la mano.

Bajan a pie por el arroyo.

Hay cuatro Ford Explorer paradas en una cañada llana, al pie del cañón.

Cal ve a Jaime y a siete de sus hombres alrededor de los coches, fumando y bebiendo de botellas de plástico. Van armados con AK y ametralladoras.

Hace calor: el sol ha despertado del todo y cae a plomo.

Cal se descuelga el rifle del hombro y lo sostiene en alto mientras se acerca a Jaime.

Todas las armas le apuntan, pero Jaime hace señas de que no disparen.

—¡Lo lograste, amigo! —exclama—. ¡Ya iba a darte por perdido!

—¿Dónde está la mujer? —pregunta Cal sin dejar de apuntarle al pecho.

Jaime señala uno de los vehículos.

—Ahí. La cuestión es por qué tengo que entregártela. El trato que iba a proponerte, Cal, es que yo te daba a la vieja, y tú volvías allá y trabajabas para mí. Pero la jodiste a lo grande al traer aquí a la niña. No puedes volver, y aunque pudieras, ya no me sirves de nada. En Juárez podré venderlas a muy buen precio juntitas, la madre y la hija.

—No.

—¿Por qué carajo no iba a hacerlo?

—Porque te mataré.

—Si aprietas el gatillo —dice Jaime—, mis chicos te hacen pozole.

—Pero tú no lo verás.

—Y luego matarán a la mujer y a la niña —añade Jaime—. Después de divertirse un rato con ellas.

Cal baja el rifle.

Jaime tiene razón: matarlo no servirá de nada.

—Haz lo correcto una vez en tu vida —dice Cal—. ¿Cuánto dinero necesitas? ¿Cuántos burritos te puedes comer? ¿Cuántos coches puedes conducir? Y piensa en lo que dirán los medios, Jaime. Un coyote mexicano hace lo que el gobierno de Estados Unidos se niega a hacer. Se hará viral. Cantarán corridos sobre ti.

—Tengo que reconocer que me gusta la idea —dice Jaime—. Pero también la de matarte.

—Pues haz las dos cosas —contesta Cal.

Sabe que en esta vida hay que regatear hasta donde uno puede. No siempre consigues lo que quieres —más bien, casi nunca—, pero, como decía su padre, si lo suficiente no fuese suficiente, no sería suficiente.

Esto es suficiente, se dice Cal.

Jaime señala un coche con la cabeza. Uno de sus hombres abre la puerta de atrás y saca a Gabriela.

Ella corre a abrazar a Luz, la levanta en brazos.

—Qué enternecedor —dice Jaime—. Estoy emocionado. Bueno, amigo, ya tienes lo que querías. Las dejaré en un albergue, a ver si las monjas me dan su bendición. Pero la otra parte del trato sigue en pie, ¿comprendes?

—Comprendo.

Jaime da algunas órdenes. Uno de sus hombres le quita el rifle a Cal. No se le ocurre buscar la pistola.

Gabriela Gonsalvez se acerca a él. Su hija es su viva imagen.

—Gracias.

—Esto no debió haber pasado, para empezar —dice Cal—. Lo siento.

Luz se abraza a su cintura, apoya la cara en su panza y lo aprieta con fuerza.

—Está bien —dice Cal, se agacha y la abraza—. No pasa nada.

Se quedan así unos segundos. Luego, uno de los hombres de Jaime las agarra y las lleva al coche.

—Sáquenlas de aquí —dice Jaime—. No hace falta que la niña vea esto.

Cal ve alejarse el coche.

Ha hecho lo que vino a hacer.

Jaime se acerca a la parte trasera de la Explorer y saca dos botellas de Modelo de una hielera.

—¿Quieres una, amigo? ¿Por los viejos tiempos?

—Claro.

Cal acepta la cerveza fría y la bebe con ansia. Entra de maravilla.

—Parece que hace siglos que íbamos a la prepa —dice Jaime.

—Fue hace siglos.

—¿Dónde se fueron todos esos años, eh? —pregunta Jaime.

—No lo sé. —Cal bebe otro largo trago, casi se acaba la botella.

—¿Qué nos pasó?

—Eso tampoco lo sé —responde Cal.

—¿Tienes miedo, amigo?

—Sí.

Lo tiene, es verdad. Tanto que podría mearse encima.

—Bueno, mejor así —dice Jaime, y se saca la pistola del cinto—. Acábate eso y empieza a caminar.

Cal apura la botella y la tira al suelo.

Comienza a alejarse.

No puede impedir que le tiemblen las piernas.

Las siente como postes de una valla vieja sacudidos por el viento del norte. Primero caen los postes; luego el alambre.

Santo Dios, Jaime, ¿por qué no disparas de una vez?

Entonces lo oye decir:

—¡No puedo, amigo! ¡No tengo valor! ¡Sigue caminando! ¡Que disfrutes la cárcel, ¿de acuerdo?!

Cal oye varias puertas que se abren y se cierran.

Luego, motores que arrancan.

Y sigue andando.

Con la pistola debajo de la barbilla, Twyla ve la noticia en la pantalla de la laptop. Una mujer de traje anuncia que Cal consiguió cruzar la frontera con la niña.

Me alegro por ti, Cal, piensa.

Me alegro muchísimo.

Conseguiste salir.

Baja la pistola.

Agarra el celular y empieza a buscar ayuda.

No puede seguir viviendo dentro de esta jaula.

Cal sube por el arroyo seco, tambaleándose.

El sol le da en la cabeza como un martillo, y le duelen las piernas de remontar la cuesta. Tiene sed, la cerveza fue una delicia, pero ahora necesita agua y no la tiene.

Llega donde yace Riley y se sienta junto al caballo. Espanta los moscardones de sus ojos.

Rendido, contempla el paisaje yermo. Ve, allá abajo, la caravana de coches que se lleva a Luz y a su madre. Detrás de él, ladera arriba, están los campos verdes de riego, y luego el río, la valla, y después su país. Lo único que me espera al otro lado, se dice, es otra alambrada.

No volveré a montar por estas tierras.

Su padre solía decir que la mayoría de la gente hace lo correcto cuando no le cuesta gran cosa hacerlo y que nadie hace lo correcto cuando se lo juega todo.

Pero a veces hay que jugárselo todo.

Cal toma la pistola, se la pone bajo la barbilla y aprieta el gatillo.

Su cabeza cae hacia atrás sobre el cuello del caballo.

La primera vez que vio a la niña, ella estaba en una jaula.

La última vez que la vio, era libre.

AGRADECIMIENTOS

No me hago ilusiones de ser un hombre hecho a sí mismo ni de que este volumen, como ninguna de mis obras, sea fruto del esfuerzo de un solo individuo. Mis padres se ocuparon de que siempre tuviera libros y los maestros de la escuela pública me enseñaron a leer. Amigos y familiares me dan su apoyo y su aliento, y colegas escritores del pasado y del presente me sirven de inspiración. Los editores trabajan con denuedo para que los libros lleguen a las bibliotecas, las librerías y los lectores. Mi agente procura que disponga de medios económicos para sentarme a escribir. Y mi esposa comparte conmigo alegremente las incertidumbres de la vida del escritor.

A los escritores nos gusta pensar que trabajamos inmersos en un espléndido aislamiento, pero todas las mañanas, cuando voy a trabajar, son otras personas las que hacen que funcionen las farolas. Cuando voy en coche a investigar y documentarme, son otros (los contribuyentes y los trabajadores) los que construyeron las carreteras por las que circulo. Cuando trabajo en casa, a salvo, son el ejército y la policía los que me brindan esa seguridad. Les estoy muy agradecido a todos ellos y a tantos otros.

Hay algunas personas a las que quiero dar las gracias en especial:

Shane Salerno, mi amigo, compañero escriba, agente y cómplice en la ficción policiaca, fue quien tuvo la idea de publicar un volumen de novelas cortas. Me alegro de que se le ocurriera y, como siempre, le debo más de lo que podré pagarle nunca.

Liate Stehlik, de William Morrow, aceptó publicar el libro, un voto de confianza que le agradezco humildemente.

Jennifer Brehl ha sido una editora maravillosa y lúcida, y Maureen Sugden me ha salvado de muchos errores bochornosos. Gracias a ambas por su arduo trabajo y por el cuidado y la creatividad que han puesto en él.

Gracias también a Brian Murray, Andy LeCount, Sharyn Rosenblum, Kaitlin Harri, Jennifer Hart, Julianna Wojcik, Brian Grogan, Chantal Restivo-Alessi, Ben Steinberg, Frank Albanese, Juliette Shapland y Nate Lanman.

Y a toda la gente de publicidad, ventas y *marketing* de HarperCollins/ William Morrow: que sepan que soy consciente de que sin ustedes estaría en el paro.

A Deborah Randall y toda la gente de The Story Factory, mi más sincero agradecimiento.

A mi abogado, Richard Heller, gracias por tanto apoyo y esfuerzo.

A Matt Snyder y Joe Cohen, de CAA: como siempre, gracias.

A la gente de Kids In Need of Defense, gracias por vuestra ayuda y por todo lo que hacen.

Un «¡hurra!» por las siguientes personas, por los motivos que ellas saben: Teressa Palozzi, Drew Goodwin, Right-Click, Colton's Burgers, Drift Surf, Jim's Dock, Java Madness, TLC Coffee Roasters, David Nedwidek y Katy Allen, *miss* Josephine Gernsheimer, Cameron Pierce Hughes, Tom Russell, Quecho, El Fuego y Andrew Walsh.

A mi madre, Ottis Winslow, por dejarme usar su porche.

Y por último, a mi mujer, Jean, por su compresión, su entusiasmo, su impulso aventurero y su cariño.

ILYM.

SOBRE EL AUTOR

DON WINSLOW (Nueva York, 1953), exdetective privado, es el autor de veintiún novelas, entre las que cabe destacar: *Un soplo de aire fresco*, *Muerte y vida de Bobby Z*, *El invierno de Frankie Machine*, y la trilogía formada por *Salvajes*, *Satori* y *Los reyes del cool*. Ha recibido varios premios, como el Premio Raymond Chandler (Italia), el Premio LA Books (EE. UU.), el Ian Fleming Silver Dagger (Reino Unido) y el Premio Literario RBA (España), entre otros. La trilogía de El poder del perro, El cártel y La frontera serán adaptadas para una serie por FX. Winslow vive en el pequeño pueblo de Julián, California, a una hora de la frontera con México.